公元787年，唐封疆大吏马总集诸子精华，编著成《意林》一书6卷，流传至今
意林：始于公元787年，距今1200余年

 意林幻青春
开启你的传奇

倾世萌狐

Qingshi menghu

囍多多 / 著

吉林摄影出版社
· 长春 ·

图书在版编目（CIP）数据

倾世萌狐.1 / 囍多多著.－－长春：吉林摄影出版社，2017.6
（意林幻青春）
ISBN 978-7-5498-3180-7

Ⅰ.①倾… Ⅱ.①囍… Ⅲ.①长篇小说－中国－当代 Ⅳ.①I247.5

中国版本图书馆CIP数据核字(2017)第120208号

倾世萌狐 1
QINGSHI MENGHU 1

著　者	囍多多
项目出品	意林幻青春
出版人	孙洪军
主　编	顾 平　杜普洲
责任编辑	李 彬
总策划	蔡 燕　李 岚
统筹策划	李 岚
设计总监	资 源
执行编辑	王天颖
封面设计	资 源
美术编辑	张 迪
发行总监	李振红
营销总监	王俊杰
开　本	700mm × 1000mm 1/16
字　数	280千字
印　张	15
版　次	2017年6月第1版
印　次	2017年6月第1次印刷

出　版	吉林摄影出版社
发　行	吉林摄影出版社
地　址	长春市泰来街1825号
	邮　编：130062
电　话	总编办　0431-86012616
	发行科　0431-86012602
网　址	www.jlsycbs.net
经　销	全国各地新华书店
印　刷	北京嘉业印刷厂

书　号　ISBN 978-7-5498-3180-7　　　　定　价：29.80元

版权所有　翻印必究

（如发现印装质量问题，请与承印厂联系退换）

目 录

第 一 章	最美是相逢	001
第 二 章	公主登门来	009
第 三 章	相府有妖	017
第 四 章	智斗紫微道	025
第 五 章	许你一世重诺	033
第 六 章	赐你清白身份	040
第 七 章	绝色惊世	048
第 八 章	许诺相陪	056
第 九 章	腹黑殿下爱卖萌	064
第 十 章	坦白身世	071
第十一章	玄妙奇画	079
第十二章	苦肉计	087
第十三章	计诱贼道	095
第十四章	请君入瓮	103
第十五章	狐妖不言嫁	111

 目 录

第十六章	二选其一	119
第十七章	狐妖有仙缘	127
第十八章	仙画遭贼	135
第十九章	心结得解	143
第二十章	诛妖阵	151
第二十一章	流王震怒	159
第二十二章	画中仙境	167
第二十三章	千钧一发	175
第二十四章	天界仙骨	183
第二十五章	误解其意	190
第二十六章	完美缉凶	197
第二十七章	神秘信函	205
第二十八章	误伤小狐妖	211
第二十九章	殿下无野心	218
第三十章	道派危难	226

第一章 最美是相逢

蓝天白云，万里晴空，忽闻道道惊雷凭空响起，猛烈打在地面上，炸起一个个巨坑。一只通体雪白的小狐狸，正在惊雷的追击下没命地跑着，雷电打在她的四周，土地树木一片焦黑。

小狐狸名叫灵飞，才八十年道行，今日在修炼的时候，不小心进阶到了第一重境界，引来了人生中第一次雷劫。此刻她正东躲西藏，精疲力竭，雷劫却好像无穷无尽一样，一直没有过去。

一只才八十年道行的小狐狸，仅有的能力就是变变戏法什么的，可这只正被雷公追的小狐狸，却有一个很伟大的志向——位列仙班！

志向之所以伟大，是因为很难实现。即便是整个狐族，近万年来也只出了一只通过努力修炼渡过九次雷劫，最后成功位列仙班的天才灵狐。

"雷公！你就不能轻点儿吗？"灵飞躲进一个山洞，无奈地望天长叹。

雷公当然不会理会一只异想天开的小狐狸，一只狐妖竟然还想修仙？他要给她点儿教训！把她劈回零道行！

于是，雷公不但不答话，还一个劲儿地捣鼓手中的雷神锤，发出阵阵惊雷劈向地面。

"轰隆"一声后，山洞被劈中，塌了。灵飞郁闷地转身就跑，那些惊雷不断地追逐着她，使得她一颗心都仿佛要从喉咙里跳出来。

"我一定要渡过雷劫！"这是灵飞精疲力竭时的唯一念头。这个念头支撑着她不断奔跑，躲避雷公的追击，最后朝京城方向跑去。

"京城人多，我就不信你雷公敢冒天下之大不韪，用雷把人给劈死！"灵飞聪明地想着，脚下如生风，速度更加快了。

雷公发现了灵飞的意图，顿时大怒，更加用力地捣鼓手中的雷神锤，想在灵飞逃离山林之前将她劈中。但灵飞身形矫捷，逃跑的路线不断改变，而雷神锤要发出雷击是需要时间的，因此雷公一时之间无法如愿。

可灵飞也没能如愿逃进京城，她在京城外的一片树林里遇到了雷公的帮手——电母。

"倒霉透了！"灵飞感觉自己实在不是一般的倒霉，竟然连电母都引来了。两尊大神夹击，她今天真的是在劫难逃了。

修炼是个体力活，而且天界不太欢迎妖怪修炼，因此身为一只狐妖，要修炼成仙简直太难了，要经过九九八十一难才行。这雷公电母肯定不会听她苦苦哀求，所以她求都不必求。

此刻，灵飞被雷公电母夹在了中间，进退维谷。

"哼！不自量力的小狐妖，竟敢妄想位列仙班，今天本尊就让你修为尽散！"雷公狂妄地说道，和电母对视一眼，同时扬起了手里的法器。

灵飞抬眸望了一眼空中两尊高傲的大神，眼里光芒一闪，忽地变身为人形。亭亭玉立的少女倔强地站在林中，目光冷厉地看着两尊大神，那目光里闪烁着的，是永不服输。

就算让她修为尽散，她也还是会继续修炼！

雷公和电母愣了愣，仿佛从这小狐妖的身上看到了很久之前一个熟悉的影子。但很快，雷公电母就回过神来，眼神一冷，准备降罚。

就在此时，一阵马蹄声从远处传来。

"三哥！三哥，你等等我啊！"急促的叫喊声由远及近，带着某种焦急的情绪。

灵飞眼里冷芒渐退，诧异地看向正朝这片林子跑来的人类。

蹿入树林的有两匹马，马上分别坐着两名男子，华衣贵服，一黑一白，皆是英俊不凡。

为首的是穿黑袍的男子，眉若利剑，眸似星辰，面容俊逸清朗，却又透着丝丝戾气，有一股让人不寒而栗的肃杀之气；后面的白袍男子则眉清目秀，看上去有几分可爱，虽然这般形容一名男子有些不恰当。

黑袍男子看清了面前站着的是一个姑娘，便赶紧勒马，薄唇里逸出一声轻轻的"咦"。面前的姑娘如寒梅般遗世而独立，浑身上下透出一股淡淡的仙气，一点儿也不像沾染尘世的凡俗女子。

灵飞怔怔地看着面前突然出现的凡人，片刻后才下意识地抬头朝天空望去。

太好了！

灵飞清澈的眼里绽出一抹惊喜之色，原本飘浮在半空中的雷公和电母已经消失了！看来，他们是怕雷电会误伤人类，所以就暂时隐去了身形。

"本王沐云流，你是何人？"一道温如清泓的声音传来。

灵飞回过神来，将视线投向说话的人，原来是那为首的黑袍男子，他正用那双好看到不像话的眼睛凝视着她。

灵飞眨了眨眼，原来他叫沐云流，嗯……名字真好听，像他的人一样，贵气不凡。

"我……叫灵飞。"灵飞说完后就感觉到一阵虚弱，不由自主地瘫软了下去。方才的逃命已经让她虚弱到了极点，之前都是强撑而已。

沐云流眸色一闪，身形一晃，瞬间掠至灵飞身后，扶住了她的腰身。他正要给她探脉，眼前发生的一幕却让他的脸上闪过深深的讶异！

只见原本亭亭玉立的妙龄少女，眨眼间便变成了一只通体雪白的小狐狸。

"啊！"一声尖叫蓦地响起。

叫嚷的不是抱着小狐狸的沐云流，而是随后赶到的白袍男子。

白袍男子也目睹了这一切，惊叫出声，他指着小狐狸，声音颤抖："她……她……她是狐狸精！"方才还是妙龄少女，转眼间就变成了一只小狐狸，可不就是狐狸精吗？

沐云流在短暂的讶异之后，眸底燃起了一丝兴味：狐狸精吗？

"本王救了你一命？"沐云流若有所思地抬头看了看天空，星辰般的眸子里掠过一抹浅笑。

恢复原形的灵飞虚弱地点了点头，的确是这男子救了她一命……而且如果现在不是这么虚弱，她很想开口跟他说，今天自己想跟在他身边。

因为，这第一重雷劫为期一日，如果她现在甩手走人，那么隐藏在暗处的雷公电母一定会再出来，用雷电将她的道行废去！

"你想本王带你回去？该不会是想嫁给本王吧？"沐云流垂眸，神色淡淡地看着手臂上挂着的小狐狸，他看懂了她漆黑眼底的那抹请求。

她想他带着她，以躲过这次雷劫。不过，听说狐狸精都擅长迷惑凡人，不知这看起来清纯无比的狐狸精是否也懂得害人。

"三哥！"白袍男子惊骇大叫，"这可是狐狸精啊！"

三哥莫不是中了狐狸精的妖术？竟然要带一只狐狸精回王府？白袍男子紧张地想着。

"不想被丢去大漠，就闭嘴。"沐云流淡淡地瞥了白袍男子一眼，轻描淡写的一瞥，却蕴含着冷厉的警告之意。

白袍男子脸色一变，顿时不敢说话了。

灵飞有些蒙，嫁给他？

好吧，狐妖的确爱迷惑凡间男子，这是狐妖与生俱来的本领，所以大部分狐妖化成人形之后都会去凡间"狩猎"一名男子，因为这样可以提升修炼的速度。

但问题是，她根本没想过这回事。自己从懂事的那天开始，就想着位列仙班，而要位列仙班就不能做坏事，因此她绝不会用害人的方法达到修炼的目的。

灵飞迟疑了一下，摇了摇头。

"呵呵……真有意思。"沐云流好看的薄唇勾了起来,眼底有着一丝兴味,"第一个拒绝本王的,竟然是一只小狐狸。"

灵飞不满:她是灵狐,不是普通狐狸!

"好吧,小灵狐。"沐云流勾唇一笑,竟似看得懂灵飞的眼神一样,从善如流地改口,又带着一丝命令式的霸道,"今日本王救了你,那么在你报答本王救命之恩以前,就不要想着离开本王了。"

灵飞思考了一下,点头,算是答应了。

眼下她的确需要这个凡人的庇护,而他既然说只要她报答他的救命之恩,那等她恢复法力之后,满足他的要求就是了。

在灵飞看来,作为凡人的沐云流,想要的无非就是财富和美女。虽然她道行尚浅,但这两样,她都可以找狐族里道行高深的师姐师兄来帮忙。

然而灵飞此刻哪里知道,她此刻遇上的是最不可一世,也是最高深莫测的流王殿下呢。

"回府。"沐云流将灵飞塞入宽大的流云广袖之中,策马奔向城门。

"三哥……"白袍男子连忙策马跟上,弱弱地喊了一声后,却找不到合适的话语来劝。

无法相信三哥竟然真的要带那只狐狸精回王府……呜!以后他将和一只狐狸精时不时碰面,晚上一定会做噩梦的。

京城内流王府门口,两匹马飞驰至王府,侍卫们一见马背上的人,赶忙闪去了两侧,恭敬地跪下迎接。

只见沐云流翻身下马,动作比平日要轻柔,却不易察觉。他摸了摸广袖中软绵绵的小东西,嘴角勾起一抹笑容。

"殿下,公主已经在王府内等候殿下大半日了。"流王府管家朱林恭敬禀道。

瞥了朱林一眼,沐云流语气冷淡地说道:"今日不见客。让御医来见本王。"

说罢,沐云流直接步入府内。

今日不见客……让御医来见本王……朱林忍不住嘴角一抽,一向英明神武的殿下今日说话怎么有些自相矛盾?

不过……殿下不舒服吗?竟要请御医……朱林询问的视线投向了刚刚下马的白袍男子,也便是流王殿下的胞弟,沐云清,清王殿下。

沐云清做了个封口的动作,表示什么也不能说,接着也进府去了。

沐云清哪能不知道,他兄长让御医过府,是要为那只小灵狐诊治的。但他估计……御医一来就会被气死,因为御医都是伺候王公大臣的,谁愿意给一只狐狸检查呢?

沐云清猜得没错，御医果然差点儿被气死。

灵飞好奇地看着那位白胡子不断抖动的老头儿，只见他一副好像受到莫大侮辱的气愤模样。

"恕臣下不能遵命！"太医院院首用力一拱手，脸色很是难看。虽然流王殿下如今很得圣上宠爱，但他好歹也是太医院院首，就算是死，也不能给一只畜生看诊！

"宁死不遵？"沐云流脸上挂着漫不经心的笑，眼神落在面前雪白灵狐的身上，却让旁人看了很是心惊胆战。

谁都知道，流王殿下是极少笑的，即便是难得一笑，也绝对是笑意浅淡，从不达眼底。所以此刻这位天神般的殿下脸上挂着如此温和的笑容，反倒让人心惊，猜测着是不是暴风雨前的宁静。

太医院院首脸色涨红，被沐云流口中那个"死"字给震慑了，可心中仅存的一点儿傲骨，又让他低不下头，拉不下脸。

沐云流今日心情似乎真的很好，他抬眸淡淡瞥了一眼太医院院首，一挥袖子："既是如此不情愿，便让其他御医来此替小灵儿诊治吧！"

呃？所有人都愣了，包括方才还一脸气愤的太医院院首。他几乎都以为沐云流下一句话是把自己拖出去给斩了呢！

要知道，流王殿下不是没干过这样的事，朝中就有三位大员就是死于流王殿下之手的，偏偏事后圣上只是小惩，根本没治流王殿下的罪。

"院首大人，其实我家殿下只是尤其喜爱这只受伤的小灵狐，所以才请院首大人过来的。"管家朱林见状，便上前淡笑着解释。

朱林深谙人心，知道眼前这位太医院院首只是误会他家殿下在羞辱其医术罢了！所以，只要稍加解释，应该用不着再派一名御医过来了。毕竟若是再来的御医仍然不愿替小灵狐诊治，那他家殿下可能真的要开杀戒，杀了这群迂腐的太医了。

太医院院首被朱林这一劝，似乎也明白了。他再一看沐云流的确用很喜爱的目光看着膝上那只雪白灵狐，心里便信了七八分。

斟酌片刻，太医院院首的脸色总算不那么难看了，他说道："既得殿下抬爱，臣下便试上一试。"他可从未为狐狸诊治过，这可是他五十年从医生涯里的头一回。

很快，太医院院首便替灵飞诊治了。而经过太医院院首一番检查，灵飞的身体终于有了初步诊断——只是疲劳过度，并无外伤或者内伤。

太医院院首得到了应有的赏赐，很快离开。

待闲杂人等都退散之后，灵飞才略微郁闷地开口说话了："我早说过我没受伤的，你这个凡人还偏偏不信。"

沐云流伸手便弹了灵飞湿漉漉的小鼻子一记，半开玩笑半认真地说道："再敢

藐视本王,本王就剥了你的狐狸皮!"

"……"灵飞哆嗦了一下,不是吓的而是郁闷的。区区一个凡人而已,几十年就去见阎罗王了,能有什么大能耐?居然还来威胁她?不过,算了,她大人有大量,不和他一般计较,谁让他是自己的救命恩人呢?

"小灵儿这般爱逞强,本王还不是担心小灵儿骗本王吗?"沐云流一副自己好心没好报的模样,伸手便敲了灵飞一记栗暴。

灵飞从来没被人这么对待过,狐狸小脸一皱,抗议道:"不要敲啦……"

"小灵儿什么时候才能变成人身?"沐云流一时间觉得养一只狐狸当宠物竟也不错。

灵飞一边抬爪子和他对抗,一边回答:"要等我法力恢复才行。"

"多久?"沐云流心疼灵飞体质虚弱,倒是见好就收,不再逗弄她,将她放在桌上,凝视那双漂亮的狐狸眼,那双眼睛仿佛盛着世上最清澈的泉水,拥有洗涤人心的力量。

灵飞不知他的想法,认真想了一下,道:"应该三天就可以了。"这次渡雷劫,她一点儿伤都没受,只是体力透支,真可谓不幸中的大幸了,而体力恢复起来是很快的。

"可以一直保持人形吗?"沐云流挑眉,喜爱极了灵飞一副认真思考的模样。

都说狐狸精狡猾,媚术惑人,他本着实验的心思将这只小灵狐带回家,毕竟他第一眼见到的姑娘,怎么看都不像是个狐狸精。想不到,这只小灵狐果然没让他失望,她不但纯真,而且并无害人的心思。

她不但不像普通狐狸精一样祸害人类,借此成为法力高深的狐妖,而且她的理想竟然是——修仙!

太医院院首到来之前,他听了她的理想,心里当真是想笑的,可看着那双湿漉漉的狐狸眼,不知怎的,他就没能笑出来。

于是,他一反常态地对一只不自量力的小灵狐说:"嗯,本王也觉得你身上有仙气,一定可以位列仙班。"

恐怕他永远也不会忘记听到他这句话的灵飞骤然抬头,直直地看进他的眼底深处,一双狐狸眼中绽放的感激和信任的光芒了吧。

"可以。"灵飞点点头,"只要我不受伤的话。"

她道行还浅,如果受伤,就会变回原形,以防道行彻底被毁,成为一只普普通通的小灵狐。

沐云流闻言便展颜一笑,略带一丝狂妄地说道:"有本王在,绝不会让小灵儿受伤的。"

灵飞听了心中蓦地一暖,这个凡人……其实也挺不错的。至少他是八十年来第一个相信她可以位列仙班,还说要保护她的好人。

可惜,他终究只是个凡人。

"你……可以不叫我小灵儿吗?"灵飞望着沐云流,被那双黑曜石般的眸子深深吸引了,可她还记得她一直想说的话。

"为何?"沐云流好笑地看了灵飞一眼,"小灵儿很好听啊!"

灵飞皱了皱小鼻子,不赞同地道:"小灵儿听起来好别扭,你叫我灵飞好不好?"他一叫她小灵儿,她就特别不自在,不知道为什么。

"不好。"沐云流干脆利落地拒绝了灵飞的提议,他就喜欢叫她小灵儿。

灵飞用小鼻子拱了拱沐云流的掌心,不是很高兴的样子:"没有人叫我小灵儿的。"

沐云流闻言却勾唇一笑,眸色柔和:"既然本王是第一个叫你小灵儿的人,那么小灵儿就应该把本王放进心里,明白吗?"

谁敢这么叫她,他会拔光那家伙的毛!

"别人都叫我灵飞,或者飞飞。"灵飞不死心地垂死挣扎,她有些不安,总觉得遇到这个凡人,隐约好像会慢慢改变一些什么。动物与生俱来的躲避危险的本能,让她想和这个凡人保持距离,不要那么亲密。

"谁叫小灵儿'飞飞'?"沐云流眯了眯眼,一丝危险的寒光飞速掠过眼底。

灵飞想到那个从小便照顾她的二师哥,狭长的狐狸眼笑弯了:"二师哥叫我飞飞。"

还二师哥!沐云流一脸不悦地盯着灵飞,轻哼一声:"以后,没有二师哥,只有本王。"

"怎么可以?"灵飞闻言,立刻抗议地睁大眼睛,"我是二师哥带大的,二师哥最照顾我了,我不能没有二师哥。"

从这一刻起,沐云流对灵飞这位"二师哥"再无什么好印象。

"不说这个了,小灵儿想吃点儿什么?"沐云流心里冷笑一声,早晚让她忘记什么二师哥,眼里只有他!

沐云流转移话题的功力不错,灵飞经他一提醒便觉得饥肠辘辘,爪子摸摸小肚皮,倒是一点儿都不客气:"要吃好吃的,瓜果点心还有肉。"

流王府会缺这些吗?只要是灵飞想要的,就没有他沐云流给不起的。于是,很快桌上就摆满了美味菜肴还有点心,而灵飞由于身体虚弱,便享受到了沐云流亲手喂食的特殊待遇。

灵飞吃得欢,沐云流喂得欢;灵飞一脸满足,沐云流一脸温柔。

朱林一脸不可思议地看着灵飞被他家流王殿下喂食,心里不平:殿下这是对一只畜生,都比对人好啊!

"好吃吗?"沐云流估摸着灵飞差不多吃饱了,便柔声问道。

灵飞点点头:"不错。"在山中她通常是狐身,吃的瓜果倒是新鲜,可大鱼大肉之类的都是生吃,不像这流王府里做熟的这般好吃。

朱林顿时一个趔趄,一脸震惊!

狐……狐狸开口说人话!所以……所以这是一只……狐狸精!

"殿下!"朱林汗毛直立,瞪眼看着他家殿下腿上那只雪白灵狐,声音止不住颤抖。

灵飞眨了眨眼,顿时明白了自己竟然一时忘了房里还有第三个人,顺口就回答了沐云流的话,而实际上她只需要点点头就好了。

朱林是上菜的时候,恭立在一旁等候沐云流吩咐的,结果……被灵飞彻底地无视了。

沐云流一脸云淡风轻,瞥了朱林一眼:"她是只灵狐,懂人语。"

明明是狐狸精!别欺骗小的读书少好吗?朱林瞪大眼睛看着灵飞,可心里再多埋怨,也不敢表现出来。殿下显然是在袒护这只狐狸,他说多了,反而会惹殿下不高兴。

但是……谁知道殿下是不是中了这狐狸精的妖术呢?

"别让本王知道,你背叛本王。"沐云流仿佛能读懂人心一样,冷冷的视线落在朱林脸上,语气里有着浓浓的疏离与警告。

朱林心里一凛,当即跪了下来:"殿下,老奴对殿下绝无二心!"多年的服从,让朱林心里有一个深刻的认识,那就是——殿下的话对的就是对的,错的也是对的,总之就是要服从殿下,不与殿下的意愿背道而驰!

"那最好,起来吧。"沐云流的语气缓和了下来,对于朱林这个人,他还是放心的,否则他也不会当着朱林的面跟灵儿聊天。

"谢殿下。"朱林起身,心里无限哀怨地看了灵飞几眼,然后垂下了头。既然殿下喜欢……无论如何,他也尊重殿下的意愿!

"小灵儿,该休息了。"沐云流将视线收回,落在面前虚弱的小灵狐身上,随后便将她抱到了内室之中。

第二章 公主登门来

灵飞确实困了,她需要足够的休息来补充体能,尽快恢复法力。但当沐云流将她放在床上时,她的小爪子却伸了出去,落在他的胳膊上。

她用那双狐狸眼恳切地望着他:"你就留在这里保护我,好不好?"

惹人怜爱的一双湿漉漉的眼睛顿时让沐云流失笑了,他知道她是怕雷公电母又来对付她。

她之前说过,当时他无意中救了她一命,是因为他的到来,天空中的雷公电母才离开的,因为雷公电母是天界天神,不能伤及凡人性命,否则天帝会惩罚他们。

而她的第一道雷劫,为期一日。

"好。"沐云流温柔地看着灵飞,就坐在内室的桌前,守着她。

灵飞立刻蜷缩成一团,将自己埋进柔软的被褥里,沉沉睡去。

沐云流坐在桌前,看着不远处那蜷缩成一团的小灵狐,眉眼间泛出了一股温柔之色,心里更是柔软得一塌糊涂。

他期待着,三日之后,她的华丽蜕变。

早在沐云流说灵飞该休息了的时候,朱林就退出了房间。但他思来想去,还是决定去见一见清王殿下,弄清楚今日到底发生了什么事,毕竟清王殿下恐怕是除了他家流王殿下之外,唯一知道内情的人了。

朱林很快找到了沐云清,而沐云清正在酒楼畅饮,只是今日的沐云清明显没有往日那般尽兴,而是显得略有心事。

"清王殿下,老奴有一事想请教。"朱林躬身向沐云清行礼。

沐云清眼角斜斜一瞥,"哧"了一声道:"得了,你为何来见本王,本王心里清楚,所以你可以回去了。"他可不会说,不然皇兄肯定会将他发配大漠,让他去与风沙为伍。

别人他说不准,但他皇兄……绝对做得出来!

"清王殿下,老奴已经知道'它'的真实身份了。"朱林透露了一点儿信息,随后眼中精光一闪,"所以老奴才来见清王殿下,望清王殿下屏退左右,方便说话。"

沐云清这下子坐直了身子,眼神异样地看着朱林:这朱管家已经知道小灵狐不

是普通动物，而是狐狸精了？

"你不是在诈本王吧？"沐云清一副似笑非笑的表情，清眸审视地打量着朱林的面部表情。

"清王殿下屏退左右之后，自然知道老奴不是在耍诈。"朱林一脸淡定之色，从容回视。

沐云清挑了挑眉，不愧是他皇兄带出来的得力助手，若在外头，很难猜到朱林竟只是一个小小管家。不知情的还以为他是哪一户人家的大老爷呢！

"你们都出去，包围四周，不许任何人进来叨扰本王。"沐云清终于妥协了，挥手命左右侍卫都退出去。

"是，殿下！"侍卫们应声离开。

房门紧闭，很快就只剩下沐云清和朱林二人。

"说吧！"沐云清跷起二郎腿，懒洋洋地看着朱林。

其实沐云流和沐云清两兄弟有些神似，但行事作风却是迥然不同的两种风格，因此走到哪里都不会被人认错。

"老奴听见殿下与那只狐狸……对话。"朱林想起之前那一幕，仍觉得不可思议，"所以老奴已经知晓，那只狐狸并非普通小兽，而是传说中的狐狸精！"

沐云清十分诧异："你是说，皇兄当着你的面，和那只狐狸说话？"

"是的，而且那只狐狸也能说人语。"朱林叹了口气，"殿下的意思，是不许老奴将此事声张出去。"

沐云清呵呵一笑："看样子，皇兄果然很信任你啊！"

朱林双手一拱："承蒙殿下信任老奴，可老奴这心里头……总是不踏实，所以想从清王殿下这里了解一下，那只狐狸精到底是怎么出现的？"

沐云清倒也了解朱林此人，虽然说朱林会听他皇兄的话，绝不敢擅自将此事透露出去，但朱林也绝对会担心他皇兄的安危。毕竟狐狸精在传说中本就不堪，喜吸食男人精气，甚至挖心挖肝等，谁能不担心呢？

"你知道，昨天皇兄带本王去祭奠母妃，一夜未归，直至今早才赶回京城。"沐云清回忆道，"而就在皇兄和本王快抵达京城时，突然发现晴空万里却有雷电闪过。皇兄便顺着雷电往前寻，最后遇到了那只白色小灵狐。"

朱林听得诧异："这么说来，当时这只狐狸正遭雷劈？"如果不是做了什么天怒人怨的事情，上天怎么会雷电交加要劈死这只狐狸呢？

这个念头在朱林心头一起，顿时恨不得立马回流王府，死谏他家殿下快离那只狐狸远远的！

"也许吧！不过她当时还不是狐身。"沐云清想到那个绝美清雅的少女，心中倒也是微微一动，他笑道，"皇兄和本王见到她时，她是一名绝色少女，眸光倔强，倒有几分凡间女子所不能及的风韵。"

朱林对此嗤之以鼻，狐狸精嘛！当然和凡间女子不一样了，最会勾人心魂！

"总之她就是这么出现的，皇兄见她虚弱，下马去扶她，她却变成了一只狐狸。"沐云清想了一下，唇角一勾，"她似乎很怕雷电，皇兄答应救她，但她并没有像传说中的狐狸精一样魅惑皇兄，倒是有点儿意思。"

朱林蹙了蹙眉，道："狐狸精手段过人，也许她是在欲拒还迎，故意勾起殿下的兴趣。"

结果不是殿下仍旧把她带回流王府了吗？而且看殿下的样子，对她很是疼爱呢！连御医都请来给她诊治。

"也许吧！"沐云清对此没什么兴趣讨论，反正他和朱林都左右不了皇兄的决定。

朱林打听到了他想知道的事情，却不知道如何能劝动他家殿下，离那只狐狸远远的。

"清王殿下……"朱林轻咳一声。

没等朱林说下去，沐云清就哈哈一笑，摆手道："朱林，你可别想把主意打到本王身上来，本王是绝对不会去跟皇兄作对的！"

"可殿下是清王殿下的兄长，难道清王殿下就一点儿都不担心吗？"朱林一脸正色。

沐云清一摊手："本王当然担心，但皇兄一意孤行，本王可不想因为一只畜生和皇兄闹翻。况且那只狐狸精道行还浅，本王倒不觉得她能伤得了皇兄。"

"这……"朱林也承认，清王殿下说得一点儿没错，可他就是不放心他家殿下身边跟着一只成了精的狐狸。若那狐狸精真有害人之心，等到他们有所防备时，只怕已经晚了！

"好了，你也该回去了，小心皇兄知道了，怪罪于你。"沐云清懒得跟朱林再废话下去，一脸"好走不送"的模样。

朱林见状，只好告辞。

朱林走后，沐云清立于窗口，望着外面的园林，几不可闻地叹息了一声。

朱林啊朱林，你说的本王怎会不知？只是……皇兄的许多事，你也未必知晓啊！

想到那幅不可思议的画，沐云清眼里闪过一抹诡异的红光：小狐狸啊小狐狸，你会是破解一切谜底的钥匙吗？

朱林回到流王府的时候，公主正在流王府里发泄，见什么摔什么。

她是当今陛下的第三位公主，名号"璃月"。很不幸的是前两位公主都因病夭

折,所以她也是陛下唯一的公主,很得陛下疼爱,但这养成了她骄纵的性格,凡事总要人顺着她才肯罢休。

"公主殿下,您这是做什么?"朱林上前阻止,有些无可奈何。

"朱管家!你老实告诉本公主,流皇兄是不是在府里?"璃月公主很是不高兴,双眸泛着浓浓的骄纵之气。

"公主殿下,昨日是王爷母妃的忌日,王爷与清王今早才回京,实在是太累了,所以老奴并未替公主殿下通报,还望公主殿下恕罪。"朱林诚恳地解释,望璃月公主能听得进去。

"放肆!你竟然不替本公主通报!"璃月公主更为在意的是这一点,瞬间怒气高涨。

朱林淡淡一笑:"老奴任凭公主殿下处置,只是王爷此刻真的很累,恐怕没有精力见公主殿下。"

朱林压根不惧惩罚,他只知道他家殿下绝不会在今日见璃月公主。因为……今日是相府嫡女苏杏儿的十七岁生辰。

璃月公主与这位相府嫡女是手帕交,从小便在一起玩耍,感情深厚,而偏偏这位相府嫡女打小便喜欢他家殿下,所以璃月公主每回来找他家殿下,都必定是为了苏杏儿,他家殿下早已不胜其烦。

"你!"璃月公主气结,却也不敢真的把朱林这个流王府管家给罚了,她的流皇兄是很可怕的,她偶尔任性也不敢过分。

"还请公主殿下明日再来。"朱林恭敬地躬身送客。

璃月公主牙痒痒了半晌,忽然眼珠子一转,脸上泛起了梨窝:"朱林,本公主问你,流皇兄是不是从外边捉了只狐狸回来?"

朱林闻言一惊!风声传得这般快?不过……也是,殿下回来时想必许多人都见着了。

"是。"朱林只回答了简洁的一个字,并不多言。

"哼!不让本公主见流皇兄是吧?"璃月公主狡黠一笑,"本公主这就回宫告诉父皇,说流皇兄带回了一只千年狐狸精,还被狐狸精迷得团团转!就不信流皇兄不进宫见驾!"

璃月公主哪里知道,她随便说的一句威胁之语,竟然会是真的呢?

"公主殿下!"朱林头痛极了,心里也略微顾忌,这位璃月公主可是什么都做得出来的,万一谣言成真,传了出去……只怕对殿下有极大的不利。

"怎么样?怕了吧?那还不让本公主去见流皇兄!"璃月公主得意扬扬,她堂堂公主,还不是一个管家的对手吗?笑话!

"沐璃月，本王看你是越来越放肆了！"一道低沉威严的声音从璃月公主身后传来，包含着无尽的冷肃之意。

璃月公主浑身一僵，心底竟有一丝发毛的感觉。她慢慢转过身，果然见着她冷酷威严的流皇兄，顿时挤出一抹讨好的笑容："流皇兄……"

沐云流手上抱着灵飞，灵飞从睡梦中被吵醒，正睡眼惺忪，模样有几分娇憨，但沐云流的脸色可就不那么好看了。灵飞身体虚弱，正需要好好休息，却被璃月公主一顿大喊大叫给吵醒，沐云流焉能不心疼，不生气。

"告诉本王，你又在胡搅蛮缠些什么？"沐云流对这位皇妹从来都不假颜色，语气冷厉而威严。

璃月公主语气顿时透出了一丝委屈："人家只是好久没见到流皇兄了，想见见流皇兄嘛！"

沐云流冷笑一声："现在你见到了，可以滚了！"

"流皇兄！"璃月公主不依地跺了跺脚，当着这么多人的面叫她滚，真是一点儿面子都不给她啊！

灵飞好奇地瞅着似乎在吵架的两兄妹，眼珠子骨碌碌地转来转去，但当璃月公主对上灵飞的视线时，灵飞就转过头，懒洋洋地趴在沐云流怀里闭眸小憩。

璃月公主跟她狐族里那位小师妹很像，同样的任性、刁蛮、不可理喻——这是灵飞看见璃月公主的眼神后下的定论。

"还不滚？"沐云流耐心耗尽，目光隐隐流露出一丝暴戾。

璃月公主也真是豁出去了，上前扯住沐云流的袖子，央求道："流皇兄，今天是杏儿的生辰，人家答应了杏儿一定会把流皇兄你带去相府的，你就帮人家这一次嘛……"

沐云流的脸色迅速地沉了下来，看似平静的眼眸里暗藏一抹怒火及杀意。若此刻站在他面前的不是他父皇的女儿，他早已出手将其震飞出府了！

"本王懒得理你。"沐云流深吸一口气，挥手将璃月公主震开几步，抱着灵飞就转身回房。

"流皇兄不去，我也不走了！"璃月公主竟然一屁股坐在地上，撒起泼来。

沐云流恍若未闻，继续朝房间走去。

"啊！我明白了！流皇兄一定是被那只狐狸精给迷住了，我这就去告诉父皇，让父皇找道士来捉妖！"璃月公主一时情急，竟拿了无辜的灵飞来开刀。

也不怪璃月公主这般，实在是尊贵的流王殿下，平日里实在没对什么事物表现出兴趣过，所以今日璃月公主见到她的流皇兄手臂上挂着一只雪白灵狐，实在是有些目瞪口呆。

"你再说一遍。"沐云流蓦地止步,冷淡侧身。

明明他的语气那般轻,如一阵清风拂过,却蕴含着浓浓的肃杀之气,让人不寒而栗!仿佛,一个不慎,回答不好,脑袋立刻就会被他拧下来踢一样。

璃月公主呆了呆,一时不敢答话。

虽然流皇兄是出了名的冷酷,难以接近,但她也是第一次看见他对她摆出这样肃杀的脸孔。她犯了流皇兄的忌讳吗?

灵飞眨了眨眼,小爪子在沐云流胳膊上挠了一下:唔,她可不可以回避啊?免得真的惹来道士捉妖,她就得不偿失了。

灵飞本着明哲保身的想法,想远离是非之地,但这个小动作却被沐云流当成了安抚。

沐云流低头,冲正抬起头看着他的灵飞轻笑一声,红唇微勾:"不怕,本王在。"

那双凤眸犹如天边的朗朗星辰,清澈浅笑宛若初夏的清风,让人从骨子里开始融化,翩然欲醉。这难得一见的温柔范儿,瞬间秒杀了所有围观者。

璃月公主整个人顿时有些震惊,流皇兄是被什么东西附体了吗?竟露出如此温柔的一面!

灵飞也被沐云流突然流露的温柔神色弄得一怔,神色懵懂地看着沐云流。

而她傻愣愣的模样却让沐云流发出了一阵清越动听的低笑声,接着便带着灵飞离开了回廊。

这一次,璃月公主再不敢口出狂言了,眼睁睁看着沐云流和灵飞消失在回廊处。

好半响,璃月公主才回过神来,一想起今日来流王府的目的,顿时一脸沮丧——怎么办?她要怎么跟杏儿交代?杏儿当然不会责怪她,但一定会露出失望的表情,让人见了心生不忍。

而且杏儿那么相信她……

璃月公主蹙着眉头想了半天,终于想到了一个好法子,这才松开了紧蹙的眉头,兴冲冲地往流王府外走去。

"恭送公主殿下。"朱林一直将璃月公主送到了流王府门口,看着璃月公主上轿离开,才算是止了步。但他心头有一种不太好的预感,总觉刁蛮如璃月公主,不会这么轻易就放弃的。

毕竟,今天是璃月公主手帕交苏杏儿的十七岁生辰,璃月公主肯定是在苏杏儿面前立了"军令状"才来流王府的。以璃月公主的性格,肯定会想方设法把他家殿下骗到相府去。

朱林猜得一点儿都没错,璃月公主离开流王府后,直奔皇宫内的东宫,找到了当朝太子殿下。

"太子哥哥,这次无论如何你都要帮人家!"璃月公主不依不饶地拉住了太子沐云柘,语气撒娇又带着一丝不容拒绝。

沐云柘眼里闪过一丝不耐烦,但脸上很快露出了笑容,语气宠溺:"哟,谁欺负我们璃月公主了?"

璃月公主立马一脸高兴:"就知道太子哥哥最疼我了!"接着,璃月公主很快将她今日的任务说了一遍,包括她去流王府碰了一鼻子灰的情景。

"璃月,你是说……三弟昨日去郊外祭祀,却捡了只狐狸回来,而且甚是宠爱?"沐云柘眯起了一双暗黑凤眸,脸上掠过一抹不明的情绪。

"是啊!我只是说要跟人说那只是狐狸精,流皇兄就对我好凶呢!"璃月公主提起这事就郁闷,她从来没见过流皇兄对她那么凶那么冷酷过,好像要杀了她一样。

沐云柘挑了挑眉,盯了璃月公主片刻,才扬起一抹意味不明的笑容:"那么,璃月想本宫怎么帮忙?"

"当然是去父皇那儿求一道圣旨,让所有皇子都于今日去相府做客啊!"璃月公主一脸理所当然的模样。

也亏璃月公主不傻,她知道要是她去求圣旨,父皇顶多当她和苏杏儿关系好,胡搅蛮缠,定不会答应她。但若她的太子哥哥前去,那就成了另一种意思了——东宫早晚要和相府搞好关系的,不是吗?

所以,只要她的太子哥哥去求圣旨,父皇必然会下旨让所有皇子都去相府,这样一来她的流皇兄也跑不掉咯。

沐云柘心思极深,怎么会猜不透璃月公主心里那点儿小九九。而本来他是不会帮这个忙的,毕竟吃力不讨好。但璃月公主之前那番话却让他对沐云流起了探究之心。

沐云流一向是对任何事物都不热衷的,更别说养宠物了,如今怎么突发兴致,养起一只狐狸来?而且是去给他母妃拜祭的途中带回来的一只狐狸,这就很耐人寻味了。

"好,谁让本宫最疼璃月妹妹呢?"沐云柘心下虽已做了决定,却还不忘卖给璃月公主一个人情。

璃月公主一听,高兴地蹦了起来:"太好了!太子哥哥,你答应了!你真好!太子哥哥最好了!"

沐云柘笑而不语,眼底浮现出一抹深沉之色,璃月公主并未注意到。

很快,沐云柘便去了御书房,见到了当今皇帝陛下,凌帝。

凌帝听说了沐云柘的来意后,眉头微微一蹙:"身为东宫太子,私交相府势力是否有所不当?"

凌帝是个雷厉风行的皇帝，此刻便直截了当地指出沐云柘来请这道圣旨的不妥之处，言辞犀利。

沐云柘才坐上东宫太子之位两年时间，当初那场立储风波至今还未平息，很多官员并不服从沐云柘这位东宫太子。如果这次被抓住把柄，只怕雪片一般的奏折又会纷纷飞来御书房，要求废长立幼了。

"父皇容禀。"沐云柘不慌不忙，躬身解释，"儿臣的意思是，父皇下旨，让所有皇子及公主都参加相府这场家宴，如此一来便不会落人口实，还可显得父皇体恤下臣，一举两得。"

凌帝闻言神色稍缓，手指微微叩桌，思考着这法子的可行性。

片刻后，凌帝未想出什么不妥之处，却对太子请这道圣旨的初衷感到不解："此法可行，不过，太子何以心血来潮，想去给相府嫡女庆生？"

"父皇。"沐云柘眼中隐隐流露笑意，"璃月和相府嫡女乃是手帕交，所以儿臣……其实是受了璃月之托。"

凌帝一怔，随即便明白过来。

"原来是月儿从中捣鬼。"冷厉的脸上也有了笑意，淡淡道，"月儿一直想撮合你三弟和这相府嫡女，想不到这次连你也给求上了。"

"是的，听说璃月已经去过流王府，但可惜三弟怎么都不肯前去相府，璃月无法了这才来找儿臣帮忙。"沐云柘笑道。

凌帝看了沐云柘一眼，原先的冷厉变成赞许："嗯，月儿虽然顽劣，但毕竟是你们唯一的妹妹，做兄长的在不触及原则的前提下纵容她些许，是一个兄长应有的风范。"

"是，父皇的教诲，儿臣谨记在心。"沐云柘面带微笑，若不是知道父皇心思，他又怎会一再纵容璃月胡闹。

他，本就不是有如此耐性之人。

凌帝挥毫，写下圣旨，由一旁的公公双手捧过，走到沐云柘面前交给了沐云柘。

"听说你三弟今日才回京？"凌帝凝视着沐云柘的眼睛，似乎漫不经心地问了一句。

沐云柘微笑着回道："是啊，儿臣听璃月说，她去三弟府上的时候，三弟还没起床呢！不过这话，只怕璃月多少也有些夸张，三弟哪是这等贪睡之人。"

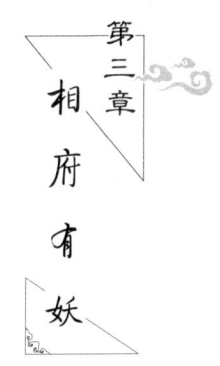

第三章 相府有妖

作为东宫太子，而且是不被父皇看好的储君，沐云柘也算是十分聪明了。明明有这等告状的机会，沐云柘却只字不提沐云流带回一只狐狸的事。

他相信他尊敬的父皇陛下这般漫不经心地问上一句，其实是想看看他会不会告状。

果然，听了沐云柘的回答，凌帝微微颔了颔首，面色越发缓和："嗯。"

顿了一下，凌帝才又淡声道："眼看正午已过，相府家恐怕热闹起来了，太子早些去寻了你弟弟们，一同去相府为相府嫡女庆生吧。"

"是，父皇，儿臣告退。"沐云柘双手捧着圣旨，躬身退下。

很快，流王府便得到了消息，而沐云柘随后也踏入了流王府的大门。

看着沐云柘那温和的笑容，沐云流面无表情地弹了弹衣角，犀利冷漠的视线落在沐云柘脸上，薄唇却紧抿，似乎并没有什么话要对沐云柘说。

沐云柘本来也沉默着，想等沐云流先开口。但这样僵持了许久，周围就没一个开口说话的，沐云柘终于开了口："三弟，眼看时间不早了，我们还是尽早动身吧！"

在这场较量中，终究身为东宫太子的沐云柘先沉不住气，败下阵来。

"本王有说要去相府吗？"沐云流的脸上终于有了其他情绪——讥讽，他好整以暇地抱着灵飞，看着自以为聪明的沐云柘。

沐云柘脸部肌肉微微抽动了几下，当着双方诸多侍卫的面，他感觉有些下不来台。但他仍然忍了下来，好言相劝道："三弟，莫要任性，父皇已经下了旨。"

言下之意，沐云流若不去，便是抗旨不遵，尊贵的父皇陛下是要怪罪的。

"哦？父皇下了旨又如何？"天下人都不敢抗旨，沐云流却丝毫不将圣旨放在眼里，他一声轻笑，"本王是头一次抗旨吗？"

沐云柘脸色一变，袖下的双拳倏然握紧。

不错！沐云流一向是皇子中最为特殊的那一个，不论他犯下何等大罪，那高高在上的皇者总会如慈父一般饶恕他！

十五岁那年抗旨不婚，之后两年内当众斩杀三名朝廷大员，刚过十七岁便又抗旨不入东宫，这一切的一切，都被宽恕了。

沐云柘不会忘记，他这东宫太子的位置是怎么得来的——是因为沐云流抗旨不入东宫，这位置才落在了他沐云柘的头上！这是他沐云柘一生最大的耻辱！

"三弟当真不去？"沐云柘终于被激怒了，他不再和沐云流演兄友弟恭的戏码，语气冷了下来。

"不去！"沐云流语气铿锵，红唇勾起，眸底泛起一丝嗜血冷意。他倒要看看，这位兄长能将他如何！

沐云柘盯着沐云流不可一世的脸庞，忽地勾唇一笑，语气散漫："听说，今日相府的主菜，乃是千年雪狐。只怕说起来，与三弟你怀中所抱这一只，颇有些相像呢！"

灵飞本来懒洋洋地趴着，人间这些莫名其妙的纷争和她一点儿关系也没有，但沐云柘说出这句话之后，她骤然睁眼，浑身一个激灵之后，立在了沐云流的掌上。

"那与本王何干？"沐云流按下了灵飞的小脑袋，手指很自然地放入灵飞小小的嘴里，不让灵飞贸然开口，而后不动声色地望着沐云柘。

沐云柘一时之间倒未注意到灵飞，他只淡笑地看着沐云流，轻描淡写地道："我看三弟似乎对狐狸情有独钟，所以顺口一提罢了。既然三弟不怎么关心，那我就先带其他皇子去相府了。"

说罢，沐云柘侧身，拿着圣旨准备走人。

"等一下。"沐云流眸色微微一沉，沉声开口。

沐云柘扬起一抹胜利的浅笑，好整以暇地回眸："怎么？三弟改变主意了？"

"闲来无事，去相府看戏也无妨。"沐云流何等聪明，灵飞方才那反应已经表明她的态度，因此他不用问灵飞，都知道灵飞心里是想救她同类的。

而且相府里那只千年雪狐，恐怕和灵飞是同一品种，说不定还认识呢！于是，沐云流瞬间做了决定，前往相府一探。

灵飞感激地看向沐云流，她敢肯定相府里那只千年雪狐，就是她的二师哥！

雪狐在狐族之中本来就稀少，何况是千年雪狐。二师哥失踪了一年多，想不到竟是被人类给捉去了，可叹她一直还以为二师哥到哪里闭关修炼去了呢。

她真笨！二师哥若是去闭关修炼，怎么可能不告诉她呢？灵飞心里一阵懊悔，恨不得立马就飞去相府，救她二师哥出来。

但她按捺住了心底这股冲动，她现在法力全无，根本不可能从那么多人类中救出她二师哥来。而且她隐隐有预感，相府里一定有收妖的能人异士，不然以二师哥的法力，怎么可能被相府的人捉到呢？

所以，她现在唯一能指望的，就是身为王爷的沐云流了。也许……他有办法，将她的二师哥从相府里救出来。

"既然三弟改变主意，决定去相府，那我在门口轿辇上等候三弟。"沐云柘笑得很是虚假，他淡淡地一瞥沐云流身上皱巴巴的衣袍，自以为宽宏大量地给了沐云流换衣的时间。

沐云流面无表情地看着沐云柘出了流王府，这才抱着灵飞回到房间。

"你帮我救那只千年雪狐好不好？"灵飞一回到房间，就迫不及待地请求沐云流，一双清澈的眼睛眼巴巴地望着沐云流，圣人也会心软。

沐云流一边换外袍，一边淡然问道："那千年雪狐是小灵儿的亲人？"

灵飞用力点着小脑袋："他就是一直照顾我长大的二师哥！"

沐云流一听到灵飞这话，那对狭长邪魅的眸子眯了起来。

他很是危险地瞥了一眼灵飞，语气慢条斯理："小灵儿很喜欢这位二师哥？"

"喜欢？"灵飞不明所以，"什么是喜欢？"

八十年潜心修炼，唯一陪伴在自己身侧的就是二师哥，在灵飞的认知里，二师哥是亲人，是兄长，她不想他出事。

沐云流听到灵飞这个回答，一时间有些哭笑不得。

他眸子一眯，转过身，低眸看向眼巴巴看着他的小狐狸，勾唇一笑："喜欢就是一日不见那人，便想念得紧；见到了那人，心里就是欢喜的。"

原来这就是喜欢吗？灵飞若有所思地想了想，很诚实地摇头："那我不喜欢二师哥。"

沐云流笑了起来："哦？这么说，小灵儿从来不曾想念过这位二师哥？"

"偶尔会想到二师哥，但不会有你说的那种感觉。"灵飞认真地想了想，又说道，"二师哥一年多之前就突然失踪了，我还以为他是闭关修炼去了，想不到他落在了凡人手里。"

灵飞的意思沐云流听懂了。那只千年雪狐离开她一年多的时间，她只以为对方是在闭关修炼，便从不曾想念过对方。

沐云流闻言，笑得如沐春风，挑眉道："好，看在他照顾过小灵儿的分上，本王就去相府将他带回来给小灵儿。"

"真的？"灵飞的眼睛倏地睁大，绽出璀璨惊喜的光芒。

"当然是真的，本王怎会骗小灵儿？"沐云流睁眼说瞎话，顿了一下后，又说道，"不过，本王将他救回之后，他不得留在此地，必须离开。"

说着，沐云流仔细观察灵飞的眼神。

"嗯！"灵飞毫不犹豫地点头，一双眼眸清澈见底，"二师哥当然不会留在这里了，他会回狐山的。"

沐云流彻底放心了，以最快的速度换了外袍，神清气爽地准备出门。

"来，躲进本王的衣袖之中。"换完衣袍，沐云流朝灵飞伸出手，沐云柘还在流王府门口等着他呢！

见沐云流一副要将她带去相府的模样，灵飞却摇了摇头："我不能去相府。"

沐云流挑眉："小灵儿不想救那只雪狐了？"

"不是！"灵飞飞快地否认，然后解释道，"二师哥道行上千年，却落在了凡人手上。如果我没猜错的话，相府里一定有一个很厉害的收妖高人。"

沐云流眸色蓦地一深，这点他其实早已想到，而之所以决定去相府，除开要帮灵飞救其亲人之外，更重要的原因便是他想去会会相府那位高人。

如果对方敢多管闲事伤害灵飞，他会让对方知道他沐云流的手段！妖怕他们，他沐云流却不会怕他们。

"有本王在，没人敢伤害小灵儿。"这是一句承诺，沐云流依旧朝灵飞伸出手，他深深地凝视她，想得到她全心全意的信任。

然而，灵飞毕竟只是一只狐狸。她不会轻易相信一个凡人，毕竟凡人在仙妖的法力面前，显得那般渺小，沐云流固然是尊贵无比的王爷，可又有什么力量与有法力的人对抗？

所以，灵飞依旧摇头："我不能去。如果相府里那位高人是道士，就算是你，也无法与之抗衡。"道士本来便是捉妖的，而且拥有一般凡人所没有的法力，她不想冒这个险。

沐云流有一瞬间的不悦，但很快便重新恢复了淡然，这只宠物还没有养熟，不信任他也很正常。

他一声轻笑，道："既然小灵儿不想去，那本王去去就回，小灵儿不许乱跑，外面很危险。"来日方长，总有一天这小东西会明白，世上唯一能保护她的人，只有他，沐云流！

灵飞点点头："我不会乱跑的。"话毕像是想到什么，灵飞忙又补充了一句，"对了，我二师哥有一个特征：他尾巴的尖端有一抹红色。在我们狐族，只有二师哥是这样的。"

虽然已经肯定相府里那只千年雪狐一定是自己的二师哥，但灵飞还是想再确认一下。狐族也分派别，万一救了自己的敌人，岂不是自找麻烦？灵飞虽然不爱惹事，却也绝非菩萨心肠。

沐云流轻"嗯"了一声，又看了灵飞一眼，这才转身出门。

离开流王府之前，沐云流将朱林留了下来，一句死命令让朱林心里一阵叹气："小灵儿出任何事，本王都会算在你的头上！"

朱林忧虑地望着他家殿下离去的背影，愁容满面。殿下这不仅仅是被妖所惑，而且是走火入魔了啊!

相府今日热闹非凡,因为极受相爷宠爱的嫡女苏杏儿十七岁生辰,几乎满朝文武都携家眷而来。

这也难怪,相爷本来就是朝中重臣,三朝元老,而苏杏儿本身又与凌帝最疼爱的三公主是手帕交,朝中大臣们怎么会不争相讨好?

所有人心里都清楚,来这一趟不一定能让相爷记住你,但不来这一趟,相爷一定会记住你。当然了,不少人都抱着看戏的心态而来。这戏的主角,便是当朝最引人注目的三皇子殿下——流王,沐云流!

整个王朝的人都知道,相府嫡女苏杏儿情系三皇子殿下,也就是流王沐云流。而这几年来,苏杏儿的手帕交璃月公主,不知道从中周旋了多少回,奈何流王殿下就是不解风情,始终对苏杏儿冷冰冰的。

不过,苏杏儿和璃月公主似乎并未放弃。这不,这次苏杏儿十七岁生辰,听说璃月公主去流王府等了大半天,但不知请动了那位冷酷冰山流王殿下没有。

所有人都在寒暄着,视线却不自觉地时不时瞟向大门。如果在筵席开始之前,流王殿下还不出现,那就是不会来了。

苏杏儿是个绝美的女子,眉若远黛,红唇俏鼻,整个人透着让人心旷神怡的温柔劲儿。她是京城数一数二的绝色才女,琴棋书画样样精通,从小便有无数朝中大臣上门提亲,想与相爷做儿女亲家。

可惜,从苏杏儿恋上流王殿下的那一刻起,注定了她至十七岁都不能定亲。也许,她还要继续等下去。

"来了!殿下来了!"

终于,不知谁这样兴奋地吆喝了一声,所有人顿时精神抖擞地看向门口:来了?流王殿下真的来了?

"是太子殿下的车辇!"又有人这般喊了一声,顿时,无数人脸上浮现出失望的表情。

不过,等到相爷苏城易亲自去门口迎接,将太子殿下沐云柘、清王殿下沐云清、流王殿下沐云流,以及另外三位皇子都请进来时,众人的失望情绪立马收了起来!

原来流王殿下是和太子殿下等人一起来相府的,这阵仗,可真是太大了。但为何诸位皇子都来了呢?相府嫡女生辰虽然是件大事,但也惊动不了皇族吧?

众人纷纷在心里猜测这件事背后的真相。

"几位殿下亲临相府,相府实在是蓬荜生辉啊!"相爷苏城易笑得有些春风得意,其实他事先也不知道,这次爱女生辰,相府竟然会如此有面子。

沐云柘淡淡一笑:"本宫等人,乃是奉旨为相府嫡女庆生而来,相爷请接旨。"

众人及苏城易这才注意到，沐云柘旁边一名太监手中，高高捧着一道圣旨。

"老臣苏城易接旨。"苏城易连忙跪了下来，相府中所有人，包括前来的宾客们，都纷纷跪了下来。

"奉天承运，皇帝诏曰：丞相苏城易乃三朝元老，为官清廉，兢兢业业，今朕闻丞相嫡女生辰，特令……"沐云柘用温雅的声音将圣旨逐字逐句念完，随后圣旨一合，"钦此。"

"老臣苏城易，叩谢皇恩，吾皇万岁万岁，万万岁！"苏城易低着头，伸出双手接过了圣旨，这才站了起来。

"今日相府确实热闹。"沐云柘扫视了一圈相府，看见的是熟面孔的百官，随即淡淡笑语一句。

苏城易笑道："都是些小女的叔伯们，实在有心了。晚宴即将开始，诸位殿下，请上座。"

沐云柘微微颔首，随后便带头入座。

晚宴即将开始，苏杏儿这女主角却迟迟没有出现。

沐云流从一开始进入相府，眸底就有一丝不耐烦，是以从头到尾他都没有开口说话，只用一双锐利的眼睛四下扫视着，寻找着那只千年雪狐的踪影，但直至他们落座，所谓的千年雪狐也没有出现。

沐云流向来不是守株待兔的人，便径直朝苏城易开口询问，语气淡然而冷漠："听说丞相此次打算用一只千年雪狐作为宴会主菜？"

为表尊敬，通常人都会称呼苏城易为"相爷"，但沐云流却是根本不从大众，一直口称"丞相"。

苏城易虽是老臣，却对这位流王殿下相当尊敬，立刻便含笑答道："流王殿下果然消息灵通，不错，老臣一道友捉住了一只千年雪狐，这次趁小女生辰，便送给了老臣。"

道友？沐云流俊逸的眉头微微一蹙，倒是被那小东西猜中了，相府里的捉妖高人果然是个道士。

"千年雪狐，莫非肉特别香？"沐云流懒洋洋地往后一靠，唇角讥讽地勾起。

苏城易一窒，敏锐地察觉到这位流王殿下不是那么高兴了，便解释道："流王殿下有所不知，这只千年雪狐之所以作为今日主菜，并非它的肉质特别香嫩，而在于它的血十分珍贵。"

"哦？"沐云流挑了挑眉，眼里有冰寒之色一闪而逝。若此刻讨论的是灵飞，他就没这么好的脾气了。

众人颇觉新鲜，这样的说法之前可是闻所未闻呢！他们只知道，狐狸皮毛很是值钱,可用来做披风大衣等等。

"这只千年雪狐本已成精,它不但具有千年道行,还曾服下过一枚天池圣果,这便使得它的血液弥足珍贵。"苏城易继续解释道,"若是凡人喝它一滴血,至少可以延寿五十年!"

瞬间众人哗然!

一滴血就能让凡人延寿五十年?这未免也太让人吃惊了!但不知真假。

"所以,老臣才想趁这次小女生辰,将这千年雪狐的血放干,然后加至热汤中,给各位同僚服用。"苏城易微笑着看着众人,说出来的话让众人一阵热血沸腾!

想不到这次来相府,真是巴结对了!一顿饭,几张银票,就换得了五十年寿命!

相较于众人的狂喜,沐云流显得十分淡定,眼底甚至掠过一抹阴鸷。

"丞相倒是记挂这些同僚,不知父皇听了此话会有何感想。"沐云流语气淡淡,却含着一丝让人心惊的冷厉,气势非凡,咄咄逼人。

众人脸色皆是一变!糟了!流王殿下发难了!这罪名可是不轻啊,记得同僚却不记得当今圣上,不知相爷会如何应对呢?

苏城易却是不慌不忙一拱手,笑道:"圣上龙体,怎能贸然试之?老臣是想,等今日宴会之后,再献给陛下。"言下之意,他早已留下凌帝那一份儿了。

沐云流却似乎心情不好,漆黑眼眸中闪过一抹讥讽之色,而后再度发难:"这么说来,本王以及众臣,都是丞相用来试验这千年雪狐的血是否会伤及身体的试验品了?"

这回,丞相苏城易的脸色微微变了一变,一时之间,竟找不出合适的解释来应对。

说起来苏城易也真是苦,一番好心被当成了驴肝肺,不过谁让他遇上的对手是流王殿下呢?

厅上众人也有些沉默,虽然他们并不以为相爷是此等意图,但听流王殿下这么一说,心里难免还是有几分不舒服的。

就在这时,门口传来一道柔如春风的声音,带着一丝丝的温柔及坚定:"身为陛下的臣子,就算给陛下试药,也是分内之事,流王殿下以为呢?"

众人循声望去,便见今日的女主角,相府嫡女苏杏儿,与璃月公主一同出现在正厅门口。

只见她一袭粉色霓裳,柳眉浅描,脸上略施粉黛,微勾着红唇,目光盈盈地落在流王殿下身上。那一双明眸中,藏着绝对的倾慕之情。

苏城易本来已经有些尴尬,但苏杏儿这一番话却瞬间替他解了围,他哈哈大笑道:"不错!不错!杏儿说得好!"

苏杏儿走上前,到苏城易面前福了一福:"爹,杏儿莽撞了。"

"今日杏儿是小寿星，想必流王殿下不会怪罪于你的。"苏城易看了一眼神色莫测的沐云流，呵呵一笑，先下了个套。

苏城易既已点明苏杏儿是今日小寿星，百官又为此事庆祝而来，还说流王殿下不会怪罪苏杏儿，那沐云流若出言为难苏杏儿，就显得很不雅了。

事实上，沐云流的确不会怪罪苏杏儿。因为……苏杏儿是个姑娘家。堂堂流王殿下，怎屑于与一个姑娘家唇枪舌剑？那未免失了他的身份与风度。

"太子哥哥，流皇兄，清皇兄，你们都来啦！"璃月公主跑到了沐云柘身边的空位落座，那本就是为她准备的。她的言语和动作都显露出她更加亲近东宫太子沐云柘，这一幕落在众人眼里，便引发了各异的心思。

沐云流似笑非笑地瞥了沐云柘一眼，对今日的圣旨一事有了个大概猜测，他却薄唇微抿，并不揭穿。

事实上，沐云柘算是帮了他一个大忙。如若不是下了这道圣旨，他怎么帮灵儿救她二师哥呢？他可不想看到灵儿一脸失望的模样。

"流皇兄，你送了杏儿什么礼物啊？"璃月公主故意问得很大声，还偷偷朝苏杏儿递了个暧昧的眼神。她是有意当众撮合苏杏儿和沐云流，谁看不出来？

苏杏儿的俏脸微微一红，清澈的眼底流露出几丝心慌意乱。倒也难怪，毕竟尊贵的流王殿下，从未给任何姑娘送过任何礼物。

璃月公主一句话，倒是令沐云流心中一动：灵儿马上要恢复人身了，他是不是也该送个什么礼物略表心意，以做纪念呢？

第四章 智斗紫微道

"流皇兄,你在发什么愣呢?难道你还会不好意思吗?"璃月公主打趣地笑着。

沐云流淡淡一眼扫过去,却是面无表情,冷漠道:"圣旨上没说要送礼。"

众人瞬间哗然!流王殿下这意思是……他是空着两只手来相府的啊!

苏杏儿脸上血色尽褪,美眸升腾起一股雾气,贝齿不由自主地咬住了下唇。他来,仅仅是因为无法抗旨吗?所以,连一份礼物都不屑替她挑选?

"流皇兄!"璃月公主脸色也是一变,小脸气得浮现出红晕,大庭广众之下不要太过分啊!

沐云流懒洋洋地端起酒杯,轻抿一口,以只有四周寥寥几人才能听见的声音对璃月公主冷冷地说道:"再给本王惹麻烦,本王就向父皇请旨,将你送去和亲!"

璃月公主闻言,小脸立刻一白。

眼下朝廷虽无战事,但边界邻国一直蠢蠢欲动,而且不少大臣曾提出以和亲作为维持和平的手段,只是因为宫中只有她一位公主,因此父皇才迟迟没有下定决心。可父皇很溺爱流皇兄,万一流皇兄请旨……只怕父皇真的会动摇。

"知道了!"一咬贝齿,璃月公主正襟危坐,不敢再惹沐云流了。

气氛只尴尬了短暂的一会儿,苏城易便让苏杏儿落座,只当方才什么事都没发生过地恢复了笑容。

"丞相,本王对这千年雪狐很感兴趣,不知能否将它带上来,让本王及众位大臣都开开眼?"沐云流俊眉高挑,向苏城易说出要求。

苏城易眉头微微一蹙,流王殿下今日很是反常,平时虽然不会特别与他亲近,但也至少不会与他作对,怎么也会给他三分薄面,可今日……他是怎么了?

"流王殿下这主意好,我们都还没见过千年雪狐呢!"

"不错,而且是只成了精的千年雪狐,不知道它会不会千变万化?"

"我更好奇相府那位道行高深的道长,他本领一定十分高强,才能捉住这只成了精的千年雪狐吧。"

一时之间,座上大臣们议论纷纷,皆露出一脸好奇的模样。除了本身就好奇的人之外,也有部分人是为了迎合沐云流。

在朝中，人人都知晓，宁得罪太子殿下甚至凌帝，也绝不能得罪流王殿下啊！

众人附和沐云流的提议，苏城易骑虎难下，只好勉为其难地一笑："既然流王殿下有此雅兴，老臣便命人将那千年雪狐带上来，让流王殿下看看也好。"

说完，苏城易便看向身旁侍童，吩咐道："去请紫微道长，就说流王殿下想见千年雪狐，让紫微道长将千年雪狐带至正厅。"

"是，相爷。"侍童领命退下。

紫微道长来正厅之前，众人依旧议论纷纷，好奇这紫微道长是不是真的世外高人，竟有捉妖的本领。

沐云柘手握酒杯，心思落在一旁神情莫测的沐云流身上，眼里闪过一抹不明光芒：他这个三弟，平时对凡事都漠不关心，今日竟对一只狐狸上了心，再加上流王府那只狐狸……怪哉！莫不是真的中了妖术吧？

沐云柘决定，今日好好看戏，将心中疑惑弄个清楚。

不多会儿，离开的侍童返回，向苏城易躬身回禀道："相爷，紫微道长在厅外等候。"

苏城易笑着挥手，高声道："紫微道长，快请进。"

话音刚落，一个穿紫衣、白胡子飘飘的道长拎着一个笼子走进正厅。所有人的视线都落在紫微道长的手上，因那笼子里囚禁的便是据说成了精的千年雪狐。

千年雪狐是今日盛宴的主菜，而谁不想白白延寿五十年。尤其是朝中老臣们，盯着千年雪狐的眼睛直放精光，仿佛恨不能立刻就把它给煮了吃了似的！

"贫道参见相爷。"紫微道长来到厅中，微笑捋须朝丞相苏城易躬身行礼，一副仙风道骨的模样，凛然不可侵犯。

苏城易笑道："紫微道长免礼，来，本相给道长介绍一下：这是流王殿下，太子殿下，清王殿下，璃月公主，以及圣上的三位皇子殿下。"

朝中封了王的殿下只有两位，便是沐云流与沐云清，其他皇子因才德平庸，平时并不被朝中大臣多加注意。按理说苏城易的介绍顺序也没错，从近到远的顺序，只是紫微道长眼中精光一闪，视线便落在了流王殿下身上。

"贫道初来乍到，倒是不知这皇家规矩，莫非堂堂东宫太子能屈居于一位王爷之侧？"紫微道长一句话惊醒在座无数大臣，众人脸色遽变！

在场的人，除了当事人沐云流一脸惬意淡然，完全没被影响之外，其他人全都变了脸色。

朝中只闻流王殿下，不见东宫太子，这在两年多前就已经是一个被众人默认的事情了。似乎东宫太子沐云柘本人也没有什么意见，毕竟当今圣上，也就是凌帝，从来都是宠爱流王殿下多于太子殿下的。

然而，现在却被一个方外之人堂而皇之地指了出来，未免有些让人心惊肉跳。

"本宫与流王殿下同属一脉，何况本宫年长，让流王殿下坐在上座并无不妥，道长言重了。"一片静谧之中，沐云柘悠哉开口，神色含笑。

众人吁了口气，却各自交换了眼色，似乎以后还是要注意注意尊卑，毕竟这天下大统，指不定是谁的呢！

苏城易也回过神来，勉强一笑道："道长有所不知，我朝几位皇子殿下，素来兄友弟恭，不在乎这些繁文缛节。"

紫微道长捋须一笑，视线意味深长地落在沐云柘身上，淡然道："太子殿下好气度，果然是当仁不让的紫微星。"

"咦？紫微星？"璃月公主对星象最为感兴趣，一听不禁有些好奇，"道长，你说太子哥哥是紫微星？"

紫微道长点了点头："不错，贫道两年多前夜观星象，见紫微星宿初放璀璨异芒，心知凡间已多了一位明主。此后不久，贫道便收到消息，我朝立大皇子殿下为储君了。"

璃月公主一下子笑出声来，很是高兴的样子："这么说来，太子哥哥就是紫微星宿，是太平王朝未来的明君咯？"

此话一出，所有大臣均是沉默低头，仿佛事不关己。太子虽立，但凌帝还正值盛年，刚满四十而已，现在谈论谁继承大统绝对是大逆不道的谋逆之罪！璃月公主仗着陛下的宠爱可以胡言乱语，他们却不能。

偏偏那紫微道长不怕，微笑道："公主所言，确实不差。"

璃月公主顿时侧眸，看向沐云柘，娇笑道："听见没？太子哥哥，以后你可是明君呢！"

沐云柘脸色肃穆，一改平日的温和优雅，冷声道："璃月！不许胡闹！"

"太子哥哥？"璃月公主略蒙，不知沐云柘为何突然变脸。

"还不住嘴？"沐云柘将酒杯重重地落在面前的桌上，声色俱厉。

沐云柘一向温和，很少发火，璃月公主虽然心里有些不服气，但大庭广众之下，她还是乖乖闭了嘴。

太子殿下突然发作，群臣默然。

苏城易也感觉紫微道长有些莽撞，让他很是下不来台，何况……还有据说能与太子殿下一争高下的流王殿下呢！

"流王殿下，这千年雪狐在此，不知流王殿下可看好没有？"苏城易聪明地转移话题，却也有些心中打鼓，怕沐云流今日借题发挥，弄砸他爱女的生辰宴。

苏城易这一提，众人倒是都看向了被困于笼中的千年雪狐，毕竟这才是今日主菜。

望向那笼中的千年雪狐，沐云流漆黑如墨的眸子似乎蒙上了一层神秘色彩，他忽然起身，颀长身影大步绕过桌子，来到紫微道长身前。

苏城易一惊，众人也都是一惊，不知这位向来肆意妄为的流王殿下，今日又会有什么惊世之举。

"千年雪狐成了精，是否能言人语？"沐云流一双犀利的星眸，一眨不眨地盯着紫微道长。

他淡淡地立于紫微道长身前，一头青丝垂泻于背后，身形挺拔颀长，俊美无双的容颜流露出点点的华丽霸气。那不可一世的气势，犹如天神下凡，整个人都散发出让人不敢直视的熠熠光辉。

紫微道长心头微微一震，在沐云流的气势下不禁眼神闪了闪。顿了一下，他才淡笑着回道："流王殿下有所不知，这千年雪狐修炼成精，不但能言人语，还能化人形。除了比凡人要美上七分、善于蛊惑人心之外，看起来与普通人并没有什么不同之处。"

众人暗暗咂舌，想不到这成了精的千年雪狐有这么大的本事，不知道他们可曾遇到过成精的狐狸化为人形。不过，即便遇到，肉眼凡胎也难以辨别，他们又不是紫微道长。

"本王却是不信。"沐云流一双黑眸眯起，有些咄咄逼人。

紫微道长微微蹙眉："贫道从无虚言。"

沐云流一声轻笑，鄙夷之色尽显："不让本王亲耳听见，本王怎会轻信？相信在座的各位大臣，也是如此。"

紫微道长一怔："流王殿下言下之意，是要亲眼见到千年雪狐化为人形，或是口言人语？"

"不错！"沐云流的视线淡淡地落在那只千年雪狐身上，不经意地看见千年雪狐眼中闪过一抹异色。

瞬间，沐云流心中犹如明镜——这只千年雪狐恐怕果真是灵儿的那位二师哥，而且已经从他身上嗅出了灵儿的味道，才会出现如此神色，何况他也已经见着这千年雪狐的尾巴尖上，有一抹灵儿说过的……红色。

紫微道长神色间有一抹犹豫，他不是不能让千年雪狐开口说话，那只需要他解除千年雪狐身上一道符咒便可。然而……他有些捉摸不透眼前这位尊贵的流王殿下的心思，他甚至有种流王殿下在针对他的感觉。

"看紫微道长神色犹豫，莫非这只所谓的千年雪狐，不过是一只普通雪狐而已？"沐云流似笑非笑，一双墨瞳里却暗含一抹冷芒。

紫微道长神色一凛："不，贫道只是在想，何以流王殿下一定要听这千年雪狐口吐人语。流王殿下是何心思？"

　　听见紫微道长这番类似于质问的话语，众人顿时脸色各异。

　　果然是不谙世事的方外之人，也不打听打听流王殿下在朝中是什么身份，在陛下面前是什么地位！竟敢……如此语气不恭地跟流王殿下说话。

　　众人心里替紫微道长抹了一把同情泪，因为他们觉得，此刻就算流王殿下命人拿下紫微道长，拖出去斩首，也不足为奇。

　　"本王的心思吗……"沐云流竟然出人意料地没有发怒，只是一脸的高深莫测，"恐怕你还不配知道。"

　　紫微道长被当众奚落，脸色不禁有些挂不住。从结交相爷以来，谁对他不是恭恭敬敬的？这流王殿下未免也欺人太甚了！

　　"不过本王可以告诉你，今日你不说服本王，恐怕你难逃一死。"沐云流好整以暇地走到千年雪狐的笼边，淡淡瞥了一眼正望着他的千年雪狐，唇角邪魅一勾，"至于这千年雪狐的血，本王也不会允许任何人服用。"

　　"你！"紫微道长脸色瞬间涨红，那仅有的一点儿仙风道骨之气，一时间荡然无存。此刻的紫微道长，似乎与普通的老人家没什么区别。

　　众人看了皆是惊奇，流王殿下怎么就与这个方外之人抬起杠来了？莫非两个人之前早有仇怨？

　　或许是两个人之间的气氛太过剑拔弩张，丞相苏城易唯恐今日出事，就连忙对紫微道长说道："道长，流王殿下也是一片好意，你就让那千年雪狐开口说一句话，证明这千年雪狐确实成了精吧！"

　　紫微道长脸色颇黑，但苏城易开了口，他又不好违逆，只蹙眉道："相爷，此千年雪狐被贫道施了符咒，法力被封。若要它开口说话，贫道就要撤了它身上的符咒。贫道是担心，一旦它恢复法力，便会扰乱大小姐的生辰宴。"

　　苏城易闻言，怔了一下，道："道长既能收服它，还怕它作乱吗？"

　　紫微道长沉吟一下，知道事情已无可挽回，只好点了点头："既然相爷如此信任贫道，那贫道只好冒险一试了。"

　　说着，紫微道长便将手中笼子往空地上一放，眸光难测地看了一眼沐云流，伸手收回了笼子上的一枚黄色符咒。

　　众人惊奇地睁大眼睛看着，因为他们从未见过能说人话的畜生，还是传说中的狐狸精。

　　但见笼中千年雪狐依旧维持原来的姿势趴在笼中，狐狸眼微眯，嘴巴却紧闭，完全没有开口说话的迹象。

众人不禁失望，难道流王殿下的猜测竟是对的，这只千年雪狐根本不是什么成了精的妖孽吗？所以，它的血也没有延年益寿的作用了？

紫微道长察觉众人的失望之情，顿时一声厉喝："孽畜！你以为你故意不开口，想让贫道出丑，贫道就拿你没有办法了吗？"

千年雪狐淡淡地瞥了一眼紫微道长，眼神颇为不屑。该受的折磨他都受得差不多了，还怕什么呢？

只不过……不知飞飞怎么样了，为何眼前这个看起来高深莫测的凡间男子，身上竟有飞飞的纯净气息？他现在唯一担心的，只有飞飞而已。

"你急什么？"沐云流漫不经心地勾出一抹诡笑，带着几许让人生寒的神秘，"本王自有办法让它开口。"

紫微道长神色一滞，这流王可真是大言不惭，他以为他是谁？能令一只狡诈多端的千年老狐狸乖乖开口？即便是有法力的自己动用法力，恐怕也不见得能让这只千年雪狐开口呢！

"那贫道就拭目以待。"紫微道长眼神有些冷，捋须旁观。

众人暗暗腹诽：果然是方外之人，恐怕只有这样的人，才不会畏惧流王殿下的冰雪冷酷之气。

沐云流今日却拿出了相当好的耐性，他慢慢蹲下，盯着千年雪狐的眼睛，冷冽出声："在这太平王朝，本王说一，无人敢说二！你有什么话，大可对本王说明。本王这人，最爱多管闲事。嗯？"

紫微道长呆住了！这流王殿下好个大言不惭啊！太子殿下就在此处，亦是真命天子，这流王殿下区区一个王爷，竟敢说他说一无人敢说二！难道，他就不怕被奏明当今陛下，判他一个大不敬之罪吗？

众人也是呆住了，因为沐云流一句"本王这人，最爱多管闲事"。若不是亲耳听到，他们绝不相信这样的话是从流王殿下口中说出来的！可谁不知道，流王殿下是整个王朝之中最懒，最漫不经心，也是最不爱多管闲事的人啊。

听说，曾有美貌女子身负重伤，楚楚可怜地拦住了流王殿下的去路，哀求流王殿下救她一命，她愿意为奴为婢，结果被流王殿下一句冷冷的"扔得越远越好"给打了脸。

这样的流王殿下，哪里像是会多管闲事的人？可即使在场所有人都不信，笼子里的千年雪狐却是信了。

他信的不是沐云流，而是他的飞飞小师妹。这凡间男子的身上有飞飞的纯净气息，说不定……他是飞飞派来救他的！

这般一猜测，千年雪狐便在心里打了个转后，如沐云流所愿地开口了："紫微贼道想造反，我知人间自有天命，不屑与之为伍，才落此下场。虽然我已成精，却知道天命不可违，我是绝对不会为虎作伥的！"

沐云流眼中掠过一抹满意的神色，这只狐狸倒也不算太笨。

千年雪狐一番义正词严的话惊呆了众人，也惊呆了紫微道长！

紫微道长好半天才反应过来，一蹦三尺高，竟忘了自己的仙风道骨气度，指着千年雪狐的鼻子大骂："你个孽畜！贫道什么时候要造反了？你竟敢血口喷人！贫道……贫道要将你打得魂飞魄散，永世不得超生！"

说罢，一道符咒扬起。

沐云流身形一晃，以不可思议的速度来到紫微道长面前，修长的手一扬，紫微道长扔出去的符咒顿时被沐云流当空接过。紫微道长虽然法力高强，但符咒只对妖魔有用，对沐云流这样的凡人，那是一点儿用处都没有的。

"紫微道长，你想杀狐灭口，让这件事死无对证？"沐云流一双寒眸绽放星芒，唇角冷冷勾着，给紫微道长定了一条新的罪名。

"王爷针对贫道！"紫微道长气得白胡须直飘，此刻他终于知道这位流王殿下根本就是针对他，顿时火冒三丈，欲与之动手。

"紫微道长！不得无礼！"丞相苏城易大惊，三步并作两步冲下台阶，挡在了沐云流身前。流王殿下何许人也？若是在相府被人动了手，他这三朝元老的脑袋只怕也难保住了！

紫微道长的脸色由红转青，他实在弄不懂，丞相为何这般怕这位流王殿下，难不成这位流王殿下比太子还大？比皇帝还牛？

紫微道长不知道的是，沐云流的确比东宫太子大，也比皇帝还牛，他甚至可以抗旨不遵，以及藐视朝臣。即便是高高在上的凌帝，几次被沐云流触怒，也只是暗自呕血，不敢真的将沐云流如何。

至于这其中原因……确实耐人寻味，但不是紫微一个小小的道长能够参悟得透的。

"丞相，本王今日过府喝茶，想不到丞相打算请本王喝血茶。莫非这紫微道长谋反一事，丞相也有参与？"沐云流语气寒冽如冰，眼眸危险地眯起。

紫微道长的冲动，给了沐云流一个极好的机会。但沐云流何等城府，他绝不会亲手拿人，眼下自然有人帮他做这件事。

果然，苏城易脸色骤然大变，回过身就立刻跪下了："流王殿下恕罪，老臣对此事一无所知。老臣身为三朝元老，'忠君体国'这四个字时刻不敢忘，请流王殿下明察！"

沐云流却只是冷笑，并不答话。

苏城易一咬牙,抬头喝道:"侍卫何在?还不将这贼道拿下!押入天牢,等候流王殿下发落。"

紫微道长大惊失色:"相爷……"

侍卫们却已经鱼贯而入,上前便将紫微道长捆了个结结实实。紫微道长捉妖无数,一身法力,只可惜面对这些凡人,他并不敢轻举妄动,当下便被押了下去。

沐云流淡淡地瞥了脸色难看的苏城易一眼,勾唇一笑,甩了甩广袖:"本王怎会不相信丞相的忠心,起来吧!"

苏城易心中大石并未落下,不敢起身:"老臣有眼无珠,老臣有罪。"

"本王说丞相无罪,谁敢说丞相有罪?"沐云流不可一世地扫视全场,但凡被他扫中的人,全都噤若寒蝉,低下了头,哪儿敢发表半点儿意见。

苏城易心中哀叹了一声,果然,虽然太子已立,可在朝中真正有实权的人,仍旧是流王殿下啊!

"老臣谢过流王殿下。"苏城易见沐云流不是诓他,这才敢谢恩后起身。

"至于这只千年雪狐……"沐云流一脸沉吟状,神色高深莫测,意犹未尽的话语却让人有种芒刺在背的感觉。

苏城易不是笨蛋,立马就拱手道:"自然交与流王殿下处置。"

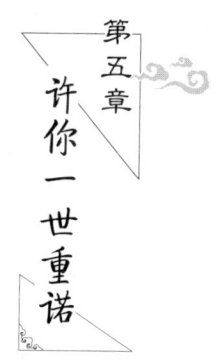

第五章 许你一世重诺

沐云流深眸流露出一丝满意之色，他淡淡一笑，负手而立："也好，本王便带回去详加调查。"

说着，沐云流一声淡喝："侍卫何在？"

"是，殿下。"侍卫自然明白他们殿下的意思，便上前拎了那装有千年雪狐的笼子，恭敬回到沐云流身后站定。

"兹事体大，本王先行回府。"沐云流看都没看苏杏儿，便带着侍卫们离去。

苏杏儿双眼含泪，红唇嚅动了几下，终究因为少女含羞而不敢妄言留人。

璃月公主当然知道苏杏儿心里难受，但今日发生的事情太出乎她的意料了，她也不敢再去惹流皇兄。刚刚……可是差点儿就发生一场械斗呢！

苏城易看着周围宾客，长叹一声，强颜欢笑，继续待客，然而宾客们等待的筵席终于开始，却已经没了品尝佳肴的心思。

沐云流拎着笼子回到了流王府，径直走到灵飞房间外，向看样子一直站在房门口守卫的朱林挑了挑眉："小灵儿呢？"

朱林苦笑了一声，侧身让开："一直在房里，没有出去过。"

"嗯。"沐云流并不理会朱林眼中的哀怨之色，轻轻一踢房门，径直走进房内。

只见灵飞还趴在软榻上睡觉，此刻听见动静才睡眼惺忪地抬起小脑袋来，见是沐云流回来了，狐狸眼微微眨了眨："你回来啦……"声音软软的，表情萌萌的，沐云流一张冷厉的脸庞顿时柔和下来，寒眸泛起温柔的光芒。

"看看本王给你带什么回来了。"沐云流展颜一笑，将手中的笼子放在了桌上。

灵飞定睛一看，顿时跳了起来，睡意全无。

"二师哥！"灵飞无法相信，相府里那只千年雪狐真的是她二师哥，而在此之前她一直在祈祷，希望是她判断出错了，可惜事实终究不会因她的想法而改变。

作为狐族一员，深谙修炼之道，灵飞一眼就能看出，一直疼爱她的二师哥的千年道行已经毁于一旦了。她心中忍不住愤怒，到底是谁把二师哥的道行给毁了？

"飞飞，果然是你。"千年雪狐爪子一搭，笼子顿时应声而裂，他从桌上一跃而下，奔向软榻上的灵飞。

就在他快要到达之际,一只大手横空出现,将灵飞小小的身子捞了过去。沐云流好整以暇地将灵飞抱在怀里,坐在软榻上,俊眉高高挑起:"本王不喜欢任何人、任何动物,接近小灵儿。从今天开始,你最好记住这一点。"

千年雪狐微微一愣,他不禁认真地打量了沐云流片刻。他以狐族敏锐的观察力看出了沐云流眼中那抹势在必得——这是个绝不轻言放弃的男人,他绝对不会放飞飞回狐山了!

"你不过一介凡人,早晚会忘了飞飞,就算你如今在飞飞身边,你以为你能守护飞飞一辈子?百年之后,飞飞就再也找不到你的下落了!"千年雪狐一针见血地指出残酷的事实

"那就让本王来找小灵儿好了。"沐云流变戏法似的从怀中变出一枚小玉石,把玩在掌心之中,淡淡笑道,"这枚'记忆神石',应该能让本王兑现承诺。"

千年雪狐一下子站直了身体,惊愕地看着沐云流手中莹润剔透的小玉石,半晌都说不出话来。

怎么可能?传说中的十大神器之一的"记忆神石",怎么会落到一个凡人手里?

"你怎么会有记忆神石?"灵飞同样也很诧异,眼睛一眨不眨地看着那枚小玉石,情不自禁地问沐云流。

"小灵儿要吗?"沐云流浅浅一笑,低眸望她,"给你。"

灵飞只觉得爪子里一温,那块还带着体温的玉石便被塞进了她的爪子中,让她心里没来由地涌过一股暖流。

"我不要。"灵飞摇摇头,把玉石还给沐云流,"这记忆神石对我没用的。"妖只有两种结局,要么永存,要么消失于天地之间,所以根本用不着记忆神石。

沐云流看得出来,灵飞并未推托和撒谎,便淡笑着将记忆神石收起,语气温润:"好,就留给本王,让本王永生永世都不会忘记小灵儿。"

灵飞怔怔地,心里说不清是什么滋味,想拒绝,但看着沐云流那双认真到了极点的黑眸,她竟一时有些不忍心。

千年雪狐心里已经隐约感觉到,那股若有似无涌过的淡淡情愫。他心中暗叹,陪伴了小师妹这么多年,想不到最终陪在小师妹身边的,却不是他……

也许,这便是狐族的宿命。但他真的不想小师妹受到任何伤害,他宁可看着她修成正果,也比肝肠寸断要让他欣慰。

"小灵儿,可还记得你答应过本王什么?"沐云流伸手将小狐狸的爪子抓住,语气中带着一丝浅浅的温和。

灵飞被抓痛了狐狸爪子,不禁抗议地瞪着沐云流。不过……她答应了他什么吗?

"看来,小灵儿已经忘了呢!"沐云流略含敌意的视线从一旁千年雪狐的身上

掠过，语带暗示。

灵飞怔了一下后，终于记了起来——她答应过他，救出二师哥后，不会让二师哥留在流王府的。

"二师哥，这里还很危险，我让他派人送你回狐山好不好？"灵飞没敢说她已经知道她二师哥道行全毁的事，语气较为委婉。

千年雪狐闻言，淡淡一笑："好啊！反正你二师哥的千年道行已经毁于一旦，必须要从头再来了。"

灵飞眨了眨眼，心里很是记仇，有朝一日等她找到那牛鼻子老道，定要让他付出代价！

沐云流仿佛看出了她的想法似的，大笑了几声："那贼道就在本王手中，小灵儿看看，要怎么发落他？"

沐云流一副替灵飞出头的模样，但灵飞摇晃了一下小脑袋："不，这是我们和道派的恩怨，不能把你扯进来。"

"呵呵……小灵儿这是把本王排挤在外的意思吗？"沐云流发现自己很不喜欢听到她那句"我们"，尤其这个"我们"之一，就在他面前碍眼。

灵飞诧异地抬头："我只是不想让你惹上麻烦啊！"

千年雪狐笑道："小师妹是怕你跟道派结仇，毕竟道派在你们凡间，还是有举足轻重的地位的。"

炼丹、卜卦、布阵、观天象，这些优势使得道派与凡间许多达官贵人都有来往，所以这些年来道派在凡间的地位日益提高。譬如紫微道长，便算是相府的贵客，只可惜遇上了沐云流，连丞相也保不住他。

"偏偏，本王是个不怕麻烦的人。"沐云流勾唇浅笑，很满意灵飞对他的维护。

他伸出修长的玉指，轻轻地抚过灵飞的小脑袋，微笑道："小灵儿，本王问你，若道派中人见着你，是否会为难你？"

"不是为难，是收妖。"灵飞语气中有一抹无可奈何，"他们道派中人，一直认为收妖是他们的天职，所以见妖就收。"

"可小灵儿没有做过坏事？"沐云流挑眉，眸子散发出迷人的光芒。

灵飞摇了摇头："他们不会调查妖精是否做过坏事，因为他们认为所有的妖精都会害人。"

千年雪狐此刻也冷笑了一声："我何尝做了什么伤天害理的事情？不过是去寻一株灵草，误撞那同去寻灵草的紫微贼道，他便对我出手罢了！"那紫微贼道法力并不高，可惜手里有道派祖师爷所赐的厉害符咒，这才使得他的千年道行毁于一旦。

"也就是说，道派并不完全正确。"沐云流的神色倏地冷下来，"说穿了，他

们不过是一帮自诩正义的乌合之众罢了！"

灵飞微微蹙眉，不知道为什么，她不太愿意沐云流和道派为敌。虽然说，她本来应该乐于见到这种结果。

千年雪狐望了似有纠结的灵飞一眼，淡笑道"道派虽说不能用法力来对付凡人，但你身为皇室贵胄，人在明处，若真惹怒了道派，他们甚至会集结妖魔来对付你。"

"既然有妖界，自然有天界，莫非天界众仙不管？"沐云流似乎对这些鬼怪的事情，一点儿都不觉得惊讶。

这令千年雪狐也对沐云流有了另一番考量，何况沐云流手中竟有神器记忆神石……这就不得不让人讶异于沐云流的神通广大了。到底沐云流是什么人？

"只要不是道派的人亲手所杀，天界是不会责问道派的。"千年雪狐眼露讥讽，显然对此愤愤不平。

沐云流眼中浮现出一抹若有所思的神色："也就是说，所谓的公道，在很多人身上并不存在。"

千年雪狐倒是笑了一下："你若安安分分做你的王爷，公道自然站在你这边，但若你要逆天而行，必被上天所不容。在天界众仙看来，这叫咎由自取。"

沐云流高深莫测地看了千年雪狐一眼，唇角浅笑，却并不答话。千年雪狐的意思很明显，如果真的到了他所说的那种地步，那么凡间将会妖魔肆虐，因为沐云流和灵飞而死的人，会不计其数。

而最先遭殃的，必然是沐云流手下这些人。

"小灵儿不是想修炼成仙吗？本王或许可以帮你哦！"沐云流笑得一脸高深莫测，看着灵飞的黑眼珠子，勾唇说道。

灵飞虽然知道沐云流转移了话题，但还是被勾了进去："你怎么帮我？"他不过是一介凡人，就算有记忆神石，可他还是凡人啊！再说记忆神石对她又没有用处。

"其实妖族立志修仙的不在少数，但成功者却寥寥无几。知道为什么吗？"沐云流不答反问，温柔地看着灵飞。

灵飞不假思索地回答道："因为雷劫！"

"不错。"千年雪狐接过话茬，语气凝重，"雷劫分九重，前五重好躲，因为是雷公电母所打出的雷电，可这后四重……因是历经万年上天早已形成的法规，乃是天雷，所以即便是万年道行的大妖，也不见得能幸运躲过。"

灵飞想到自己才八十年道行，不禁有些黯然。是啊，前五重就算躲过去了，后四重雷劫又要怎么躲过？她真的能位列仙班，摆脱妖的身份吗？

"那后四重雷劫，其实是能够躲过去的。"沐云流轻轻拍了拍灵飞耷拉着的小脑袋，轻笑着说道。

灵飞蓦地扬起下巴，睁大狐狸眼望着沐云流：难道说……他指的是那个？

"不错，后四重雷劫的确能够躲过，因为我们狐族曾有一位修炼成仙过。"千年雪狐若有所思地看着沐云流，问道，"但你怎么知道后四重雷劫可以躲过？谁告诉你的？"

"这是本王的事情，还轮不到你来过问。"沐云流轻"哼"了一声，显然不屑回答千年雪狐的问话。

千年雪狐被噎，半晌苦笑："好吧，算我多嘴了，你继续往下说。"千年雪狐此刻心里犹如明镜一般，这个凡人绝不简单！

他也无法预料，小师妹遇到这个凡人，究竟是福是祸。而他现在没有任何力量能够保护小师妹，只能将忧心藏起。

沐云流的视线温和地落在灵飞眼里，轻描淡写地说道："要躲过这后四重雷劫，必须依靠几样神器。只要到后四重雷劫之时，修炼之妖身在神器之内，便不会被雷劫毁去道行。"

千年雪狐眼中闪过一丝异样，这个凡人果然知道雷劫的秘密！

"可是，神器只存在于传说之中，就算是天界的众仙，也不知道神器的下落呢！"灵飞摇了摇头，她当然也知道这个传说，可她从来没有奢望过。

当年修炼成仙的狐仙娘娘，便是靠神器躲过后四重雷劫的，所以，只有这位狐仙娘娘才知道神器的下落，可是，这位狐仙娘娘已经销声匿迹很久了。

沐云流笑得一脸邪魅，他瞥了灵飞一眼，低笑道："所以本王才要留下小灵儿啊！只要小灵儿乖乖陪在本王身边，本王必会将神器一一为小灵儿寻到的。"

看着沐云流认真的表情，灵飞狐狸眼内光芒闪了几下，心里一阵讶异：他真的愿意为她拿到那些神器吗？

半晌，灵飞才回过了神，摇头道："可是人妖殊途，我不能留在流王府太久的。"她也是为了他好，他是她的救命恩人，她不能给他带去麻烦，恩将仇报。

沐云流俊眉挑高，轻笑问道："这么说，小灵儿宁可放弃修炼成仙的夙愿，也不愿留在本王身边？"

这个……灵飞心中微微一动，竟是答不出来。

好吧，她承认她很想留下来，毕竟眼前的男子虽然只是凡间的王爷，却似乎本事很大，连记忆神石这样的宝贝都能拿到。说不定……他真的可以在她修炼这条路上帮她很多。可是，又觉得自己这样明摆着是利用人家，实在太卑劣了。

"若有让小灵儿利用得上的地方，本王其实很高兴呢！"沐云流眼神何等锐利，几乎是立刻就看出了灵飞的那一丝顾虑，顿时好笑地捏了捏她竖起的狐狸耳朵，"所以，小灵儿不用心存顾虑。"

天知道他正是用神器来诱惑她留下吗？她却反而如此心善，教他汗颜之余，却是愈来愈喜爱她了。

沐云流的眼神如此认真清澈，灵飞心里没来由的一阵悸动。不知道为什么，她知道他是认真的，而不是说点儿好话骗她留下而已。

"好吧！"灵飞终于心软，答应了。凡人的寿命很短，她就先答应他吧，就算他不能给她找来神器，她也会陪他到寿命终结的那一天，反正，她才刚刚修炼到第一重雷劫结束而已。

"真乖。"沐云流笑着赞扬了灵飞一句，身穿雪白袍子的他坐在灵飞身边，看去竟是十分和谐的一幅美画。

千年雪狐心里渐渐滋生一种失去什么的感觉，但他看着这一幕，却是闷不吭声。现在的他没有能力保护小师妹了，又惹上了道派，也许让小师妹留在这个凡人身边，小师妹的安全比较有保障。

"本王会派几名亲信将你送回狐山，至于所去之路，你沿路告诉他们就行了。"沐云流倒也没忘了千年雪狐，毕竟留千年雪狐在流王府内，无疑会被别人诟病。

沐云流的算盘打得很好，只要千年雪狐一回狐山，他便可以让人通知丞相苏城易，千年雪狐法力恢复，跑了。

"好。"千年雪狐毫不怀疑沐云流的威信，之前在相府时，它便亲眼看见沐云流那些侍卫，对沐云流有多么服从——是绝对服从，不论对错。

就这样，灵飞乖乖留了下来，留在了流王府，留在了沐云流的身边。千年雪狐离开的时候，跟灵飞单独说了一会儿话，才跟着沐云流所派的几名亲信离开流王府。

而千年雪狐一走，沐云流便用一双犀利的眼睛直视着灵飞，似笑非笑地逼供："小灵儿，那臭狐狸都跟小灵儿说了些什么？"

灵飞一听就瞪圆了眼睛："二师哥不是臭狐狸！"

"怎么不是？"沐云流挑眉，继续逗弄灵飞，"本王可是明明闻到它身上有一股臭味的，应该是狐狸特有的味道。"嗯，俗称……狐臭。

灵飞无语，半晌才道："身为狐族都会有的。"

"可小灵儿就没有。"沐云流一针见血地指出关键所在，唇角一勾后，低笑道，"说说看，小灵儿有过什么奇遇，为何身上不但没有妖的气息，反而有股神圣的仙气？"

从第一眼看见灵飞开始，沐云流就发现了这个秘密。所以他和灵飞在一起好几日，紫微道长初见他时却不知他身边有妖，原因便在于灵飞身上根本没有妖气，他自然也就沾染不到妖气了。甚至灵飞身上连狐族最基本的狐臭都消失了，取而代之的是一股淡淡仙气，清香怡人。

灵飞狐狸眼微微一眯,原来他早就发现了。

"小灵儿乖,告诉本王,本王好奇得很。"沐云流诱哄着灵飞说出真相,而原因仅仅是他想对这个小家伙了若指掌。

灵飞懒洋洋地趴到一边去,脑袋扭向沐云流看不到的方向,显然不想回答沐云流这个问题。

这是她最大的秘密,就算是一向疼爱她的二师哥,她也不曾告诉,因为她和"她"有过约定,绝不告诉外人。

"好,等小灵儿愿意告诉本王的时候,本王再听。"沐云流漫不经心地一笑,语气含着命令,"现在,好好休息。"

沐云流可以保护灵飞不被雷公电母追击,灵飞很快便安心地睡去了。

又过了一日,丞相苏城易上门来拜访了,很显然是为了千年雪狐和紫微道长一事,流王殿下不着急,他却是着急的。

朱林将苏城易请进正厅,奉茶之后,淡笑道:"相爷稍等,老奴这就去请殿下出来。"

苏城易笑呵呵道:"不急,不急,本相等得了。"

"多谢相爷体恤。"朱林礼貌地躬身,随后退下,疾步走出正厅,拐了好几个弯才到达沐云流的院落。

沐云流和灵飞正在花园里纳凉,此刻日头刚上,不算炎热,鸟语花香,花园里一片美景。待朱林禀明沐云流之后,沐云流极不情愿地命朱林亲自守着灵飞,自己这才慢悠悠地朝正厅去了。

灵飞眨着眼睛,悄声问朱林道:"那个丞相大人很坏吗?"她看得出来,沐云流一点儿都不想去见那个丞相。

朱林哭笑不得,心里纠结挣扎半天,才勉强对着面前的小狐狸说道:"相爷不坏,是殿下从不与人亲近,所以才面露不耐烦。"

灵飞眼里流露一丝疑惑,自言自语道:"不会啊,他很好接近啊,那么温柔的……"

朱林闻言更是哭笑不得,殿下那是对你这只小狐狸精才会温柔好吗?对外人,啧啧,那可是一等一的冷若冰霜啊!

第六章 赐你清白身份

沐云流悠然地来到正厅,刚一进门,苏城易便起了身,朝他作揖:"流王殿下,老臣冒昧来访,打扰了。"

沐云流轻"哼"一声,不置可否,到正座上落座,往后一靠,俊眉微挑:"丞相来见本王,所为何事?"

苏城易闻言心下不由得苦笑,流王殿下这不是明知故问吗?

"前日小女生辰,流王殿下带走那千年雪狐,亲自拷问,不知可有结果了?"苏城易实在是不愿和这位流王殿下打交道的,但他又不能不来这一趟。

人和狐狸精都是从相府带走的,而且与谋逆一事有关,他身为丞相绝对脱不了干系。所以,流王殿下的调查结果如何,关系着他脖子上这颗脑袋,以及他身后上千人的性命。

"那只千年雪狐,昨晚跑了。"沐云流眼眸淡淡一抬,神色自若地说道,仿佛在说着今天天气很好一样。

"那狐狸精跑了?"苏城易大惊,瞬间失态,"噌"地站了起来!

不怪苏城易三朝元老如此失态,实在是人与妖如何斗?他这个当朝丞相,已经和那千年狐狸精结了仇,现在却让对方给跑了……那千年狐狸精会不会集结其他狐妖,到他相府来闹事?

沐云流的眼角漫不经心地抬了一下,语气从容自若:"丞相为何惊慌?"

这不是明知故问吗?苏城易心里顿时憋着一口气,他就不信,聪明如流王殿下,猜不出他在慌些什么!

"呵……放心,此狐千年道行被毁,现在想的是如何修炼,不敢来此作祟。"沐云流淡淡一笑,总算发了善心,没让苏城易急死。

苏城易也是聪明人,听了之后先是一怔,随后心中迷雾渐渐被拨开了。是啊,那千年狐狸精原本是很厉害的,但现在道行已经毁去,只剩下微弱的法力,怎么会贸然来寻仇。

何况毁其道行的又不是他苏城易,是那紫微道长!就算此狐要寻仇,首先找的也该是紫微道长才对。不过……其法力高强时便斗不过紫微道长,更何况如今道行已毁。

这般一想，苏城易渐渐镇定下来，他重新落座，略微尴尬地笑道："但不知流王殿下打算如何处置那紫微道长？"

沐云流眼眸微微一眯，俊眉微挑："丞相以为呢？"

苏城易暗自观察了一下沐云流的脸色，感觉沐云流并无什么不悦之后，才淡笑着道："依老臣之见，这千年狐狸精已经跑了，那么紫微道长谋逆一事就没有证据。何况狐狸精本就狡诈多端，说不定它是反咬紫微道长一口，以求脱身。"

现在千年雪狐已经跑了，苏城易相信这点一定说得通。毕竟，紫微道长是不可能谋反的。一个方外之人，如何谋反？而他苏城易，光明磊落得很。

沐云流似乎很认真地思索了一下，最后缓缓点头，回道："嗯，丞相此言倒是有理。"

苏城易闻言一喜："流王殿下这是答应放人了？"

沐云流倒是不慌不忙，只淡淡一笑，不答反问道："丞相可觉得，这位紫微道长很是中意本王那兄长？"

沐云流排行老三，但二皇子早年夭折，所以皇子之中最年长的，便是如今的东宫太子沐云柘。是以，沐云流口中的"兄长"，便指的是沐云柘了。

苏城易闻言心底一惊，流王殿下这话中有话啊……难不成，此次谋逆罪名，流王殿下打算安置到太子殿下头上？

这……苏城易有几分拿不定主意，心里斟酌了许久，才硬着头皮笑道："太子殿下乃是众皇子之首，紫微道长在人前那般说，怕也只是奉承之语，算不得数的……"

"皇子之首吗？"沐云流意味深长地看了苏城易一眼，勾了勾唇角，却是不再继续往下说了。

他淡然起身，负手走下台阶，颀长的身影经过苏城易面前时，侧眸笑了一笑："本王会将紫微道长送回相府，送丞相一个顺水人情。丞相可以回了。"

说罢，沐云流大步流星地走出了正厅，留给苏城易一个气势凛人的背影。

苏城易背脊微微发寒，他想他这几日都不会忘了此刻流王殿下的眼神了。不过……流王殿下总算是松口可将紫微道长送回相府，愿意给他这个薄面，他应该庆幸今日没有白来了。

苏城易微微叹了口气，脚步有些虚浮地离开了流王府。

等到苏城易回到相府，发现紫微道长已经被流王府的侍卫送了回来，不禁暗暗心惊流王殿下果然言出必行。

"相爷。"紫微道长面上早已没有了起初的仙风道骨之色，取而代之的是阴鸷和愤懑。

苏城易也看出来了，便微微一叹，说道："道长，此次实属无妄之灾，还望道长海涵。"

苏城易不是笨蛋，他已经想通此事错不在紫微道长身上，而是流王殿下故意找碴。不过，那只千年狐狸精也确实够狡猾的，竟顺着流王殿下的话，说出那等让人骇然的话来。

如果他苏城易不是三朝元老，又或是流王殿下有意为难，只怕当日他就血溅相府了！苏城易绝对相信，传说中暴戾血腥的流王殿下，做得出这样的事来。

"相爷可有将那狐狸精带回？"紫微道长心里的仇恨满满，他在牢里待了两日，发誓要将那只狐狸精剥皮，挫骨扬灰，让其永世不得超生！

苏城易闻言更是叹气了："那千年狐狸精，昨晚从流王府跑了。"

"什么？"紫微道长脸色骤变，眼神一瞬间变得阴鸷冷寒。

狐狸精最是狡猾，上过一次当，便绝不会再上第二次。这次让它跑了，他想再将其捉回，只怕是难上加难了。一想到牢狱之仇报不了，紫微道长未免觉得不甘心。

"还好道长将其道行毁去，想必它也不敢来报仇。"苏城易倒对那只狐狸精没什么深仇大恨，只担心人斗不过妖。

紫微道长闻言冷冷一笑："贫道就怕它不来！"

苏城易见紫微道长如此记仇，不免微微皱了皱眉。

"爹，您去过流王府了？"此刻，苏杏儿的声音从门口传来，一抹亭亭玉立的娉婷倩影缓缓而来。

苏杏儿的声音一起，苏城易的脸色就柔了几分，侧头冲着走进来的苏杏儿笑道："杏儿，你怎么出来了？"

苏城易人到中年，膝下却仅有一女，从小便疼若生命，几乎是有求必应。只可惜，苏城易再有能耐，再是三朝元老，却也有一事无法替爱女办到，那就是——明知爱女有个意中人，却勉强不得对方接纳爱女。

因为那人，是尊贵无比的，连当今凌帝都无法使其折腰的流王殿下！

"听丫鬟说爹去了流王府，女儿心中担忧，所以一直在等爹回来。"苏杏儿越过紫微道长，来到了苏城易身边，巧笑嫣然。

自前日生辰宴后，苏杏儿就不喜紫微道长。

因为，沐云流不喜欢。

紫微道长敏锐地感觉到这位丞相千金对自己的淡淡不悦，却是不解为何如此。方外之人，自然不了解少女的心事。

"不错，爹刚刚才从流王府回来，流王殿下也将紫微道长送回了相府。"苏城易脸上露出笑容，拍了拍苏杏儿的肩膀，"因为爹不知道流王殿下是否会卖爹这个薄面，所以才没有带杏儿一同前去。"

当爹的，自然了解女儿心事。只是先前他怕沐云流不给面子，他这张老脸没处可放，连带着女儿也尴尬，所以才没有带女儿一同前去流王府。

"爹，女儿不是那个意思……"有紫微道长在一旁，苏杏儿不禁脸皮有些薄。

苏城易哈哈一笑："紫微道长是自己人，不用不好意思。对了，杏儿，再过半月便是圣上生辰，你可要好好琢磨琢磨，送什么给圣上，圣上会龙心大悦。"说不定是未来公公，做儿媳妇的自然要讨圣上欢心了。

苏杏儿焉能不懂，沐云流的婚事，多半还是凌帝挑选，毕竟是沐云流的父皇嘛。所以讨好凌帝，绝对是一件值得上心的事情。

"爹，女儿会用心准备的。"苏杏儿浅浅一笑，对讨好凌帝一事她胸有成竹。

"那爹就放心了。"苏城易微笑着点头，这一见着苏杏儿，他倒是想起另外一件事，关于沐云流的。那就是他今日出门时，无意中听到几个百姓窃窃私语的议论才知晓的。

"杏儿，此次爹出门，倒是在坐轿时，听到了几个百姓说起流王殿下的一个传闻。"苏城易想到那传闻，神色有几分无奈。

"什么传闻？"苏杏儿好奇地睁大眼睛，她对沐云流的事情从来都是非常关注的。

苏城易摇了摇头："那几个百姓窃窃私语，爹听得也不是很真切，但大意似乎是前几日流王殿下出城祭母，回来时带了一只狐狸进城。"

"狐狸？"苏杏儿微愕，她从不知沐云流竟喜欢养宠物啊！

"什么？相爷是说，那流王殿下几日前带回一只狐狸精？"一旁的紫微道长却大为吃惊，同时有一丝窃喜浮上心头。

如果此事为真，那流王殿下突然发难，救走那只千年雪狐就有迹可循了！一定是流王殿下带回来的那只狐狸精，怂恿流王殿下前来救同类的！

苏城易听了紫微道长这一声轻喝，眉头微微蹙了起来："道长，此话不可乱说。"不说他听到的只是百姓们的议论，就算是真的，那流王府的狐狸也未必就一定成了精。

怎么可能每只动物都成精？这样一说凡人还吃不得肉了。

"相爷，非贫道胡言乱语。"紫微道长正色道，"实在是流王殿下贵为王爷，为何突然抓住贫道，又带走那只千年狐狸精？更可疑的是，那千年狐狸精被流王殿下一带走，便跑了！难说不是流王殿下故意放了它？"

"这……"苏城易竟无言以对，的确前日流王殿下的行为太过诡异，让人有些捉摸不透。至少在此之前，朝中大臣们从未听说过流王殿下喜欢养宠物。若是有，

早就不知有多少大臣送礼到流王府了！

"相爷，如果流王殿下真带回一只狐狸精，恐怕这狐狸精会迷惑流王殿下，扰乱朝纲，难道相爷身为丞相，也不管此事吗？"紫微道长一脸正气凛然，说得苏城易一阵犹豫。

苏城易内心深处是不愿和沐云流作对的，有太多的前例证明，和沐云流作对没有好下场。

然而……紫微道长一席话，说得他心中松动了。他身为三朝元老，又是当朝丞相，如果真有狐狸精惑主，他又怎么能坐视不理？但前提是，流王殿下真的被狐狸精所迷。

"本相不会不管，但本相需要你以真凭实据向本相证明，流王殿下带回府的，的确是一只狐狸精。"苏城易思前想后，终于给出了一个确切的回复。

言下之意，紫微道长不能轻举妄动，要向他证明流王府那只狐狸成了精，他才会配合紫微道长捉妖。

紫微道长听见苏城易这般一说，倒是信心满满，捋须笑道："相爷放心，虽然狐妖能幻化成人形，但贫道有寻妖铃铛，只要一丈之内有妖，寻妖铃铛便会自动发出响声，容不得它继续迷惑世人！"

苏城易点了点头，想了想后又叮嘱了一遍："流王殿下不好相处，道长一定不能轻易触怒于他，否则，到时候连本相也救不了你！"

苏城易语气凝重，无比严肃，紫微道长听了眉头微微一皱："难不成这流王殿下，在朝中权力比太子殿下还要大？"

"太子殿下？"苏城易闻言笑着摇了摇头，"本相可以明白地告诉道长，太子殿下从不招惹流王殿下！"

紫微道长闻言真是吃了一惊！这位流王殿下，果然是一手遮天啊！不但丞相忌惮于他，连堂堂东宫太子，王朝未来的真命天子，都要让他三分。

紫微道长明白了其中的利害关系之后，倒是沉吟起来。看样子要计划周详，才能动手。

"半月后，不是凌帝的寿诞，百官云集吗？"紫微道长突然想到方才苏城易所说，再次确认道。

"不错。"苏城易点头。

紫微道长顿时露出了满意的笑容，目露精光道："那时候，便是绝佳的机会！"他定会在凌帝寿宴之上，揭穿流王殿下身边狐狸精的真面目！

夜色即将降临，晚霞减退残光，流王府里一片宁静美好。

沐云流盯着趴在自己膝上的小狐狸，唇角勾着一抹浅笑，黑眸藏着一抹势在必得。

三日已过，灵飞马上就能幻化成人形，是以沐云流今日连朝都没上，待在流王府里哪儿也没去，就守着灵飞了。

"小灵儿，不许再睡懒觉了。"沐云流伸手去挠灵飞的耳朵，语气带着浓浓的宠溺。

灵飞睁开惺忪睡眼，见是沐云流在捣乱，身子一侧，两只爪子将狐狸耳朵给捂了起来，憨态可掬的模样，顿时逗得沐云流哈哈大笑。

"我还没睡好呢！"灵飞有些气恼，这凡人总不让她睡好，每次都要把她弄醒才甘心。

灵飞哪里知道，沐云流对她已是拿出足够的耐心，每每让她睡够三个时辰才会叫醒她。这令她气恼的凡人，不过是想跟她多相处一会儿罢了。

"乖灵儿，本王从正午等到天黑，你可怜可怜本王呗。"沐云流一脸哀怨，似乎有几分被抛弃的可怜。

灵飞属于吃软不吃硬的小东西，大概沐云流也注意到了，每每在她面前便收起寒冽戾气的冷王面孔，换成可怜兮兮的大男孩模样，而灵飞就被他这一套治得死死的。

灵飞瞅了瞅可怜兮兮的男人，爪子放了下来，小脑袋点了点："好吧！"其实，灵飞自己也喜欢幻化成人形，那让她感觉她不再是妖。

沐云流充满期待地看着面前的小东西，唇角勾起一抹弧度，而灵飞绝对是行动派，她几乎没给沐云流准备的时间，就这样猝不及防地，"嗖"的一下变成了人形！

瞬间，伟岸俊美的男子，半靠在流光潋滟的太师椅上，身前是一个青丝如瀑布般垂下，肤如凝脂，绝美清雅的姑娘。一眼望去，如同置身仙境，望见了一对缱绻仙人。

沐云流怔然，看着面前的绝美脸庞，胸口倏地滚烫起来。一颗心，不受控制地加快了跳动速度，快得惊人。

灵飞清晰地听见对方"怦怦怦"的心跳声，不禁疑惑抬眸："你怎么了？"

只见沐云流深吸一口气，神色顷刻间转为淡然，他笑看着面前绝美的姑娘，语气慵懒而随性："没怎么，就是被小灵儿的美色给惊艳到了。"

灵飞顿时不以为然地"哧"了一声："你可是堂堂王爷，什么样的美人没见过？我不信。"凡间男子果然喜欢甜言蜜语，师姐们说得没错。

沐云流被那酸酸的语气逗乐了，虽然他知道灵飞绝不是在吃醋，但就是心情莫名大好。他摸摸灵飞一头软软的青丝，轻笑道："小灵儿信不信都好，只要知道本

王眼中只有你就够了。"

　　一开始那种猎奇的心情，以及一点点的逗弄之心，让他决定将这只小狐妖带回家，无聊之余当一只宠物来养。可现在与她相处之后，他已彻底明白自己的心意。

　　这永生永世如能得她在身侧，逆天而行他也不惧！

　　"什么意思？"灵飞蹙眉，她敏锐地觉得沐云流这句话有点儿问题，不像是随便可以说得出口的话。

　　"小灵儿是本王养的宠物，懂吗？本王不会再养第二只，所以你是唯一的。"沐云流高深莫测地一笑，堂堂流王殿下的心思，怎会让一只小狐妖揣摩到？尤其还是只在这方面笨笨的小狐妖。

　　灵飞蹙紧的眉头松开了，她白了沐云流一眼，原来他是这意思！

　　人间倒也确实有豢养狐狸为宠物的，不过那都是些没成精的狐狸，毫无法力。她虽然对认主没多大兴趣，但若他喜欢这样，她也无所谓，谁让他是她的救命恩人呢。

　　"随你。"于是，灵飞不再关心沐云流的想法了。

　　沐云流很满意灵飞的单纯，片刻后又正色道："以后，除非万不得已，小灵儿就不要再变回狐身了。"

　　灵飞不甚在意地点头："我知道了。"

　　按照灵飞的考量，如果她要留在沐云流身边，她也不会以狐狸的身份，因为那很容易让人联想到狐狸精。而以人的身份待在沐云流身边，几乎不可能被察觉，除非是道行极深的老道，才有可能一眼识破她的真身。

　　"本王会给你一个身份。"沐云流视线停在灵飞一头散落的青丝上，他从未看过女子披头散发有她这么好看的。

　　灵飞对沐云流的话感到好奇："你要给我什么身份？"

　　"朱林在老家有一个女儿，叫朱小灵。"沐云流早已有所安排，此刻便淡笑道，"小灵儿就暂时顶替她的身份吧！"他会安排一场千里迢迢进京寻亲的戏码，让灵飞名正言顺地入住流王府。

　　灵飞"哦"了一声，对此倒不感兴趣，反正她知道沐云流这个凡间王爷，绝对会处理好这么一件简单的事情的。

　　他连在相府之内救出她二师哥都办得到，又得到了记忆神石，想必能耐是很大的。不知不觉，灵飞便渐渐有些信任沐云流了。

　　而沐云流果然没让灵飞失望，第二日天不亮，便交代了灵飞几句后，将灵飞送到了城门外。那里，一辆看起来有些破旧的马车早已在原地等候。

　　灵飞上了马车，撩开帘子看见沐云流站在马车后面没动，而马车已经开始行驶，心里不禁头一次产生了微慌的感觉。这个凡人……是她认识的第一个凡人呢！

沐云流远远地站着，见灵飞撩开帘子，朝自己看来，神色似有一抹慌乱，莹润的唇角不禁就勾了起来。离开了他若不习惯，便是好兆头。

"本王会一直跟着小灵儿。"沐云流淡笑着挥手，以唇语让灵飞放心。

灵飞望着沐云流，看懂他的唇语，一颗微慌的心不知不觉便镇定下来。她弯唇一笑，冲沐云流眨了眨眼，然后放下帘子，坐回了马车内。

沐云流惆怅了许久，看着马车消失在大路尽头，这才收敛心神，戴上了早已准备好的斗笠，遮去一张俊美绝伦的脸庞。他施展轻功不远不近地跟着马车，一袭白衣飘然，身形伟岸，虽然依旧是气质逼人，但绝没有人能想到，这个神秘莫测的人，便是当今的流王殿下。

灵飞坐在马车内，透过帘子缝隙看着外面的景色。不知不觉，马车便进了城门。

"小姐，可以下马车了。"马车停在城门之内，坐在外面似乎有武功的婢女，恭敬地对马车内的灵飞说道。

灵飞"嗯"了一声，声音似泉水叮咚，引得周围路人驻足观望，不知这马车内坐的是哪家小姐。

第七章 绝色惊世

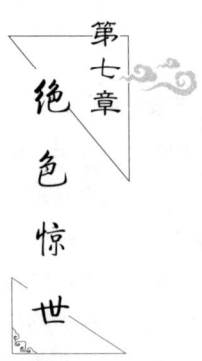

婢女掀开马车门帘,伸手托住灵飞的胳膊,扶灵飞下了马车,灵飞双足才一落地,便听周围发出惊叹和抽气声!

"好美的姑娘!"

"真美!这是哪家的小姐?"

"以前没见过啊,也许是从外地来的。"

路人纷纷驻足,很快灵飞就被围了起来,这使得灵飞微微蹙眉——她不太喜欢有些人的目光,略带着一丝侵略和贪婪,完全不似沐云流给她的那种认真感觉,而是绝对的轻佻。

"小姐,我们走吧。"婢女大概注意到了灵飞的表情,便伸手扶了灵飞,轻声说道。与此同时,一双冷眼射向挡住去路的路人,杀意腾腾。

不少人一见婢女的气势,便觉得这主仆二人绝非一般人家的姑娘,只怕有些惹不起,便自动退开了。

不过,终究有那么几个不长眼的家伙。

"小姐生得好个花容月貌!不知道小姐芳名为何,家住何处呢?"两三个市井无赖模样的人围了上来,用贪婪的眼光上下打量灵飞。

灵飞下意识侧身,视线落在婢女身上,眉头微蹙。原来,不是每个凡人都像沐云流那么好。

婢女冷冷开口:"不想死的就滚开!否则,别怪我手中的宝剑不长眼!"

原本想弄出些动静,但想不到会有这个小插曲出现,婢女心里明白,她家殿下一定会很不高兴。就算她此刻不当街杀人,这几个人也会为他们的行为付出代价。

"哈哈哈哈!听见没?这小娘子长得水灵灵的,想不到还挺凶呢。"

"就是,以为拿把剑就能吓唬人了?老子可没听说过水灵灵的姑娘敢杀人的,杀鸡还哇哇大叫呢!"

"哈哈哈……"

一阵猖狂议论之后,最后那人的笑声戛然而止,原是婢女不再迟疑,手中宝剑如流星般划过三名市井无赖的手腕,只听"噗噗噗"几声,三个人当街哀号起来。

"啊啊啊！我的手！"

"我的手！"

"好痛啊！我的手，我的手怎么了……"

路人们见状纷纷退避，然后便见三名市井无赖的双手不约而同地垂了下来，手腕处血流如注。有懂得那么一点儿武功的路人，顿时低呼："他们的手筋被挑断了！"

好厉害的功夫！只不过一剑而已，三个人手筋同时被挑断，多么精准的剑法！

婢女不留痕迹地朝某个方向望了一眼，然后背脊生寒：果然……殿下怒了。

沐云流一直跟在灵飞左右，保持着不远不近的距离，就是为了在这样的情况出现时，他现身解围。但他没想到，灵飞的美貌会惹来这么几个泼皮无赖。

若不是他已经安排了会武功的婢女在灵飞身边，此刻他又要在京城掀起一场腥风血雨，而他今日的苦心安排便白废了。

此刻的沐云流，斗笠之下的一张绝美脸庞冰寒冷酷，双眸释放出嗜血杀意！即便隔着斗笠，身边人也能感觉到他一身如同来自地狱的冰冷气息，不由自主地胆寒。

而此刻，有人报了官。刚好衙役们在巡街，离城门口很近，接到消息立刻赶来。

衙役们果然见三名市井无赖被挑断了手筋，而马车前站着一对似乎从外地而来的主仆，其中婢女模样的女子手持沾血的长剑。

"大胆！竟敢当街行凶！给我拿下！"为首的衙役顿时端出了官老爷的架势，在百姓面前摆出了官威。

衙役们正欲上前，却听马车前的婢女冷喝："我们是流王府的人，谁敢无礼？"

什么？流王府的人？衙役们顿时退了回去，畏惧地看着目光冷然的婢女，心道这气势……倒的确有几分像流王府的人。

为首的衙役却不好骗，他一眼就认出这是外来的车辆，而且这主仆二人也从未在京城出现过。于是，他冷笑一声："你说你们是流王府的人，有何证据？"

他这一质疑，身边的衙役们也纷纷想了起来。

"对！流王府并无女眷，这对主仆怎么可能是流王府的人？"

"没错，我看她们应该是外地来的，不可能是流王府的人！"

"头儿，她这是骗我们呢！"

婢女听了，眼里露出一抹寒芒："既然你们不信，可敢带我们去流王府一趟？"

为首的衙役一听，哈哈大笑："原来你们不知道流王府在何处！还敢自称流王府的人！"

灵飞早已不耐烦，此刻便转了身，不悦地道："我跟你们赌五百两银子，若我们不是流王府的人，这五百两银子便归你们。"说着，灵飞手腕一抬，一张银票就飞了出去，刚好落在为首的衙役手上。

为首的衙役一愣，低头往手上一看，乖乖！真是五百两银票！这女子好生大方，竟然还未赌，银票就先给他了！

凡人见到银票高兴得忘乎所以，可灵飞对银票毫无感觉。她袖子里还有好些银票呢！全都是五百两一张的。那是天未亮出府到城外时，沐云流给她的，说身上带着银票好办事，因为凡人都爱钱。

本来沐云流给她这些银票，是让她用来买通路人，带她前去流王府的，这样才好证明她是外地来的朱小灵。结果……现在倒是派上了用场。

远处的沐云流见状，斗笠下的黑眸里透出一丝隐隐的笑意：小灵儿果然聪明，懂得举一反三。

为首的衙役见着银票，高兴得快飘然飞天了！要知道他一月俸禄才三两银子，这等于是他辛辛苦苦办差几十年的俸禄啊！

不过，他也不傻，捏着银票讨好问道："那若小姐是流王府的人呢？"该不会要他拿出五百两吧？那他可不干！

灵飞哼了一声："若是，你向我道歉！"

"可这五百两银票……"为首的衙役大喜，只是道歉？那好说啊！不过，眼下最关键的就是手里这五百两银票。

"不是已经给你了吗？"灵飞不解地看着他，一双湿漉漉的大眼睛很是惹人怜爱。

围观路人瞬间无语！

所以，这是一本万利的交易啊！输赢都可以得到五百两银票啊！哪儿来这么好的事？为什么他们刚刚没有和这位小姐打赌？路人纷纷在心里哀呼。

"哈哈哈哈！小姐果真是爽快人，好！我就和小姐赌了！走！去流王府！"为首的衙役笑着一挥手，带路朝流王府浩浩荡荡走去。

那几名被挑断了手筋的市井无赖，早就被遗忘到不知哪个旮旯去了。

而灵飞和那婢女跟着一群衙役还有看热闹的路人，浩浩荡荡到了流王府门口。

"喏！这里就是流王府了。"为首的衙役对灵飞态度很好，除开灵飞是个惹人怜爱的美人之外，当然还有银票的功劳。

灵飞瞥了那衙役一眼，心想这些凡人果然爱财如命，难道就跟他们身为妖，爱日月精华一样？

"多谢了。"灵飞淡淡点头，抬步朝流王府走去。

众人都是眼巴巴望着，心里略有一丝担忧：可别是冒充的，然后遭到流王府侍卫一顿板子才好！这么标致的姑娘……被打一顿板子多可怜。

婢女始终扶着灵飞，到了流王府门口时，两名侍卫上前一步，拔剑相向，喝道：

"这里是流王府，闲杂人等不得入内！"

众人刚一心惊，便听那婢女自报家门："两位大哥容禀：这位是我家小姐，我和我家小姐是来流王府寻亲的。"

"胡言乱语！流王府怎会有你们要寻的亲人？"侍卫面带怒容，一副绝无商量的模样。

灵飞便淡淡开口，浅笑道："那流王府里，有没有一位叫朱林的老人家呢？"

朱林？众人疑惑，那不是流王府的管家大人吗？据说在京城里，这位流王府的管家可比一品大员的地位还要崇高呢！

侍卫也开始惊疑不定了，打量灵飞几眼后，语气缓了下来："小姐所说之人，乃是流王府的管家。小姐要找朱管家？"

"不错。"灵飞眨了眨眼，笑道，"他是我爹，我叫朱小灵，我是朱林的女儿。"

一直在看热闹的众人哗然！

原来这个貌似天仙的姑娘没有骗人，她果然是流王府的人啊！虽然不是流王殿下的什么人，却是流王府管家朱林的千金，这身份也足够她在京城高高在上了！

"原来是朱管家的千金，失敬，小的这就去禀报。"侍卫一改之前的冰冷，忙朝灵飞作揖，然后飞快地进府禀报去了。

片刻之后，流王府管家朱林亲自迎了出来。

"灵儿！果然是你！"朱林心里那个无奈啊，明明是只狐狸精，可碍于殿下的命令，他不得不装出一副惊喜的模样，认下这个狐狸精女儿。

灵飞往前一跪："女儿拜见爹爹。"

朱林哪儿敢真让灵飞跪，他还没有到嫌命长的地步，立刻连忙一把拽住了灵飞的袖子，阻止她往下跪，笑道："灵儿不必多礼了，快随爹进府，爹要好好看看你。"

"是，爹爹。"灵飞乖巧地应了，随后便跟朱林进入了流王府。至于什么打赌，什么银票，全被抛在了脑后，根本不值得一提。

那些衙役见灵飞不理会他们，径直入了流王府，却是一点儿不气，赶紧就撤退了。他们急着去分那五百两银票呢！

"想不到流王府管家有这么一位貌若天仙的女儿，这下子京城恐怕又要热闹了。"

"是啊！流王府管家可比一品大员的地位还高呢！估计不少青年才俊都要动心思哟！"

"呵呵……不知花落谁家，我们这些小老百姓也只能看看戏了。"

"谁说不是呢……"

沐云流眯着眼睛站在巷口，唇角微微扬了扬。虽说出了点儿小插曲，但计划依

旧顺利进行，而从今往后，灵儿就能正大光明地住在流王府，待在他身边了！

须臾，沐云流也悄然回到流王府，换下了一身装束。

"殿下。"朱林和灵飞以及那婢女都在正厅之内，无其他闲杂人等，待沐云流一踏进正厅来，朱林和婢女便躬身行礼。

"嗯。"沐云流显然心情还算不错，唇角带着笑意，他走到灵飞面前，拉了灵飞到一旁坐下："小灵儿累不累？"

灵飞听了有些无语，但还是摇头道："不累。"只不过走了一圈，有什么好累的？但是这男人的话听起来，倒让人觉得心里暖暖的。

沐云流喜爱极了灵飞萌萌的模样，深深地看了灵飞一眼后，轻笑着问道："开心吗？"

灵飞被沐云流这一问，顿时皱了皱眉："那些人的眼神好怪，我不喜欢。"

遇到沐云流之前，灵飞不过是一只潜心修炼的小狐狸，从未入世。而因为千年雪狐对她的照顾，狐族里打她主意的更是没有，因此这种侵略性的目光落在她身上，真是八十年来头一次。

沐云流眼神黯了黯，一丝杀气凛然而过，但大手只是揉了揉灵飞的后脑勺，笑吟吟道："本王也不喜欢，不要再让本王看到他们！"说着，沐云流视线淡淡从朱林脸上扫过，言下之意再清楚不过了。

朱林轻咳了一声，表示已经知道他家殿下的意思，也很快会去办。只不过，他在退下之前，还是很认真地瞄了灵飞一眼，却见灵飞绝美小脸上无一丝情绪波动，好像沐云流并非说了什么血腥残暴的话一样。

朱林顿时在心里暗哼：果然是害人不浅的狐狸精！一点儿良善之心都没有！

灵飞感觉到了朱林对她的那点儿敌意，抬眸望去，却见朱林已经转身走出正厅了，她便回眸看着沐云流，问道："朱管家是不是不喜欢我？"

沐云流笑着看了一眼朱林离开的方向，语气犹如春风抚过："他不敢。"

不敢？灵飞若有所思，也就是说朱林的确不喜欢她，只是不敢表达出来而已，因为沐云流是他主子咯。

灵飞绝顶聪明，学什么都快，这是狐族有目共睹的，来到了人世间，相信她也会很快明白这个世界的生存法则。

"小灵儿要记住，以后不管是对本王，还是对其他任何人，都要称朱管家为'爹爹'，记住了吗？"沐云流看着灵飞那双清澈的眼睛，嘱咐道。

"好，我记住了。"灵飞乖乖点头，她当然知道沐云流这个计划就是为了保护她。有了朱管家之女的身份，她才能在流王府里长久地待下去，不被别人诟病。

"小灵儿真乖。"沐云流毫不吝啬地表扬了灵飞一句，眸中笑意盎然。

而此刻，身在相府的苏杏儿得到了消息，知道管家之女朱小灵住进了流王府。她的脸色瞬间有些发白，一双素手绞紧洁净的手帕，心里像锥子扎着一般的疼痛传来，蔓延至全身。

流王殿下他……竟然让管家之女住进流王府，而且似乎对其十分照顾。

"小姐，很多百姓包括京城衙役们都看见那个朱小灵了，将她的美貌传得是天上有地下无，还说她是京城第一美人呢！"苏杏儿的贴身丫鬟兰香很是不服气，嘴巴噘得老高。她家小姐才是京城第一美人好吗？

苏杏儿脸色惨白，苦笑道："流王府从没有女子入住，这女子来得未免太巧。"

想到紫微道长的猜测，苏杏儿心里既难过又担忧。若这个朱小灵真的是狐狸精所变，那流王殿下岂不是有危险。听说，狐狸精都是害人不浅的妖物。

"那，小姐，我们该怎么办？"兰香忧心忡忡地问道，她可不愿见着她家小姐伤心难过啊。

苏杏儿叹了口气："静观其变吧！"

流王殿下既然已经将那朱小灵留在了流王府，就算那朱小灵真是狐狸精所变，她也不能去说什么。她只能等，等凌帝寿辰之时，看看紫微道长是不是真能揭穿那女子的身份。

苏杏儿话音刚落，紫微道长便走了过来，语气含笑："小姐。"

苏杏儿和兰香都是一愣，侧头一看是紫微道长，兰香顿时火冒三丈："大胆！你竟敢擅闯小姐院落，该当何罪？"

紫微道长的确很失礼，但他此刻却是有事要拜托苏杏儿，因此也顾不得什么了。

"小姐，贫道乃是方外之人，而且相爷说过，这相府之内贫道可以任意走动，小姐应该不会和相爷作对吧？"紫微道长捋须微笑，仙气凛然。

苏杏儿蹙了蹙眉，拦住了愤怒的兰香，淡然道："道长来找我，想必是有事。"

紫微道长哈哈一笑："小姐果然蕙质兰心，冰雪聪明。"

苏杏儿对这两句奉承并不受用，依旧说道："有什么事，道长便直说吧。"

紫微道长也不拐弯抹角，直截了当地说道："贫道想将此物送给小姐，让小姐去流王府探探情况。"

此物？苏杏儿往下一看，才注意到紫微道长手上拿着一只纯白色的怪异铃铛。难道……这就是紫微道长之前所说的，能识破狐狸精身份的寻妖铃铛？

苏杏儿不解地问道："道长为何要我去这一趟？"

紫微道长"呵呵"一笑："因为只有小姐才能请动璃月公主，才能进得了流王府。"而其他人，哪怕是丞相苏城易，进得了流王府，也见不着那只狐狸精！

"我问的是道长为何要我去这一趟。"苏杏儿脸色微有不悦，尽管这紫微道长是相府贵客，但她一点儿都不喜欢这个道貌岸然的方外之人。何况他明显是要利用自己，这更让人觉得不舒服了。

"这个嘛……"紫微道长微微捋须，看了苏杏儿片刻，才缓缓说道，"因为一切皆是贫道的猜测，贫道想确认那只狐狸精的身份之后，再当众揭穿她。"

苏杏儿怔了一下，随即恍然大悟了。好个贼道！

原来，他是怕他的猜测有误，到时候在凌帝生辰时当着文武百官的面出丑！而反之，若他能揭穿那狐狸精的身份，他则可以一鸣惊人，名满天下！

苏杏儿心里冷笑了一声，却看了身旁的兰香一眼，淡淡说道："收下吧！"言下之意，苏杏儿答应跑这一趟了。

紫微道长便将寻妖铃铛给了兰香，脸上露出满意而狡诈的笑容……

去往流王府的路上，苏杏儿一直在马车中看着那枚寻妖铃铛，心思略微恍惚。若这寻妖铃铛真能证明那女子是只狐狸精，事情倒也好办了，流王殿下被狐狸精迷惑一日，不会被迷惑终身，总有醒悟之日。

可若……可若那女子不是狐狸精，而是一个寻常姑娘家，那以流王殿下的行事作风，可还有人挡得住他对那女子好？

"杏儿，你怎么一直盯着这铃铛发呆？"璃月公主奇怪地问道，见那铃铛可爱，不禁想用手去碰。

苏杏儿忙将铃铛收了起来，藏在袖子里，轻笑道："公主，这铃铛我是想送给流王殿下的，但又觉得白色不太适合流王殿下，便自己留下来了。"

璃月公主听了便"咯咯"一笑："那倒是，流皇兄只适合黑色。"因为她流皇兄是那么深沉冷酷的男子啊！杀戮和暗黑最适合流皇兄不过了。

苏杏儿浅浅一笑，心想那倒未必，流王殿下穿白色衣袍，却是如谪仙一样绝美，不似凡间男子，她曾见过几次。

说笑间，流王府便已经到了。身份尊贵的两个贵女在宫女与婢女的搀扶下，缓缓下了马车，来到流王府门口。

"参见公主。"侍卫们一见又是璃月公主来了，不禁暗暗叫苦，可还得硬着头皮跪下去。

"免礼吧！"璃月公主优雅地一挥手，"本公主要见你们朱管家的那个女儿！"

璃月公主的开门见山让门口侍卫更是一身冷汗：公主如此下令，可殿下那边却是说过，无论谁想见小灵姑娘，都不准放行啊！

"回公主的话，殿下和小灵姑娘出门游玩去了。"侍卫冒着冷汗，硬生生扯出一个天大的谎来。反正为了应付这位公主，流王府上上下下除了殿下本人之外，谁没有撒过几个谎来骗这位公主。

"胡说八道！"璃月公主勃然大怒，一巴掌"啪"地就冲那侍卫扇了过去，"你当本公主是傻子？本公主一早就派人在这里盯着，流皇兄根本没有出门！"

侍卫被打得脸颊发烧，却不敢回嘴，心里只叫苦道原来这回公主早有准备了。看来，也是被骗得多了，现在终于长了心眼儿。

"老奴参见公主。"正在侍卫不知怎么应付璃月公主时，朱林从府内走了出来，冲璃月公主行礼。

侍卫松了口气，总算有管家大人来了，看样子没他什么事了。

"哼，朱林，你教的好奴才！"璃月公主也还没笨到不可救药的地步，她早已知道流王府除了她流皇兄之外，就是这朱林最大。所以，底下这些侍卫怎么做事，那定然是朱林教的！

璃月公主一直很讨厌朱林，现在又听说朱林把自己长得很美的女儿弄进了流王府，更是怒火中烧。明知她的手帕交喜欢流皇兄，这不长眼的管家把他女儿弄来流王府做什么？这岂不是醉翁之意不在酒？

朱林低着头陪笑道："公主息怒，老奴待会儿一定好好教训这些不长眼的奴才。"

"不行！本公主要你现在就教训他！当着本公主的面！"璃月公主"哼"了一声，玉手指向那名刚刚骗了她的侍卫。她才不信朱林待会儿会教训这侍卫呢，流王府上上下下都护短得很！

朱林不慌不忙地笑道："公主若执意，老奴当然会遵命，只不过……殿下外出了，只有小女一人在府中，若是公主想等殿下回来之后再行禀报，老奴也无意见。"

什么？璃月公主杏眼一睁，心中大喜：绝妙的机会啊！她之前还担心流皇兄不让她们见那朱小灵呢！

"呃！算了，本公主大人有大量，就不跟这狗奴才计较了。"璃月公主立刻改变态度，拍了拍手道，"朱管家，你女儿在哪儿？带本公主和相府嫡女过去看看吧！"

朱林早知璃月公主会有此一说，便微微一笑："公主，苏小姐，请。"说罢，便转身在前带路。

"杏儿，走！"璃月公主嘻嘻一笑，拉着苏杏儿的手便往流王府内走去。

第八章 许诺相陪

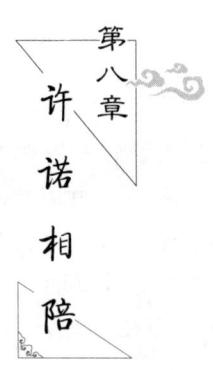

苏杏儿点点头，一路走着，只是心里却有一丝疑惑：流王殿下真的不在府中吗？若真的不在，这朱林小小一个管家，又怎么敢擅作主张？

虽然朱林对外地位极高，可他在流王殿下面前，却是绝对不敢造次的。虽然心中疑惑，但苏杏儿决定静观其变，不管怎样先见着那位朱小灵姑娘再说。

很快，朱林便带着璃月公主和苏杏儿来到了灵飞所在的院落。而朱林倒是没有撒谎，今日沐云流的确不在府中，而是跟沐云清去了城外，替凌帝办一件事。

灵飞刚刚吃饱喝足，正在花园里晒着早晨的太阳，小脸上全是餍足之色。

沐云流知她平素爱晒太阳，因此专门为她在花园里打造了一个可容她躺下的圆形座椅，两边都用千年古藤绑住，挂在绝对结实的木架之上，类似于秋千却不仅仅是秋千。

风一吹，座椅便微微摇晃，更让人昏昏欲睡。此刻，只见一个身形娇小的绝美姑娘，宁静美好地侧躺在圆形座椅之中，下面铺着的纯白毛毯能让人轻易地想象到那上面有多舒服。

而绝美姑娘的小脑袋偏在一旁，美眸微闭，座椅轻轻晃动，如花一般美好的娇靥被微风轻拂，莹润双唇勾起一抹浅浅的弧度。这画面，怎么看怎么美，令人不忍惊动浅眠中的她。

璃月公主不敢置信地睁大了眼，这个美若天仙的女子，就是这几日在京城被传得天上有地下无的朱小灵？

果然……很美！

璃月公主心里又气又恼，可又当场发作不得，她总不能说她生气，是因为这姑娘长得太美吧？

站在璃月公主身边的苏杏儿，此刻也是心中夹杂着震惊、羡慕、无奈，以及一点点苦涩的情绪。她很清楚袖子里的寻妖铃铛没有动静，那这么说来……这个朱小灵并非狐狸精。所以，如果流王殿下真的喜欢上了朱小灵，那她将毫无机会。

四周静谧了许久，直到灵飞有些醒来的迹象。

身为狐狸，她自然能感觉到身边有人，只不过她在流王府里待了数日，已经习惯了不时有人尤其是沐云流出现的情况，所以并未第一时间睁眼。

"公主，我们走吧。"苏杏儿忽然伸手去拉璃月公主，神色微微黯然。

走？璃月公主不解地回头："杏儿，我们还什么都没做呢！就这么走了？"

"是，我想回府去了。"苏杏儿苦笑了一下，只要证实朱小灵不是狐狸精，她又还能做什么？流王殿下的喜好，是旁人可以左右的吗？如果流王殿下真的将这朱小灵当成手心宝，谁又能阻止流王殿下娶朱小灵为妻呢？

苏杏儿内心的苦涩要将自己给淹没了，眼眶微微泛红。那我见犹怜的模样，顿时使得璃月公主气不打一处来，她决意要为手帕交出头！

"大胆！见了本公主还装睡，竟敢不见驾！"璃月公主甩开苏杏儿的手，气势汹汹地走上前去，准备将灵飞从圆形座椅上拉下来。

灵飞却早在璃月公主动手之前睁了眼。她灵巧地躲过璃月公主的手，稳稳当当地立于座椅之旁，然后若有所思地打量着面色不善的璃月公主。

唔……沐云流的这个妹妹，很不喜欢自己呢！因为她眼里充斥着一股轻蔑、憎恨、讨厌的情绪。不过，自己哪里惹到这位公主了吗？

还在灵飞暗暗思索之际，璃月公主忽然扬手！

"啪"的一声，一巴掌扇上了灵飞的脸颊。那水嫩嫩的脸颊顿时嫣红一片，白皙肌肤上留下了五个深深的指印，看着好不触目惊心。

朱林顿时大惊失色，忙奔过去："公主！"

他放璃月公主她们进来，可没想过璃月公主会动手啊！这下子他要怎么向他家殿下交代？

苏杏儿也呆住了，急急提裙跑了过去："公主，你这……"这里可是流王府啊，若是被流王殿下知道公主如此对朱小灵，恐是有一番计较的！

"哼！本公主金枝玉叶，她不过一介平民布衣，以为仗着流皇兄的宠爱，就可以对本公主视而不见了吗？竟敢藐视本公主，本公主只是略施薄惩，已经是给流皇兄三分薄面了！"璃月公主冷哼一声，完全不以为打了面前女子有什么不得了的。

她可是公主！打人又怎么了？就算流皇兄知道了，她也有正当理由，流皇兄最多训斥她两句，反正她对流皇兄的训斥已经习以为常了。

灵飞无缘无故挨了打，又听璃月公主一番似是而非的指责，心里早就不高兴了。这凡间公主对于朱林等人来说是不可高攀不可得罪的大人物，但对于灵飞这只小狐狸来说，却是犹如泥土一般，不可与日月同辉。

于是，灵飞略微扬了扬唇，反手两记耳光便朝璃月公主扇了过去！

"啪啪"！

璃月公主尖叫一声，一下子失去了重心跌坐在泥地上，脸颊火辣辣地疼，她不

敢置信地瞪大眼睛看着面前逞凶的女子。

灵飞一袭白衣，立于花园之中，绝美小脸上写满不悦，本就精美到极致的五官，此刻越发生气勃勃，一双灵动眼眸里泛着丝丝冷意，让人不敢小觑。

"你……你敢打本公主？"璃月公主气得连声音都颤抖起来，更是有些结巴。

灵飞瞥了璃月公主一眼，反问道："我为什么不能打你？是你先打我的。"

"本公主……"璃月公主很想说她是公主，本来就有打人的权力，但她突然脑子里闪了一下，脱口而出，"本公主只打了你一下，你凭什么打本公主两下？"

旁边朱林和苏杏儿心里微微诧异了一下，接着就有些哭笑不得了。想不到公主竟会说出如此孩子气的话来……真是气糊涂了呢！

"因为你先打我，你不对，所以我要打你两下。"灵飞很理直气壮，她没有还回去十下，已经是看在对方是沐云流妹妹的分上了呢！

"你！你好大的狗胆！"璃月公主快气哭了，怎么有人竟敢打她？她真是想不明白了。不行！她回去一定要告诉父皇，让父皇处死这个朱小灵，以泄她心头之恨！

"我不是狗，没有狗胆。"灵飞很想告诉璃月公主，她是狐狸胆，不过想了一下，就只说了前半截。

有暗卫实在忍不住，藏在暗处闷笑起来。朱管家的这个女儿，可真是初生牛犊不怕虎，又纯真无邪呢！

璃月公主真的要被灵飞气死了，她捂着脸站起来，朝朱林发难："朱管家！你不管管你这个女儿吗？"

朱林苦笑着摸了一下鼻子，回道："公主有所不知，自从小女进府之后，殿下便不许老奴插手小女的管教，这才使得小女越来越胆大包天，老奴……有罪！"说罢，朱林跪了下来。

见朱林终于给了自己足够的面子，璃月公主顿时得意扬扬地看向灵飞，威胁道："看见没有？你不怕本公主，你爹可是很怕本公主的！你现在立刻跪下来给本公主认错，并自己掌嘴一百下，否则本公主就将你爹拖出去杖责一百！"

苏杏儿闻言皱了一下眉，上前劝道："公主，我们还是先回去吧，若流王殿下回来……"

"流皇兄回来又怎么了？你看看我这张脸！"璃月公主戳了一下自己红肿的脸颊，却疼得"嘶"的一声，缩了手。

苏杏儿望着璃月公主红肿的脸颊，顿时无语。这个朱小灵……下手居然还很重，难道她真的仗着流王殿下的宠爱，连当朝公主都不放在眼里了吗？

璃月公主神气十足地看向灵飞，喝道："你听见本公主的话没有？"

灵飞眨了眨眼，很是奇怪地看着面前跋扈不可一世的少女，点头："我听见了，可是你要罚他，跟我有什么关系？我为什么要跪下来给你认错？还要自己打自己？"

暗卫们顿时无语！好个"跟我有什么关系"……不孝女啊这是！

璃月公主也是无语了，她简直想敲开面前这绝美少女的脑袋来看一看，里面装的到底是什么？难道这姑娘听不懂人话吗？

"他是你爹对不对？"璃月公主指着朱林，挑眉问灵飞。

灵飞望了朱林一眼，想到沐云流的交代，抿唇点了点头："他是我爹。"没有办法，谁让她现在是朱小灵呢。

"既然他是你爹，你就能眼睁睁看着他被本公主杖责一百？"璃月公主抬起下巴，鄙视地看着灵飞，"你可知道，在我朝犯了不孝之罪，是要被流放边塞的！"

灵飞眨了眨眼："可是我又没有打我爹，是你叫人打的，怎么能算我不孝？"

噗！暗卫们继续吐血，这逻辑……果真神人也！

"可是如果你跪下来给我认错，我不就不会打你爹了吗？！"璃月公主尖叫道。

灵飞依旧一脸淡定，甜甜一笑道："我才不信你真的会打我爹呢！"

璃月公主一愣，反问道："我为什么不会真的打你爹？我可是公主！"

灵飞挑了挑眉，说出了自己的判断："虽然我刚来京城不久，但我也听百姓谈论过，我爹在京城的身份很高，又是沐云流的亲信，没有人敢动我爹的。"言下之意，就算是你璃月公主，也没那个资格动朱林！

朱林无奈地暗暗叹气，他这算是搬起石头砸自己的脚了吗？想不到这只狐狸精果真聪明得很，又仗着殿下的宠爱，完全不将堂堂公主放在眼里。

"你……你……你……"璃月公主觉得自己心都在滴血，为什么这么不堪的事情，被一个臭丫头给点了出来？可她……的确不敢动朱林。

十三岁那年她动了流王府一个阻拦她进府的侍卫，下令将那侍卫吊起来打了一百鞭，结果流皇兄回来便不由分说将她绑起来，关进了流王府地牢里。哪怕父皇震怒，可流皇兄依旧我行我素，不将父皇看在眼里，关了她三天才放人。

整整三天……她至今都记得那阴暗潮湿的地牢，这辈子都不想再进去！那时她便知道，流皇兄是比父皇还威严的人，她捋谁胡须也不能去捋她流皇兄的老虎须。

"你快走吧，我不想见到你。"灵飞摸了摸还有些疼的脸颊，退后几步躺回了圆形座椅之中。

她双手握住两边千年古藤，脚尖轻点，座椅顿时如秋千般飞荡起来，纯白衣裙，随风起舞，女子浅笑嫣然，美不胜收。

璃月公主觉得自己鼻子都被气歪了，居然有人直截了当跟她说，不想见到她。

"我不走你又能拿我如何？"璃月公主忽然耍起赖来，她既不敢再去打灵飞，又不甘心就这么走掉，便拿出了终极杀器——耍赖。她是公主，她想去哪儿就去哪儿，

哪里轮得到这么一介平民来管她？

灵飞蹙了蹙眉，直截了当地道："你这个人真是讨厌。"

璃月公主脸色一变，正待骂灵飞几句，却见灵飞伸手一挥，纯白衣袖翩然起舞，一道诡异的风便朝她刮来。

"啊啊啊——"尖叫声划破长空，璃月公主的身子犹如风筝一般，倏地被高高抛起，箭矢一般射向流王府院墙之外。

"你自己不走的，可也怪不了我。"灵飞面色淡淡，看见朱林急忙腾空而起，去救璃月公主，倒也没有插手，反正她的目的仅仅在于不见到璃月公主这个讨厌的女子而已。

一旁的苏杏儿看呆了！

她该说这个女子胆大妄为还是恃宠而骄？可是……她竟没有在这个女子眼中，看到一丝一毫的骄纵，有的只是淡然和不悦。

苏杏儿心里更有另外一层迷雾：这个朱小灵，方才使用的似乎不是武功？

"你……刚刚用的是武功吗？"苏杏儿试探着上前一步，轻声问道。

灵飞荡着秋千，微微眯眼打量眼前的苏杏儿，只见苏杏儿羸弱堪怜，略微梨花带雨。不过，眼神倒是清澈，不像是心怀鬼胎的凡人。

于是，她"唔"了一声："算是吧！"她总不能告诉这个凡人，她用的不是武功而是妖法。

可这一刻，苏杏儿却看清了灵飞眼里那微微一抹闪光，便确定灵飞使用的并非人所常见的武功，顿时心中一诧：难道……朱小灵不是凡人，而真的是狐狸精，只不过道行高深，她袖子里的寻妖铃铛发现不了朱小灵而已？

"今日冒昧，打扰了。"苏杏儿心念一转，淡淡笑了笑后，点头告退，"我先走了，后会有期。"

灵飞点了点头，看着苏杏儿转身离开，纯黑色眼珠子转了转，也不知在想些什么。

却说朱林那边，接住了璃月公主之后，见璃月公主虽然侥幸逃脱了被摔得鼻青脸肿的厄运，却因为惊吓过度而昏厥了过去，朱林只好返回流王府门口，将璃月公主送上了苏杏儿所在的马车。

"苏小姐，今日之事……烦请苏小姐多多规劝公主，以免节外生枝。"朱林语带暗示地对苏杏儿说道。

苏杏儿自是明白人，淡淡一笑："朱管家放心，我会劝着公主，不让公主将此事传扬出去的。"

"多谢苏小姐。"朱林深深鞠了一躬，含笑目送相府马车远去。

这个相府嫡女，倒还算是知书达礼，只可惜那璃月公主……真是一点儿都不好惹啊！想到今日一出闹剧，朱林忍不住摇头轻叹。

"出了何事？"冷不丁，一道冷沉男声响起，近在咫尺。

朱林急忙回神，想也不想便冲来人跪下："殿下，您回来了。"心中，却是暗暗叫苦。

若殿下能晚些时候回来，他还能跟那狐狸精商量商量，去了脸上红肿，守口如瓶。可现下……却是来不及了。

沐云流淡淡一甩水墨色的长发，精致薄唇微微一扬："小灵儿今日如何？"

如何？朱林自知此刻已瞒不过他家殿下，只好苦笑了一声："殿下，方才……璃月公主来过。"

沐云流原本慵懒随意的神情，顿时冷峻非常，他严厉地盯了朱林一眼，袍袖用力一甩，转身大步流星步入府内。

朱林见状更是苦笑了，他果然是搬起石头砸自己的脚。

"小灵儿！"沐云流一刻不停地回到主院落，一眼便见到荡着秋千的灵飞，她背影纤细，一身雪白衣裙衬托得她梦幻如仙。

灵飞转过眸子，见着沐云流，展颜露出一抹甜笑："你回来啦！"

这一刻，沐云流心里百味杂陈。一面，为这如花笑靥和眼中全然的信任依赖；一面，为灵飞左脸颊的指印，白皙玉肤上的红肿。

"她打的？"沐云流眼中写着满满的疼惜，以及暴风雨即将来临的阴戾冷酷。

他缓缓走到灵飞面前，修长手指伸出，轻轻勾勒灵飞脸上的浅浅痕迹。他该庆幸沐璃月没有习武吗？否则，灵儿今日便不只是受这点儿皮肉之苦了。

灵飞眨了眨眼，毫不掩饰地点头："你妹妹打的。"

已经赶来的朱林闻言，身躯顿时一僵，这只小狐狸精，竟然一点儿都没有犹豫，直接把真相给说出来了，果真是嫌事不够大吗？

"她，该死！"沐云流一张俊脸立刻浮现出深深的森冷，纯黑眸子魔性溢出，语气含着浓浓的嗜血之意。

朱林心道不好，觉得这回事情一定平息不了了，因为他家殿下动了杀机。本来皇家之中就没有所谓的亲情，何况那璃月公主又非殿下亲妹，殿下恐怕是不会手下留情的。

在这凝重肃杀的氛围下，灵飞却"咯咯"一笑："她打了我一下，我打了她两下！而且我下手比她重哦！"

沐云流一怔，杀气顿时消失无形。善良纯真的灵儿……竟会还手？

这是不是说明，往后他不必太顾忌她知道太多血腥之事呢？因为看起来，可爱的灵儿并没有那么慈悲为怀呢！

"我打了你妹妹,你不高兴吗?"灵飞见沐云流看着她不说话,略有些担心地看着他,眸子里写满不安。

沐云流只觉得心里暖暖的,这只小狐狸开始开窍了,因为知道璃月公主是他妹妹,所以她才会不安吧?

"本王没有不高兴。"相反,他高兴得很。

"那你为何不笑?"灵飞紧盯着沐云流的薄唇,她一直都觉得,沐云流是适合笑的男子。

他笑起来让她觉得心里暖融融的,既温柔又迷人,好像所有的烦恼都能被他一笑而消。嗯……她喜欢看见他笑。

"呵……"沐云流笑了,两片薄唇好看地弯起,勾出一抹浅浅的弧度,犹如千树万树梨花绽放开来,美不胜收。

灵飞满意地点点头,眸色晶晶亮的:"你笑起来好看多了。"

沐云流闻言唇角更是上扬,以前所未有的温柔语气轻笑着说道:"小灵儿若是喜欢,本王笑一辈子给小灵儿看。"

四周暗卫闻言,顿时抽了抽嘴角——那画面太美,他们不敢想象。谁能想象冷血无情的流王殿下,整天对着一个女子傻笑呢?那会被怀疑是什么东西附身的!

一辈子?他的一辈子对她而言倒不长。灵飞想着,笑靥如花地点头:"好呀!"

沐云流得到灵飞的承诺,纯黑眸色微微一亮,虽然知道面前小东西并不明白他所说之语的含义,但他仍旧是感到柔情缱绻。

"殿下。"朱林硬着头皮,此刻不得不开口了。

"何事?"沐云流的眼神落在朱林脸上,神色冷冽,语气与方才有天壤之别。

灵飞忍不住抬眸看了沐云流一眼,心想这男人的脸真是变得极快。

"小灵将公主震出了流王府,公主已经昏厥过去了。老奴觉得……是不是请御医过去看看为好?"朱林承认他有私心,就是不想让他家殿下以为这只狐狸精有多好,所以,他很巧妙地揭露灵飞的恶行,想让他家殿下明白——狐狸精终究是妖,和凡人不能相提并论。

沐云流眼神犀利地射向朱林,语气含着一丝冷意:"怎么?她自己送上门来的,本王还得给她赔礼道歉不成?"

"可公主毕竟是圣上最疼爱的女儿。"朱林心里着实无奈,殿下怎么就这么执迷不悟呢?

"本王的人,谁能想动就动?"沐云流一声冷笑,语气狂傲不可一世。

朱林顿时语塞,殿下都把这话说出口了,显然是要护灵飞的短,不会介意灵飞伤了璃月公主一事,他再说什么又有何用。

"我施法有分寸的,公主绝对不会受伤。"灵飞见朱林似乎看着她的眼神有些不善,便开口解释道。

她只是用法术将璃月公主"请"出流王府而已,就算朱林不出手救下璃月公主,最终璃月公主也会稳稳当当地站在流王府院墙外头。至于璃月公主竟然昏厥了过去,那可真和她无关的。估计是璃月公主自己身体不好,灵飞点着脑袋想。

"小灵儿不用解释,伤了又如何?是她先欺负小灵儿的,本王准许小灵儿还手。"沐云流哈哈一笑,霸道地说完,便与灵飞一同离开了花园。临走之前,沐云流给了朱林一个冷冷的眼神,朱林不禁打了个冷战。殿下这是……看出什么了吧?

回到房内,灵飞还是很纠结,扯着沐云流的衣袖问道:"要不,我还是回狐山修炼吧!"

"哦?"沐云流心里一紧,面色却淡然,似笑非笑地问道,"小灵儿这么快就反悔了?"

灵飞觉得沐云流似乎有些不高兴,但也不是很确定,她仍旧说了实话:"我的身份很麻烦的,而且他们似乎都不太喜欢我,你救过我,又对我这么好,我不想给你添麻烦。"

灵飞这一番话,使得沐云流心头仅有的那点儿不高兴烟消云散了。他低头看着灵飞,轻笑道:"小灵儿总算有良心,知道本王对小灵儿好。"

"我知道的。"灵飞很认真地点头,"除了二师哥,你是对我最好的人了。"

他竟没有那只该死的千年雪狐对她好?沐云流眼眸微微一沉,心下冷哼一声:看来他还要继续努力,在她心中赢过那只该死的千年雪狐才行!

"知道本王对小灵儿好,便更要留在本王身边才行,知道吗?"沐云流用诱哄的语气说着,手指轻轻弹了一下灵飞的额头。

感觉到沐云流的力道很轻很温柔,灵飞睫毛忍不住微微颤了一下,抬眸看着沐云流那双明亮到令人心悸的眼睛。

沐云流的气息很好闻,带着一股淡淡的花香,灵飞分不清是他衣袍上带有的味道,还是他沐浴后身体散发出来的香气。

近在咫尺,灵飞轻易地看见了沐云流眼中清晰的寂寥之色,以及浅浅的恳切。

"好,我不回狐山。"灵飞情不自禁就点头了,同时眼里闪过一抹坚决,"你如果真的不怕我给你带来麻烦,我便一直陪在你身边。"

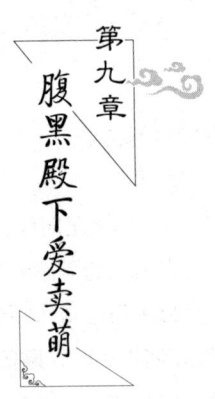

第九章 腹黑殿下爱卖萌

多么动听的话语！沐云流满足地喟叹一声，唇边浅笑温柔："本王不怕任何麻烦，只怕小灵儿不在本王身边。"

"不会的。"灵飞像是想到了什么，莞尔浅笑，"就算你死了，我也有办法找到你，还能抽空陪陪你呢！"她将沐云流当成恩人，自然想着在她修炼之余，可以力所能及地帮一帮沐云流。

沐云流懂灵飞的意思，不由得轻声笑了起来。他伸手敲了一下灵飞的额头，好笑不已："小灵儿想让本王死，可没那么容易呢！"若是别人这般对他说，他早已出手，但对她，他硬不下心肠。

灵飞倒是对生死看得淡然，笑道："凡人都会死的，只是时间问题而已。"所以有一天，沐云流也会死，就算他是尊贵的流王殿下，也逃不过阎王爷的生死簿。

说到这里，她望了沐云流一眼，忽然间发觉"沐云流也会死"这个念头闪过她脑海时，心底涌过一阵不太舒服的感觉，她不禁微微皱了皱眉。

"怎么了？"沐云流发觉灵飞在皱眉，笑着问道。

灵飞摇了摇头，说不出个所以然来，索性顾左右而言他，试图把沐云流的注意力转向其他地方。

沐云流眸中闪过一抹柔情，唇角微扬，并没有拆穿她。

相府，苏杏儿的房里，传出一道歇斯底里的尖叫声。

"不！我绝不放过她！我一定要禀明父皇，将她碎尸万段，剁成肉酱！"

外面的丫鬟都低头闭嘴，大气不敢出一口。谁都知道，宫里最刁蛮最任性也最受宠爱的璃月公主，今日发飙了，不想遭受池鱼之殃的，还是小心为上。

房里的大夫早已离开，只留苏杏儿一人在陪伴着发飙的璃月公主。大概也是缘分，璃月公主谁都瞧不上眼，偏偏自小就与苏杏儿亲近，就算是有怒气，也鲜少对苏杏儿发作。

"公主，我知道你心中有怨气，不过，公主可有想过，此事万一被揭露，吃亏的或许不是那朱小灵，而是公主自己呢？"苏杏儿好言相劝，细声细语。

璃月公主一捶床，怒道："是她冒犯我堂堂一国公主，她以下犯上！难道我还没理由治她吗？"

苏杏儿微微一叹："公主，如果流王殿下执意护着她的话，公主的确治不了她。"

"流皇兄？"璃月公主理智稍微回来了一些，但仍旧一脸愠怒，"哼！流皇兄再狂妄，也不敢打我不是？可那个贱丫头，她竟敢打我！"

"公主，流王府所有的侍卫包括朱林，都能证明是公主先动的手，只怕流王殿下会咬住这一点不放，说公主欺负那朱小灵。"苏杏儿慢慢地提点。

璃月公主又是一拳砸在床上，气呼呼道："可我是公主，她只是一介贱民！"

苏杏儿闻言苦笑了一下："公主，其实我最担心的就是这一点。"

"什么？"璃月公主不解地抬眸，看着苏杏儿。哪一点？

苏杏儿顿了顿，慢吞吞地说道："流王殿下的脾气，一向无人可左右，手段更是高深莫测，令人防不胜防。我只担心，若公主一直咬住那朱小灵的身份不放，流王殿下被逼急了，会……"

"会怎样？"璃月公主一头雾水，却也起了追究之心。

苏杏儿看着璃月公主，一字一顿地道："会说那朱小灵，是内定的流王妃！"

"什么？"璃月公主这回不是问句，而是失声惊叫。流皇兄会娶那个贱丫头为妻？这怎么可能？

"公主，你好好想想，流王殿下现在并未娶妻，又对那朱小灵似乎很是不同，难保不是对朱小灵起了喜爱之心。如果公主再一逼急了，流王殿下为保朱小灵，一定会这般做的。"苏杏儿微叹着说道。

不得不说，苏杏儿果真是比较了解沐云流的人。璃月公主若真咬住灵飞的身份，沐云流是绝对不会介意多一个未来流王妃的，他甚至还巴不得有这样的结果，能和灵飞光明正大地出双入对。因为只有未来流王妃的身份，才能洗去灵飞掌掴公主的恶名，只变成姑嫂不和的家务事。

苏杏儿一番话，将璃月公主给弄得愣住了：是吗？她若继续追究下去，不但整治不了那贱丫头，还会把那贱丫头推上流王妃的宝座？

璃月公主恍惚了一下，毅然摇头："不行！本公主才不会让她当本公主的嫂嫂呢！她有什么资格？"她的嫂嫂，只可能是杏儿！

"这么说，公主是不去告御状了？"苏杏儿微微一笑，虽然她的说法确有夸大之嫌，但也绝非全是骗璃月公主的。

流王殿下性情乖张，和他对着干，总是没有好果子吃的，她不希望看见这对兄妹反目。毕竟，一个是她最好的朋友，一个……是她深爱的男人。

"哼，暂且让她再嚣张几日！"璃月公主当然不甘心，眼里冒出冷光，对付一个贱丫头而已，她不告御状也有的是办法！回宫她便去求太子哥哥，帮她对付那个贱丫头！

"这样便最好不过了。"苏杏儿松了口气，看了看天色，微笑道，"天色不早了，我送公主回宫吧。"

璃月公主当然知道她不可能在相府留宿，加上她身体也没有大碍，便点了点头。

苏杏儿很快将璃月公主送回了皇宫，又逗留了一会儿，才离开皇宫回到相府。刚一进相府大门，她便见紫微道长等候在前方。

"小姐回来了。"紫微道长抚须而笑，一身仙气凛然。

苏杏儿见了紫微道长，却是无端地心里有些烦闷，她淡淡地"嗯"了一声，将袖中的寻妖铃铛拿了出来，递给紫微道长："此物，还与道长。"

紫微道长一见寻妖铃铛，眼中泛过一抹精光。他伸手接过，捋须笑道："小姐今日可试探出结果了？"

苏杏儿望了望紫微道长，心中略微沉吟，转身入府内："道长随我至花厅说话！"

紫微道长道了声"好"，随后与苏杏儿走进花厅。

进入花厅之后，苏杏儿优雅落座，瞥了紫微道长一眼，淡淡摇头："我先前与公主走得匆忙，将这寻妖铃铛掉在了马车之上。"

紫微道长面色微微一变，似有不悦，但看着苏杏儿终究是没有发作，只蹙眉道："也就是说，小姐并未试探出那朱小灵是否真的是狐狸精了？"

"那倒未必。"苏杏儿淡淡一笑，见紫微道长抬头来看她，才又接着说道，"道长今日也看见公主昏厥了，不过道长不知道，公主昏厥，便是因为这朱小灵出手冒犯。"

"哦？"紫微道长顿时来了兴趣，笑道，"区区一个管家之女，又来自乡野，怎敢对公主无礼？"很显然，他对朱小灵出手的过程十分感兴趣。

苏杏儿不负紫微道长所望，一五一十地将过程说了一遍，而后若有所思地回想那一幕，淡淡道："她只不过轻轻一挥，公主就被震了出去，但我并没有感觉到她所震出的内力和掌风，所以觉得有些蹊跷。"

紫微道长伸手摸了摸自己的胡须，哈哈一笑："是吗？小姐当时目睹，也没有感觉到那股内力和掌风吗？"

"没有。"苏杏儿摇了摇头。

有武功的人，哪怕内力并不深厚，一掌拍出也必然有风，内力越深风劲儿越足。何况当时朱小灵只是随意一挥袖，如果是武功的话，便已经到达炉火纯青的地步，杀人于无形，定有暗流涌过，只不过速度极快罢了。

但朱小灵出手那会儿，从头到尾，她一点儿都没有感觉到内力施展的迹象。所以……她此后一直在怀疑，朱小灵使用的不是武功，而是什么其他邪术！

"这就妙极了！"紫微道长抚须而笑，面露得意之色，"这朱小灵必然是狐狸精所幻化而成的美女！而她绝无内力！"

苏杏儿心中一凛，蹙眉道："道长怎可如此断言？"

"很简单。"紫微道长笑了笑，解释道，"根据小姐所描述的情况，只有妖精的法术，才能在小姐没有感觉的情况下，伤到公主。"

"你的意思是说，她使用的是妖术？"苏杏儿急急问道，眸色担忧。如果今日所见那绝色女子真是狐狸精，那流王殿下岂不是有难？

"不错！"紫微道长肯定地点头，目露精光，"贫道现在已经有八成把握，这个朱小灵定然是狐狸精化身！不过，贫道还需要最后一个事实证明。"

"什么事实？"苏杏儿微微蹙了蹙眉，她不太喜欢紫微道长一副小人得志的嘴脸。这也是她向紫微道长隐瞒了寻妖铃铛见朱小灵未动一事的原因。

如果紫微道长仅仅想靠一枚寻妖铃铛，便在凌帝生辰时揭穿朱小灵的身份，那未免也太天真了！所以，寻妖铃铛并非关键之物，关键的是紫微道长有没有这个本事，令朱小灵当场现出原形！

紫微道长慢腾腾起身，嘴角微微咧开，十分笃定地说道："那朱林之女，也就是真正的朱小灵，还在老家的事实！"

苏杏儿一震，心神有些恍惚。是啊！如果派人回朱林的老家去查，查到那真正的朱小灵还在家中的话……这个流王府里的朱小灵，不就是假的了吗？

再结合流王殿下带回流王府一只狐狸，以及相府中千年雪狐被流王殿下突然出现救走两桩事，便能十之八九确定——流王府的朱小灵，正是狐狸精化身了！

"贫道这就去找相爷，让相爷尽快派人去朱林老家，一探究竟。"紫微道长大约是兴奋过度了，转身便走出了花厅，连和苏杏儿行礼都没有。

苏杏儿眸光幽深，盯着紫微道长的背影，唇角淡淡一撇：市井小人而已，哪里是什么世外高人？也亏得爹爹英明神武一世，竟会被一个臭道士所骗。

苏杏儿有预感，紫微道长这次恐怕并不能揭穿朱小灵的真实身份。不过，她心里一点儿都不着急，她就是要看紫微道长去和朱小灵斗法。如果朱小灵果然不是凡人，早晚都会露出狐狸尾巴！

苏杏儿望着空荡无人的花厅门口，浅浅地笑着。

一连数日过去，风平浪静。

凌帝的生辰转眼便至，所有人都在忙着挖空心思张罗给凌帝的寿礼。既不能太张扬华贵，又不能普通常见，这可真是个费脑筋的活，不少人为此多了好些白发。

只有流王府里，一如既往地宁静祥和……哦不，当是那叫朱小灵的姑娘进府后，流王府才从阴冷肃杀转为宁静祥和的。

"小灵儿，这么快就困了？"沐云流扯过已经在小鸡啄米的少女，笑吟吟地拉到身边，修长手指点着那挺俏的小鼻尖。

灵飞方才还在听沐云流弹琴，结果困意很快就袭来了。此刻琴声一止，好听迷人的男性嗓音灌入耳中，灵飞的瞌睡虫瞬间不翼而飞。

她尴尬地挠了挠头："呃……曲子是很好听的，只是听多了就困了。"

沐云流放声大笑，看着灵飞，脸上全是愉悦。只有灵儿，才敢在与他相处之时这般对他直言不讳，一丝一毫都不隐瞒心中的感觉，而他喜爱极了这种坦诚，还有纯真。

"傻瓜，本王可从未弹琴给人听过，你是身在福中不知福。"沐云流语气是绝对的孤傲不可一世，看着灵飞可爱的模样，忍不住伸手弹了她额头一记栗暴。

灵飞摸了摸额头，虽然已经习惯这男人时不时的这么一下，但她还是有些郁闷。只是，碍于沐云流是她的救命恩人，她也不好说什么重话，只好自我安慰是被蚊子叮了一下，反正也不疼。

"本王可不是蚊子。"沐云流一眼看穿灵飞的自我安慰，又是一阵大笑。

正在这时，朱林匆匆走了过来，弯腰禀道："殿下，璃月公主重病，皇上派人过来宣殿下进宫。还说……"说到这里，他似乎有什么顾忌，略微停顿了一下。

"说下去！"沐云流冷冷瞥了朱林一眼，却在垂眸望着身边灵飞时，浅浅一笑，一副犹如画中谪仙的悠然姿态。

朱林便接着说道："皇上派来的人还说，让殿下将小女一同带进宫去面圣。"

灵飞眨了眨眼，不解地问道："你父皇见我做什么？"

连日以来，沐云流几乎都没做什么正事，就在教灵飞了解本朝的历史，以及各种规矩、繁文缛节等。毕竟，沐云流自己虽然狂放不羁，但他可不舍得让任何人骂灵儿不懂规矩。

所以灵飞懂得"面圣"是何意，很多俗语她也明白是什么意思了。现在，哪怕是拐弯抹角用俗语骂灵飞，也别想在灵飞手上讨到半点儿便宜，因为她通通会用人类的语言给你骂回去！

"大概……是父皇想见本王的未来王妃了吧！"沐云流半开玩笑半认真地调笑道，也学灵飞一样，挠了她一下。

却不想，灵飞倏地站了起来，蹙眉拒绝："我不会嫁给你的！"

沐云流脸色微微一僵，气氛骤然冷却下来。

怪他，他如今已经将这个小女子教得与凡人没有什么两样了，而她也很聪明，是世上最让人省心的徒弟。可正因为她学得太快太好，导致他很多事也骗不了她了，真是作茧自缚!

"好,不嫁便不嫁。"沐云流淡淡一笑,压抑住了心头那股霸道的趋势,使自己温柔下来,重新拉过灵飞坐在自己身边。

沐云流何等城府,他早已张开一张网,准备捕捉灵飞这只小灵狐回家玩耍,时限是一辈子。

可惜灵飞一心向仙,又不懂爱情为何物,小脑袋瓜子竟然还固执得很,他不得不放弃一贯的强硬霸道作风,采用温柔的迂回政策,来诱她一步步踏入他布好的网。不然,只怕会将这只敏感又狡猾的小灵狐给吓回狐山!那时候,他想再找出她来,便要下好大一番功夫了。

灵飞被沐云流的温柔给安抚了,又觉得自己似乎情绪太过激动,便抚着微跳的胸口,眨巴着眼睛问道:"你方才是开玩笑的,对不对?"

"不然呢?你以为本王当真要娶你?"沐云流意味深长地望着她笑,空闲的一只手端起桃花酿,凑至唇边浅啜了一口。

灵飞皱了皱眉,觉得这话听着刺耳,可又挑不出毛病来,只好气鼓鼓地把脸颊偏向了一边。

"小灵儿要喝吗?"沐云流完全将等候一旁的朱林当成了透明人,将桃花酿送到灵飞面前。

灵飞"哼"了一声,有些不满地夺过酒杯,嚷道:"当然要喝!"说罢,一饮而尽,才觉得心里那抹刺刺的感觉渐渐被火辣辣的酒水给取代了。

沐云流笑看着,并未阻止。

"殿下,皇上派的人还在正厅等待。"朱林实在忍不住了,期期艾艾地望着沐云流,大胆地提醒了一句。

沐云流一记冷眼便射了过去,语气冰寒如斯:"急什么?看不见本王正在忙?"

朱林脑门顿时浮现三道黑线,您……您忙什么?忙着对狐狸精温柔多情?他觉得自己,真的是不用喝酒都醉了。

"我真的要去见你父皇吗?"灵飞关心的是这个,她不确定人间的帝王对她有没有冲煞之气。不都说皇帝是真龙天子,上天庇佑,鬼煞难近吗?

"小灵儿若不想去,本王自有办法应对。"沐云流眯眼,漂亮纯黑的桃花眼里闪过一抹不易察觉的戾气。

灵飞犹豫了一下,想着自己身上已无妖气,说不定……没有什么大碍的吧。于是,她点了点小脑袋:"我还是去一趟吧,免得你为难。"

沐云流顿时心暖如阳,眯眼笑着揉了揉灵飞的小脑袋,低笑道:"小灵儿真是善解人意,教本王不想喜欢都不行。"

灵飞微窘，这几日不知怎的，这男人老爱说些似是而非的话，却又不告诉她那代表什么意思。

她怎会知道，她遇上的沐云流，可是一只比千年老狐狸还狡猾的万年老狐狸呢？沐云流又怎会让她知道他的意图？他可不想吓跑她！

终于，在沐云流的漫不经心下，灵飞与沐云流一同出了流王府，朝皇宫方向迈进。

一路上，灵飞都在向沐云流打听凌帝的事情，可惜沐云流只是温柔地笑着，并不多做解释，偶尔答上一两句，却让灵飞并不满意。

下马车的时候，灵飞还在抗议："你根本就没有好好回答我的问题！"

沐云流无奈了，当着一干人等的面叹道："本王与父皇也甚少亲近，你问的尽是他平日里的喜好，本王要如何回答？"

他只知道，他父皇平日里忙于国家大事，自己与他甚少交流。

沐云流这一声轻叹，却揪疼了灵飞的心。

她望了沐云流片刻，忽然很体贴地凑上前，努力地将沐云流两只手一握，然后，说了一句让众人都无言以对的话："没关系，有我陪着你。"

此刻两个人已是身在皇宫门口，皇宫侍卫威风凛凛地守卫在宫门处，见着流王殿下驾到，早已是跪地相迎。而沐云流这边也有流王府数名侍卫，两班侍卫实在是想不通，为何那个美得像天仙似的姑娘，会用特别同情的语气对流王殿下说……没关系？

"小灵儿是在同情本王吗？"沐云流也有些哭笑不得，他比旁人更懂灵飞，自然更清楚灵飞话中那抹浓浓的同情意味。

灵飞松开了沐云流，美眸眨了眨："没爹疼的孩子都很可怜的。"她也是如此，她幼年最常见的事情便是她被同族长狐欺负，若不是后来有了二师哥照顾，恐怕她还要继续被欺负。

而沐云流兄弟那么多，皇帝不疼他，想必他也受了很多欺负，不然性格为何会如此乖张？灵飞很坚定地这般想着。

此刻，沐云流和灵飞已经来到了御书房门口。

灵飞感觉到四周气氛很是冷肃，不禁心里有些不踏实。她紧紧攥住沐云流的大手，漆黑的眼珠子四下张望着。

"别怕，有本王在。"沐云流好笑地看着灵飞略慌的样子，安慰道。

第十章 坦白身世

"唔……"灵飞抿唇点头,心里还是有些害怕那九五之尊会看出她的身份来。

"走,我们进去。"沐云流抓着灵飞的手,拉着她踏进门槛,进入了御书房之内。

御书房里,凌帝正低头批阅奏章,脸色冷肃,眉宇微蹙,似有淡淡不悦浮现在脸上。

"皇上,流王殿下到了。"旁边公公躬身请示道。

凌帝微微吐了一口气,手覆盖在被翻开的奏折上,视线缓缓抬起,先是从沐云流脸上掠过,再从灵飞脸上扫过。

不愧是人间的九五之尊,看到灵飞,凌帝的神色却丝毫未变,眼神也一如平常。这是因为凌帝早就知道,眼前这个貌若天仙的姑娘,是他最钟爱的儿子重视的。

"叫什么名字?"凌帝放下御笔,略疲惫地靠向龙座椅背。

"朱小灵。"沐云流语气淡漠,手依旧拉着灵飞没有松开。

灵飞望着高高在上的凌帝,心里着实松了一口气。还好,这个人间的九五之尊,对她并没有什么冲煞之气。看来,是因为她身上没有妖气的缘故。

凌帝唇角淡淡一扬,双手交错,饶有兴味地看着面前最让他喜爱的儿子,挑眉道:"你当朕没有事先查过?她绝非朱林之女朱小灵。"

沐云流眼里闪过一抹冷光,语气也瞬间冷了下去:"儿臣的事情,不劳父皇操心!"

凌帝这下可不乐意了,竖眉道:"你还知道朕是你的父皇就好,当父亲的不管儿子,你让朕如何教化天下臣民?"

沐云流神色淡定,似乎不以凌帝的训斥为意,唇角甚至还挂着寒冽而漫不经心的冷笑。

"你别骂他。"灵飞也不乐意了,往沐云流身前稍稍一站,小脸仰起,"是我自己要留在流王府的,跟他无关。"灵飞脸上毫无惧色,只有对凌帝突然发难的不悦,以及对沐云流的维护。

沐云流差点儿笑出声来,这小东西,只怕真以为他父皇平素很欺负他,对他不好吧?不过,这份维护倒让沐云流心中头一次有暖暖的感动,尽管他并不需要。

凌帝似乎颇有兴味，打量了灵飞片刻后，脸色肃冷地问道："若朕要罚他呢？你也愿意代他受罚？"一般女子，听见这话定然会说愿意，凌帝似乎也对灵飞的答案了然于心。

然而，灵飞却摇摇头："不。"

凌帝微愕，片刻后视线瞥向了沐云流，仿佛在冷笑说瞧你看上的是个什么女子！沐云流却是神色自若，抓紧灵飞的手一刻都没有松开。他相信灵飞，定有她自己的理由。

果然，灵飞很认真地说道："我不会让你罚他，我会带他逃跑。"

饶是镇定如凌帝，此刻嘴角也不禁微抽了几下：堂堂流王殿下，向来冷血无情，只有敌人闻风丧胆逃跑的份儿，竟会因为自己父皇的惩罚而逃跑？

"朕的云流不会逃跑。"凌帝咳了两声，总算明白面前貌似天仙的姑娘确实有一颗不同于平常女子的脑袋了。至少她的思维，和平常女子不一样。

灵飞蹙了蹙眉，侧头望向沐云流："你宁可被你父皇罚，也不跟我逃跑吗？"作为一只妖，灵飞至今还是不懂凡间的"尊严"问题，她只知道保命最为重要。

沐云流知道灵飞的心思，笑道："放心，他不会罚本王。"

灵飞眨了眨眼，迅速回眸看向凌帝，果然见到凌帝眼中一闪而过的笑意。

聪明如她，瞬间明白了什么，她玉指朝沐云流一指，瞪大那双漂亮的眼睛抗议："原来你在骗我！"

沐云流立刻大喊冤枉，紧紧拽住灵飞，生怕她跑了，一边还解释道："本王可没有骗你，是你自己想象的！"

他只说与父皇不太亲近，对父皇的私事也知之甚少，并不代表他和父皇关系不好吧？要实在说不好……那也是他对父皇不好，他还是有自知之明的。

灵飞有些气呼呼，但细细一想似乎沐云流确实没有说凌帝对他如何如何，一切可怜都是她自己想象的。顿时，那股气也撒不出来了。

"哼，你先放开我啦！"灵飞手腕被拽得有些疼，腮帮子鼓鼓地看着沐云流抗议道。

"小灵儿不会生气跑掉吧？"沐云流略有些不放心地看着灵飞，他不怕找不到灵飞，但他不想莫名其妙地有一段时间见不到她。

灵飞被沐云流黑眸里的浓浓担忧给逗乐了，心里一软，好笑道："我答应过会留在这里的，跑哪儿去？"

沐云流一听便放心了，果然是心思纯净的人好相处，他毫不怀疑灵飞一定会做到她所承诺的话。

"本王最喜欢小灵儿了。"沐云流揉揉她的小脑袋，这才放开了她纤细的皓腕。

凌帝看着旁若无人亲昵异常的一对璧人，心里十分郁闷。他这个父皇是不是不太被尊重？不过……似乎也习惯了，这个儿子行事就是如此乖张，目中无人。

"璃月病了，你这个做哥哥的去看看吧。"凌帝意有所指地瞥了灵飞一眼，淡淡道，"从流王府回来那日之后，璃月的精神状况便不太好，前几日便病倒了。"

沐云流凤眸微微一眯，似笑非笑地说道："这才是父皇要见小灵儿的真正原因吧？"

凌帝被戳穿心事，老脸一红，轻咳道："早晚也是要嫁入皇家的人，何必将关系闹得这般僵？你们只有璃月一个妹妹，朕也只有这么一个女儿。"

沐云流眸中寒光一闪，冷冷道："儿臣会去看她，不过，她若再到流王府生事，为难灵儿，儿臣也不会容忍她！"这算是他对他父皇妥协的底线。

凌帝瞄了灵飞一眼，淡淡点头："好了，朕会跟璃月说，让她不要再为相府嫡女强出头的。"璃月一直盯着流王府，无非是为了相府嫡女苏杏儿罢了，这是众所周知的事情。

"儿臣先谢过父皇。"沐云流一拉灵飞，语气骤然变得温柔，"走，我们去看看璃月。"

璃月？就是那个打了她一耳光的璃月公主？灵飞顿时不怎么乐意，小嘴微微一撇，但也没有说什么，乖乖随沐云流走了。

凌帝望着那对璧人远去的背影，唇角苦涩一扯："朕这父皇在他心里抵不过一个才认识几天的女子呢！"

虽然暂时调查不出灵飞的身世，但凌帝一点儿都不担心自家儿子会吃亏。一面之缘，让凌帝看出灵飞绝非城府深沉的女子，反而心思单纯干净，对沐云流虽然十分懵懂，可也有维护之意。

出了御书房，沐云流淡笑着对灵飞说道："小灵儿若是不愿去探望璃月，我们就回流王府，如何？"

灵飞却很坚决地摇了摇头："你父皇不是说了,让我们去看她吗？一定要去的！"

"不用理会他说了什么。"沐云流很理所当然地说道。

不料，灵飞转过头来很认真地教训沐云流："之前我以为是你父皇待你不好，结果现在恰恰相反，是你父皇待你很好，你却待你父皇不好。你怎么能这样？"

沐云流一怔，脸色瞬间沉了下来："你帮别人说话，教训本王？"

在沐云流心里，灵飞一定是什么都向着他的，哪怕是他父皇的事情也一样。她最好早点儿明白，他沐云流所做的，对也是对，错也是对！她只能站在他这边，维护他，无条件信任他！

灵飞是固执倔强，但她绝不愿意伤害沐云流，见沐云流脸色沉了下来，眸色略有受伤之意,她语气便软了:"他到底是你父亲啊!你知不知道有父亲的人是很幸福的。"

曾经她也有父亲保护……可惜,一场变故使得父亲追随母亲而去,留下她孤单地待在狐山。

沐云流感觉到了灵飞那股淡淡的哀伤气息,不顾周围有宫女太监走过,用力拉过灵飞,低喃道歉:"对不起,本王不该凶你,本王给小灵儿道歉。"

"我不怪你。"灵飞体贴一笑,语气略有些飘忽,"只是突然想到了我的父亲,有些难过。"

灵飞从未对沐云流提起过父母的事情,沐云流也极少问,他觉得妖族也许对亲情很是淡漠。但此刻他才明白自己错了,这只小狐狸精恐怕比许多凡人都要懂得亲情为何物,否则她不会这般来教训他。

"嗯?你父亲不在了?"沐云流斟酌许久,低问了一句。

"嗯。"灵飞语气略沉,眸子里泛过一抹淡淡恨意,"魂飞,魄散!"

简简单单四个字,沐云流听得心中一疼。

她定是瞧见她父亲魂飞魄散的一幕了,否则眼中不会浮现恨意。莫非……她坚持要修炼成仙,与此事有关?

沐云流叹了口气,微微用力握了握灵飞的手,柔声道:"我们先去看璃月,回府再说其他事情。"他想,有些事情他是该好好了解一下了,而现在灵儿应该也会愿意对他敞开心扉了。如果她愿意,他也将暴露他的一些秘密。

"好。"灵飞极快地收起心事,冲沐云流勾唇一笑。

一笑倾城,沐云流觉得自己心脏有些受不了了,赶紧便牵了灵飞朝沐璃月的宫殿走去。

璃月公主尚未婚配,因此一直住在皇宫的公主殿。公主殿豪华贵气,在整个皇宫,除了太后、凌帝、皇后所住的宫殿之外,没有任何宫殿能与其相媲美。

沐云流和灵飞到了公主殿,宫女早已得到消息,立刻小心翼翼将两个人迎进内殿。璃月公主脸上脂粉未施,一脸病容地半躺在床上,眼眸闭着,旁边凳子上放着一碗热气腾腾的药汁。

"公主,流王殿下来探望您了。"伺候着的宫女在一旁低声提醒道。

璃月公主轻吁了口气,缓缓睁眼,望向站在屏风前的沐云流,展颜一笑:"流皇兄,你……"

才刚开了个头,璃月公主便脸色突然大变,一下子坐起身来,指着沐云流旁边的灵飞,颤声叫道:"她怎么会在这里?"

忽然,璃月公主猛地挥手打掉了凳子上的药碗,抓狂尖叫:"让她走!我不要见到她！快让她走！救命啊……救命！"

璃月公主突如其来的发疯，令宫女们慌了手脚，全都上去安抚她："公主，公主不要怕，那是流王殿下啊！"

忽然，璃月公主躲进了被子里，用被子将自己紧紧裹住，眼神惊恐地看着灵飞，嘴里喃喃道："不要杀我……不要杀我……我什么都不知道，我什么都没看见……"

宫女们一头雾水，公主这是怎么了？好似一见到流王殿下旁边那位美若天仙的姑娘，就行为失常，还一副恐惧的模样，难道那个姑娘很可怕吗？

沐云流眼神微微一冷，护着灵飞，冷眼看着璃月公主的表演。若说璃月知道灵飞的真正身份那还好，但据他所知，上一次璃月根本没有察觉什么，不可能因为灵飞的身份而被吓成这样。何况，事隔这么久才病，是不是有些太蹊跷了？

"不要，不要杀我……我什么都不知道……"璃月公主依旧语无伦次地乱嚷，一双惊恐的美眸看着灵飞，"妖……她是妖精……妖精会吃人……好怕……"

灵飞皱了一下眉，上前想看看璃月公主，但璃月公主突然抄起床上的瓷枕朝她砸来！沐云流冷眸一寒，广袖一挥，一道内劲急射而出，"砰"的一声瓷枕摔了个粉碎。

"沐璃月，你继续装疯，沐家不缺你一个疯子！"沐云流讥讽地看了璃月公主一眼，拉着灵飞便大步流星地离开了公主殿。

璃月公主持续尖叫，一个又一个的东西朝两个人的背影砸去，可惜全都被沐云流随意挥出的内劲拦截了回来。她眼神顿时变得犀利而恼怒：该死的朱小灵！若你真是妖精，本公主一定会让你原形毕露的！

出了公主殿，在回流王府的路上，灵飞一直默而不语。

"小灵儿不开心了？拿本王撒气可好？"沐云流心疼灵飞受了伤害，努力想让灵飞高兴起来。

灵飞抬眸望了望一脸温柔的沐云流，展颜一笑："我没有不开心。我只是在想，公主为何会突然变成这样？"

沐云流闻言一颗心落了地，好笑地摸摸她的小脑袋，问道："那么小灵儿以为呢？"

灵飞红唇一抿，绝美的眼睛扑闪了一下："如果我没猜错的话，公主定是见过那紫微道长了。"

"哦？"沐云流眸底闪过一抹寒光，脸上笑意却依旧温柔。

灵飞肯定地点头："你想，知道我身份的只有寥寥几人，但这几个人都是不可能去告诉公主的。只有紫微道长，他定然察觉什么，又恨我们救走我二师哥，还让他受了牢狱之灾，他不可能善罢甘休的。"所以，煽动公主装病，让公主胡言乱

语说她是妖精的幕后指使者，一定是那个紫微道长！

沐云流如何能比灵飞还迟钝？他一早就料到这个结果了。

"人不犯我，我不犯人，本王看他是方外之人，为避免麻烦才没有动手。若他不识时务，一定要和本王作对，本王不介意送他上西天。"沐云流缓缓露出一抹残酷冷然的嗜血笑容，令人不寒而栗。

灵飞一点儿没被他的残酷气势给骇到，反而浅笑道："你不需要与他为敌，因为他是拆穿不了我身份的。"

沐云流挑了挑眉，笑道："本王回去再逼供。"

灵飞心里顿时一跳。

马车一路驰骋，终于回到了流王府。

回到房间，沐云流霸道地将灵飞的小手裹住，两个人紧挨着坐在软榻之上。

"小灵儿，将你的身世，还有你所隐藏的秘密，告诉本王，好不好？"沐云流用诱哄的语气，温柔地看着灵飞说道。

灵飞一双大眼睛望了沐云流片刻，轻轻点了点头，谁让他是她的救命恩人呢？他想知道她的过去，她也只能坦白告诉他。

灵飞轻轻叹了口气，将自己的身世娓娓道来："我幼年的时候，还算幸福，我也有爹和娘，他们能够化作人形，在山上做一对平凡夫妻……"

沐云流静静地听着，仿佛感染了她回忆里的那些小幸福，见到一只活泼可爱的小灵狐，在一对夫妻的抚养下日益长大，唇角不禁翘了起来。

山间岁月易过，无人打扰的清修生活也十分惬意，灵飞的父母恩爱如初，灵飞便在这种狐族少有的亲情下，快乐长大。

在她出生后的第五年，山上突然来了个凡人！这个凡人不是普通凡人，而是一个仙风道骨的方外之人，后来她才知道，那是众妖的死敌——道士！

道士以捉妖为己任，当这名道士发现山中竟然有一对妖精化成人形的夫妻时，就对这对夫妻穷追不舍。

"我们并不曾害人，道长何苦多造杀孽？"灵飞被封住穴道，藏在一个洞里动弹不得，她看见她娘被打得化成原形，苦苦向那道士哀求。

然而，那道士并未动恻隐之心，只冷冷道："你们这些妖孽，本该在狐山龟缩不出，却到凡间来作乱，还妄想过凡人的生活！贫道定要替天行道，除掉你们！"

求饶不成，灵飞的父母孤注一掷，与那道士大战。然而那道士法力十分高深，灵飞的父母终究不敌，被打得魂飞魄散，只留下两具毫无生气的尸体……

讲到这里，灵飞水汪汪的大眼睛已蓄满泪水，强忍着才没让眼泪落下。沐云流疼惜不已,伸手替她擦拭眼泪,柔声道:"小灵儿想哭便哭,哭出来会好些,本王不会笑话小灵儿的。"

灵飞感激地看了一眼沐云流,却很快逼退了泪意,摇了摇头:"你听我继续说下去。"

"好,本王听着。"沐云流依了灵飞,依旧握着她的手,只是比之前用力了些,仿佛要给她力量。

灵飞深吸一口气,继续说了下去:"那道士法力高深,我娘虽然将我藏在洞中,可他依旧发现了我……"

沐云流听得心中一紧,不知灵飞是如何逃离生天的,他当然不会相信是那道士动了恻隐之心,放过了这只小幼狐。

果然,只听灵飞冷笑道:"他也是想杀了我,说斩草不除根,春风吹又生。可惜,我命不该绝,我娘将我藏身的那个洞里,竟然有一道灵气,将我瞬间吸了过去。那道士遍寻我一月不着,这才放弃离开。"

洞中有一道灵气?沐云流眉峰微微一动,神情骤然变得有些高深莫测。

"那道士走后,那团灵气才将我放开,而我出于好奇,便跟着那团灵气跑。"灵飞继续回忆,"等到我跑得快没劲儿的时候,那团灵气停住了。我抬头一看,我竟然到了一个仙洞之中!"

"小灵儿怎知那是仙洞?"沐云流含笑问道。

灵飞抬眸,坚定地说道:"我天生为妖,对妖气和仙气是极为敏感的。那洞中仙气弥漫,而且有一尊十分美丽的女子石像。我想,那必定是仙洞的主人。"

沐云流若有所思地看了灵飞一会儿,点头:"好,小灵儿继续说。"

灵飞便继续说道:"当时我太累了,就趴在那女子石像脚边睡着了。迷迷糊糊地,我感觉到有一个白色身影在我面前出现,一遍一遍抚摸我的毛发,还对我轻声说着什么。"

沐云流心中一动,若灵儿不是在做梦,莫非那仙洞的主人显灵了?

"我努力想要睁眼,却意识模糊,无法看清那个白色身影到底长什么模样。"灵飞有些懊恼,"后来等我醒了,我已经不在那个仙洞之中了。"

"小灵儿可还记得那仙洞的位置?"沐云流问道。

灵飞摇头,更是神色懊恼:"我清楚地记得那个位置的,但我之后找了几百遍,一直不放弃地找,可始终没有再找到那个仙洞。"

沐云流稍微一想便领悟了,如果不是灵儿在做梦,那么必定是那仙洞的主人有意不让灵儿再进仙洞,这或许便是传说中的机缘,可遇不可求。

"奇怪的是,从那之后,我身上竟然没有妖气了!"灵飞紧紧抓住沐云流的胳膊，一脸不可思议，"等到我再次回想，我才想起那个白色身影在我迷糊之际对我说的话是——不要将今日之事告诉外人。"

沐云流闻言，心中终于确定了，灵儿果然不是在做梦。从一开始他就觉得奇怪，为何灵儿身上没有狐狸常有的味道，反而有一股淡淡香气。

原来，原因在这里！

她身上的妖气被人给抹掉了，难怪那日他到相府时，紫微道长并不知他身边有妖。而这便是因为她身上没有妖气，即便他与她相处再多时日，身上也是不会沾染半点儿妖气的。

"小灵儿，你真是个宝贝呢！"沐云流笑了一笑，忽然拉她起身下榻，神情玩味地勾唇，"既然小灵儿将自己的秘密与本王分享，那本王也跟小灵儿分享一个本王的秘密可好？"

灵飞诧异地睁大眼睛："你也有什么不得了的秘密吗？"

沐云流被灵飞可爱的语气逗乐，拉着她走到一旁的书柜门前，笑道："是，本王也有不得了的秘密呢！"说罢，他伸手一拧机关，左右各不同地扭动了几下，书柜门轻响一声，便朝两边挪开了。

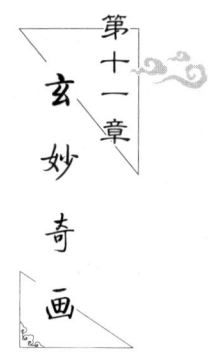

第十一章 玄妙奇画

原来,这书柜门后竟是一个密室!灵飞好奇地往里张望了两下,便被沐云流拉进了密室之中。

书柜门缓缓合上,密室里夜明珠照亮黑暗,灵飞吃惊地随沐云流走进去,见到整个密室里除了照明所用的夜明珠之外,只剩墙上挂着的一幅画,但那幅画被一块纯白布帛遮盖了起来。

"你的秘密,就是这幅画吗?"灵飞四周打量一圈后,猜测道。

沐云流神色已不似之前的温柔,取而代之的是浓浓的肃穆冷酷,他松开了灵飞的手,虔诚地来到那幅画面前,深深地鞠了一躬。

灵飞不解沐云流为何有此动作,但下意识地,她也跟着朝那幅画鞠了一躬。沐云流刚好回头,看见灵飞这乖巧的动作,眸中闪过一缕深深的柔情:让人不得不爱的小东西……

"小灵儿,这幅画,是本王的母妃留给本王唯一的遗物。"沐云流郑重地说完,伸手轻轻扯下了盖住那幅画的纯白布帛。

变故,就在这一瞬间产生!就在沐云流伸手揭开纯白布帛的那一刻,灵飞的身子突然被一股巨大的力量撞飞!

"啊——"灵飞痛叫一声,骤然由绝美少女变为一只蜷缩成一团的小灵狐。

"灵儿!"沐云流脸色大变,俊美的五官扭曲,他几乎是立刻想到墙上的画,顿时一挥手,手中纯白布帛重新将那幅画给盖住了。

沐云流三步并作两步冲到灵飞面前,一把抱起了她,焦急喊道:"灵儿,灵儿你怎么样了?"然而,灵飞却已经昏厥过去,四只爪子无力垂下。

"灵儿……"沐云流狠狠一咬薄唇,顿时鲜血冒了出来。不能,他不能慌!眼下该想想怎么办,谁能知道灵儿到底伤势如何了?

几乎是脑中一瞬间闪过灵光,沐云流立刻抱着灵飞往外冲,他本来准备出府,但转念一想,便唤出了暗卫,随后便将灵飞抱回了房间,将她小心翼翼地安置在床榻之上,然后开始了漫长的等待。

沐云流的神色看似镇定,实则内心慌乱不已。灵飞的道行还浅,他竟一时大意

忘了那幅画另有玄机,便让灵飞受了伤,沐云流这会儿恨不得一巴掌拍死自己!

而他脸色极为难看地看着床上昏迷不醒的小灵狐,猛然发觉自己对她付出的不再是一开始的那点儿新鲜了。

沐云流心弦微微震了一下,握住灵飞那软软的爪子,放在手心摩挲。原来,他不仅仅是想得到她而已,也不是觉得她为他的生命添了色彩,所以非要她留下不可。

他爱她——不知道从什么时候开始,他就爱上了她!

也许第一眼,他就为她倾心,只为她眼中那抹倔强,那抹纯净。尽管她是一只狐狸精,但种族的距离也阻挡不了他爱上她的事实。

"灵儿,本王不会让你有事的。"沐云流伸手握住那两只爪子,不断用手摩挲着,语气里含着前所未有的决心,"上穷黄泉下碧落,本王都会留住你!"

终于,漫长的两个时辰过去了。一阵风刮进房间,之前被沐云流唤出来的那名暗卫跪地禀道:"殿下,方丈大师到了。"

沐云流一听,立刻起身,迎向房门口:"慈恩大师!"

沐云流话音刚落,一名手持法杖,身穿袈裟,白须飘飘的和尚便出现在了房门口。

只听那和尚笑道:"流王爷素来镇定,想不到也有如此慌乱之时,倒让老衲大开眼界了。"一边笑一边走进房间,暗卫悄无声息地退了出去,将房门轻轻带上。

"慈恩大师,容本王稍后再与你解释,先给她看看伤势。"沐云流没有心情和慈恩方丈闲聊,一把拉过慈恩方丈便到了床前,忧心地看着床上昏迷不醒的小灵狐。

"阿弥陀佛。"慈恩方丈将法杖放于一旁,双手合十念了声,这才坐在床边,细细给灵飞检查起来。

片刻之后,慈恩方丈起身,双手合十朝沐云流行礼:"流王爷不必担心,这只小灵狐只是被一股天地间的神力所冲撞,这才显露原形,但她并无受伤的迹象。"

"那她何以昏迷?"沐云流仍旧不太放心,他听得清楚当时灵飞那一声痛叫,怎么可能没有受伤呢?

慈恩方丈微微一笑,解释道:"她本是人形,突然被这股神力所冲撞,五脏六腑是有疼痛之感的。不过好在她机敏聪明,顿时便现出了原形,所以才避免了被神力所伤。"言下之意,如果灵飞当时依旧强撑人形,恐怕就会身受重伤了。

沐云流听了慈恩方丈的解释,这才松了一口气:"不知她何时会醒来?"

慈恩方丈看了一眼床上的灵飞,淡笑道:"若老衲估计不错,一炷香的时间她便能醒来了。"

沐云流终于完全放下了心,走过去给灵飞盖上了被褥,然后才对慈恩方丈淡淡一笑:"慈恩大师,请移步书房说话。"

"流王爷客气了。"慈恩方丈施了一礼,随后走出房间,倒像是对流王府熟悉得很。

两个人移步书房，很快朱林就给二人上了茶水点心，又摆上了棋局。待朱林退下后，两个人十分默契地开始对弈。

黑白二子不断厮杀，棋局犹如战场，风云变幻，高深莫测，战况异常激烈。待到一盏茶的工夫之后，慈恩方丈端起茶杯啜了两口，然后便微笑着将剩余茶水全部倒在了棋盘之上。

沐云流神色自若，并未动怒，也优哉游哉地端起了茶杯，轻啜慢饮，似笑非笑。

"流王爷棋艺高超，老衲自愧不如。"慈恩方丈面色坦荡，笑容和蔼，"所以，老衲只好毁了这盘棋，以保老衲回去后不复思考此局，流王爷不会见怪吧？"

沐云流高深莫测地看了慈恩方丈一眼，淡淡一笑，放下茶杯好整以暇道："棋局已在慈恩大师心中，即便茶水冲毁之，慈恩大师又怎会忘怀？"

"阿弥陀佛……"慈恩方丈闭了闭眼，默念了一声。

沐云流淡淡笑着，静等慈恩方丈下文。

慈恩方丈沉默了片刻，才缓缓说道："流王爷本是天命之人，若顺风顺水不生枝节，此生定当有所回报。但若与这狐狸精扯上关系，只怕此生厄运难断，麻烦难消。"

沐云流闻言，一勾唇角："慈恩大师认为，本王是怕麻烦之人？"

他的存在是个秘密，所有人都断言他这一生顺风顺水，可他偏偏感觉不会！直到他遇上灵儿，一切轨迹都开始发生变化，未知的麻烦与危险正在远方冲他招手，他才坚信灵儿便是他此生命运的转机！

慈恩方丈闻言，轻轻叹了一声："流王爷既已下定决心，老衲也不好再劝。"

"此事，慈恩大师务必对外保密。"沐云流淡淡转动手中茶杯，摩挲那光滑杯沿，神情似笑非笑，"本王不希望，十年交情就此灰飞烟灭。"

慈恩方丈神色微微一滞，半晌才无可奈何地一笑："流王爷大可放心，老衲必将守口如瓶。"

"那便最好。"沐云流冰寒莫名的眸子，渐渐染上一抹暖色，像凛冽寒风后的暖阳，慈恩方丈竟不敢正眼去看。

送走慈恩方丈之后，沐云流快步回到房间，只见灵飞已经恢复了人身，坐在床前晃着两个脚丫子，不知在想些什么。

"灵儿。"沐云流眼中闪过淡淡惊喜，立刻上前握住了灵飞的手：她没事，真好。

灵飞摸了摸还有些闷的胸口，红润的小嘴一撇："你那幅画什么来头？好生厉害！"

沐云流一见灵飞这模样，再刚硬的心都融化了，忍不住在她脑袋上揉了揉："是本王不好，本王疏忽大意，让灵儿受委屈了。"

灵飞此刻这副模样，可不就是一副活脱脱委屈到极点的样子吗？

"我又没有怪你。"灵飞再次撇撇嘴，知道沐云流是无心的，她也不会无理取闹，只不过有些心有余悸罢了。如果不是她当机立断聪明地现出原形，只怕那股骇人的力量已经将她打得魂飞魄散了！

沐云流眸光柔和地望着灵飞，唇角淡淡地扬了扬，才微叹着说道："那幅画，是本王母妃留给本王的唯一遗物，里面画着一个犹如仙境的美丽地方。这幅画藏着一个秘密，但至今无人可洞悉真相。"

"你的秘密，就是这幅画？"灵飞眨巴了一下眼睛，心里很是遗憾。可惜她没瞧见那幅画是什么样子的，如果瞧见了……也许能替他解惑呢！

"不错。"沐云流点头，"本王的母妃临终之前，不知何以作此画，还留下遗言给本王，说有朝一日若能勘破此画的秘密，本王的人生就会改写。"

"这么玄妙？"灵飞低呼一声，上下打量沐云流，心中疑惑不已：他不过是个凡间王爷，怎会拥有那样一幅画？为什么他的母妃又告诉他说，若能勘破那幅画的秘密，他的人生就会改写呢？若那幅画的秘密被勘破，他的人生会出现怎样的变化？

一连串的疑问在灵飞脑袋瓜子里浮现，但一个都无解。

"不过，本王此前对这件事也只是半信半疑，直到今日变故发生，本王才确信这幅画的确有蹊跷。"沐云流摸摸灵飞的脑袋，不无歉意，"只是这确定的代价，让本王心有余悸。"他宁可一辈子发现不了那幅画的秘密，也不愿灵儿受到一丝一毫的伤害！

灵飞展颜一笑："没关系，反正我也没受伤。"

"那是灵儿自己聪明。"想到慈恩方丈说的话，沐云流心里还是忍不住一紧，若他的灵儿当时没有现出原形，岂不是要被那股神力给吞噬了？

灵飞见沐云流一直沉浸在自责当中，连忙转移话题："沐云流，你说那幅画里那股力量是什么？怎么那么厉害？"

沐云流微微思索了一下，淡淡道："本王也不知道。不过可以肯定的是，若能知道本王母妃画的是什么地方，想必谜团便可以解开。"

"难道这些年来没有人知道她画的是什么地方吗？"灵飞微微诧异。

沐云流点头，眸色清朗："不错，包括本王在内的许多人，都不知这幅画到底画的是什么地方。"整个大陆奇景无数，却没有一处能和画中仙境相吻合，很多人甚至直言不讳说这就是可遇不可求的仙境！

"这就奇怪了。"灵飞咬着下唇思索，模样可爱极了。

沐云流见状眸色一软，唇角微微扬了起来，再一次觉得自己眼光真是好到天上有地下无,捡了这么一个宝贝。

灵飞思索了一阵子,突然扬眉:"你说有没有可能,你母妃画的就是仙境呢?"

这个答案,早已有人给过,沐云流一点儿也不觉得奇怪,只淡笑道:"就算事实如此,但谁又见过真的仙境呢?"

"这个……"灵飞也犯了难,似乎在她的记忆里,只有那些成了仙的上仙才对仙境熟悉呢!可惜她只是一只妖,不可能求得上仙帮忙确认那幅画里到底画的是哪一处仙境。

"慈恩大师说过,凡事全靠机缘,灵儿不必担心。"沐云流笑着摸摸灵飞的脑袋,宽慰她道。

灵飞似乎微微怔了一怔,然后盯着沐云流直看,黑漆漆的眼珠子透着莫名的光。

"怎么了?"沐云流好笑地挑眉。

灵飞欲言又止了片刻,才说道:"你不叫我'小灵儿'了。"她后知后觉地发现,他去掉了那个"小"字,然后……她心里觉得怪怪的。

沐云流见她终于发现,不禁笑出了声,黑眸看了她半晌,才扬起唇,意味深长地说道:"这是因为本王对灵儿更认真了啊!"

确定他不仅喜欢她而且爱她,他对待这份感情也前所未有地虔诚起来。以往叫她"小灵儿"总带了几分逗弄她的意味,而现在,他是真正将她当成生命中最重要的姑娘了。

她,可能感受到他的心意吗?

灵飞敏锐地觉得有那么几分不对劲,但看着沐云流近在咫尺洋溢着温柔笑意的俊美脸庞,她却又摸不着头绪。半晌,她妥协了:"随你吧!"反正,怎么叫她都是她,不会变成别人,她自我安慰道。

沐云流对灵飞的轻易妥协,感到又是失望又是轻松,失望自己的心意没有被发现,却也轻松不必去头痛灵飞发现他的心意后会不会被吓跑,心中极为矛盾。

就在沐云流眸子微微黯淡的时候,朱林叩门三下,不请自入。

"你是越来越没规矩了。"沐云流恢复常态,冷冷地瞥了朱林一眼,语气不悦。

朱林神色却十分紧绷,快步上前禀道:"殿下让老奴查的事情,老奴已经查到了!那紫微道长,竟是道派嫡系传人!"

朱林的语气十分凝重,显然紫微道长在道派中是绝对举足轻重的人物。而朱林早已清楚,他家殿下对紫微道长起了杀心。是以,这件事变得无比棘手,他必须劝殿下不要去动紫微道长,否则后患无穷!

沐云流眉宇一挑,倒也有几分意外:"那点儿道行,怎会是道派嫡系传人?"

"据老奴打探到的消息,紫微道长曾经法力十分高深,因为一些变故,才导致

法力渐渐消失。不过,这件事在道派是一个禁忌,无人得知具体真相。"

沐云流闻言,心中微微一动:会不会当年杀害灵儿父母的,就是这紫微道长?

这个念头一起,沐云流立刻问灵飞:"灵儿当年还小,是不是没见过那逞凶的道长长什么模样?"

"不,我见过。"灵飞不解沐云流为何会这般问,摇头老实答道。

沐云流微微一蹙眉,这么说,杀害灵儿父母的便不是紫微道长了?

"你在想什么?"灵飞实在不知道沐云流在想什么,不禁摇着他的胳膊问道。

沐云流回过神来,见灵飞蹙眉的模样煞是可爱,轻笑了一声,将自己方才的猜测告诉了她,结果,换来灵飞一阵"咯咯"脆笑。

灵飞一边笑一边眨眼说道:"你猜错啦!紫微道长今年不过五十来岁,可我已经八十岁,他怎么可能是杀我父母的那位道长?"

八十岁?旁边朱林震惊,果然是只老妖精!还是只扮嫩的老妖精!

沐云流一向淡定自若的脸上,难得出现了错愕的神情,呆呆地看着灵飞嫩嫩的脸颊半响说不出话来。一直将灵儿当个萌宝贝来疼,他可从未将她与八十岁联系在一起啊!

"哈哈哈……"灵飞看见沐云流的表情,乐不可支。

沐云流好半响才反应过来,略微郁闷地捉住灵飞的肩膀,轻咳道:"灵儿,给本王点儿面子,好不好?"若按年纪划分辈分,他都得叫她奶奶了!

灵飞可不管沐云流的面子,一直"咯咯"笑个不停。

沐云流无奈叹气,天底下,也只有这只小笨狐不怕他堂堂流王殿下了。轻咳一声后,沐云流将注意力转向正事,淡淡对朱林吩咐道:"紫微道长近日是不是跟璃月碰过面?"

"是的,殿下。"朱林点头,"不过这紫微道长有些本事,盯梢他的暗卫不敢过于靠近,不知他与璃月公主到底说了什么。"璃月公主病倒一事,朱林也不认为是真的。

"继续盯着他,有什么风吹草动随时来报。"沐云流淡淡一挥手,示意朱林可以下去了。

朱林犹豫了一下,说道:"殿下,紫微道长怕是不好动。"

"你怕?"沐云流斜睨朱林一眼,唇角似乎微微讥讽地勾起。

朱林叹了口气:"老奴是不想殿下惹祸上身,那道派……亦正亦邪,不好对付。"

"有挑战才有意思,不是吗?"沐云流双唇弯了弯,淡淡道,"何况,本王做事自有分寸,无须你来提醒。"

朱林面色一僵,只好拱手退下:"是,殿下,老奴告退。"

待朱林退出房间后，沐云流眼中的冷光依旧未消，考虑着紫微道长此人是留还是不留。

灵飞抬眸，瞧见沐云流眼底那抹杀意后，起身很认真地说道："你别杀紫微道长，杀了他反而会有很多麻烦的。"

"哦？灵飞有何高见？"沐云流挑眉，一副愿闻其详的模样，黑眸盯着灵飞的红唇，心下想的却全然不是正事。

灵飞摇了摇头："说不上什么高见，只是道派中人做事一向如此，你动他们中的一个，他们会大肆扑来找你报仇的。"

沐云流冷笑一声："本王未必怕他们前来寻仇。"

灵飞指了指自己，说："可他们会瞄准我。"

这个……沐云流抿了抿唇，不作声了。

"紫微道长道行不够，发现不了我，但道派里那些所谓的祖师爷若出山了，一定会灭了我的。"灵飞缩了缩瘦削的肩膀，哀怨道，"我不想惹上那些道士。"

灵飞可爱的模样，让沐云流爱怜极了。

"好，灵儿说不动他，本王就不动他。"沐云流含笑应允，他怎会让意外发生，伤到她呢？没有十足把握护她周全，他暂且不动那老道就是了。

灵飞这样才放心了，她没告诉沐云流的是，一旦沐云流杀了紫微道长，整个道派都将与他为敌。至于她，还可以逃回狐山，那里有狐仙娘娘设下的结界，即便是神仙也不能擅自入内，可他呢？他是不可能随她回狐山躲避的，也不可能对抗得了整个道派。

"其实你一点儿都不用担心紫微道长。"灵飞对此事倒是信心满满，她唇角微勾着说道，"以他的道行，绝对揭穿不了我的身份的。"

"但他收服了那只千年雪狐。"沐云流忌惮紫微道长，是因为前车之鉴，他顾虑着紫微道长还有什么收妖的法宝。

灵飞笑着摇头："他自然有不少收妖的法宝，可收妖法宝的原理是感应妖气，然后将妖精收服。但我身上并没有妖气啊！"所以，自从她幼年遇到怪事之后，所有的收妖法宝对她都是没用的。

沐云流一脸若有所思，原来灵儿身上没有妖气，收妖法宝感应不到她身上的妖气，便不会收了她。不过……那幅画又是怎么回事？

这个疑问，沐云流并没有问出口，毕竟灵飞也不清楚那幅画的事情，问了也是白问，徒增烦恼罢了。

璃月公主的病情持续了好些日子，直到凌帝生辰前夕，璃月公主也是病恹恹的。

凌帝固然很是心疼，但听到侍卫的禀报，说什么璃月公主是被妖精冲煞之类的话后，龙颜震怒，将好几名侍卫都拖出去斩了！

国之有妖，必是上位者不贤。凌帝深以为然，便绝不允许有人说这皇宫里有妖。而凌帝的雷霆手段一出，倒没有人敢再胡乱议论"妖"一事了，璃月公主竟然也安分了许多。

到了凌帝生辰这一日，皇宫张灯结彩，富丽堂皇，大路全部铺上了崭新的红毯，一派喜气洋洋的景象。

凌帝白日依旧上朝，批阅奏折，像平日那般勤政。一直到了黄昏时分，这位勤奋的皇帝才算是收工，准备好好过这个四十岁生辰。

景曜殿前，所有有资格上朝的文武百官，及其家眷们纷纷到齐，整个大殿犹如盛会现场，热闹非凡。只见殿内华美宫灯层层叠叠，耀眼璀璨，宫女们来回忙碌，步履匆匆，众文武大臣纷纷入座，相互说着话。

一片其乐融融之下，一道尖细的嗓音响起，打破了这种非凡的热闹："皇上驾到——"

随着太监尖细的嗓音，整个大殿内的人都安静了下来，并恭恭敬敬起身，躬身做迎接状。

一身明黄色龙袍的凌帝，便在这满朝文武及诸皇子的迎接下，踏入景曜殿。凌帝踏上台阶，来到至高无上的宝座前，威风凛凛地一挥袍袖："众卿不必多礼，当今日是家宴便可。就座！"

"谢吾皇，万岁万岁万万岁！"所有人都跪了下来谢恩，面色恭敬，然后才起身，各自落座。

所有人就座之后，凌帝淡淡的视线扫过一侧的太子及皇子们，见无人缺席，眼中顿时闪过欣慰之色。因为连一向不喜应酬的三皇子，今日也算是给足他这个父皇面子了，携那绝美姑娘出席，面色竟还透着点点温柔，并无往日的不耐烦。

"今日是朕四十岁生辰，本来朕无心过寿，但也难得将大家聚在一起，大家都有心了，朕很高兴。"凌帝说完开场白后话锋倏地一转，"不过，朕希望大家还是将心思放在朝政上，如此朕才会更加高兴。"

"微臣谨遵皇上教诲！"所有文武大臣都拱手应和。

凌帝很是满意地点了一下头，接着便将视线落在了沐云流身旁的灵飞身上："云流家的那位姑娘，朕还不知道你叫什么名字？"

第十二章 苦肉计

灵飞并未将太多注意力放在凌帝或者文武百官身上，她一直在忙着吃面前的点心。忽然被点名，灵飞也不知道问的是她，于是还在忙着吃。

沐云流轻咳一声，含笑戳了一下灵飞的肩头，低声提醒："父皇在问你话呢！"

"啊？"灵飞后知后觉地抬头，这才发现所有人的视线都落在她身上，她俨然成了全场焦点。

"父皇问你叫什么名字。"沐云流旁若无人地给灵飞作弊。

灵飞定了定神，不慌不忙地站起身，冲凌帝微微一福，语气温婉十分得体："回皇上的话，民女灵飞。"

灵飞？众人哗然！

这里所有人都已经得知，流王殿下最近看上了一位姑娘，十分用心，两个人几乎是形影不离。而这位极受宠爱的姑娘，便是那流王府管家朱林的掌上明珠，朱小灵！怎么今日突然改了名字了？

"灵飞？"凌帝若有所思地瞥了一眼淡定自若的沐云流，心思一转便挑眉道，"你不是流王府管家之女，朱小灵？"

灵飞浅笑道："民女不是，不过，皇上所说之人，乃是民女的义姐。"

义姐？众人又迷惑了，这到底是怎样一种复杂的关系啊？

"所以，你是流王府那位管家的义女？"凌帝却是立马就拨开迷雾，明白了三子所耍的计谋。果然还是凌帝了解沐云流的作风，知子莫若父嘛！

灵飞浅浅笑道："是的，皇上。"

"你撒谎！"璃月公主突然出声，指着灵飞脸色铁青，"那日本公主去流王府，你明明就说自己是朱小灵！"

灵飞眨了眨眼，好脾气地看着璃月公主，柔声说道："公主怕是误会了，那日公主突然闯进流王府，点名道姓要找我义姐，我还没来得及说明情况，公主便动了手。但从头到尾，我并未说自己就是朱小灵！"

什么？璃月公主竟然闯过流王府，还跟这位美若天仙的姑娘动过手？所有人都竖起了耳朵，想听八卦。可惜，灵飞却事先得到了沐云流的指点，言语间点到即止，

只有几个当事人才明白具体发生了什么。

璃月公主不期然便想到了那日一幕,脸色顿时爆红。那么丢脸的事情,这贱婢居然还敢在这里提起!

"好了,跟无关紧要之人说那么多做什么?"沐云流淡淡一个勾唇,将灵飞拉回身侧,将剥好的葡萄递给她,"你只要理会父皇就行了。"

"好。"灵飞异常乖巧地点头,乖乖地将剥好的葡萄吃掉。

这一幕让不少年轻公子哥儿瞬间都看傻了眼:好乖的姑娘啊……本来就够美的了,再加上这令人喜爱的性格,他们只恨为何自己没有生成流王殿下,便可以将这姑娘娶回家中,好生疼爱!

璃月公主见众人都被灵飞的美貌吸引得回不了神,顿时不甘心地说道:"本公主可是记得非常清楚,那日去流王府遇见朱管家,本公主便说想见一见他女儿朱小灵,朱管家立刻就将本公主带去了你面前的!"

灵飞无辜地眨了眨眼:"那一定是我爹被公主的皇家威仪所吓到,因此才未敢详细说明。而且很多人都将我当成我义姐,想必我爹一听公主要见我义姐,就当公主要见的是我了。"

有心人发现,这位漂亮灵动如仙似神的灵飞姑娘,对凌帝倒自称"民女",可对着璃月公主的时候,反而大大方方自称"我"。难道说……这位灵飞姑娘并不喜欢璃月公主,所以连该有的尊重都懒得给吗?

璃月公主正待发作,却见沐云流神色诡异地瞥了她一眼,语气凉飕飕地说道:"朱管家人老糊涂耳又聋,璃月就不要跟他一般计较了。"

"……"璃月公主实在没辙了,气呼呼地坐回了座位。有她流皇兄撑着,想必无论她怎么发难,那个贱丫头都是不会受到丝毫影响的。看来看去……只有指望今日的压轴大戏——紫微道长捉妖了!

凌帝倒是极为护短,他本意就是要让灵飞大大方方地出现在众臣面前,好让众臣有个心理准备,这有可能是未来的流王妃。

眼下目的已经达到,凌帝便不再让众人为难灵飞了,淡淡吩咐道:"传朕口谕:筵席开始。"

"奴才遵旨。"一旁的太监总管立刻领旨,下去传旨了。

很快,一大群宫女身穿彩衣,陆续进了殿内,给每个桌子上菜,斟酒。不一会儿,又有一群穿着艳丽服饰、手持彩缎的舞女们拥了进来,在殿中央开始了婀娜多姿的舞蹈,两侧有乐师奏乐。

一时之间,热闹非凡。

灵飞扯了扯沐云流的衣袖,在沐云流亲昵靠向她时,她望着四周人群,悄声说了一句:"我觉得,暗中有一双眼睛在盯着我。"

灵飞身为狐族一员,加上有八十年的道行,她自然对凡人的盯梢有所感觉。不过,沐云流又岂能没有发现?

想到暗卫所禀报的情况,沐云流只是淡淡一笑,唇角勾起一抹温柔的弧度:"灵儿只管敞开肚皮吃,不用管那些宵小之辈。"那些人,他稍后自然会收拾。

敞开肚皮吃?灵飞皱了皱可爱的小鼻子,抗议道:"人家又不是胖子……"她是狐狸好吗?还是灵狐一族!

"哈哈哈……"沐云流顿时被灵飞可爱的模样和语气逗乐,他甚至听到了她内心那句"人家是狐狸"的腹诽之语,顿时忍不住大笑起来。

众人的视线本来在灵飞身上,一下子便被吸引到了沐云流身上。他们暗暗瞄了高高在上的凌帝一眼,发现凌帝神色依旧愉悦,眸底没有半分不耐烦之后,不约而同地在心里叹了口气:看样子,这朝中还是流王殿下最牛啊!

如此场合,如此失仪,若不是流王殿下,而换作是别人,凌帝早就面露不悦,甚至口出训斥了好吗?

众人又不禁望了东宫太子沐云柘一眼,纷纷在心底为这位太子表示同情。东宫太子又如何?谁知道哪天流王殿下改变心意了,想继承大统,而凌帝便兴高采烈地命令沐云柘让位呢?

这事乍一听觉得不可思议,但在本朝,那是绝对有可能发生的!

酒过三巡,宴席过半,众臣开始纷纷献礼。不过,只有一品以上大员及众皇子们,才有资格亲手将寿礼献上。至于其他的二品三品官员,只能将贴上标签的寿礼,纷纷呈给前来收礼的太监们,然后站在一旁用羡慕的眼光看着那几位献礼的一品大员们。

首先献礼的,自然是当朝丞相苏城易了。太平王朝,除了皇帝与摄政王之外,便是丞相为群臣之首。而凌帝正值壮年,并未封摄政王,于是乎苏城易绝对是一人之下,万人之上。

只见苏城易笑吟吟地携爱女苏杏儿离开座位,来到殿中央,悠悠地给凌帝行礼。

"老臣苏城易,恭祝皇上身体安康,江山永固!"苏城易用清朗的声音高声说道,然后双手将寿礼呈上,"这是老臣爱女一点儿小小心意,请皇上过目。"

"呈上来。"凌帝瞥了苏杏儿一眼,心下暗暗惋惜:本来也挺喜欢这个相府嫡女做自家儿媳妇的,只可惜三子自己却看上了那位叫灵飞的姑娘,真是有缘无分。

很快,伺候在凌帝身边的太监总管下了台阶,小心翼翼地接过了苏城易手中的寿礼,捧到了凌帝面前。

"打开。"凌帝淡淡下令,他已经看出这是一幅刺绣,而他若没有猜错的话,

这幅刺绣应该出自相府嫡女苏杏儿之手。

凌帝此刻心情还是平静的,甚至说是有一些失望,毕竟他堂堂天子,要一幅刺绣做什么?当然了,凌帝并没有表现出来。

"是,皇上。"太监总管恭敬领命,慢慢将手中沉重的盒子打开。

不承想,刺绣竟然十分之大,太监总管一个人无法摊开,于是太监总管赶紧唤过几名宫女,几个人合力才将整幅刺绣摊开来,供凌帝欣赏。

凌帝原本神色平静,但一眼望去之后,手中端着的酒杯竟然抖了一下,酒水洒了些许出来。他甚至一下子站了起来,神色激动:"这是……"

众臣不解,这丞相大人在弄什么玄虚?怎么一幅刺绣竟让皇上反应如此之大?

只听苏城易骄傲地一笑:"皇上,爱女半月前便开始足不出户,日夜构思这幅万里江山图!此图由老夫亲自绘制,而后由爱女寻得几名技巧精湛的绣娘,共同完成,可谓太平王朝第一绣!"

众臣听了之后都是一愣,然后才反应过来——这不是普通刺绣,而是万里江山图!难道说……整个太平王朝的版图都在这上面吗?

果然,凌帝神色难掩激动,袍袖一挥道:"转过去!让朕的爱卿们好好看看这幅万里江山图!"

"是,皇上。"太监总管立刻指挥,与几名宫女小心翼翼将刺绣转了过去。

当众人看见这幅万里江山图的刺绣时,不禁也惊呆了!果然如他们方才所猜测的那样,那相府嫡女竟将太平王朝的江山,绣于了布帛之上!城池从刺绣上一看竟是一览无余。

每个大臣都站了起来,频频发出"啧啧"的惊叹声,并从这幅图上找到了自己所管辖的城池。

"好一幅万里江山绣啊!真是精美绝伦,构思巧妙!"

"是啊!想不到相府嫡女竟有如此惊世之才,真是令人佩服!"

"相比之下,我们的寿礼就逊色太多了。"

"唉,我怎么就没有这么一个出色的女儿呢?"

惊叹赞美声频频传来,苏城易脸上早已是掩饰不住的得意之色,他从一开始就知道,他女儿的杰作一定会艳惊四座的!

此刻,只听凌帝以愉悦的声音说道:"将此寿礼收起,稍后挂在朕的寝殿之内,朕要天天看着它!"

"是,皇上。"太监总管不敢怠慢,立刻小心翼翼地指挥宫女们将刺绣收好,动作缓慢得生怕弄坏一分一毫。

凌帝落座,众臣也跟着纷纷落座。

只听凌帝笑问沐云流道:"流王以为这幅万里江画绣如何?"

众人还正在感慨凌帝方才那番话至高无上的荣耀,注意力顿时又被吸引到了流王殿下身上,不禁纷纷看向流王殿下。只见流王殿下神色自若,嘴角含着一抹浅笑,是以往众人从未见过的谪仙风范。

而这一切,只因他身旁那个绝美不可方物、灵动乖巧的少女。

"儿臣以为,还不错。"沐云流淡淡起身,回话道,一双纯黑眸子只映着灵飞的绝美容颜,始终没有望向苏杏儿一眼。

苏杏儿心中苦涩难当,悄然转身,不愿再看向那对璧人的缱绻身影。

灵飞眨了眨眼,趁人不备偷喝了一杯酒。方才,沐云流一定不让她喝酒。可为什么不让呢?反正她又不会醉。

凌帝淡淡瞄了一眼浑然在状况之外的灵飞,心念一转,笑道:"灵飞,你觉得呢?"

灵飞这次听见了凌帝的问话,因为凌帝点了她的名字,顿时抬起纯净的眸子,望向凌帝。

凌帝挑了挑眉,仿佛在等她回话。

所有人的视线,又都落在了灵飞身上,其中不乏趁机好好看清她绝色容颜的年轻公子。沐云流面色顿时有些黑,一脸的不高兴,纯黑眸底凛冽杀意闪过——再看,本王挖了你们的眼珠子!

杀气腾腾的视线扫过,威胁之意太过明显,年轻公子们顿时收回了倾慕的眼神。

灵飞站了起来,不过沐云流肩膀高度而已,更加显得她娇小可人。她认真地想了想刚刚见过的刺绣,点着头道:"很好、很美,而且很磅礴大气,民女很喜欢。"

凌帝静默,众臣也静默。所有人都看着灵飞,试图找出她眼底一丝一毫的说谎痕迹。

谁不知道苏杏儿对流王殿下那点儿心思?而身为流王殿下新宠的灵飞,怎么可能对此事没有耳闻呢?要他们相信,灵飞是真心赞美苏杏儿的寿礼……打死他们,他们也不可能相信!

不过,任凭他们怎么盯着看,都只见灵飞满眼的纯净,神色认真得让人无可挑剔。

终于,凌帝轻咳了一声,又问道:"这么说,你很愿意和相府嫡女成为好姐妹了?"

这句话,暗示太重。众臣在一个愣神之后,恍悟过来:原来皇上是想让流王殿下两个都娶,坐享齐人之福啊!不过,似乎这也是一个办法,既不会让流王殿下产生反感,也不会让丞相大人失了面子,果然不愧是皇上惯用的手段。

沐云流脸色刚刚一沉,准备开口,却听灵飞爽快地说道:"我当然愿意了,但

不知道她愿不愿意呢！"

这下子，沐云流脸色彻底黑了，狐狸不是很聪明很腹黑很狡猾吗？为何这么明显的圈套，竟然被绕了进去？

尊敬的流王殿下，那也得看看是哪只老狐狸下的套，而小狐狸又懂不懂凡间娶妻的规矩啊！这都要怪你平时老师当得不好，没教这方面的知识好吗？

"呵呵……"凌帝一声轻笑，视线随意落在苏杏儿脸上，"杏儿可是愿意认这个妹妹？"

苏杏儿眼底闪过一抹惊喜的光，她想不到皇上竟对她如此偏爱，虽然会和另一个女子共享丈夫，但她也绝不敢奢望堂堂流王殿下会只娶一个妻子啊！

"灵儿妹妹如此乖巧可爱，臣女当然愿意了。"苏杏儿福了一福，落落大方。

凌帝很是满意地点了点头："嗯，既然如此，朕就放心了。"说罢望向灵飞，淡淡下令，"灵儿，去给杏儿敬一杯酒，往后可要好生相处。"

灵飞却是皱了皱眉，摇摇头："不行。"

凌帝一怔，众人也惊呆！她竟对皇上说……不行？这果然是被流王殿下宠坏了吗？

不料灵飞接着说道："皇上，民女比她大，不能当她妹妹，民女要当姐姐。"

众臣彻底惊呆！连沐云流都忍不住抽了一下嘴角。他决定，回去好好跟这只小狐狸说教说教，让她懂得人间的娶妻规矩，以免她以后又把他当众给卖了。

"你要当姐姐？"凌帝万万想不到这个小姑娘如此大胆，语气不禁都沉了几分，眸底闪过高深莫测的光芒。

"是的！"灵飞敏锐地察觉到凌帝的情绪变化了，但她毫不知自己方才那句话犯下了什么错误，依旧点了点头。她都八十岁了，那个凡人女子不过十几岁模样，怎么能当她姐姐呢？叫她奶奶她都嫌对方小呢！

"呵呵……"凌帝高深莫测地轻笑了一声，看向沐云流，语气略沉，"流王看样子是把她宠坏了呢！"

众人纷纷点头，表示赞同，这姑娘的确是被宠坏了。她是什么身份？一个管家的义女而已，苏杏儿是相府嫡女，身份尊贵，怎么可能她当大，相府嫡女做小呢？这根本就是不符合常理的事情嘛！

"茫茫人海，难觅知心人，儿臣宠灵儿也是应该的。"沐云流一揽灵飞瘦削的肩头，淡淡笑道，丝毫不将众人的态度放在心上。他沐云流看上的姑娘，要宠还要别人允许？笑话！

凌帝微微皱了皱眉，竟没有训斥沐云流什么，只淡淡端起酒杯，轻啜了两口。

倒是苏杏儿，此刻往前一步淡淡笑道："皇上，无论谁当姐姐谁当妹妹，其实都不重要，重要的是流王殿下能够幸福。如果流王殿下认为并无不妥，臣女唤她一声'灵儿姐姐'也未尝不可。"

凌帝闻言，怔了一怔。好个识大体的相府嫡女！不过……也是她对流王一往情深，否则以她相府嫡女的身份，绝对忍受不了这种奇耻大辱的。

"杏儿！"苏城易脸色微变，低声斥了一句。

苏杏儿盈盈一福："爹，请恕女儿不孝，这次不能听爹的话了。"恋慕流王殿下这么多年，从十几岁起她就发誓这辈子非他不嫁，她怎么可能因为一个可笑的名分就放弃？

苏城易老脸难挂，可女儿眼中的殷切期盼及歉意，却让他如鲠在喉，发作不得。

苏杏儿向苏城易表示了歉意之后，回到桌前端过自己的酒杯，盈盈走至灵飞面前，拱手敬酒："灵儿姐姐，妹妹苏杏儿，敬姐姐一杯。"

沐云流脸色黑得似要滴出水来，他搂着灵飞的力道微微加重，似在衡量利弊，再决定要不要出手阻拦。

要说苏杏儿倒没做什么错事，而且与沐云流算是青梅竹马，要沐云流一下子让她下不来台，似乎也有些于心不忍。何况，姐妹之称，那是灵飞亲口答应的。

没等沐云流开始思考，灵飞已经笑吟吟地端起了自己的酒杯，和苏杏儿碰了一下："那我们以后就是姐妹了，你可以随时到流王府来找我玩。"说罢，灵飞先自己一饮为尽。

苏杏儿呆呆地看了灵飞的笑靥片刻，才回过神来，优雅饮尽手中酒。

一个不拘小节洒脱灵动，一个优雅从容落落大方，站在一起竟是交相辉映，堪称和谐。众臣顿时无不羡慕流王殿下的好运气，能同时得这两大美人儿，真是几世修来的福气啊！

可惜，在众人羡慕的眼光下，尊贵的流王殿下一点儿高兴的表情都没有，反而是一副"生人勿近"的冷酷模样——流王殿下在生气。

对于小狐狸的表现，流王殿下心里不得不疑惑啊，莫非她根本就懂得"姐姐妹妹"的意思，真打算和另一个女人分享他？身在感情的迷雾中，流王殿下的智商不但狂跌，而且快跌成负数了！

面前一对姐妹"情深"地喝完酒，仿佛完成了某种仪式一样，更令流王殿下眸中火光四射，快要发作……而就在这时候，流王殿下突然闷哼一声，捂住了胸口。

一口鲜血，毫无预兆地喷了出来！

"流王殿下！"还未来得及转身的苏杏儿大惊，一把扶住沐云流，却被沐云流冷酷地甩开。

施苦肉计的时候，流王殿下怎会允许有外人来掺和？只见流王殿下搂着灵飞的

手一个用力,整个人就倒向了灵飞。

灵飞见沐云流吐血,一下子也慌了,赶紧坐了下来,让他靠在自己身上,语气颤抖着问道:"你……你怎么吐血了?"

沐云流虚弱地靠着她,忍耐胸口奔腾的疼意,语气冷漠道:"酒中有毒。"

什么?酒中有毒?众人大惊失色,纷纷朝自己的酒杯看去,又赶紧摸了摸自己胸口,看看有无中毒的迹象。

不过,众人只是虚惊一场,似乎除了流王殿下之外,没有任何人中毒。

"大胆!"凌帝目光冷厉,气势骇人地站了起来,"竟有人敢在朕的眼皮子底下谋害流王?"

"皇上息怒……"众臣全都跪了下来,心惊肉跳,同时暗暗想着:皇上,现在应该不是先追查下毒的人,而是先传御医给流王殿下诊脉吧?

"封锁宫门,任何人不得离开大殿半步!违令者,斩!"凌帝威严下令。

"是!"大内侍卫一拥而上,迅速按照凌帝的指令,封锁了殿门。

接着,凌帝快步走下台阶,来到沐云流面前。

"流王感觉如何?"凌帝淡淡地看着沐云流,眼中流露出一丝自然的关切,但全无担忧之色。

在沐云流说酒中有毒的时候,灵飞已经用法术悄悄替沐云流探过脉了,而她发现这毒只是普通的毒,不会让人致命,只会让人五脏六腑疼痛,忍不住吐血而已。但吐血的同时,却能将体内毒素排出,所以中毒者吐几口血之后就无大碍了。

"父皇放心,儿臣没有大碍。"沐云流简单用内力逼出毒素,只见他指尖很快就凝聚了一些黑色血迹,慢慢顺着他修长的指尖滴落下来。不一会儿,黑色的血逐渐变成鲜红色,沐云流的脸色也跟着好转了许多。

"好些了吗?"灵飞担忧地看着沐云流,心里却明白,沐云流这毒是为她中的。

她之前吃太多糕点,口渴,一直想喝杯子里的酒,沐云流却怎么也不让她喝。于是她就偷偷喝了沐云流杯子里的酒,沐云流后来抓了她个现行,倒没骂她,只将她满满一杯酒给换了过去。

所以说……本来中毒的,应该是她才对。当然了,她是狐狸,又非人类,这种人类的毒对她是根本就不起作用的。

"毒已经被本王逼出体外,灵儿不必担心。"沐云流说是这么说,身体却依旧靠着灵飞。

"嗯。"灵飞出于歉疚,并没有将沐云流推开。

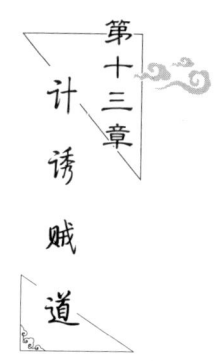

第十三章 计诱贼道

流王殿下既已没事，接下来的大戏便是抓出下毒者，加以惩治了。在凌帝的生辰宴上搞出这么大的事，还让流王殿下当众吐了血，这是何等大罪？若被揪出来，抄家灭族都不在话下了！

席间，有一人脸色微异，坐立不安。这人，便是璃月公主。

"给朕查，一炷香之内，朕要见到下毒元凶！"凌帝回到宝座上，高高在上地看着下方几名一品大员，下了死命令。

"是，皇上。"几名一品大员立刻分头去调查，不放过任何蛛丝马迹。

见一品大员已经各自带了几名侍卫开始对斟酒的宫女们详加盘查询问，璃月公主绞着手帕有些不安。斟酒的宫女这么多……应该不会发现她安排的人吧？

没事的，没事的，璃月公主悄然在心里安慰着自己，视线却一刻没有离开过几名一品大员。

凌帝目光威严地扫视席间各人的表情，尤其在东宫太子沐云柘脸上，多停留了几秒。不过这一次，沐云柘还真是不清楚沐云流为何会中毒，是以他也存着几分好奇之心，关注着事情调查进展，因此便没有注意到凌帝的探究目光。

凌帝看了沐云柘片刻，视线淡淡移过，不经意地瞄到了璃月公主脸上那抹不安及焦急。凌帝心里顿时"咯噔"一下，眼神冷厉起来。

虽说这个女儿平日里爱胡闹，从小也和她三哥不亲，但应该不至于给她三哥下毒吧？毕竟，苏杏儿可是她最好的朋友，而她一直周旋于流王与苏杏儿之间，就是想让苏杏儿成为她的三嫂，她怎么可能向流王下毒？

这么一想，凌帝波动的心情稍稍定了下来，继续淡定坐在宝座上等结果。

灵飞扶着沐云流，让沐云流大半个身子靠在她身上，一双美眸却是在人群中搜索着。直到一名宫女被大理寺官员问话时，灵飞才突然玉指一抬，语气铿锵有力地道："就是她！是她刚刚给我们斟酒的！"

此话一出，那宫女脸上顿时流露出惊恐的表情。怎么会？那名女子从头到尾都没瞧过她一眼，怎么就能准确地认出她来？

一旁的璃月公主，也是几乎将手帕给绞碎了！该死的贱丫头……她怎么会被认

出来?

大理寺官员被灵飞喊得一愣,紧接着就反应过来,脸上闪过一抹喜色。太好了!这个功劳竟落在了他的头上!

"大胆奴婢!竟敢谋害流王殿下!你该当何罪?"他一声大吼,气势十足,那宫女当时就一腿软,"扑通"一声跪了下来。

"奴婢没有,奴婢冤枉啊……"那宫女一下子就飙泪了,哭得好不凄惨,那叫一个上气不接下气,好似真的被冤枉了一样。

灵飞却容不得那宫女狡辩,冷笑道:"你冤枉?不,你一点儿也不冤枉。你收了璃月公主派宫女送去的一百两银子,往我酒里下毒,不料我的酒却意外被沐云流给喝了,所以他才会中毒!"

灵飞怎么知道得这么清楚呢?这全仰仗于灵飞八十年所修炼的法术,虽然这在妖精一族里不值一提,但在凡间却大有用处。一眼认出那下毒的宫女之后,灵飞当即运用法术,从宫女身上探知了斟酒之前所发生的一切。所以,详详细细的经过,灵飞都可以说出来,那宫女根本狡辩不得。

沐云流万没想到这一层,顿时轻咳了一声,悄然在灵飞耳边低语道:"此事由他们去查,灵儿莫要插手。"事情和璃月公主有关,灵飞出面总归不好,她毕竟是平民之身,而她指认的却是堂堂公主。

灵飞回眸望了沐云流一眼,点了头,倒是噤声了。

灵飞的想法很简单,既然沐云流说不能插手,那就一定有他的原因。反正他对人间之事了如指掌,她听他的准没错。不得不说,沐云流教得很成功。

可惜,沐云流阻拦得有点儿晚,尽管灵飞不再开口,璃月公主却也是发作了。

"大胆贱民!你竟敢污蔑本公主!"璃月公主瞬间俏颜染上怒气,先骂了灵飞一句,接着就朝凌帝开始哭诉,"父皇,您看她!仗着流皇兄对她的宠爱,不但欺压杏儿,现在连儿臣都欺负上了,父皇,您可要替儿臣做主啊!呜……"

众人汗颜,心道娇蛮公主开始撒泼了,也不知道那美人儿受不受得住。不过,似乎流王殿下很是护着她,凌帝也没办法吧。

果然,凌帝脸上喜怒难辨,看看璃月公主,又看看流王殿下,一时间倒是陷入了沉默。若是璃月公主和别人发生了摩擦,凌帝定然袒护璃月公主,可现在对方是他最喜爱的皇子沐云流啊!手心手背都是肉,凌帝要帮谁才好?

再说……其实凌帝心中已经有了答案,那未来三媳妇说的恐怕十之八九是真话——下毒的宫女,是被璃月公主给收买的!不然,自家女儿为何眼里有掩饰不住的慌张?知女莫若父啊!

众人都屏息等待着,看这场刁蛮公主与狂妄皇子之间的较量,到底谁胜谁负。

好一会儿之后，凌帝才微吐一口气，说道："此事牵扯甚广，内情复杂，来人，将这宫女带下去，待筵席结束，朕要亲自审问。"

"是！皇上。"顿时，大内侍卫上前，将那名宫女给押走了。

众人沉默……嗯，这真是皇上一贯的作风呢！雷厉风行是对敌人，毫不犹豫护短是对自家人，这点儿特性，流王殿下倒是得了皇上的真传。

凌帝明显偏袒包庇，其他官员自然不说什么了，反正这是皇帝的家事，容不得他们插手。可有一个人却不太甘心，这人自然是璃月公主。

眼见宫女被押了下去，璃月公主感到今日计划全被打乱，心里郁闷难平，脑子一热，便对凌帝告状道："皇上，儿臣被无端冤枉，实在心中难平。儿臣有几点疑问，想跟贱……灵飞姑娘对质。"险些，璃月公主就骂出了口。

沐云流懒洋洋地靠在灵飞身上，瞥着璃月公主的背影，幽深眸底闪过一丝冷光。一再骂他家灵儿，他果断不想再忍了。

"璃月实在想问，便问吧。"凌帝不动声色地瞥了沐云流一眼，帝王的直觉让他隐隐有些预感，这对儿女各自都在谋划着什么。虽然不知他们在谋划什么，但凌帝却能肯定一点——女儿定会输给儿子！

这是毋庸置疑的，儿子太优秀了，连他这个当爹的都几次栽在儿子手里，何况只懂用身份压人的女儿呢？

"谢父皇。"璃月公主一转身，面对灵飞时便有些气势汹汹："你方才说是本公主指使人下毒，你倒跟本公主说说，流皇兄所中何毒？可会使人致命？"

灵飞沉默了一下，如实道："只是平常之毒，会使人五脏六腑感到疼痛，继而吐血，待毒血吐出便无大碍，并不会使人致命。"

璃月公主眼中冷光一闪，哼道："你又说此毒本是下给你的，是不是？"

"是。"灵飞点头。

"哈哈！本公主就觉得好笑了，若是有人看不惯你，下毒害你，怎会给你下如此小儿科的毒？"璃月公主高傲地抬起下巴，"本公主不怕告诉你，若是本公主果真看不惯你，想害你，一定会用鹤顶红！"

众臣默默低下了头……刁蛮公主果然是疯了吧？疯了吧？也不看看面前姑娘是谁护着的，竟然敢当着这么多人的面说她要下毒就下鹤顶红？

"沐璃月，你说什么？"沐云流半眯起眼，缓缓起身，动作斯文而温暾，语气更是柔和得让人不敢相信这是真的。但，仔细去听，绝对会知道，尊贵的流王殿下正处于暴怒边缘，他那一直没有发作出来的怒气，就快要濒临爆发了。

璃月公主被那冷漠似冰、淡然疏离的视线一望，顿时头皮开始发麻，她吞咽了一下口水，结结巴巴道："流皇兄……我……我只是打个比方……"

"打个比方？"沐云流的忍耐力到了极点，若不是还念着面前之人是自己父亲的骨血，他早已一掌拍了过去。

"是……是的，比方而已……"璃月公主快哭了，她为什么会说出那种话呢？紫微道长不是一再叮嘱过她，让她不要跟灵飞还有她流皇兄正面冲突吗？她怎么就记不住呢？

"既然如此，本王也打个比方。"沐云流一向毒舌，此刻盯着璃月公主，不再嘴下留情，"本王曾见青楼中不少姑娘都是良家女子被逼为娼，不知你沐璃月沦落到那地步，还会如此牙尖嘴利不可一世吗？"

众臣瞬间哗然！

快让他们耳聋了吧！他们什么都没听到啊！他们不想被灭口啊……谁能想到，流王殿下不出口则已，一出口竟是致命伤呢？堂堂公主，集万千宠爱于一身，竟被打比方成为卖笑的青楼女子……几乎可以去撞城墙以保清白了啊！

灵飞讶然看向沐云流，只见他一脸戾气，眸子冰冷无情，哪里还是平时她所见的温柔王爷模样？心中，不禁微微一动。他只对她那般好吗？对别人，就如此冷酷无情，哪怕是和他流着一样血液的妹妹？

"你……你……"璃月公主眼泪"唰"地就流下来了，玉手指着一脸冷意的沐云流，却是只知道哭，再不敢放出什么狠话来。

她知道，她一直都知道，这个流皇兄什么都敢说，什么都敢做。如果她再闹下去，流皇兄一定会把她羞辱得连头都抬不起来！

"哇！"璃月公主一声大哭，提起公主裙的裙摆就冲了出去，而大内侍卫无一敢上前阻拦。

眼见璃月公主离开大殿，众臣连大气都不敢喘一声。今日皇上这个寿宴……可真算是前无古人，后无来者啊！

璃月公主跑了，流王殿下却是一脸淡定，丝毫不以为自己做了什么过分的事情。敢欺负他家灵儿，就算是妹妹一样不能放过！没见他父皇都很识时务地接受了灵儿吗？不长眼的刁蛮公主！

凌帝觉得自己有些头疼，虽然他认为流王有些过分，但公主理亏在前，一直辱骂灵飞他这个皇帝也是听见了的，于是一时之间还真不知道该怎么斥责流王。

"你……唉，算了。朕今日有些不舒服，还是提前结束了吧！"凌帝揉了揉发疼的额头，也没什么心情过这个生辰了。

灵飞看出凌帝有些伤感，不由得出声道："皇上，殿下给皇上准备了一份寿礼，皇上要不要看看呢？"其实，沐云流也不是真的那么忤逆的，她很想让凌帝知道，沐云流心里还是有他这个父皇的。

凌帝闻言苦笑了一下："那还真是稀奇呢！流王会替朕准备寿礼？"今日流王给他这个父皇的"寿礼"，他都快承受不起了。

"皇上还是看看吧，殿下之前说皇上一定会喜欢的。"灵飞很努力地劝说道，小脸上表情很是认真。

沐云流轻哼一声，却没有作声，任灵飞去卖力。

或许是灵飞的认真打动了凌帝，也或许是凌帝对沐云流给他准备的寿礼感兴趣，总之这位金口玉言的皇帝，收回了要结束的话，淡淡道："那就呈上来吧！"

灵飞忙推了推沐云流，眨巴着眼睛示意他去送寿礼，沐云流又轻哼了一声，不过好歹是起了身，离开座位。

众臣此刻好奇心又被挑起来了，不知道这位从来不屑于送礼的流王殿下，会送给自己的父皇一份什么样的寿礼。

只见沐云流淡淡而立，殿中央仿佛都因为他的存在增添了无数光芒，君临天下的气势，丝毫不亚于高高在上的凌帝。

沐云流伸手拍了两下，慵懒着声音喝道："抬上来！"他话音刚落，流王府两名侍卫就从殿外走进来了。

此刻殿禁的命令已经撤除，流王府的侍卫很轻易就进入了大殿之内，两个人手中抬着一个木桶，而木桶里装着的是⋯⋯

所有人都伸长了脖子去看，然后不可置信地瞪大了双眼。

"那大木桶里全是姜！"有人不可思议地低呼了出来。

"这个也能算作是寿礼吗？"有人低声质疑。

"木桶里装姜，难道流王殿下的意思是⋯⋯"有人看破内中玄机，脸上露出熠熠神采。

凌帝看着流王府的两名侍卫走至沐云流身边，将那硕大木桶放在了地上，然后，他最钟爱的皇子一掌拍向木桶边缘，只听轻微一声脆响，木桶被震裂开来。

可奇妙的是，木桶并没有散架，而是被桶身之中的铁丝给固定住了，如此一来，裂开的木桶从不同角度分别露出了五道宽大的缝隙，无论从哪一个角度，都能看见木桶中所装的东西——姜！

而且，大木桶中的姜被堆成了一座小山，又以铁丝圈了起来，哪怕是沐云流的一掌下去，姜山也纹丝未动。

凌帝的眼中逐渐被一种狂热所点燃，瞳孔开始微微发红，那并非感动，而是野心。

"儿臣恭祝父皇有生之年，一统江山！"沐云流拱手，淡淡说出祝词。

众臣真是服了！大木桶里装着小山般的姜，不就是一桶姜山——也就是"一统江山"吗？

　　所有人都站了起来,恭恭敬敬冲着凌帝的方向,躬身拱手:"臣等祝皇上,一统江山!臣等祝皇上,一统江山!臣等祝皇上,一统江山!"

　　一阵比一阵高的呐喊声,使得凌帝缓缓站了起来。

　　看着殿中央那不可一世的年轻男子,谪仙般的俊美,刀刻般的五官,凌帝心中骤然升腾起一股自豪!这是他的儿子!他最出色的儿子!天生的王者!有这个儿子在,他一统江山的梦想,有生之年必定可以实现!

　　"众卿,平身。"凌帝高高在上地站着,身材伟岸,神色透着一股势在必得的勃勃野心,而方才的不愉快,早已被他抛到九霄云外去了。

　　"谢皇上!"

　　众人谢恩之后,瞧见凌帝的神色,顿时不得不佩服流王殿下的高超手段。这么区区一桶姜,便将凌帝的心给收服了,偏偏又抓准了凌帝的心思,把凌帝哄得心花怒放。难怪流王殿下一直狂傲,这是因为他有狂傲的本钱啊!

　　而在这个时候,殿外还等候着一个白须老者,他正是相府的贵客,紫微道长。

　　紫微道长左等右等,始终不见有人传他进殿,不禁心中有些焦急,难道计划出了变故?他正待找个人问问,却突然见一名太监朝他走来,径直问他道:"你就是紫微道长?"

　　紫微道长大喜,公主殿下总算是记得他了,连忙答道:"不错,贫道就是。"

　　"走吧!皇上传你进殿回话呢!"那太监看紫微道长的眼神,很是怪异,接着便转身领头走在了前面。

　　紫微道长来不及细问,便一路被那太监给领进了景曜殿中。不过,纵使他问,那太监也未必会回答他的问题啊!

　　一进景曜殿,紫微道长就感觉气氛有那么一点儿不对。他立刻搜寻流王殿下的身影,结果立刻在左侧,见到玉树临风的流王殿下怀中抱着一个女子,眉眼间是止不住的心疼,而两个人身前的案上,则是还未干涸的黑色血迹。

　　见此情景,紫微道长眸中顿时闪过一抹异色。

　　看这样子,流王殿下抱着的那女子中了毒,还吐出了毒血?可是……不对啊!那女子该是狐狸精所幻化,不可能中这凡间之毒啊!

　　于是紫微道长又到处搜索了一遍,想找到公主殿下,从她眼中看出些端倪。不料,这次他失望了,因为整个大殿两三百人,他却是连公主殿下的影子都没瞧见!

　　"贫道参见皇上。"紫微道长已经被太监领到了殿中央,面前便是气宇轩昂的年轻帝王,他顿时没有再四下打量,一甩拂尘给凌帝见礼。

　　凌帝打量了紫微道长几眼,淡淡道:"道长免礼平身。"

　　"谢皇上。"紫微道长起了身,一派高深之色,一双老眼仿佛能洞明世事。

"流王。"让紫微道长进殿，是沐云流的主意，凌帝此刻自然将话语权交给了沐云流，他淡淡看着沐云流，唤道。

"是，父皇。"沐云流冷厉地看向紫微道长，语气冰寒似雪，"紫微道长，你为何鼓动璃月公主，买通宫女向灵儿下毒？"

紫微道长心中一惊，计划败露了？虽然心里确实被惊到，但紫微道长面色不露分毫，只微微一蹙眉，道："流王殿下何出此言？什么下毒？灵儿又是谁？"

这副模样，不知情的倒真以为是冤枉了他。

沐云流冷笑一声："你继续给本王装！本王的好妹妹已经招认了，她说是你鼓动她，让她买通宫女向灵儿下毒！"

紫微道长闻言更是蹙眉："怎会有这种事？公主殿下人在何处？贫道要向公主殿下问个清楚。"

凌帝此刻便淡淡道："公主犯了错，朕已经听流王之言，将公主关了禁闭。你想见她，怕是没那么容易。"方外之人又如何？难道他的公主就是谁想见就能见的？哼！倘若最后真的证明，这贼道敢骗他的公主，让他的公主做下那愚蠢之事，他定饶不了这贼道！

紫微道长自然不会去反驳九五之尊，只好强笑了一下，道："既是如此，贫道便无从自证清白了。"言下之意，流王殿下想怎么定他的罪都行，但他不会承认，因为他是清白的。

紫微道长虽刁钻，可堂堂流王殿下既然设下这一圈套，又岂会怕他刁钻？只听沐云流淡淡一笑："也罢，本来本王还很是好奇璃月说的那番什么狐狸精的话，既然紫微道长说没有此事，那想必也是璃月胡乱说的罢了。"

紫微道长一怔，顿时看向了灵飞。

灵飞十分配合，身子一缩，似是有些畏惧紫微道长的目光，将头埋在了沐云流怀里。那乖巧怕生的模样落在男人眼中自是楚楚可怜，但落在紫微道长眼里，便是绝对的心虚！

紫微道长顿时忍不住问道："不知流王殿下所说的'狐狸精'……是怎么回事？"

"璃月大概是中了什么邪，一直说她让宫女给酒中下毒是为了捉狐狸精，真是无稽之谈！"沐云流淡淡瞥紫微道长一眼，似乎无意再说更多。说三分留七分，总是会让人忍不住心痒难耐，想听到全部的。

紫微道长心中一跳，这么看来，璃月公主是把什么都说了，包括与他合谋的事。只可惜，没有人相信璃月公主的鬼话。本来，这时候是他出面的最佳时机，但……

紫微道长面露一丝犹豫，那原本被他认为是狐狸精的灵飞，竟然中了毒，还吐出了黑血，这又是怎么回事呢？莫非是他感觉错误？

想到被自己封住了神力的寻妖铃铛，紫微道长心念一动，不知是否要拿出寻妖铃铛试探一下那流王殿下怀中的女子，到底是不是狐狸精。但若贸然拿出寻妖铃铛，即便寻妖铃铛真的有所感应，可这大殿之中有这么多人，又如何能证明就是流王殿下怀中那女子使得寻妖铃铛发出响声？

　　此刻，沐云流幽幽开口："若不是本王恰巧替灵儿喝下那杯毒酒，灵儿毫无武功底子，如何能逼出那些毒？真是让本王虚惊一场。"

　　什么？那杯毒酒让流王殿下给喝了？所以，吐出黑血的人是流王殿下？紫微道长大喜，视线冷厉地扫过灵飞的脸，却见灵飞快速地瑟缩了一下，不敢与他对视。

　　凌帝淡淡一哼："好在不是什么剧毒，否则，朕绝饶不了璃月！"

　　沐云流耸肩轻笑："父皇就别再生气了，璃月还小，不懂事而已。"

　　众臣默然……流王殿下您这时候可真是一副"慈爱兄长"的模样啊！也不知先前把璃月公主气哭的那个人是谁！

　　父子二人一唱一和，加上灵飞乖巧的表演，终于使得紫微道长踏前一步，横下了心！

　　"启禀皇上，贫道方才踏入这殿内，的确发现殿中有妖存在。"紫微道长仙风道骨的模样，拂尘傲然托于臂弯之中，语气缓慢而凝肃。

　　什么？

　　众臣无不呆滞，心道，刚刚不是流王殿下跟皇上说，璃月公主背后定有人指使，而他可以将那人揪出来，所以假装演了这么一出戏吗？怎么还真有妖了？

　　"是吗？"凌帝眼中闪过一丝冷厉杀气，面色却无波，语气带着一丝质疑，"道长说朕这殿中有妖，这妖是谁？"

　　紫微道长有意无意望了灵飞一眼，只见灵飞迅速躲去了沐云流身后，连半个脑袋都没露出来，顿时冷冷一笑："妖精幻化成人形，比凡间女子要美上七分，而且眼神最能惑人。"

　　比凡间女子还要美上七分的……妖精？

　　景曜殿中所有人，在一瞬间的沉默后，视线齐刷刷地投向了沐云流身后的灵飞。

第十四章 请君入瓮

若说到美，整个大殿里最美的姑娘，就是流王殿下的新宠，那名叫灵飞的姑娘。难道紫微道长说的妖精……就是指她？

"紫微道长，你说话最好小心点儿！"沐云流脸色沉了下来，语气更是犹如冰雪，仿佛夹杂凛冽寒风。

紫微道长淡淡一笑："流王殿下，迷途知返，尚且不晚。否则将来，流王殿下必定会后悔莫及！"这话含着莫大的孜孜教诲之意，似乎在说流王殿下被妖精所迷惑，若不早点儿迷途知返，将来一定会深受其害，追悔莫及！

沐云流勾唇一笑，纯黑眸底浮上一抹浓浓的讥讽："紫微道长故作高深，想必是有捉妖的本领了？本王倒想看看，紫微道长能不能将这殿中的妖精给当场捉出来！"

此话，正中紫微道长下怀！只见紫微道长哈哈一笑，捋须道："既然流王殿下这般说了，贫道不捉妖似乎也有违道派的宗旨。不如，贫道就当众将这只妖精捉出来，流王殿下以为如何？"

沐云流心中那根弦微微绷紧，要论本心，他绝不愿拿灵飞做赌注，因为他不愿见到灵飞受到一丝一毫的伤害。但就在这时，灵飞在沐云流身后，轻轻用玉指戳了他的后背两下，似有暗示。

于是，沐云流深吸一口气，眸光坚定地道："好！本王就与你赌这一局！"他要灵儿相信他，首先得学会相信灵儿。灵儿虽然性子纯真，但绝不是愚笨之人，她有她自己的小聪明，而且绝对不会以身犯险。

紫微道长捋须一笑："那么，就请流王殿下将身后这位姑娘请出景曜殿一里之外，并关闭殿门。"

众人一听奇怪，这紫微道长不是明摆着怀疑那灵飞姑娘是妖精吗？怎么不但不捉妖，反而将她请出殿外去？

"紫微道长，你不是在耍弄本王吧？"沐云流约莫猜到了紫微道长的用意，但却故意沉下脸，语气中带着浓浓的不悦与警告。

紫微道长笑了一笑："既然是贫道出手捉妖，流王殿下自然要配合贫道了，流王殿下以为呢?"

温和的外表下,那双老眼里是细微的不甘。生平第一次遭受牢狱之灾,正是面前这位流王殿下带给他的,再加上流王殿下放走那千年雪狐,他怎能不对流王殿下恨之入骨。

"本王耐性有限,你最好速战速决!"沐云流冷冷地瞥了紫微道长一眼,拉过身后的灵飞,轻言细语道,"灵儿,本王先送你出殿,待会儿本王再替你教训他,好不好?"两种态度截然不同,让人咂舌流王殿下的变脸速度之快。

"一定要让他捉妖吗?"灵飞眼神有些怯怯的,配上那绝美五官,一副楚楚可怜的模样。

而这模样看在紫微道长眼里,却是洪水猛兽,他在心里骂了一声:臭狐狸!又摆出这副姿态来迷惑世人!看贫道待会儿不将你打得魂飞魄散!

沐云流温柔道:"灵儿乖,若不让他捉妖,灵儿怎么自证清白呢?放心,有本王在,谁都伤不了灵儿。"

灵飞似有些欲言又止,片刻后,终于点了点头:"好吧。"虽是答应下来了,灵飞却蹙眉看了一眼紫微道长之后,躲在了沐云流身后,随沐云流走向景曜殿外。

紫微道长冷哼,臭狐狸看他那一眼明摆着是央求,不过,妖精就是妖精,他会因为一只妖精的央求而放过她吗?真是天真!

很快,沐云流将灵飞送离景曜殿,有大内侍卫跟着前去,迅速回来禀报,说沐云流带着灵飞掠至了宫门口才停下,算距离已经离景曜殿远远超过一里了。

"流王已经将那女子带至皇宫门口,道长可以作法了。"凌帝淡淡看着紫微道长说道。他倒要看看,是流王"魔高一尺"呢,还是这紫微道长道高一丈!

"皇上,贫道不需要作法。"紫微道长含笑拿出袖子里被他以浅薄法力封住的寻妖铃铛,拂尘一扫,寻妖铃铛的法力顿时被解封。

"不需要作法?"凌帝蹙了蹙眉,"那道长如何捉妖?"

紫微道长高高举起手中的寻妖铃铛,朗声说道:"皇上,贫道手中这枚铃铛,名叫'寻妖铃铛',乃是我道派一大法器。只要在距离它一丈之内有妖出现,它便会立刻自动摇晃起来,发出警告的铃声!"

凌帝看了一眼那似乎并无什么特别的寻妖铃铛,高深莫测地淡笑道:"朕又焉知不是道长在摇晃它?"

紫微道长点了点头:"皇上的质疑不错,所以贫道决定,将它放在椅子上,任何人不得靠近。"

凌帝微微一挑眉:"道长的意思是,将这寻妖铃铛置于椅上,然后让流王携那女子回到殿中,若它自行摇晃,便证明那女子是妖精?"

紫微道长笑着点头："正如皇上所说！"

众人听了纷纷点头，这倒是个办法，毕竟若有人手持寻妖铃铛，难保不是那人作弊。

凌帝思忖了一下，同意了："好，就依道长的方法。来人，搬把椅子到殿中！"

很快，有大内侍卫上前，搬了一把空椅子来。

紫微道长便将寻妖铃铛放在空荡荡的椅子上，然后退后到了众大臣之中站定，微笑道："皇上可以让流王殿下将那女子带进殿内了。"

凌帝看了自信满满的紫微道长一眼，袍袖一挥："传流王进殿！"

"传流王进殿——"殿门被缓缓打开，太监尖细的声音传了出去，一层层传达到皇宫门口。

沐云流握着灵飞的手，一边走一边低声问道："灵儿，你确定他不会伤到你吗？"

"不会的。"灵飞胸有成竹，美眸灵动，眨着眼道，"他就是有几样法器而已，可我身上没有妖气啊，我根本不怕他的。"

之前二师哥被抓，她还以为相府里的道长是个法力高深的老道，想不到紫微道长法力根本不高，只不过得了几样法器而已。若单凭紫微道长的法力，怎么可能是她二师哥的对手？可惜，法器对她是没有作用的，所以她根本不惧紫微道长。

"好，本王可不想看见灵儿受到任何伤害。"沐云流松开灵飞的手，顺势将她拦腰一抱，足尖一点便朝景曜殿方向掠去。他这话，让灵飞心里暖烘烘的。

此刻，景曜殿殿门已经大开，所有人都在翘首以待，等着流王殿下将灵飞带进殿内。沐云流带着灵飞掠至景曜殿门前，放慢速度落地。

"走，本王带灵儿进殿。"沐云流定定地看着灵飞，像是在为她打气，大掌包裹着那小手，牢牢地不肯松开。

"嗯。"灵飞点点头，清澈眸中是全然的信任。

随后，沐云流带着灵飞，一步一步走进景曜殿。景曜殿内众人屏住呼吸，一直在灵飞和那椅子上的寻妖铃铛之间来回徘徊，神色透露出一抹紧张。

紫微道长捋须微笑着，一双盯着灵飞的眼睛精光四射，像等待许久的猎人，正欣赏猎物掉进自己的陷阱。而灵飞一只脚刚刚踏入景曜殿，椅子上的寻妖铃铛忽然开始震动！

"叮叮当当，叮叮当当……"

"那只铃铛自己动了！"瞬间，有人惊呼出声。

"天哪！难道这个绝色女子真是妖精？"有人不敢置信。

灵飞紧紧抓着沐云流的手，小脸略浮现出一抹苍白。明知是演戏，她却仍旧挥不去心头的阴影。妖，就那么难容于世吗？她眸中浮现出一抹不甘与受伤。

沐云流察觉到灵飞心中那抹恨，侧眸望了她一眼，只见她紧咬下唇，神色微僵，精致玉颈中渗出点点晶莹细汗。

"灵儿，放松，有本王在，不怕。"简简单单几个字，沐云流说得坚定。

瞬间，灵飞的表情放松下来。她感激地侧眸看了沐云流一眼，眼睛有种酸酸涩涩的感觉。这个凡人，明知她是妖，却从来不曾嫌弃她，还那般与她靠近，还是她的救命恩人。

这份温情，她会记到天荒地老。

"皇上，请看，在这个女子进入大殿之前，寻妖铃铛不曾响动，而在她进入大殿之后，寻妖铃铛剧烈震动，发出警告，贫道敢断言——此女乃是妖精所幻化！"紫微道长见寻妖铃铛动了，当即转身朝凌帝说道。

凌帝眼中闪过一丝异芒，事情到了这地步，他已不是那么确定，他最喜爱的皇子能够掌控全局。但若流王不能掌控全局，难道那灵飞还真是妖精不成？

"流王，你怎么说？"凌帝淡淡瞥了紫微道长一眼，并不急着妄下结论，而是问沐云流。

"儿臣与灵儿一同进殿，若说这寻妖铃铛自动，岂非是说儿臣也是妖？"沐云流不慌不忙地替灵飞澄清，将自己也拉下了水。

凌帝佯怒地一拍桌："胡闹！你是朕的皇子，怎么可能是妖？"

沐云流淡淡一笑："儿臣的意思是，单凭一只所谓的寻妖铃铛，就说灵儿是妖，未免太可笑。"

一旁苏杏儿眉峰微微一蹙，上前一步，福身道："皇上，臣女也觉得这只寻妖铃铛恐怕并不如道长所说的那般神通广大。"

众人露出了然的笑容，相府嫡女心系流王殿下，自然是要向着流王殿下说话了，哪怕是帮了情敌一把。不过，他们却不知道，寻妖铃铛到底有没有用，没人比苏杏儿更清楚。

那日她带着寻妖铃铛和璃月公主去流王府时，她清楚地知道寻妖铃铛见到灵飞并没有震动。而今日呢？今日明明是流王殿下和凌帝设的局，想抓出紫微道长这个幕后指使者，所以苏杏儿断定寻妖铃铛方才的动静，有异！

很可能，是人为的。

"杏儿说得也有道理。"凌帝赞赏地看了苏杏儿一眼，再向沐云流挑眉道，"依流王的意思，此事要如何解决？"

沐云流冷眸瞥了紫微道长一眼，从容不迫地说道："捉妖！"

众人听得一愣。捉妖？什么意思？

"既然紫微道长这般肯定灵儿是妖，而紫微道长又道行高深，想必是能够现场捉妖的了。"沐云流面色沉静如水,眸中含着一抹讥诮,"不如,紫微道长就现场捉妖,这样才能让人心服口服,紫微道长以为呢?"

众人这才恍然大悟,继而又纷纷点头表示赞同。

"没错,流王殿下说得有理。"

"是啊!一只寻妖铃铛就说别人是妖,实在太儿戏了,有本事就现场捉个妖给我们看!"

"就是就是,那灵飞姑娘乖巧懂事,哪里像吃人的妖精了?"

"喂!道长,你不是会捉妖吗?你让灵飞姑娘现出原形看看,到底是什么妖能有灵飞姑娘那么美啊?"

众人的起哄,让紫微道长瞬间踏出一步,神色冷肃,一脸正气凛然:"好!既然流王殿下下了战帖,贫道为了维护道派声誉,不得不出手了!"

沐云流瞳孔微微缩了缩,没有再说话,却是紧握灵飞的小手不放。尽管沐云流告诉自己要相信灵飞,但他心底仍有一丝担忧。

紫微道长盯着灵飞苍白的小脸,冷笑道:"你既然说自己不是妖精,那就离流王殿下远一些,贫道要用一道天界灵符让你原形毕露!"

灵飞眼中闪过一丝恍然,原来二师哥是被天界灵符给毁去道行的,这倒也不冤。毕竟,有几只妖,一生中能遇上天界灵符呢?

可惜,天界灵符虽然比寻妖铃铛厉害不止百倍,任何大妖沾上天界灵符都会非死即伤,但对她灵飞,却依旧没有半点儿用处。因为,它仍旧只是一个法器。

"如果我不是妖呢?你的天界灵符会伤到我吗?"灵飞咬着下唇,看起来楚楚可怜,一双清澈眸子写满不安。

紫微道长"哼"了一声:"你大可放心,这天界灵符只对浑身充满妖气的妖精有效,而对凡人来说,它不过是一张纸罢了!"言下之意,只要灵飞不是妖精,那么天界灵符就会对她毫无作用,她自然也不会受伤了。

灵飞一听,淡淡一笑:"好吧,我倒要看看,你的天界灵符长什么样!"说罢,灵飞主动松开了沐云流的手,快步走到空地处站定。

沐云流表情镇定,却只有天知道他用了多么大的克制力,才没有让自己大步上前,将那个柔弱到不堪风吹的姑娘牢牢护住。

"妖精!看符!"紫微道长也不多话,小心翼翼地从袖中捧出一道天界灵符,瞬间朝灵飞身上拍去!

眼见天界灵符如长了眼的风一般,快速朝灵飞身上飞去,所有人的心都提到了嗓子眼。流王殿下好不容易看上的姑娘,真的会是妖精吗?如此美丽的人儿,又会是什么妖精?

甚至不少年轻公子在心里想着,若妖精都如灵飞姑娘这般纯净清澈,美丽动人,即便是妖精他们也认了!当然,这只是一种想法而已,只怕事情真落在他们头上,又未必会是这种考量了。

沐云流的心弦紧绷到了极限,眼睛一眨不眨地紧盯着那道飞向灵飞的天界灵符。若是灵儿受到任何伤害,他不管什么道派不道派,一定要这紫微贼道偿命!

灵飞一脸淡定地站在殿中央,神色无波,正面迎视那道朝自己飞来的天界灵符,唇角勾起一抹清冷笑意。紫微道长,当你黔驴技穷,你还能拿我怎么办呢?

下一刻,天界灵符拍在了灵飞的发鬓上。众人全都睁大了眼睛,死死盯住灵飞。她是妖精吗?她会显露原形吗?

时间仿佛静止了。

然而,灵飞并未如紫微道长所说那般显露原形,变成一只什么妖精,她依旧是绝色姿态站立,唇角含笑。天界灵符——对灵飞根本没用!

"快看!灵飞姑娘没有变!"有人惊喜高呼。

"是啊!灵飞姑娘根本就不是什么妖精,那贼道胡说八道呢!"

"真是太好了,我还真有些担心呢……"

众人紧绷的心弦松了下来,在大殿内议论纷纷。

"不!这不可能!"紫微道长踉跄着退后了几大步,原本仙风道骨的脸上,出现了浓浓的不敢置信和惊慌失措。

怎么会?寻妖铃铛明明响了!可为何,天界灵符对这只妖没有作用?天界灵符也不可能失灵啊!连那只千年雪狐都被天界灵符给收了,何况是面前这看起来绝非大妖的灵飞呢?

紫微道长脑子里一片空白,完全想不出这到底是怎么一回事。

而此刻,灵飞不慌不忙地从头上拿下了那道对她毫无作用的天界灵符,看了一眼手上的天界灵符,淡淡一笑:"只不过是一张废纸而已嘛!"

沐云流早已迫不及待了,立刻大步流星走过去,伸手一揽,就将那碍眼的天界灵符给揽进了宽大袍袖之中。

"本来就是一张废纸,亏得某些人将它当成至宝。"沐云流不动声色地说道,冷冷瞥了脸上血色尽失的紫微道长一眼。

沐云流是何等城府,他自然知道这张天界灵符是有用的,而且相当有用。以他凡事都爱留一手的性格,自然不会再让这张天界灵符再回到紫微道长手中,所以,他当机立断便将天界灵符占为己有了。

"不可能!这不可能!"紫微道长失声重复,指着灵飞喊道,"寻妖铃铛不会出错!你就是狐狸精幻化的!天界灵符……一定是你施了什么手段!你说!为何你不怕天界灵符？"

众人露出鄙夷的神情，原来这仙风道骨的道长也不过如此啊！要是真有本事，怎么捉妖就单靠一张天界灵符？看来，是个骗子！

灵飞看着紫微道长癫狂的模样，轻笑了一声："你说我使了手段，这句话不假。不过，被使了手段的并非天界灵符，而是寻妖铃铛。"

紫微道长一愣，什么？寻妖铃铛被做了手脚？

"我说殿下，还是你来告诉他吧。"灵飞回眸，冲她身侧的沐云流勾唇一笑。

见灵飞心情舒畅，沐云流唇角也扬了起来，就让紫微道长死个明白："很简单，在本王领着灵儿进入大殿之时，本王暗中以一股内劲催动了寻妖铃铛，所以寻妖铃铛才会震动。"

众人呆怔一下，恍然大悟！原来，是流王殿下动了手脚，而原本那寻妖铃铛根本不是因为认定灵飞是妖才动的啊！好个流王殿下！原来是想引出璃月公主背后的紫微道长，然后给以沉重一击呢！

"你……你……"紫微道长彻底傻眼，又是一阵踉跄，指着沐云流一个字也说不出来。

此时此刻，紫微道长完全明白了。从他没见到璃月公主那一刻开始，他就踏入了流王殿下的圈套之中！流王殿下根本就是蓄意设套，要将背后害灵飞的主谋给抓出来，所以才在之前让他误以为，灵飞一定是妖！直到他出手捉妖失败，流王殿下就可以完美反击，治他一个污蔑未来流王妃、煽动璃月公主下毒的大罪！

紫微道长脸上最后一丝血色也没有了，他知道自己中了圈套，已经无力回天。

"父皇，儿臣说过，璃月背后一定有一个小人在唆使她，眼下儿臣已经替父皇将此小人抓出，父皇该做决断了。"沐云流淡淡看向凌帝，说道。

凌帝当然也生气，想不到这个看起来仙风道骨的紫微道长，心思竟是如此之深！不但跟流王处处作对，还利用了他的公主，简直罪不可赦！

但是……凌帝还有另一层顾虑，那就是——道派。

处死一个道人很简单，但这个道人身后的庞大道派，才是最让人忌惮的。

灵飞看清了沐云流眼中那抹杀意，她心里稍稍一想，便对凌帝说道："皇上，民女觉得，这位道长只是错将民女当成妖精，并非有意要伤害民女。从这位道长所下之毒就能看出，他并没有要置民女于死地。所以，恳请皇上从轻发落。"

灵飞的顾虑，和凌帝差不多，都是不想惹上紫微道长身后的庞大道派。灵飞很清楚现在她才八十年的道行，若惹上道派会是什么样的后果。所以，她宁可忍一时之气。

灵飞的话正中凌帝下怀，但凌帝只淡淡看着沐云流，问道："灵儿以德报怨，

想让朕对紫微道长从轻发落,流王意下如何?"

沐云流眼眸微微一寒,他对企图伤害灵儿的人,都不想手软。但奈何……灵儿亲口求情。何况,他也清楚灵儿为何会替紫微道长求情,纵然他沐云流不怕道派,但他不能不防着道派伤害灵儿。

于是,从未对任何事情妥协过的流王殿下,淡淡开口道:"父皇看着办吧!"

众臣哑然失声,看怪物一样看着流王殿下。这不是因为流王殿下对自己父皇的语气,而是因为流王殿下竟然妥协了!流王殿下竟然放过了紫微道长!

他们看不透这其中的奥妙,于是将这功劳全都推到了灵飞身上。一定是这个美丽动人貌似仙姑的女子,使得流王殿下性情大变,甚至对她言听计从!于是乎,众人的心思纷纷活络了,看着灵飞的眼神也略微热切。

凌帝得到沐云流的答案,满意地看了灵飞一眼,随后对紫微道长威严道:"道长,你怂恿朕的公主下毒,毒害的又是流王府的人,朕本该将你处死,以平众怒。不过……"

凌帝话锋一转,淡淡道:"不过灵儿替你求情,加之朕念在你除妖心切,更没有酿成大祸,所以朕对你网开一面,就罚你立即离京,不得再擅入京城一步吧!"

紫微道长面如死灰,却也知道这是最轻的惩罚了。他叹了口气,拱手谢恩,放弃了挣扎与反抗:"贫道谢皇上不杀之恩。"

凌帝淡淡一笑:"道长该谢流王,还有灵儿。"

紫微道长神色一僵,半响才慢腾腾转身,神色复杂地看了灵飞一眼后,拱手:"多谢灵飞姑娘宽宏大量。"

此时此刻,紫微道长已经不再怀疑灵飞是妖了。毕竟寻妖铃铛响动是流王殿下所为,而天界灵符更是对灵飞毫无作用,这已经足够证明,灵飞根本就不是妖!

紫微道长此刻也只能叹息自己判断失误了。

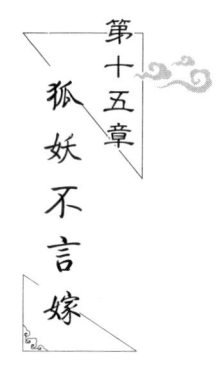

第十五章 狐妖不言嫁

"道长不必客气。"灵飞含笑答道,心里却是不屑极了。

她想,她明白沐云流之前教她的话了——凡人总是虚伪,经常说言不由衷的话。因为她现在便是如此,明明恨不得杀了紫微道长替二师哥报仇雪恨,却因为实力不足,顾忌道派而不得不放过这个贼道。

"来人,送紫微道长离京!"凌帝威严下令,立刻有大内侍卫上前,将紫微道长带离了景曜殿。

景曜殿内终于恢复了宁静,耳根子软的璃月公主不在,作乱的紫微道长也被迫离开,只剩下凌帝和众臣各怀心事。因为凌帝这个生辰,可算是过得惊心动魄。

"好了,朕乏了,众卿各自回府,流王跟朕到御书房,朕有话要问。"凌帝淡淡起身,率先走出景曜殿。

"臣等恭送皇上!"群臣躬身相送。

灵飞见状,暗暗咂舌这帝王的待遇就是不一样,尊贵到令人仰视。

"灵儿,我们走。"沐云流看了灵飞一眼,淡淡说道。

灵飞点头,温顺地跟着沐云流离开了景曜殿。

极其相配的黑白身影,一高一矮,看呆了一干人等。

须臾,沐云流和灵飞跟着凌帝进入御书房,房门很快被关上。凌帝屏退了左右,连总管太监都被勒令退下了。灵飞见状略微不安,总觉得凌帝这阵仗仿佛要说什么很重要的话似的。

果然,凌帝落座,淡淡扫了站着的一对璧人一眼后,薄唇开启:"灵儿,朕很中意你这个儿媳妇,也不反对你与流王在一起。不过,大殿之上你令相府嫡女难堪,是否有些不守本分?"

"父皇。"沐云流十分不喜凌帝对灵飞的语气,语气骤然一沉。

"流王不得开口!"凌帝拍了一下御案,这是原则问题,哪怕他有心退让也不能退让。当着众臣的面他没有发作,已经是很给这个儿子面子了!

沐云流面色一黑,正待发作,灵飞却上前一步,挡在了他身前,还回头对他说道:"不要冲你父皇发脾气。"

"……"沐云流那叫一个无奈，他是为了谁发脾气啊？

此刻，只见灵飞回过头去看着凌帝，面露不解："皇上此话，灵儿不懂。灵儿并没有给杏儿妹妹难堪啊！"

凌帝原本威严的脸色顿时有些哭笑不得，因为他竟看出面前少女是认真的。那都不叫难堪，还有什么叫难堪？

凌帝深吸一口气，努力维持威严，沉声道："朕让你叫她姐姐，你却认她当妹妹，这意味着什么难道你不明白？"

灵飞有些蒙，半响才道："灵儿真不明白。"难道凡间当姐姐妹妹不看年纪，还看别的什么吗？唔……莫非是身份？她后知后觉地想道。

凌帝此刻真是又好气又好笑，索性一次将话给挑明了："以你和苏杏儿的身份，只可能苏杏儿为妻你为妾！所以，必然是你叫她一声'姐姐'，这样你总明白了吧？"

"啊！"灵飞低叫了一声，美眸微微睁大，望着凌帝有些蒙，于是……轮到凌帝觉得奇怪了，这姑娘这是什么反应？

"皇上说妻和妾的意思……是灵儿和杏儿妹妹都会嫁人吗？"灵飞觉得自己有些凌乱，她什么时候说过她要嫁人了？

灵飞身后的流王殿下，心中默默流泪：之前他还想着灵儿是不是懂得姐姐妹妹的意思，结果搞了半天她完全不明白啊！所以……他自作多情了！

"……是的。"凌帝也无语了一下，才点头肯定灵飞的猜测。

灵飞顿时一个眨眼，轻轻摇头："不，灵儿不会嫁人的。皇上，您恐怕误会灵儿的意思了。"身为狐妖本来就不能像凡间女子一样嫁人，相夫教子，何况她立志修仙，怎么可能把大好时光浪费在一个男人身上呢？

凌帝瞬间瞪眼："你不愿意嫁给朕的儿子？"天底下竟然有姑娘不想嫁给流王？凌帝此刻也觉得有些凌乱，思绪无法在一瞬间理清。

听到凌帝这句惊骇问话，灵飞此刻总算后知后觉地回头看了一眼沐云流，原来……他们都以为她会嫁给沐云流吗？

沐云流俊美的脸庞黑沉得似要滴出水来。灵飞不愿嫁给他的事情，他当然早就知道了，可他父皇不知啊！眼下在父皇面前被拆穿，怎么想怎么觉得不是滋味儿。

灵飞却不知沐云流那点儿大男人心理，还跟凌帝说道："灵儿不会嫁给任何人，包括殿下。皇上，您完全不必担心。灵儿不会跟杏儿妹妹抢丈夫的，灵儿也绝对没有让杏儿妹妹难堪的意思。"

"够了！"沐云流突然低沉开口，一把拉过灵飞，郁闷地看了一眼完全呆愣的凌帝，冷冷道："父皇，儿臣略感不适，先带灵儿回府了。"

说罢，沐云流拖着灵飞离开了御书房，留下凌帝在宝座上，呆若木鸡。

可怜凌帝一世英名，文武百官心目中的神明，威严凛凛不可侵犯，此时此刻却被一个小姑娘的话给震得回不了神。

"怪哉！"凌帝许久才靠向椅背，喃喃自语，"莫非这丫头说的是真话，她当真对流王无意？"这可真算是当世奇闻了，竟然有姑娘不想嫁给他的三殿下……

此刻，沐云流已经拽着灵飞坐上了回流王府的马车。灵飞一脸若有所思，看着脸色黑沉、默不作声的沐云流，心想这个男人大概是在生气。为什么呢？总不能是因为她说她不嫁人吧？他一直都知道的啊！

纵使灵飞才进入凡间不久，沐云流也不曾教会过她这方面的事情，但她隐约还是感觉到了沐云流的生气，和她说不嫁人有关。

往深了想，灵飞却是不愿。于是，灵飞正襟危坐，不逾矩半分，也不理会生气的沐云流。她想着，沐云流生一会儿气，自然是会好的，毕竟他是那么温柔的人啊！

而沐云流这边，等了半天不见灵飞过来问他为何垮脸，结果一眼朝灵飞瞄去，却见灵飞毫无反应，似乎完全不在乎他生不生气，顿时心里气到了极点。

"该死！你是上天派来折磨本王的吗？"沐云流一声低吼，忽然出手，将灵飞整个拉了过去，灵飞猝不及防，猛地撞向了沐云流，俏鼻子顿时撞上了他的肩膀。

"痛！"灵飞捂着鼻子，眼眶泛红。天哪，他的肩膀怎么这么硬？是石头做的吗？

沐云流火大地拉下她的手，故意对她鼻子上的一片红色视而不见，恶声恶气地说道："活该！让你气本王！"

灵飞很是无奈地看着满脸怒容的男人："我怎么气你了？你不是第一天知道我的志向，我是绝对不会嫁人的啊！"而且她怎么可能像凡间女子一样嫁人呢？

"你还知道本王是因此生气？"沐云流不可思议地望着灵飞，他该说这只小狐狸其实一点儿也不笨吗？

"我……有那么一点儿感觉。"灵飞摸了摸微痛的鼻子，讪讪笑道。只是，她不愿再往深处想，他为何会如此生气罢了。

沐云流见她的小动作，以及眸色的闪躲，没好气地翻了个白眼，粗鲁地拉下她的手，却不失温柔地在她鼻子上揉着："下次再敢惹本王生气，本王就把你吃掉，看你还如何修仙！"

灵飞"啊"了一声，不敢相信地看着沐云流，那无辜的神情仿佛是受到了莫大的伤害一般。

"这么看着本王做什么？本王说真的！"沐云流有些心虚，他估计那样的结果，当然是灵飞修不了仙，但很可能灵飞也会从此不再见他。

"我不想对你动手。"灵飞突然神色冷漠起来，甩开了沐云流替她揉着鼻子的大手。他强迫不了她的，她是狐妖，纵然对付不了那些老道，对付几个凡人却是绰

绰有余。

见灵飞神色冷漠，沐云流心口微微一痛，神色复杂地看着面前的少女，淡淡道："若本王喜欢你喜欢得不得了，非要得到你不可，你便会杀了本王？"

杀他？灵飞脸上冷漠稍退，诧异地看向沐云流："怎么会？我顶多离开而已，我不会杀你的。"他是她的救命恩人，知恩不图报已经是修仙一大禁忌，何况是以仇报恩呢？

"本王不许你离开！"沐云流粗暴地一把抓住灵飞的双手，箍得她细白皓腕瞬间又红又疼，"你若敢离开本王，本王就挥兵狐山，让你狐族一个不留！"

灵飞呆住了，忘了手腕上的痛，眼里只有如此暴虐残酷冷戾的流王殿下。他……应该是很温柔的人啊，何以突然如此狂暴？

"除了我之外，你没遇到其他妖精吧？"灵飞略有些担心，轻巧地以法力挣脱沐云流的钳制，伸手探向沐云流的额头。

沐云流一愣，半天反应不过来。

灵飞探完沐云流的额头，又探他的脉搏，然后吁了口气："还好，没有中什么妖术。"

"……"沐云流一时间无语，他在生气，气到想杀人，她竟以为他中了妖术？是不是平日里对她太好，好到她一点儿都不会重视他？

确定沐云流没有中妖术后，灵飞又说道："刚刚你说挥兵狐山……嗯，别说是你区区凡人了，就算是道派中人以及天界上仙，也进不了狐山作乱。"

沐云流眸色一冷："灵儿如此自信？"

"不是我自信，而是因为狐山在很久以前，便被狐仙娘娘设下了结界，除了狐狸一族，其他异族都是不可能进入结界之内的。"灵飞说起狐仙娘娘，眼神熠熠发光，本就灵动的眸子更加水灵灵的。

狐仙娘娘？沐云流眉峰微微一蹙："就是那个据说从天地混沌至今，仅有的一位狐仙？"

"嗯，就是她！"灵飞眼里写满崇拜，"狐仙娘娘也一定认为当妖不好，所以才努力修炼，最终成仙。"

沐云流瞥见灵飞一心向往的模样，心头无名火又起，语气更加冷冽："所以，你以她为榜样，也想位列仙班？"

"没错。"灵飞眼神十分坚定，"不管付出多大的代价，我都一定要摆脱妖的身份！"而摆脱妖的身份的唯一途径，便是修仙。

"那么，本王呢？"沐云流轻而易举地抬起灵飞的下巴，逼她与自己对视。

她是满意地位列仙班了，那他沐云流呢？对她而言，他沐云流只是一介凡人，

114

一个意外施恩于她的恩人罢了？

"你？"灵飞心中微动，看着沐云流一双复杂难解的冷眸，贝齿微微咬住下唇："我没那么快位列仙班的，我会一直陪着你。"直到他生命的终结。

沐云流冷笑一声："灵儿，你不是不知道本王有记忆神石，本王会永生永世记住你！"

"我知道。"灵飞点点头，浅浅一笑，"就算我位列仙班，也可以下界陪你几日啊！"所以，只要他真的记得她，而她又能位列仙班，那么这段缘分便是永远都不会消亡的。

沐云流望进灵飞清澈的眸子里，突然满腹的火气就这么烟消云散了。还真是天真不谙世事的小狐狸呢……

"也许，本王该给你一些教训。"沐云流看着灵飞，这样淡淡地说道，神色漠然带了一丝丝的疏离。

灵飞怔了一下，有些不习惯这样的沐云流，不禁伸出手，将沐云流的大掌握住。不过，她的手实在太小，怎么努力也无法将那大掌完全覆盖。

"灵儿，本王这几日会出京，你留在府里乖一些。"沐云流抽出被灵飞握紧的手掌，淡淡交代一句后，在马车渐停之时，钻出了马车。

灵飞呆怔片刻，急忙也跟着钻出马车，却是已经不见了沐云流的身影。灵飞倏地蹙眉，这男人是真的生气了吗？怀着有些闷闷的心情，灵飞走进流王府，回到她的房间。

原本，灵飞以为沐云流只是跟她闹着玩儿，或者生一夜的气，结果等她第二日起床，仍然不见沐云流，这才真的在意起来。

"义父，沐云流呢？"灵飞快步出门，找到朱林想要问清沐云流的下落。

朱林瞥了她一眼，淡淡道："殿下昨日便没有回府，只交代一句说心情不好暂时不回来，让我好好照顾你。"

心情不好？暂时不回来？灵飞微微蹙眉，他跟她来真的啊！手指一挑，灵飞默运法力，想要算出沐云流到底身在何处。奈何她坚持了半天，法力不够，只算到沐云流的确是出了京城，但再远她便算不出来了。

"那，他如果回来了，一定要告诉我一声。"灵飞有些小郁闷，语气都低落了下去。

朱林看着灵飞这副模样，倒也真讨厌不起她来，便点了头："好，殿下一旦回府，我便派人去告诉你。"

"谢谢义父。"灵飞感激地道了谢，遂转身回房。

朱林看着灵飞落寞的背影，眼中闪过一抹若有所思。难怪殿下让他盯着这只小

狐狸精，看看她会有什么反应呢！原来殿下是在让这只小狐狸精看清楚，她对殿下也并非那么不在意。可能……昨天凌帝传二人去问话，发生了什么让殿下不高兴的事情吧！

一连十日过去，沐云流始终没有回到流王府，灵飞也完全不知他到底去了哪里。

灵飞开始有些生气了——这个男人，怎么能说丢下她就丢下她，却偏偏还骗了她的承诺，让她不能一走了之回狐山？

"有什么办法，可以让他不得不回来呢？"灵飞纵然生气，却也无可奈何，撑着脑袋在凉亭里看着亭外波光粼粼的水面，思忖着。

不然，她去一趟皇宫，让凌帝下旨宣沐云流回京？灵飞觉得这是个不错的方法，于是决定去跟朱林商量，因为她总不能自己溜进宫见凌帝吧？

她才刚起身，便见朱林领着一名女子走了过来。定睛一看，灵飞眼中的讶异一闪而过：那不是刚跟她做了姐妹的相府嫡女苏杏儿吗？

"灵儿姐姐。"苏杏儿上前来，微微一笑，拉起了灵飞的手。

灵飞有些不习惯地把手缩了回去，面上却甜笑："苏小姐，有件事我要跟你澄清一下。"

"什么？"苏杏儿心里一沉，该不会灵飞只是在大殿上虚与委蛇，并非真心接纳她吧？

灵飞笑了笑，眸色认真地解释道："那天我在皇宫，不肯认你当姐姐，并不是他们所想的那样，我想嫁给沐云流当正妻，而是因为我年纪比你大。"

苏杏儿神色略微讪讪，片刻才点头："灵儿姐姐，就算是，也没关系的。"

"不是。"灵飞坚持解释，"我跟沐云流只是朋友，他甚至可以算作是我的救命恩人，我愿意为他做很多事，但我不会嫁给他，你明白我的意思吗？"

宁拆十座庙，不毁一桩婚，灵飞深知人间姻缘都是由天界月老掌管的。她不想因为她的贸然介入，坏了沐云流和苏杏儿的姻缘。

苏杏儿被灵飞的一番话给惊呆了，流王殿下那般风华绝代英明神武，灵飞竟然不想嫁给他？

"为什么？难道你不想嫁给流王殿下吗？"苏杏儿一时诧异，连姐姐都忘了叫。

嫁给沐云流？灵飞想到上次沐云流所说的，皱了皱眉头，然后摇头，说："我不知道你为什么会有这种想法，但我确实没有想过要嫁给他。"自己还要成仙，又怎么能嫁人呢？

这回，朱林和苏杏儿一起惊呆了！流王殿下好不容易看上一名女子，竟然是一厢情愿？

半晌，苏杏儿才回过神来，低声说道："若流王殿下一定要娶你为妻呢？"

苏杏儿相信自己的眼睛，流王殿下看着灵飞的眼神，充满怜爱疼惜，那是一个男人看自己心爱女子才会有的眼神。

灵飞目光闪烁了一下，片刻才道："他不会的。"因为，沐云流知道她的真实身份。就算沐云流真的有此念头，也会在他知道人狐恋需要承受多么大的磨难时，打消此念头。

灵飞其实并没有那么懵懂无知，她从一开始就知道沐云流对她有着强烈的占有欲。但，她没有想过沐云流会娶她。她认为沐云流对她的占有欲，来自她容貌的美丽，毕竟凡间女子这一点的确不如她们狐族幻化成的女子。

苏杏儿听了，只是淡淡一笑："也许，你并不够了解流王殿下。"她却很了解——流王殿下认定的事情，是绝对不会改变的！除非，他自己先对灵飞失去兴趣。

灵飞神色明显怔了怔，是吗？她不够了解沐云流，所以无法理解他的内心到底是怎么想的？

"你觉得……"灵飞迟疑了一下，想到沐云流曾经对她解释的"喜欢"的含义，问道，"你觉得他是喜欢我的吗？"

朱林及暗卫们瞬间倒地！敢情姑娘你搞了半天还不知道流王殿下对你情有独钟啊？

苏杏儿也是一瞬间有些哭笑不得，连那份苦涩都悄然无踪了。她无奈地看着灵飞："姐姐，你当真不知道流王殿下对你的心思吗？"

灵飞轻"啊"了一声，好看的眉头蹙了起来："这么说，他见到我的时候，心跳如鼓，心里欢喜；见不到我的时候，又思念得紧，寝食难安？"

灵飞背的当然是沐云流曾给她的解释，而背完这段话后，灵飞突然觉得自己心跳微微加速了一些。

"这个……应该是吧！"苏杏儿轻咳一声，她这姐姐说的似乎是女儿家有了心上人时的反应吧？至于男子，她不敢确定，尤其是流王殿下。

苏杏儿觉得，流王殿下喜欢一个人，绝对不会是这种表现的，因为他习惯于掠夺，不似女儿家那般含蓄，而是大大方方用身份手段以及独特的魅力去赢得佳人芳心！

灵飞心里不是滋味，沐云流明知道她的志向和身份，怎么能喜欢她甚至娶她呢？

不过，这只是苏杏儿的猜测，她还是要找沐云流问个明白，如果他承认了，那她一定不能再留在他身边，以免铸成大错。可是……现在沐云流到底在哪儿呢？

见灵飞愁眉不展的模样，苏杏儿笑了一笑，上前牵住灵飞的手，轻声说道："姐姐，十日之后是我朝三年一次的百花大会，既然流王殿下外出办事，姐姐一人在府里也难免寂寞，不如随我前去赏花可好？"

灵飞一听，连忙摆手："不，我不能去。"她知道人间的百花大会，三年一次，而那时候天界花神都会下凡，她可不想冒冒失失闯进去，被花神认出来，当众来个捉妖记。

"姐姐不喜欢赏花吗？"苏杏儿微微黯然，灵飞是她接近流王殿下的唯一机会，如果灵飞不喜欢她，她恐怕是很难进入流王府大门的。

"呃……"灵飞语塞，她也不能跟苏杏儿说实情，只好顾左右而言他，"我要在这里等沐云流回来，我有话要问他。"

苏杏儿见状，也不好再勉强，便强颜笑了一下，道："既然姐姐要等流王殿下，那我就不打扰了，姐姐若有空，可以到相府来找我聊天。或者让流王府侍卫前来告知一声，我来流王府陪姐姐也可以。"

灵飞看了苏杏儿一眼，觉得这个凡人也还不错，便点了点头："好，我会的。"

"那，姐姐，我就先告辞了。"苏杏儿福了一福，笑了笑后准备离开。

就在这时，一名藏身暗处的暗卫突然冲天而起，抓住了天空中飞来的一只鸽子。

"管家，有殿下的飞鸽传书。"暗卫小心翼翼地取下鸽子腿上的纸条，恭敬地递给朱林。

苏杏儿闻言，不由自主地顿住了脚步，视线悄然落在那纸条之上。流王殿下这十来日……究竟去了哪里呢？其间又发生了什么事呢？

不光苏杏儿盯着纸条，灵飞也盯着纸条，她同样想知道沐云流现在在哪里，因为她有话要问他。

只见朱林打开纸条，快速瞄了两眼后，眸中浮现出一抹暗芒。随即，他若无其事地毁了纸条，一脸淡定地对灵飞说道："灵儿，殿下传口信回来说，暂时住在相国寺清修，短时间内不回京城了。"

第十六章 二选其一

说这话时,天知道朱林用了多大的力气才使自己嘴角不抽筋。不信神佛只信自己的殿下,双手沾染鲜血的殿下,竟然去和尚庙里清修?为了追这只小狐狸精,他家殿下也真是够了!

"相国寺?那不是和尚聚集地吗?"灵飞微微惊讶,沐云流竟然去清修,难不成他要出家当和尚吗?

朱林仿佛看出了灵飞的想法,顿时一阵摇头,叹气道:"殿下心思浩瀚,也不知殿下是不是有了出家为僧的念头。若是……只怕皇上定然龙颜大怒,连相国寺都有灭顶之灾呢!"

这……灵飞蹙起了眉头,怎么想她都无法将沐云流与和尚画上等号。有那么风华绝代的和尚,估计相国寺的女香客会增加百倍不止。

"姐姐,流王殿下是皇上最疼爱的皇子,在朝中有举足轻重的地位,他可绝不能出家啊!"苏杏儿也仿佛看出了些什么,便上前说道。

灵飞点点头,说:"我知道。"所以,她决定去把沐云流找回来。

"姐姐会去找流王殿下吗?"苏杏儿眼里浮现出一抹希冀。

"当然会!"灵飞肯定地点点头,突然她一抬眸,望向苏杏儿,认真道,"你能不能陪我一起去?"

苏杏儿一怔之后,欢喜浮上脸庞,她高兴道:"当然可以了!姐姐何时动身?"

朱林无语望天,殿下若知道有苏杏儿同行,肯定会不高兴的吧?但朱林如何能知晓,灵飞根本就是在给苏杏儿和沐云流牵线搭桥呢!她认为沐云流只要有了王妃,就不会喜欢她,不会想要娶她了。

"现在。"灵飞是行动派,当即说道。

现在?苏杏儿一怔之后,当即拍板:"好,我这就回府准备。姐姐是要随我一同去相府,还是等我来流王府与姐姐会合?"

"你要准备什么?"灵飞不解地看着苏杏儿,只不过去找沐云流而已,还要怎么准备吗?

苏杏儿失笑道:"姐姐,我们坐马车到相国寺,至少要一日一夜的时间呢!难道姐姐不打算准备些换洗衣物，让侍卫带些干粮之类的吗？"

灵飞这才想起，若她带苏杏儿一起的话，就不能飞了。可说出的话又不能收回，她只好蹙了一下眉头，表示理解："嗯，那我也让义父帮我准备一下。"

"这么说，姐姐会在流王府等我了？"苏杏儿一副害怕灵飞撇下她先走的模样。

灵飞笑了起来："会的。"灵飞身为狐族，对凡人自然有一番敏锐直觉，她喜欢苏杏儿，因为这个姑娘在聪明之余，还有那么一些善良。

至少，和她眼中的璃月公主是完全不同的。所以，她觉得苏杏儿若为流王妃，对沐云流将会有百利而无一害。虽然说……这么决定了之后，心底深处隐隐有那么一抹刺刺的感觉……

"那我快去快回。"苏杏儿很快和灵飞告别，回相府准备去了。

朱林等苏杏儿走远了，才淡淡看着灵飞道："灵儿让相府嫡女一同前往，不怕殿下不高兴？"

灵飞闻言，奇道："他为什么不高兴？杏儿是个很可爱的姑娘。"

嗯，这说法倒是挺对，苏杏儿温柔贤惠，才艺出众，冰雪聪明，而且能摆得平璃月公主那样刁蛮的小姑子，关键是对他家殿下死心塌地、一往情深，朱林很认同地点头。可惜……他家殿下不喜欢哪！

"因为殿下喜欢的是灵儿，而不是相府嫡女。"朱林一语道破，反正苏杏儿方才一番话已经让灵飞有所觉悟了，而他也想看看灵飞的反应到底是真是假。

灵飞叹了口气："他不能喜欢我。"如果他不是她的救命恩人，得知他对她有这种想法，她老早就一走了之了。

"是，殿下是不该喜欢你，可殿下已经喜欢了，你要如何？"朱林挑眉看着灵飞，等待她的回话。

灵飞不假思索地说道："那就让他不喜欢我！"

朱林呵呵一笑："你打算怎么让殿下不喜欢你？"若殿下有那么好摆平，他就不是太平王朝第一皇子了。

"待我问过他之后再说。"灵飞望了一眼朱林，眸色坚定道，"总而言之，他若执迷不悟，就算我欠了他恩情，我也不能再留在他身边，害人害己。"

原来二师哥那日所说"人狐恋不容于世"，指的是沐云流和她。可叹二师哥一眼就看出来的事实，她却经由别人点明才知晓。本以为沐云流只是一时新鲜，或是贪图她人形的美貌，想不到他竟动了心！

但，这是万万不能发生的。

朱林心中骤然震动，他看了灵飞半晌，才转身离开："我去给灵儿准备出行所需之物。"

朱林此刻心中是复杂的，他一直都不喜欢灵飞，因为他知道灵飞是一只对他家殿下没有好处的狐狸精，他怕他家殿下受到妖术迷惑，也怕灵飞会伤害他家殿下。

谁料到，他家殿下不但没有中妖术，反而这只狐狸精还抗拒和他家殿下在一起。而她之所以留在流王府，只不过是因为欠了他家殿下的恩情。难道世上真有不害人的妖吗？

很快，灵飞和苏杏儿两边都准备妥当，在流王府门口碰了头。出行马车来自流王府，苏杏儿所乘坐的马车则留在了流王府，两位姑娘上了马车，马车快速朝城外驶去。

流王府马车豪华宽敞，苏杏儿却是第一次坐。想到流王殿下也曾坐过这马车，苏杏儿脸上浮现出一抹淡淡红晕。一旁灵飞却上了马车就低着头，不知在思索什么。

苏杏儿见灵飞一直不说话，便碰了碰灵飞的胳膊，笑问道："姐姐在想什么呢？"

灵飞抬起头来，"唔"了一声，才说道："我在想，为何一个人会喜欢另一个人。"

这话算是问对了，因为苏杏儿刚好有一个喜欢了很久的人，所以她低声笑道："每个人都会有自己喜欢的人啊！有的是日久生情，有的是惊鸿一瞥一见钟情，有的嘛……很可能本是冤家，最后却喜欢上了对方。"

"可为何会独独喜欢一个人呢？"灵飞表示一脸茫然，"如果说是长相身高地位财富乃至性格，那么天下相似之人何其多，何以不能喜欢别人？独独要喜欢那一个？"

苏杏儿怔了一下，发现自己答不上来，只好说道："姐姐，感情一事，很难解释得清楚，非要自己碰上了才会明白的。"

流王殿下虽好，但追求她的好男子也并非没有，有的甚至无可挑剔。可惜，她就是无法将心放在其他男子身上。她爹常说，也许是她天生就欠了流王殿下的，所以才要受这相思之苦，来弥补亏欠。

"是吗？"灵飞笑了一笑，摇头，"我不会碰上的。"

苏杏儿"扑哧"一笑："姐姐，那是不可能的，你现在不信，只是因为你还没开窍罢了。"

忽然，脑中不自觉浮现出大殿之上，流王殿下对她这位姐姐情深的模样，心中不禁一紧。她这位不懂凡间之事的的姐姐……会因为流王殿下而开窍吗？苏杏儿略忧心地看着灵飞，压下了心头那股酸涩。

一日一夜的时间不算短，中途马车停了两次，一行人稍作休整才重新上路。黄昏一过，天色渐黑，前方偏偏是山路，不宜趁夜赶路。

"苏小姐，灵儿，我们在前方休息一下。"朱林看了看四周黑漆漆一片，对马

车内两位姑娘说道。

"好。"马车内,传出苏杏儿和灵飞的声音。

朱林便驾着马车往前方疾行,过了这段小路,就是前往相国寺路上的一个小镇了,刚好可以在小镇上休息一晚。

突然,"唰唰唰"几道劲风刮过的声音,朱林心中一凛,顿时勒令马儿停住。

"什么人?竟敢拦流王府的马车!"朱林冷冽地一喝,语气充满杀意。

朱林报出流王府的名号,并没有吓退来人。只见一排排黑衣人,个个蒙脸持刀,只露出两只眼睛,虎视眈眈地盯着朱林所驾的马车。

"拦的就是你流王府的马车!"为首黑衣人狂妄地说道,随后手一挥,"上!务必要取相府嫡女的人头!"

什么?马车内苏杏儿脸色一变。这些杀手竟然是冲着她来的?她得罪了谁,竟要派出杀手来取她的人头?

灵飞也诧异地望了一眼苏杏儿,想不通怎么会有杀手来杀苏杏儿,苏杏儿只是一个千金小姐而已,杀了苏杏儿有什么好处?莫非……是冲着丞相府来的?

"好大的口气!老夫就来试试你们有没有这个本事!"朱林似乎丝毫不以为惧,冷笑一声后纵身跳下马车,"嗖"的一声抽出腰间金刀,威风凛凛地正面迎敌。

黑衣人们不再说话,闪电般冲向朱林,以及马车四周的几名侍卫。一时间,刀剑碰撞的尖锐声四起,迸射出的火光在黑夜中尤为明显。

朱林本以为有一番激烈厮杀,却不想黑衣人们根本就没打算取他们的性命,只是派出一队人马将他和几名侍卫缠住,消耗他们的体力,而另一部分,却是朝马车方向逼近。

很显然,黑衣人们的目标果然是苏杏儿!他们并不想与流王府为敌,所以不伤流王府的人。

明白这一点后,朱林拿出了雷霆万钧的气势,杀气腾腾地见人就砍,毫不在意对方的攻势。顿时,黑衣人们死的死,伤的伤,一时间落于下风。

不过,朱林和几名侍卫再有默契,再勇猛杀敌,也挡不住一批又一批的黑衣人,何况一部分黑衣人此刻已经接近了马车,正持刀小心翼翼朝马车靠近。

"灵儿!你要保护好苏小姐!"朱林双拳难敌四手,更是无暇分身,顿时想起灵飞可是堂堂狐狸精,怎么会惧凡人?于是,一声大吼,朱林将保护苏杏儿的重担交给了灵飞。

马车内,灵飞早就已经握住了苏杏儿的手,就算朱林不叮嘱她,她也会保护苏杏儿不受伤害。

"我知道了!"灵飞高声回答,侧眸看了苏杏儿一眼,见苏杏儿神色并无慌张,便一笑之后拉过苏杏儿,"嗖"的一声冲出马车。

手一扬,灵飞放倒了冲上来的几名黑衣人,飞快地拉着苏杏儿闪身避到包围圈之外。

围攻马车的黑衣人一愣,这名女子手法好诡异!也没见她怎么出的手,只见她手一扬,她周围的黑衣人就全倒下了。难道是使了毒?

黑衣人们心生疑惑,但碍于上头命令,不得不快速朝灵飞和苏杏儿发动攻击。可惜,灵飞仿佛有无穷无尽的内力一般,只要她扬起手来,冲向她的黑衣人必倒!

站在她身后的苏杏儿眼里闪过异芒,她再一次见识到了灵飞的诡异武功……不,也许不能称之为武功。原先她也怀疑过灵飞是妖精幻化,但紫微道长在景曜殿上的捉妖失败,令她打消了这个疑虑。

到底是什么呢?苏杏儿想不明白。

黑衣人一个接一个地倒下,灵飞从容不迫,苏杏儿毫发无伤。

朱林很快退回到灵飞身边,却发现灵飞竟然没有杀了那些黑衣人!她只不过是用法术,使那些黑衣人失去知觉而已。这个发现令朱林万分诧异,难道灵飞真是一只不害人的妖?

不过片刻工夫,所有黑衣人尽数倒地,灵飞和苏杏儿安然无恙。

朱林扫视了一圈,唤过一名侍卫,淡淡道:"抓两个活口回去,再调二十名流王府暗卫来。"言下之意,其他的,都可以"咔嚓"了!

"是,管家。"两名侍卫拱手领命。

很快,朱林便让灵飞和苏杏儿重新上了马车,驾着马车往前方小镇驶去。而两名侍卫留在路旁,看着马车走远后,手起刀落!地上失去知觉的黑衣人很快都被斩了脑袋!只有两名失去知觉的黑衣人,被侍卫分别拎了一个,飞快地奔回流王府。

当晚,灵飞等人留宿小镇客栈,倒是一夜无事。第二天一早,一行人便再度出发,朝相国寺进发。而这一次,路上没有再遇到袭击。

相国寺是太平王朝第一大寺庙,远近驰名的慈恩方丈就在相国寺内,而慈恩方丈与多名达官贵人都有往来,因此相国寺在太平王朝地位非凡。

灵飞踏入相国寺时,看着寺庙周边让凡人无法察觉的金光,略微犹豫了一下,才大胆走了进去。她身上没有妖气,相国寺的金光应该也伤不了她。

果然,灵飞和苏杏儿一直随朱林来到相国寺大厅内,都平安无事,灵飞这才彻底放下心来。

前来迎接灵飞的,竟然是相国寺方丈慈恩!

"阿弥陀佛,各位施主可是来上香的?"慈恩方丈似乎颇有深意地看了灵飞一眼,眸中精光四射。

灵飞被慈恩方丈这般一看，心弦略微一紧，忙道："既然来了，是要上香的。"

"施主有心了。"慈恩方丈施了一礼，便吩咐旁边小沙弥道，"替三位施主取香来。"

"是，方丈。"小沙弥立刻前去取了三炷香，分别递到灵飞等三人手中。

经过灵飞面前时，小沙弥多看了灵飞两眼，眼里有一抹惊艳。

慈恩方丈脸色微微一沉，淡淡道："今日开始，去扫后山的落叶，落叶不净，你便不要回寺。"

小沙弥大惊失色，立刻跪下求饶："方丈，弟子……"

"不必多说，去吧！"慈恩方丈挥了挥袈裟宽大的衣袖，摇头直叹气。六根未净，还要苦心修炼才是。

小沙弥无法，只好快快退下。

灵飞浑然不知自己是罪魁祸首，只虔诚地点燃了香，跪在佛像面前的蒲团之上，心里默念道："佛祖在上，信女灵飞，今日擅闯佛家净地，并无恶念，信女一心向善，望佛祖垂怜……"

苏杏儿见灵飞上前跪下，便也点燃了香，跪在灵飞身旁，同样默念道："信女苏杏儿，望佛祖保佑信女能够心想事成，得以长伴流王殿下左右……"

两个同样出色的姑娘，求的，却非同一件事。

灵飞和苏杏儿上香之时，朱林也在空着的蒲团上跪下，心中默念了几句，第一个起身将香给上了。随后，灵飞和苏杏儿才各自将香插在了香炉里，又双手合十，鞠躬了三下。

慈恩方丈见状，微微点了一下头。这只妖的确有仙缘，难怪流王殿下会一眼看上她，便是佛家所说的——缘分。

"大师，敢问我家殿下可在相国寺之中？"朱林本来心里也还是奇怪，灵飞这只狐狸精怎么敢进入相国寺，但他没忘了此行正事，便率先问道。

慈恩方丈微微一笑："不错，流王爷的确在本寺之中。"

"这是我义女灵飞，以及相府嫡女苏小姐，她们是专程来找殿下的，不知大师可否给个方便？"朱林也微微笑道。

慈恩方丈将两女扫视了一下，淡淡笑道："老衲不能替流王爷做主，不过流王爷此刻就在禅房打坐，不如几位施主随老衲前往禅房，至于流王爷要不要出门相见，便看流王爷自己的意愿，几位施主以为呢？"

"好。"灵飞点头，她不信沐云流会不见她，而且就算他不见她，她也可以隔着房门问他那些话。

朱林和苏杏儿自然没有异议，于是一行人随慈恩方丈前往禅房。穿过两道门，一个回廊，一行人终于到了相国寺后院禅房处。

"阿弥陀佛……流王爷，几位施主千里迢迢来见流王爷，流王爷可要见他们？"慈恩方丈站在禅房外的空地上，对着紧闭的房门问道。

房门紧闭，门内似乎无人一般，静默许久。

"看来，流王爷是不想见几位施主了。"慈恩方丈侧身，冲灵飞等人双手合十，遗憾地笑道。

灵飞蹙了蹙眉，问道："大师，我可以跟他说几句话吗？"

"当然，女施主请便。"慈恩方丈自是不会难为灵飞，谁让禅房里的人早有交代呢？当下他便许可了。

"多谢大师。"灵飞谢过慈恩方丈之后，面向禅房走了几步，稍稍靠近禅房时便停了下来，开口说道，"沐云流，我不知道你为什么突然不辞而别，将我丢在流王府不闻不问，甚至我找来此地，你也不想见我。"

本来很平静，忽然这番话说出来，灵飞心里隐隐有些难过。微微顿了一下，她才继续说道："但你不见我没关系，我就想问你一件事，弄清楚了我立刻走！"

禅房内又是一阵静默。

不过，就在众人以为沐云流还会保持沉默时，禅房内却传出一道雅致的男声："你想问本王何事？"

灵飞听到那熟悉的声音，却带着一丝不似平日的清冷，心下更是涩然，半晌才出声问道："你生气，不辞而别，是不是因为我说不嫁给你？你对我好，宠我，是不是因为想娶我为妻？"

平常女子问不出口的话，灵飞问起来却十分洒脱，仿佛不受任何女德的约束。

苏杏儿站在灵飞身后，清丽的小脸微微愕然。但忽然之间，她竟不自觉地羡慕起这份洒脱，要知道她隐瞒了对流王殿下的爱恋多少年？尽管所有人都看了出来，可她从不曾亲口承认过。所以，换作她是灵飞，绝问不出类似的话来。

禅房内，沐云流站在窗口，隔着缝隙看着院中那抹纤细的身影，将她脸上的淡定看得一清二楚。

一念天堂，一念地狱。他该怎么回答？

若说他爱她，想娶她为妻，一辈子困住她，她是否会从此远离他？若说不爱她，不想娶她为妻，他怎么能违心说出口？

沐云流并非优柔寡断之人，他当即做出了选择——告诉她！

"不错！本王的确想娶你为妻。"就算她想要逃离，他也不惜违逆天意将她找回！修仙？有他沐云流在，她休想！

听到沐云流的回答，灵飞怔愕地退后了一步，他竟然真的……脑子里微微空白，灵飞竟忘了接下来要说什么，来此之前所想好的说词，全都被她忘到了九霄云外。

苏杏儿立于一旁，迅速垂眸，不想让任何人看见她眼眶微红。

果然，她还是很了解流王殿下的。她早就知道，若非心中有灵飞，他是绝对不可能让灵飞入住流王府的。何况，无论何时何地，他总是将灵飞禁锢在身边，眸底全是温柔笑意。

"灵儿，本王或许很霸道，但本王可以发誓，生生世世只有你灵飞一个妻子，永不负你。"沐云流低沉的嗓音从窗缝中透出，带着浓浓蛊感之意，"而本王以性命担保，不会让任何人再伤害你！"

灵飞怔然。区区一个凡人，他怎么能有这般自信，说不会让任何人伤害她？天道，他一介凡人能逆转吗？她所认识的沐云流，流王殿下，不应该是如此狂妄无知的凡夫俗子啊！

尽管所有的理智都在告诉灵飞，沐云流的保证没有一丝一毫的可信度，但她心底那个角落，竟已经开始松动。她竟然……隐隐希冀，想要信任这个给了她数次庇护的凡人。

可最终，灵飞说出口的话却是："我从未想过嫁给任何人，沐云流，你不能强我所难。"

果然，还是这答案。沐云流在禅房内轻声叹息，早有心理准备的他，倒是没有万箭穿心的钝痛之感，只淡淡道："本王给你两个选择：一、嫁给本王，生生世世留在本王身边；二、离开本王，永远不许再出现在本王面前！"

灵飞骇然，又是倒退一步。他疯了吗？竟然赶她离开？是的，她绝不可能做出第一个选择，他明知道的，所以他根本就是撵她走……

一想到沐云流竟然撵自己走，灵飞心里骤然间难受起来，仿佛心底被挖空了一块，空荡荡的，不知所措。

"流王殿下，不能再给灵儿姐姐一些时间吗？"苏杏儿忍不住了，虽然她是很爱流王殿下，但她也不赞同流王殿下这般霸道地就将灵飞赶走啊！追求一个女子，本该赋予绝对的耐心，怎么流王殿下如此急功近利呢？

一般男子追求女子时是绝对有耐心的，才短短两三个月，根本不可能气馁放弃。但，流王殿下可不是一般男子。他逼灵飞离开的背后，有着什么样的算计，谁又能在此刻洞悉呢？

"本王与灵飞的事情，轮不到你插嘴！"沐云流冷漠之声从禅房内传出，带着无比的威严冷酷。

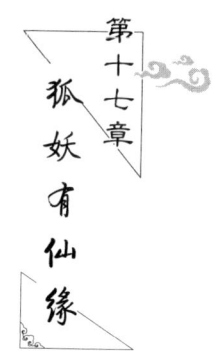

第十七章 狐妖有仙缘

被沐云流这一呵斥，苏杏儿脸色微微一白，顿时闭口不语了。

灵飞看着禅房紧闭的房门，内心陷入挣扎之中。

她也不知道自己是怎么了，明明来之前都已经想好，如果沐云流真的说想娶她为妻，那她就回狐山修炼去。可现在，她亲耳听到沐云流对她说了，她竟无法果断地做出选择。

"我……不可能嫁给你的。"灵飞涩然低语，脑中一片乱麻。为什么不能选择离开呢？心里隐隐地难受，竟然怕再见不到他，是怎么回事呢？

"那你就滚！永远不要再出现在本王面前！"

"砰"的一声后，窗棂被沐云流硬生生拍碎，沐云流冷冽的声音更清晰地传了出来，冷酷无情，果断决绝。

灵飞一口气生生憋在胸口，瞬间也生气了："好！是你让我滚的，不是我自己违背诺言离开！"

说罢，她负气转身便走。但走了几步，灵飞还是忍不住回眸看向损毁的窗户，心里不自觉希冀沐云流只是说负气话，眼下见她真要走，会出门来留她。

看见那抹熟悉的银白，灵飞眼眶骤然一热。沐云流偏爱黑色，可她觉得他那般温柔俊美，配银白色更为惊人，于是渐渐地沐云流的衣袍中，银白色衣袍居多。

为什么呢？为什么一定要逼她？那个温柔的、宠她疼她、对她言听计从的凡人，哪儿去了？

"我们之前……不是很好，很快乐吗？为什么要成亲？"灵飞喃喃了一句，失望地离开。

灵飞离开前的低喃，被沐云流一字不漏地听了进去，心里蓦地生疼。他一拳捶在了墙壁上，闭了闭眼：灵儿，原谅本王有私心，本王不只是……想那般守着你。

本王……想要你的心。

苏杏儿一见灵飞真的被沐云流给撵走了，不禁急了，连忙跑出去找灵飞。然而，以灵飞的速度，她哪里还找得到？

"苏小姐，殿下心情不好，灵儿姑娘又已经离开，不如我送苏小姐回相府吧。"

朱林不知何时站在了苏杏儿身后,淡笑说道。

苏杏儿心情也不好啊,但她没有其他办法,只好点了点头。不过,她仍旧不放心地问道:"朱管家,你会派人找灵儿姐姐的,对吧?"

朱林斟酌了一下,看着苏杏儿担忧的双眸,点了点头:"是,灵儿是我的义女,我不会不管她的。"

"那我就放心了。"苏杏儿顿时松了口气。

很快,苏杏儿随朱林离开了相国寺。

此刻,相国寺后山林间,一只通体雪白的小灵狐,正趴在树枝上,无精打采地眯着眼。午后阳光投射过来,那一身雪白毛发尤为刺眼,却也圣洁无比。

"唉……"一声人类的叹息从小灵狐嘴里逸出,给人一种十分心烦意乱的感觉。

这只小灵狐不是别人,正是灵飞。本来她已经被沐云流逼着选择离开,但她下意识地竟不想回狐山,一个念头之下她便溜进了相国寺后山,化为狐形在树上歇息。

为什么不回狐山呢?灵飞想破脑袋,也只得出一个结论:她舍不得那个凡人!可之前她二师哥数次离开她去修炼,她也没有过这样的感觉啊!反而,还可以微笑着跟二师哥挥手送别,她实在是不明白自己怎么了。

灵飞一双前爪伸出,盖在脑袋上,模样十分苦恼,毛茸茸的身子缩成一团,抱头的举动可爱极了,简直能把人的心都萌化了!若是沐云流在此,也不知还能不能坚守阵地,改为无条件对灵飞投降。

"阿弥陀佛。"沙沙脚步声,伴随着一道声音在林中响起。

灵飞一下子抬起头来,看向来人,果然见到是之前见过的相国寺主持,慈恩方丈。她连忙从树上一跃而下,站在地上仰头望着慈恩方丈:"大师。"

见灵飞依旧以狐身站在自己面前,小脑袋仰着十分可爱,慈恩方丈不禁笑了一笑:"在老衲面前,你不敢化为人形?"

灵飞想了想,如实答道:"不是不敢,只是觉得不应该。"

"呵呵……"慈恩方丈顿时笑出声来,然后说道,"你冰雪聪明,天生慧根,难怪流王爷那般钟爱于你。"

提到沐云流,灵飞一双清澈的眸子黯了黯。

"你既不愿嫁给流王爷为妻,又不肯离开,莫非你另有打算?"慈恩方丈问道。

灵飞叹了口气:"大师,我没有什么打算,只是既不能嫁给他,也不想离开他,于是不知道怎么办了。"所以,知道沐云流暂时不会离开相国寺,她就跑到相国寺后山来待着了。至于以后……等她想清楚再说吧!

"流王爷的身份,并不像你想象中那般简单,他并不只是一介凡人而已。"慈恩方丈淡淡地看着灵飞苦恼的模样,忽然说道。

灵飞一下子站了起来，四爪绷直，一双狐狸眼睛瞪圆："大师这话是什么意思？"他不是一介凡人而已？那他是什么？妖？不可能！仙？也不像啊！

慈恩方丈淡定坐下，以打坐的方式坐在地上，和灵飞对望了片刻，才说道："你想必还记得流王爷带你去看了一幅画，而接着你便被画中力量所伤，险些魂飞魄散。"

灵飞立刻点头："是，那幅画很不可思议。"虽然没亲眼见过那幅画，但她已经知道那幅画里有一个像仙境的地方，那股力量她也见识过了，很霸道很强大。

"那幅画，就代表着流王爷的身世。"慈恩方丈淡淡一笑，"如果画中秘密被破解，那么流王爷的身世也会大白。"

灵飞惊讶地看着慈恩方丈，迟疑了一下，才问道："大师，他不是当今皇上的龙子吗？"

"当然是。"慈恩方丈笑道，"老衲指的是流王爷的魂魄，来历不简单。"

灵飞一下子就懂了——慈恩方丈的意思是，沐云流的魂魄，绝非一介普通凡人。

"那大师可知道，他以前是什么身份？"灵飞想到沐云流所拥有的画还有法器，不禁心中一动。难道之前他并不是在吹牛，他是真的可以找到那后四重神器，帮她渡过天雷劫吗？

"无人得知。"慈恩方丈摇了摇头，"因为那幅画的秘密，还没有被破解。"

灵飞这才明白，原来，那幅画就是关键，难怪沐云流一直在想着如何破解那幅画的秘密呢！看样子，他也很想知道他的身份到底是怎样的。

"流王爷很快便要满二十岁了。"慈恩方丈看着灵飞，微微笑道。

灵飞点头，说："是啊，他说过再过两个月就是他二十岁的生辰。"

"那你知道，为何流王爷一直对你言听计从，此次却一定要你嫁给他吗？"慈恩方丈依旧带着淡淡的微笑。

灵飞一怔，迷惑摇头。她怎么会知道沐云流的想法呢？一直以来他都对她那么好，百般温柔，可这次却竟然强硬地要求她二选一，完全没有妥协的余地。

"那是因为，他怕自己时日不多了。"慈恩方丈说完之后，闭眼念了一句"阿弥陀佛"。

时日无多，灵飞的心弦一下子绷紧了，震惊道："大师，什么时日不多？沐云流他怎么了？"

"阿弥陀佛……"慈恩方丈一脸淡然地说道，"流王爷的母妃临终前，忽然回光返照画下那幅画送给流王爷，同时告诉了流王爷一句话。"

慈恩方丈微微一顿："如果流王爷二十岁生辰之前，还不能破解画中秘密，找回真正的自己，那么流王爷将会面临魂飞魄散的厄运。"

"二十岁生辰之前？"灵飞真的是震惊了，她倏地一下子化成人形，小脸上满

是无措。

此刻,她已经忘了面前的高人是慈恩方丈,是相国寺住持。她开始不安地来回走动,一边走一边念着:"只有两个月了,那怎么办?我不能看着他魂飞魄散啊!他是我的救命恩人!"

看着灵飞完全陷入为沐云流担心的境地,慈恩方丈笑了一笑:"你不必如此惊慌,虽然只有两个月的时间,但老衲认为,此事完全有转机。"

"转机?"灵飞停了下来,不解地看着慈恩方丈。

"不错,转机。"慈恩方丈笃定地点头,"那幅画多年不曾有过动静,直到流王爷将你带去看画,画才起了变化,那股神圣的力量喷薄而出!老衲回相国寺后一直在想,也许你——就是流王爷的转机!"

"我?"灵飞不可思议地指着自己,她会是沐云流的转机?

"佛家讲究一个'缘'字,恰巧流王爷便与你有缘,老衲认为,也许你可以破解画中秘密,救流王爷的性命。"慈恩方丈微笑着说道。

从慈恩方丈第一眼看到这只小灵狐开始,他就知道,这只小灵狐幼年必定有什么不得了的机缘。否则,她一身妖气消失,无法解释。天地之间,能令妖精身上消失妖气的大仙大佛,屈指可数,所以这只小灵狐,将来一定不得了!

灵飞一下子就欢喜了,如果她真能救沐云流,那就太好了!沐云流不用魂飞魄散了!

她忙跪下冲慈恩方丈双手合十,虔诚地说道:"大师,沐云流是我的救命恩人,我不能看着他出事,烦请大师教我,如何才能破解画中秘密,救他性命。"

慈恩方丈摇了摇头:"老衲也不知如何破解,但老衲相信,只要你设法看到那幅画,必然会对破解画中秘密有所帮助。"

"可是……"灵飞蹙了蹙眉,小脸上满是为难之色,"我接近不了那幅画啊!"

沐云流之前已经带她去看过了,可惜那幅画才刚刚展开,她还来不及看,画中那股力量就险些让她魂飞魄散了。要不是她赶紧变回原形,现在哪里还有她灵飞存在于天地之间?

"老衲言尽于此,至于其他事情,便是老衲插手不得的了……阿弥陀佛。"慈恩方丈闭了闭眼,忽然一下子就从灵飞面前消失了。

"大师!大师!"灵飞站起来追了几步,却哪里还有慈恩方丈的身影。

她蹙紧眉头,一遍遍回想慈恩方丈的话,小脑袋里几乎打了个结。沐云流是她的救命恩人,她绝对不能在沐云流有性命之危的时候离开他!可是,沐云流却给她两个选择,一个是嫁给他,一个是离开他。她要怎么才能留在他身边呢?

灵飞冥思苦想一阵子无果,最终决定先回京城,回流王府之后再继续想。反正,沐云流早晚都要回流王府的不是？在此之前她还可以集思广益，问问其他人有什么办法，尤其是……苏杏儿！

这般一想，灵飞顿时离开了相国寺，飞快地朝京城奔去。

灵飞回京之后，立刻让朱林到相府请苏杏儿过来一趟。

苏杏儿一入灵飞的房间，就惊喜地上前抓住灵飞的手："灵儿姐姐，你没走真是太好了！"

"嗯，我不能走。"灵飞笑了一笑，语带保留没有说其他，只道，"可是，我也不能嫁给流王殿下，所以我想问问你有没有什么好办法，能让我既不用嫁给他，又可以留在他身边。"

"啊？"苏杏儿一向自诩聪明，但她此刻竟发觉她有些无法猜透灵飞的想法。为什么不想嫁给流王殿下，又要留在流王殿下身边呢？

灵飞极为敏感，看出苏杏儿的疑惑，顿时笑道："我没有想过嫁人，但是流王殿下对我有救命之恩，我要留在流王府帮他做事。"嗯，救他性命，破解画中秘密，都算是她为他做事了，但说给苏杏儿听，只有这么说才能令苏杏儿明白。

果然，苏杏儿眼中恍悟之色一闪而过："原来如此。"她坐在灵飞身边，看着灵飞想了一下后，说道："其实，流王殿下现在对你情深意切，你根本不需要用什么法子，就可以留在流王府啊！"

呃？灵飞一时有些蒙，苏杏儿这话是什么意思？

"简单地说，就是灵儿姐姐你不用管流王殿下说什么，你就待在流王府里不走，流王殿下也不能把你怎么样啊！"苏杏儿眨眨眼，一脸笑容。

"……"灵飞呆了呆，终于明白苏杏儿的意思了——就是让她耍赖嘛！

苏杏儿的方法简单又有效，令灵飞茅塞顿开。虽然沐云流现在只让她二选一，但她要是一个都不选呢？以沐云流对她的宠爱，不会把她硬赶出流王府的吧？

"还有，如果流王殿下一定要灵儿姐姐做出选择，灵儿姐姐也可以采取拖延策略。"苏杏儿又给灵飞支了个妙招。

"拖延策略？"灵飞美眸一眯，恍然大悟，"你的意思是说，让我拖着不选？"

"对！"苏杏儿点头，"灵儿姐姐就跟流王殿下说，想要考虑一阵子，这样流王殿下总不可能连考虑的时间都不给灵儿姐姐吧？"

难题迎刃而解，灵飞双眸亮晶晶地看着苏杏儿，唇角浅笑，梦幻般美好："我真是没找错人呢！"

苏杏儿见灵飞一脸欢喜的模样，不禁笑出声来。但很快，她脸上笑意变浅，望着灵飞欲言又止。

"怎么了？"灵飞极为敏感，当即看出苏杏儿有话想说，却又似乎难以启齿，

便主动握住了苏杏儿的手。

苏杏儿垂眸,看着她和灵飞交握的两只手,微微迟疑了一下,才说道:"灵儿姐姐应该听说过,我……我对流王殿下……"

灵飞点头:"嗯,我知道你喜欢沐云流。"

苏杏儿依旧垂眸,半响才斟酌着说道:"灵儿姐姐救了我性命,是我的救命恩人,我不能瞒着灵儿姐姐这件事。"

灵飞再度点头,可这件事她早就知道了,不知道苏杏儿为什么要突然提起这件事来。

"不过,那都是过去的事了。"苏杏儿笑着抬起头来,语气真挚,"我知道流王殿下喜欢的是灵儿姐姐,我不会再想着嫁给流王殿下了。"

"你要放弃他?"灵飞微微瞠目,她一直认为苏杏儿才会是未来的流王妃,结果苏杏儿决定放弃沐云流?

苏杏儿笑了一笑,眸中略微有些苦涩:"我努力了这么多年,流王殿下都没有正眼看过我,我早该放弃了。"虽然会难过,会心痛,但她明白强扭的瓜不甜。

以前一直努力,从不言弃,是因为流王殿下身边并没有出现过任何女子,她相信"精诚所至,金石为开"。但现在,流王殿下已经有了心爱的女子,还是救过她性命的灵飞,她就不会再打扰他们了。虽然灵飞现在很抗拒嫁给流王殿下,但她相信,灵飞早晚都会被流王殿下打动的。他们两个,的确很般配。

"可是……"灵飞隐约明白是因为她的关系,苏杏儿才决定放弃沐云流,却不知如何开口劝慰。

"没关系的,灵儿姐姐,我这么优秀,还怕找不到好夫君吗?"苏杏儿掩嘴一笑,有几分自得,几分羞涩。

灵飞见苏杏儿不像是强颜欢笑,转念一想,凡人的执念也没什么好的,譬如沐云流。所以,苏杏儿现在选择放弃,也未尝不是一件好事。于是,她点了点头,说:"你觉得开心就好。"

"不过……"苏杏儿望着灵飞,欲言又止,片刻才低声说道,"最近我可能不能到流王府来找姐姐了。"

"为什么?"灵飞一脸奇怪,谁不让她来吗?

苏杏儿无奈叹了口气:"姐姐之前和公主发生了很大的误会,公主得知昨日我陪姐姐去了相国寺,大发雷霆,而且命令我以后不得再和姐姐单独见面了。"

原来是璃月公主!灵飞明白了,却也不以为意,淡笑道:"没关系,你不能来找我,我去找你就好了,我绝对不会让别人发现我们见过面的。"

呃?苏杏儿一怔,随后想起灵飞那一身怪异的功夫,便没有再说什么了。

"好，姐姐有事随时可以到相府找我。"苏杏儿放心地笑了一笑。

两个姑娘又聊了一会儿有的没的，苏杏儿才离开流王府，回相府去了。而灵飞，得了苏杏儿支着儿，心情大好，在流王府待了下来。

灵飞相信，朱林很快就会把她仍留在流王府的消息告诉沐云流，沐云流也会很快从相国寺回来质问她，所以她便安安心心地等着沐云流回府。

果不其然，只过了四天，沐云流就一脸冰霜地回来了，并径直找到了灵飞质问。

"你还留在这里做什么？"沐云流一进屋就冷声质问，故意忽视灵飞一脸惺忪的可爱模样。

此刻天才刚亮，灵飞还没起床。

迷迷糊糊地揉了揉眼睛，灵飞一见是沐云流，顿时高兴地扑了过去："你回来啦！"

沐云流硬生生强迫自己躲开了灵飞，别过脸去不看灵飞有些受伤的小脸，冷冷地在桌前坐下，叩桌道："如果本王没记错的话，你应该在四天前就滚出本王视线了，为何你还留在本王府中？"

"我不想走。"灵飞老老实实回答，小心翼翼地挪过去，挨着沐云流坐下。

沐云流看着她这副惹人怜爱的小模样，有些心疼，胸口闷气却也愈盛。既然舍不得他，为何一定要修仙？她根本就是对他动了心却不肯承认！

不然，在慈恩方丈找她之前，她又怎么会滞留相国寺后山不走？而慈恩方丈找过她之后，不过是给了她一个完美的留下来的借口罢了。

"本王的地盘，由得你想不想？"沐云流冷哼一声，看着那只伸过来的小手，硬起心肠躲过，倒了杯水，一口饮尽。

"那我就是不走呢？"灵飞郁闷了，她已经决定要赖了，他会把她赶出去吗？

沐云流有些哭笑不得，这小东西是打算跟他要赖了？

"你若坚持不走，那本王就向父皇请旨，挥师南下。"沐云流语气依旧冷漠，仿佛灵飞只是个他不认识的外人。言下之意：你不走，本王走可以吧？

"不行！"灵飞顾不得许多，一把拽住沐云流的胳膊，"绝对不行！"他要是去打仗，那幅画的秘密怎么破解？他可只剩下两个月的时间了。

"你有什么资格说不行？"沐云流斜斜瞥了她一眼，"你又不是本王的谁。"

灵飞语塞，半晌才弱弱地说了句："那我不是还没选吗？"

沐云流凤眸一眯，她是什么意思？

"放手！"沐云流一边揣测着灵飞的话中之意，一边冷眼瞥着自己被灵飞抱得死紧的胳膊，喝道。

"你那么凶干吗？"灵飞郁闷了，瞪着清澈的眼睛望着沐云流，"你马上要答案，我怎么想得清楚？你就不能给我点儿时间好好考虑下？"

沐云流一怔，她的意思是……给她点儿时间？

"你们凡间不是有句话说，日久生情吗？"灵飞有些尴尬地放开沐云流，从桌上拿过一个杯子在手里转着，嘴里嘟哝，"我才认识你多久？这么快就逼着我嫁给你……"

一字不漏地，沐云流将灵飞的抱怨全听进了耳里，顿时又好气又好笑。

"你之前可不是这么说的。"沐云流很"好心"地提醒某个只知道抱怨的小姑娘。

灵飞眼眸一闪，理直气壮地抬头道："我是姑娘家嘛！那肯定会不好意思说反话咯？谁知道你那么没耐心！"

沐云流简直无语，她这是强词夺理啊！他绝对没看错之前小东西眼中的坚决，那代表她是真的不会考虑跟他在一起，因为她要修仙。

不过现在嘛……沐云流若有所思地看了灵飞一眼，慢条斯理地问道："谁给灵儿支着儿了？"

听得那一声"灵儿"，灵飞立马一脸纯净笑容，望着他那双好看到不像话的凤眸："你猜呢？"

灵飞知道沐云流很聪明，而苏杏儿来流王府见她的事，沐云流肯定知道了，所以就算她不说，沐云流也能猜到是苏杏儿教她的。

真是只得寸进尺的小狐狸！沐云流无语地看着满脸讨好笑容的美丽少女，"哼"了一声："灵儿在凡间除了本王之外，大概也只有相府那一位称得上是熟人了。"

"嗯，我第一眼看到她，就知道她不是坏人。"灵飞笑着点头。

"是吗？"沐云流若有所思地想了一会儿，淡淡问道，"那么她可对灵儿坦诚过什么？"

"坦诚过什么……"灵飞喃喃重复了一遍，点头，"她有承认过她喜欢你。"

沐云流眼中闪过一抹流光，浅笑道："然后呢？她还说了什么？"

"她说，她很努力地想要让你喜欢上她，不过你从来都没有正眼看过她，所以她决定放弃了，还说她很优秀，不愁找不到好夫君。"灵飞几乎是原句复述。

沐云流仔细看了灵飞两眼，知道灵飞没说谎，便点了点头："算她聪明。"若被他知道，苏杏儿是利用灵儿的纯真，借灵儿来接近他，他绝不会对苏杏儿客气半分！

什么相府，他压根没放在眼里，只要触及他的逆鳞，谁都不可饶恕！

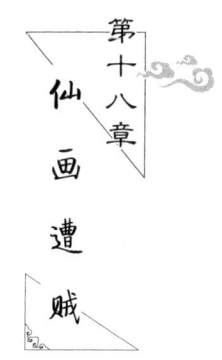

第十八章 仙画遭贼

"她是很聪明的。"灵飞笑着点头,接着又瞅着沐云流,期期艾艾道,"那……你不会再赶我走了吧?"

沐云流瞥了她一眼,懒懒问道:"先告诉本王:灵儿想要考虑多久?"

"两个月!"灵飞毫不犹豫地回答。

沐云流顿时冷哼了一声,扭头懒得看灵飞那清丽动人的小脸。

"怎么了?是不是太久了?"灵飞轻咳一声,扳过沐云流的脸庞,看着他的凤眸。

沐云流近距离看着灵飞那白皙漂亮的肌肤,微微颤动的长卷睫毛,心中一阵温暖,只要能看见她,他便觉得是好的。

"不算太久。"沐云流终于露出了冷战以来第一个真心的笑容,大掌往上一抬,温柔地揉了揉那颗小小的脑袋。

至此,沐云流和灵飞的首次矛盾终于告一段落,两个人达成共识,不再冷战。

两个人和好的第二个晚上,流王府里便出了事。

"走水了!走水了!"

"快去救火!"

只见流王府西面火光冲天,火势蔓延极快,一时间流王府大批侍卫都跑去救火。

沐云流睡得很沉,敏锐的小狐狸却醒了过来,听到外面依稀的嘈杂声,忙用狐狸脚踩着沐云流的手臂:"殿下!外面有声音,好像说起火了。"也只有灵飞这只小狐狸,才会说"起火"而不是"走水"。

沐云流却是睡意浓浓地咕哝了句:"别管……睡觉……"

灵飞只好安静,却怎么也再没有睡意。她一直想着那幅画的事,又担心沐云流时日不多,这两个晚上睡眠都不沉。而在这无比清晰的时刻,她突然听到窗外有人用轻功掠过,虽然身形极快,却瞒不过她的狐狸耳朵。

"有人闯进来了!"灵飞又用狐狸鼻子去拱沐云流的下巴,担忧道。

沐云流这次直接没有回答她,沉沉地睡着。

"你笨啊?"灵飞微恼地一跃而起,跳到沐云流身上去一下一下地踩着,半天之后却见他依旧未醒来,只好一动法力,瞬移到床下化为人形。

她听出那高手似乎并未离去，心念一动便悄然隐去身形。过了片刻，灵飞看见窗户纸被戳破了一个洞，一股淡淡白烟通过一根空心管子飘进了房间。

"迷烟？"灵飞心里冒出这个念头，在人间待了这么久，她已经知道不少东西了。难道这贼人打算对沐云流不利？她想了一会儿，决定暂时不动手，看看那贼人想做什么再说。

那股白烟过后，床上的沐云流一动不动，而很快，窗户被轻轻打开，一抹人影轻盈地跃进房间。他并没有靠近床，而是径直去了房间的书柜前。

只见那人像灵飞记忆中一样，学沐云流伸手将机关左右各不同地扭动了几下，书柜门轻响一声，便朝两边挪开了。

灵飞瞬间恍然大悟：原来这个人是想偷沐云流的那幅画！那可不行，那幅画关系着沐云流的身家性命呢！

"站住！"灵飞瞬间现身，毫不犹豫地朝正往密室里钻的人飞去。

灵飞的身法已经够快了，但密室的门在这时候"砰"的一声关上了！于是，灵飞被阻隔在外。至于那偷画的贼人，已经进入了密室。

当然，这难不住身为狐妖的灵飞，只听她轻哼一声，施一道法术顿时穿墙而过，紧跟着也进入了密室之中。

"放下画！不然我对你不客气！"灵飞一进密室就见那贼人已经把墙上的画取了下来，拿在手中，顿时喝了一声。

那贼人见着灵飞，冷笑一声，作势要将白布揭下。

"啊！"灵飞吓了一跳，急忙闪身退后数丈，回到了进入密室的拐角处躲藏。

这个该死的贼人，怎么知道那幅画对她会有影响？灵飞心里郁闷极了，可也不敢冒着魂飞魄散的危险去抢画。

"此事跟你无关，我也不想伤及无辜，你速速离开，否则我便让你丧命于此！"贼人冷厉地对灵飞说道，语气中含着浓浓的警告。

灵飞眼珠子一转，笑道："好好好，我出去就是，你别乱来。"

除了不想被画中力量所伤，灵飞也牵挂着那幅画，怕偷画的贼人恼羞成怒，一气之下毁了画。那她可就成了千古罪人了，沐云流就等着揭晓画里的秘密保命呢！

灵飞话音一落就穿墙离开了密室，她琢磨着贼人还有一会儿才会出来，便连忙跑到床边，对着沐云流又推又搡："你快起来！有人偷画！"

推了几下不见沐云流醒来，灵飞这才猛然想起沐云流中了迷烟，便暗骂自己真蠢，连忙给沐云流注入一道法术。

"喂……你怎么回事？"听到密室的机关已经打开，那贼人马上就要出来了，沐云流却还不醒，灵飞急得想把沐云流给一刀扎醒。她明明已经用法术，把他体内的迷香清除了，怎么他还不醒？

灵飞还在努力摇晃沐云流，偷画的贼人便从密室出来了，他见到灵飞把希望放在沐云流身上，顿时冷笑了一声，也不管灵飞，飞快地从窗口逃了出去。

"别跑！"灵飞郁闷地拧了沐云流一下，顾不得许多，追着贼人飞了出去。无论如何，不能让贼人把那幅画给偷走！

出了房间，灵飞才发现院落里倒了一大批暗卫，似乎都是中了迷香倒的，连忙一道法力挥出去，解了暗卫们的迷香。来不及把暗卫们拉起来去追贼，灵飞只能靠一己之力朝那偷画的贼人追去。

一前一后，两道身影蹿跃在夜色中，不知不觉竟奔出几十里。

按照灵飞的速度，她老早就可以追上对方，但对方手上有那幅画，险险地拿着，仿佛随时要展开的模样，她根本不敢出手！

别说把那幅画抢过来，就算是把那贼人给击倒，她也不敢——因为万一那贼人骤然倒下去，那幅画在半空中展开，她就死定了！

就在灵飞各种顾忌的时候，偷画的贼人突然朝地面落下去。灵飞心里一喜，就算拿不回画，知道这人的落脚处也是好的，那样早晚都可以想办法把画拿回来。

她连忙追了上去，却只见那偷画的贼人落地后，并不找地方躲藏，反而持画等着灵飞追上去。

远远地，灵飞瞧见这一幕，忙躲在一棵参天大树的后面，不敢靠近。

"我知道你是什么东西，不过，你跟了我这么久，我不意思意思似乎也对不住你。"偷画的贼人阴冷地一笑，随后喝道，"臭狐狸！你给我过来！"

灵飞躲在树后，"哼"了一声："你让我过去我就过去？凭什么？"她可不会傻到听一个盗贼的话，乖乖走过去。

"凭我手上这幅画！"偷画的贼人厉喝道，"我数三声！若你不在我数到'三'之前出现在我面前，别怪我将这幅画给撕毁！"

撕毁那幅画？灵飞顿时蹙眉，但理智告诉她这是骗局，便冷笑道："我才不信呢！你冒这么大的风险把画偷出来，就是为了撕毁它？"

"哈哈哈！"偷画的贼人大笑了几声，"臭狐狸！这幅画里的力量对我们根本没用，我们要的是画上的内容！只要知道这幅画到底画了什么就行了，至于画是不是完好无损，我们根本不在乎！"

灵飞眉头蹙得更紧："你们为什么要知道这幅画上画了什么？"有个"们"字，说明这个贼人背后还有人，但不知他是受了谁的指使。

"你先出来，我再告诉你。"偷画的贼人"呵呵"笑道，那笑声却令人有种阴风阵阵的毛骨悚然感。

灵飞暗啐了一声：这厮明明就是要引她出去！既然他不在乎画，那么他很可能展开那幅画，用画中的力量伤害她。至于之前在流王府里没有用画伤她，估计是怕夜长梦多，先脱身为妙。

"你要撕就撕吧！我是不会出来的。"这么一想，灵飞打定主意不肯现身，而她侥幸地想着，或许这贼人也不敢撕毁画。毕竟，他的幕后指使者不还没看过画吗？他怎敢撕了它？

"好，我开始数了。"偷画的贼人冷笑一声，不慌不忙地数道，"一！"

灵飞闭眼，紧靠树干，双拳微微握住。

"二！"

烦死了，要撕就撕，干吗还数一二三？灵飞讨厌死了这个偷画的贼。

"三！"

灵飞的心弦顿时绷紧，他该不会真撕画吧？

只听"三"字一落，一声清晰的"刺啦"在寂静的林中响起，灵飞顿时如被踩着尾巴的猫，跳了出去："别！别撕！"她哪里想得到，那偷画的贼人真会撕画呢？

灵飞跳了出去，才看清楚偷画的贼人是个黑衣人，蒙着脸看不清模样，而他手里确实拿着那幅画，画的一角已经被他撕开了。

"你这个人真是讨厌到了极点。"灵飞微微握拳，冷眸射出一缕寒光，妖的本性在这一刻险些被激发出来。

"看来，你对流王殿下还不错，这么重视他的画。"黑衣人怪笑了两声，语气听不出是褒是贬。

灵飞淡淡一笑："那似乎不关你的事。"

"是不怎么关我的事，不过，却关你的事。"黑衣人哈哈一笑，"臭狐狸，今天就是你的死期！"说着，黑衣人双手一扯，欲将手中的画展开。

"等！等等！"灵飞连忙大叫。

黑衣人眼眸一寒，手里的画似未开，冷冷看着灵飞道："你想玩什么花样？"

"我没想玩什么花样，我就是想在临死之前知道，你是什么人派来的。你好歹让我死个明白啊！"灵飞一脸委屈，清澈的美眸在夜里泛着月色般迷人的光。

黑衣人"哼"了一声："不愧是妖精，倒是挺会迷惑人。"

灵飞继续一脸委屈："我没迷惑你啊，我就是想死个明白，你怎么知道这幅画可以对付我的？"

"祖师爷说了，流王殿下手里这幅画，蕴含极大的天地灵气，但凡是妖，只要看见它便会被它打得魂飞魄散！"黑衣人倒是有些肆无忌惮，冷笑着告诉了灵飞。

祖师爷？灵飞打量了黑衣人两眼，蹙眉道："你是道派的弟子？"

"那倒不是，加入道派有什么好的？我可不想整天以捉妖为乐！"黑衣人不屑地"哼"了一声，"我不过是和道派同住无涯山罢了。"

"这么说，我是狐狸的事情，也是那位祖师爷告诉你的？"灵飞一心拖延时间，故作一脸不解。

沐云流啊沐云流，你要是再不来，我可就撒手不管你的画了啊！宁可你魂飞魄散，也不要我自己魂飞魄散啊！灵飞在心里暗暗叫道。

"非也。"黑衣人哈哈一笑，"祖师爷和那紫微道长一样，都算不出你到底是不是狐狸精。至于我，在你穿墙而过的时候，我确定，你一定是妖！"

若不是妖，怎能在密室没有开启的情况下，如鬼魅般飘出去？那一定是穿墙术！所以，眼前这个美丽动人的女子，是妖，而且是狐妖！

只有狐妖，才会美得如此勾人心魂，让人忘乎所以，看那流王殿下如今被迷得三魂七魄都快没了就知道了。

灵飞竭力想着其他问题，但到此时她竟已想不出问什么有价值的问题了。

"那，你叫什么名字？"灵飞脱口而出，眨眼看着黑衣人。

黑衣人一愣之后，勃然大怒："好你个狡猾的狐狸精！原来你是想拖延时间等救兵！我要你魂飞魄散！"

糟糕，被发现了！灵飞眼神闪烁不定，跑，还是不跑？可若她跑了，那幅画被撕了怎么办？沐云流时日不多了怎么办？

一连串的问题在脑海里闪现，却一直到黑衣人恼羞成怒将那幅画展开的时候，灵飞也没下定决心，下意识地往地上一缩，现出了原形。

上次也是这么逃过一劫的，但愿今天还可以这么保住小命。灵飞想着，两只爪子抱头，像个雪球一样缩在草地上。而黑衣人手中的那幅画，已经被展开了。

四周寂然无声，只有晚风抚过树叶的轻微"沙沙"声。

"这、这是怎么回事？"黑衣人亲眼见到灵飞变成狐狸，确定灵飞是狐狸精无疑，但手上那幅画毫无动静，并没有像道派祖师爷所说的用天地灵气将灵飞打得魂飞魄散，他不禁瞠目结舌。

灵飞抱着头等了许久也不见那股力量袭向自己，不禁疑惑地放下爪子，朝黑衣人看去。只见黑衣人拿着那幅画，翻来覆去地看，不停地呢喃："不可能啊……这幅画不可能是假的啊……"

"它就是假的。"一道冷厉的声音响起，犹如天神般降临。

假的？黑衣人脸色大变，看向来人。只见来人一袭华丽的银白色金丝软袍，晚风掀起他的衣袂，清冷月光洒在他俊美的脸上，散发淡淡的诱人光泽，恍若神祇，似乎只应天上可见。

这俊美无双的男子，不是流王殿下，又会是谁？黑衣人大骇倒退，手中那幅画也掉落在地。流王殿下他……不是中迷烟晕过去了吗？

"沐云流！"狐狸眼中闪过浓浓惊喜，小狐狸瞬间就扑向了那俊美无双的人儿，而她得到的，是一个温暖的胸膛。依恋地在那温暖的怀里蹭了蹭，灵飞有种劫后余生，又见到自己想见之人的喜悦心情，一双狐狸眼都染上点点笑意。

"不自量力的小东西。"沐云流毫不客气地往小狐狸的脑袋瓜上敲了个栗暴，顿时痛得灵飞用狐狸爪子拍了他一下。

"还敢还手？"沐云流挑眉，"今晚教训还不够？"

教训？灵飞郁闷地看着沐云流，原来他早知道今晚会有人来偷画，又根本没晕过去，却故意让她着急，让她来跟踪这个偷画贼，然后利用那幅画让她害怕，给她教训。

太过分了！小狐狸顿时有些生气，也有些难受，扭头就要跳离沐云流的怀抱。

沐云流却紧抱着她不放，淡淡道："道派的人已经利用阵法封死了京城出口，你若还敢到处乱跑，落入那些老道手里，本王可不负责救你。"

灵飞浑身一僵，偌大一个京城，竟然被道派以阵法封死了？不过……沐云流怎么知道的？

"动手。"沐云流抬手，优雅地打了个响指，冰冷的话语从薄唇中逸出，神情仿若恶魔。只见几名暗卫倏地从暗处射出，朝黑衣人扑去，招招凌厉毫不手软！

"救……"黑衣人转身就跑，却只跑了两步，便被两剑刺穿胸口，一左一右。随后，黑衣人倒地，毙命。

留着黑衣人的目的就是要知道他背后的人，既然灵飞已经从他口中套出了话，那就没有必要再留他了。

灵飞看见这一番杀戮，眼里有流光划过，却什么也没说。她为了修仙，守着杀伐之限。想不到沐云流这个男人，倒是比妖还要狠上七分。

"看来，灵儿除了待在本王身边，已经无处可去了呢！"沐云流一声轻笑，抱着一脸郁闷的小狐狸，转身便朝流王府掠去。

灵飞在沐云流怀里，默默为自己未来的悲惨命运哀悼。被道派的人盯上了，可真不是一件好事情啊……

回到流王府，灵飞也懒得恢复人形，就以狐身模样趴在床上一动不动，躺尸一般。沐云流挠她痒痒，她却纹丝不动。

"灵儿在生本王的气？"沐云流好笑地看着灵飞，眼里却全是纵容。

今晚发生的事，的确让灵飞有点儿不高兴。感觉像是被沐云流耍了一样，她在担心他的安危，不顾自己身陷危险之中，想替他抢回那幅画，而他却在她背后，看她像傻子一般为一幅假画拼命。

可能，心里还在笑话她是笨蛋。因此，灵飞懒得理会沐云流，继续趴在床上躺尸。在她开心起来之前，她决定不幻化成人形。

"让本王猜猜看，小灵儿为什么生气呢？"沐云流好笑地瞅着小灵狐假寐的模样，逗她道。

灵飞心里暗哼一声，又叫她小灵儿了，明摆着就是在逗弄她，她不用睁眼都知道他此刻脸上定然全是笑意！果然，他在看她笑话，笑她笨。

"一定是生气本王故意装晕，事先又不告诉灵儿那幅画是假的，还想着本王是故意看灵儿出糗，然后笑话灵儿是笨蛋……本王猜得对不对呢？"沐云流强忍笑意，天知道他就爱这小东西傲娇的模样，那会让他有种冲动，想将全世界的宝贝都送给她，换她一个甜甜的笑容。

灵飞这次睁开了狭长的狐狸眼，瞥着俊美的凡间男子，爪子骤然伸过去，在沐云流胳膊上留下一道颇深的血痕！

沐云流神色波澜不惊，依旧温柔地笑着，看灵飞耍小性子。在他面前，她有绝对的权利耍小性子。

"要不，再挠两下？"沐云流把袖子卷起来，强劲有力的胳膊伸到灵飞面前，丝毫不以为意地笑道。

灵飞郁闷了，扭头不去看他胳膊上的伤痕，心里却很是纠结。这个男人这么可恶，看她笑话，看她像傻子一样为他着急，却又在她伤了他的时候还笑得一脸温柔。真不知道，他是真坏，还是假好。

"灵儿会生气，会感到受伤，这就意味着灵儿很在乎本王如何对待灵儿。"沐云流像个夫子一样，在灵飞耳边循循善诱，"灵儿希望本王待灵儿好，一直这么好下去，你说本王说得对还是不对？"

不对！灵飞在心里反驳，却无法真反驳出口。如果沐云流不对她好了，她确实会觉得有些难过，会不习惯。就像在相国寺，听到他亲口说让她离开他，永远不要在他面前出现时，心脏深处隐隐抽痛，而她活了八十年从来没有过那样的感觉。

"乖灵儿，你不知道本王今晚有多开心。"沐云流不再以退为进了，直接将灵飞一把揽了过来，并捉住了她的狐狸爪子，制止了她的挣扎。

灵飞动弹不得，又不愿对沐云流使用法术，便冷哼道："看我像个傻子，你当然开心了。"

"嗯，灵儿的确是个小傻瓜。"沐云流挺赞同地点头，不意外地得到灵飞赐给他的又一道爪痕。

亲耳听到沐云流说自己是个傻子，灵飞恨不得把这男人给嚼碎了！

"灵儿心里明明很在乎本王,明明离不开本王,却一直不肯承认,一直耍小性子闹着要位列仙班,想弃本王于不顾,不是小傻瓜是什么?"沐云流慢条斯理地,在灵飞喷着怒火的狐狸眼中,将后续话完整地说了出来。

她很在乎他,离不开他?灵飞呆了一下,期期艾艾道:"我没有……"

"还记得本王跟灵儿说过的喜欢吗?"沐云流温柔地摸着灵飞的狐狸脑袋,这辈子,也只有她这个小东西能让他拿出这么多耐心来教了。

"记得。"灵飞点头,倒背如流,"喜欢就是一日不见那人,便想念得紧;见到了那人,心里就是欢喜的。"

"灵儿记性真好。"沐云流夸奖了灵飞一句,随后笑问,"本王离开流王府多日,灵儿可曾寝食难安,挂念本王?"

"……"灵飞怔了怔,一时竟答不上来。

那几日,她的确闷闷不乐,吃喝拉撒都不带劲儿,心里又空落落的,而且老想着沐云流到底去了哪儿,为什么突然不辞而别。难道说……她在思念他?

"之后灵儿见到了本王,又是否很是欢喜呢?"沐云流敲着那个不开窍的小脑袋瓜子,前所未有地轻言细语。

之后见到他……灵飞怔怔地想着,见他不生气之后……那一刻她想的是,再也不要把他气走了,要一直待在他身边。

轰!灵飞脑子一蒙,瞬间颤抖了一下。难道、难道她喜欢沐云流?

"不可能!"灵飞倏地一下子跳下了床,满心惊慌,看都不看沐云流一眼,"嗖"地跃出窗外,消失在夜色之中。

不会的,她不会喜欢上凡人的!哪怕,哪怕沐云流不是普通凡人,她也不会喜欢上一个男人的。她的理想,一直都是修仙,一直都是!

见到灵飞惊惶地蹿出去,沐云流慢慢起身,冷眸泛出一抹幽光:灵儿,哪怕折断你的翼,本王也要留你在身边!修仙?呵呵,本王活着一日,你便只能留在这里!

却说灵飞逃离了沐云流,蹿出流王府,却不知道该去哪里。

她虽然心绪不太镇定,却还记得沐云流跟她说过的话——如今京城四周全被道派的人施了阵法,她是不能到处乱跑的。但眼下,她却不想回流王府。

短暂地思考一下后,灵飞想到了一个好去处,顿时转向,在黑夜里飞奔。

第十九章 心结得解

不一会儿,灵飞就蹿入了相府之内,神不知鬼不觉。凭着对苏杏儿的气味的记忆,灵飞很快找到了苏杏儿的闺房,她从窗口溜进去之后,想了想,幻化成人形,走到苏杏儿床边坐下。

"杏儿,杏儿。"灵飞只叫了两声,苏杏儿就立马惊醒了。

好在房内烛光已经被灵飞以法术点燃,否则苏杏儿真会惊骇大叫。

"姐姐,是你?"苏杏儿显然还有些惊魂未定,捂着胸口吃惊地看着灵飞,想不通这么晚了灵飞为什么会出现在她房里。

"我是不是吓到你了?"灵飞一双清澈眸子里透出几分烦躁,但仍旧关心了苏杏儿一句。

苏杏儿闻言一笑,神色渐渐镇定下来:"姐姐已经点了灯,不然我真会被吓着。"说着,她掀被下床,披上外裳,将灵飞拉到桌前坐下。

"姐姐,这么晚了来找我,一定是有烦心事吧?"苏杏儿察人入微,见灵飞眸色透着烦躁,便猜测灵飞是不是跟流王殿下有什么矛盾了。

灵飞沉默了片刻,点头:"嗯,沐云流说我喜欢上他了,但是……我是不能喜欢男人的。"

对于灵飞的直接,苏杏儿已然习惯,不禁笑道:"为什么不能喜欢呢?流王殿下真的很好,而且他身边从未出现过任何女子,想必对姐姐是真心的。"

说出这番话,苏杏儿心里仍然隐隐作痛。但想到一个是她倾慕已久的流王殿下,一个是救了她性命的姐姐,便告诉自己要学会放下。

"不能!我不能喜欢任何人!"灵飞神色略有些激动,她挣脱了苏杏儿的手,起身到窗前,看着那月色,心里乱糟糟的。

苏杏儿怔了怔,也起身走了过去。见灵飞神色真的很乱,她想了想,便道:"姐姐是否有些话不方便对我说?"

她一直在强调她不能喜欢男人,是不是其中有什么隐情?是谁阻止她喜欢男人吗?还是她的身份……苏杏儿想到灵飞的诡异身手,心头微微跳了一跳。

"我可以相信你吗?"灵飞转过身,定定地看着苏杏儿,问道。

她没有朋友,二师哥如今也去修炼了,而她又不能离开京城。京城之内除了沐云流能够信任之外,她似乎没有任何可以倾诉求助的对象。偏偏,这件令她烦心的事情,和沐云流有关,她不能问沐云流。沐云流既然一再强调她已经喜欢上了他,他的意见当然是让她接受,甚至放弃修仙。

所以她唯一可以想到的人,便是苏杏儿。但苏杏儿愿意靠近她,是因为她是朱林的义女灵飞,如果苏杏儿知道她的真实身份,会讨厌她甚至出卖她吗?

苏杏儿眸色微微一闪,隐约感觉到了什么,再加上她之前的猜测……她便淡淡一笑:"姐姐,如果我没猜错的话,姐姐的身份定然很是特殊,对吗?"

"你知道?"灵飞清澈的眼眸顿时染上一股异色。

苏杏儿浅笑着摇头:"倒是没猜中全部,不过之前在流王府我见姐姐对公主出手,所使的并非寻常武功。之后又见到姐姐出手救我,还是那般诡异,我就猜测姐姐应当不是寻常女子。"

灵飞微微失望,原来苏杏儿并不知道她是妖。犹豫半晌,灵飞轻声问道:"如果我说……我不是凡人呢?"

苏杏儿眼眸微微一瞪,半晌才道:"莫非紫微道长说的并非虚言,姐姐真是……"狐狸精?

后面几个字,苏杏儿没有说出口,她觉得灵飞说到自己不是凡人时,似乎有一丝伤感。苏杏儿是个极为敏锐聪颖的姑娘,她不喜欢去戳人痛处。

"是,我是一只小灵狐。"灵飞退后了两步,定定地看着苏杏儿,"当日沐云流去城外祭母,遇见我被雷公电母追击,顺手救下了我,然后将我带回了流王府。"

这个传闻,苏杏儿早就听说过,灵飞也知道京城中有不少人知道这件事。只不过没几个人知道,那只被流王殿下带回流王府的小灵狐,就是她,灵飞。

"原来姐姐就是流王殿下带回府的那只小灵狐。"苏杏儿恍然大悟,不禁上下打量灵飞。也是,凡间哪有这等美丽灵动勾人心魂的女子?原来,她不是凡人。

"是的。"灵飞叹了口气,"现在你知道,为什么我不可以喜欢男人了?"

这个……苏杏儿迟疑了一下,才问道:"姐姐,但我听说,你们狐族女子,不是最喜欢……呃!为什么你不能喜欢男人呢?"狐狸精擅长媚术,通常害人只害好色的男人。

"因为我要修仙。"灵飞眸色坚定,"我的道行只有八十年,但我会用一生的时间去修炼,争取位列仙班!"她不想再做狐妖了,身份不能改,但命运可以改,她一定要位列仙班,成为狐族第二个飞升的狐仙!

修仙?苏杏儿蓦地瞪目,不敢置信灵飞竟然有此等宏愿。而妖……可以修炼成仙吗?

愣了好半晌，苏杏儿才总算将灵飞的烦躁弄清楚了——因为她要修仙，所以她不会对男人动情，可现在的问题是，她似乎喜欢上流王殿下了，这令她烦躁而且不安。

"姐姐，过来坐下说话。"苏杏儿伸手去拉灵飞，决定好好帮灵飞理一下纷乱的心绪。

灵飞怔了怔，定定地看着苏杏儿："你还愿意叫我姐姐？"

"为什么不？"苏杏儿嫣然一笑，"我知道姐姐是个好人。"

立志修仙的灵狐，而且对咄咄逼人的紫微道长网开一面，帮敌人求情，现在又不愿意害流王殿下，怎么能是一只坏妖精呢？她苏杏儿，不会看错人的。

灵飞微微动容，这是第二个不因她身份而排斥她的凡人，且是个女子。她点点头，随苏杏儿来到桌边，重新坐下。

"姐姐先告诉我，姐姐成仙之后，是否也不能跟男人成亲？"坐下后，苏杏儿开始仔细询问其中脉络。

"当然不能。"灵飞点头，"天界除了天帝之外，谁都不可以成亲，而且就算是天帝，也必须和命定之人结合，不能由着自己选择。"

苏杏儿顿时叹了口气："难怪流王殿下会逼姐姐二选一，要么放弃流王殿下，要么放弃修仙。"虽然当时流王殿下没说出"离开"具体是何意，但现在她已经全都明白了——留在流王殿下身边，就意味着放弃修仙。

"是的。"灵飞微微苦恼，"可那些都不重要了。"她害怕的是，她真的已经像沐云流所说的那样，喜欢上了沐云流……但，怎么可以？

苏杏儿冰雪聪明，已经看出灵飞的烦恼所在，便轻笑道："姐姐，其实事情并没有姐姐想的那么糟糕。"

"嗯？"灵飞略有些不解。

"姐姐你想啊，就算姐姐喜欢上了流王殿下那又如何？难道天界众仙，就没有一个动过凡心吗？"苏杏儿胸有成竹地一笑，"我想肯定有仙动过凡心，但只要没有跟这个喜欢的人成亲，天条也奈何不了他们吧？"

这个……灵飞呆了一呆，说不出话来。的确，曾经也有几个上仙被罚，但都是私自跑下凡跟凡人成亲的，至于其他的倒没听说过。

"所以呢，只要姐姐不跟流王殿下真的做夫妻，对姐姐修仙也没有害处啊！"苏杏儿笑着给灵飞倒了杯水，递到灵飞手中。

灵飞怔怔地啜了一口水，润了润干涩的喉咙。苏杏儿的话慢慢入了她的脑海，镇定了她的心绪。是啊！只要她不跟沐云流成亲，就算她有点儿喜欢沐云流，那又如何呢？她照样可以修仙啊！

"你说得对。"灵飞终于淡定下来了，将水杯放回桌上，微微一笑，清澈的眸子看向苏杏儿,"谢谢你。"

"我既然叫你一声姐姐,你怎么还跟我道谢?"苏杏儿俏皮地一眨眼,"之前姐姐也救过我性命,我岂不是也要跟姐姐说谢谢?"

"好,那我不说了。"灵飞是个爽快的性子,当即就笑了起来。

随后,苏杏儿又和灵飞聊了一些体己话,灵飞见苏杏儿有浅浅困意,便跟苏杏儿告别,先行回流王府去了。

灵飞离开相府之后,苏杏儿躺上床,却了无睡意。

"流王殿下,我能帮你的……就只有这么多了。"苏杏儿唇角苦涩地勾起,"但愿,你能够心想事成,得你所爱……"

却说灵飞淡定地回到流王府,见沐云流正一袭银白长袍,立于院落空地处,神情淡漠地抬头仰望天边明月。那明月的银辉落在他身上,几乎和他整个人融为一体,仿佛要羽化登仙。

"回来了?"沐云流含笑转身,看着站在他身后怔怔出神的漂亮姑娘,眸子染上一抹暖意。

"嗯。"灵飞回过神来,也没有忸怩,上前就挽住了沐云流的胳膊。既然她真的动了凡心,那就在这两个月里好好陪他吧!一旦她破解画中秘密,报答他的救命之恩之后,她就立刻专心修炼。

"去哪儿了?"沐云流很了解灵飞,当即发现了她心态上的改变,凤眸顿时微微一眯,漫不经心地问道。

灵飞想了想,也没有隐瞒,如实答道:"我去相府了。"

"你去见了苏杏儿?"沐云流眼里闪过一抹冷芒,那个相府嫡女……

"是,杏儿已经知道我不是凡人了,但是她一点儿都没有嫌弃我,还愿意叫我姐姐。"灵飞说起此事,双眸灵动,整个人都十分开心喜悦。

"哦?"沐云流眼中冷意再次闪过,看来,他有必要跟这位相府嫡女好好谈谈了。

刚好,他还打算借这位相府嫡女一用,来让灵儿明白自己的心意,却不想这相府嫡女有几分本事,竟然先他一步把灵儿给说动了。但不知她用了什么伎俩。

"是,她还说……"灵飞说到这里突然停住,轻咳一声望了沐云流一眼,转移话题道,"我好困,先睡觉好不好?"

虽然不在意自己似乎有些喜欢上眼前这个男人了,但灵飞还是不想让这个男人知道,她真的喜欢上了他。所以苏杏儿说的那些话,她决定不告诉沐云流了。

"好,都依灵儿。"沐云流温柔一笑。

至于苏杏儿跟灵飞说了什么,沐云流一点儿都不急于知道,明日,他自会找苏杏儿问个一清二楚。苏杏儿到底抱着何种心思,他会弄清楚。

他绝不会，放任任何危险出现在灵儿身边！

灵飞浑然不知沐云流对苏杏儿那些防备，于是，一夜好眠。

清晨，一缕阳光从窗棂透过，灵飞睡得香甜。沐云流目不转睛地看了她片刻后，便离开了房间。

"不要打扰灵儿休息，若灵儿醒来，便告诉她本王进宫办事，稍后回府陪她用膳。"沐云流走出房间，冷声对房外丫鬟下令。

"是，殿下。"两名丫鬟立刻福身领命，语气恭敬无比。

交代完毕之后，沐云流才离开流王府，直接前往相府找苏杏儿。

苏城易上朝去了，而沐云流这个堂堂流王殿下，却是无视朝堂规矩，根本不将上朝当一回事。沐云流的身份何等尊贵？相府下人根本不敢阻拦，立刻飞奔去通知相府小姐苏杏儿。

苏杏儿当即稍作打扮，来到正厅，果然见到一身冷冽之气的沐云流端坐于正厅上座，视线锐利冰冷，令人心头生寒。

"臣女见过流王殿下。"苏杏儿盈盈踏入正厅，朝沐云流见礼。

沐云流淡淡一挥袍袖："免礼，坐。"

"谢流王殿下。"苏杏儿抬眸看了沐云流一眼，心中猜测沐云流是为灵飞昨晚来相府找她而来，便大大方方落了座。流王殿下想知道的一切，她都会和盘托出，所以她没有什么可害怕的。

"其他人都退下去。"沐云流俨然相府主人，扫视一眼相府其他下人，冷冷说道。

正厅里的相府下人心里一惊，看了一眼苏杏儿后，却是不敢违抗沐云流的命令，只得相继退下。

待正厅里只剩沐云流和苏杏儿两个人之后，沐云流才淡淡开口，眸色冷寒："昨晚你见过灵儿。"非询问，而是质问。

"是，姐姐昨晚来找臣女，臣女和姐姐聊了一个时辰，姐姐才离开。"苏杏儿点头，眼神并无退缩。

"你对灵儿说了什么？"沐云流发觉自己以前小瞧了这个相府嫡女，原本以为她最多只是个闺阁小姐，想不到她还挺工于心计，连灵儿那样敏感多疑的小东西，也会对她不设防，这不是一般人所能拥有的本事。

苏杏儿看见流王殿下冰冷的神色，微微叹了口气，胸口不自觉传来闷痛之感。她已经感觉到，面前的男人不是纯粹要知道她对灵飞说了什么，而是防着她对灵飞不利。原来……她虽然努力了这么多年，但流王殿下却从来没有正眼看过她，也不曾了解过她是什么样的人。

"流王殿下，姐姐志向远大，而流王殿下逼得太紧，姐姐感到惶恐，却又无人可倾诉，因此找到了臣女。"苏杏儿轻声解释，"臣女只是告诉姐姐，就算姐姐喜欢上了流王殿下，只要不跟流王殿下成亲，也不影响她的志向。"

沐云流眼中闪过一抹恍悟，原来如此！难怪灵儿回府之后，似乎全然不再惶恐和烦恼，却是听了苏杏儿这一番话。

"你以为，灵儿不嫁给本王，你就有机会了？"沐云流看着苏杏儿，唇角讥讽地勾起。

苏杏儿一下子坐直了身子，胸口犹如被刺了一剑般疼痛。

深深吸了口气，苏杏儿才稳住心神，淡定道："流王殿下，臣女之所以这般告诉姐姐，乃是因为臣女知道姐姐生性多疑且胆小，流王殿下逼得太紧却只能适得其反，因此才给了姐姐一个缓冲，臣女并非流王殿下所想的那般卑劣。"

说这话时，苏杏儿努力抬高下巴，浑身上下流露出一股捍卫尊严的勇气。

"哦？"沐云流懒懒地靠在椅背，视线微微褪去冰冷，玩味地看着犹如被踩了尾巴的苏杏儿，挑眉，"继续说下去。"

苏杏儿掩饰住受伤的心情，淡声继续往下说道："臣女从前的确做过很多努力，但那是因为臣女想嫁之人，身边并无任何女子出现。如今既然他已心有所属，臣女自然愿意成人之美。"

沐云流若有所思地看了苏杏儿片刻，淡淡道："虽然你暂时稳住了灵儿，但灵儿却是铁了心不会嫁给本王，如此说来本王还是得不到灵儿。"

苏杏儿垂眸，好半晌才说了一句："恕臣女冒昧——若姐姐不能为流王殿下放弃志向，那就说明姐姐爱得不够深。"

沐云流心头一震，当下身体坐直了，视线锐利如冰刃，剜向苏杏儿。

"姐姐已经正视了自己的情感，她是喜欢流王殿下的。但如何让姐姐放弃志向，留在流王殿下身边，这似乎是流王殿下的事情。"苏杏儿勇敢地说道。

沐云流锐利的视线盯着苏杏儿许久，忽然唇角一扯，笑容展开，美不胜收："苏杏儿，你很大胆。"从前，他倒不知这位相府嫡女有如此胆量。

"臣女不敢。"苏杏儿淡淡一笑，"臣女只是希望，流王殿下还有姐姐，都能够幸福。"

"你还很伟大。"沐云流依旧勾着唇角，只是这份"伟大"是真是假，还需要时间去验证。

苏杏儿无奈地叹了口气："流王殿下从臣女身上便能看出，若姐姐如臣女这般，不是撕心裂肺便能够放下，就绝不会为流王殿下放弃志向。"

沐云流也是绝顶聪明之人，当下听出了苏杏儿的意思——她虽倾慕过他，但还没有到死心塌地非他不可的地步。因此，在清楚知道他的心意之后，她便可以忍痛放下了。痛是痛，但没有那么撕心裂肺，只是难过而已。

"本王会让灵儿对本王死心塌地。"沐云流凤眸眯起，脸上泛着势在必得的流光，眉眼间露出浅浅的温柔和坚定。

"那就祝流王殿下心想事成。"苏杏儿起身，淡淡行礼。

"至于你……"沐云流缓缓起身，颀长身影在相府正厅内投下一片阴影，令人微微喘不过气，"若被本王知道，你对灵儿有任何利用伤害之嫌，本王会迁怒于整个相府！"

苏杏儿心中一颤，垂眸欠身："臣女谨记流王殿下教诲。"

"那最好不过。"沐云流瞥了一眼苏杏儿，大步流星离开相府正厅，留下苏杏儿一个人在原地呆怔许久。

最终，苏杏儿失神地坐了回去。

虽然不是那么死心塌地，但毕竟是倾慕多年的男子，为了另一个女子来羞辱她的人格，着实令她有些难过。而她之所以会对灵飞那般说，真正原因是想替他争取时间，让灵飞爱上他，最终为他放弃修仙。

想不到……他竟怀疑她另有所图，真是让她嗟叹。

"杏儿。"苏城易一脸恼怒及心疼地走进正厅，看见爱女失神的模样，眉眼间更是愠怒不堪。

"爹，您回来了？"苏杏儿忙收起一脸失落难过，端出笑容迎向她爹。

苏城易伸手握住苏杏儿的肩膀，厉声道："流王殿下来过了？他对杏儿说了什么？"

就算是流王殿下，也不能任意妄为地欺负他苏城易的女儿！他一再忍让不过是守臣子本分，若流王殿下欺人太甚，他不介意站在东宫太子这边，与流王殿下一较高下！

"爹，您别生气，流王殿下什么也没说，只是来问女儿，昨晚灵儿姐姐是否来过。"苏杏儿知道她爹动了怒，连忙安抚道。

"哼！杏儿你不用骗爹了，爹难道还不如你了解沐云流？"苏城易果然是气着了，直呼起沐云流的名讳来，"你放心，爹不会让他欺负到你的头上！"

"爹，流王殿下没有欺负我，他只是……"苏杏儿急忙解释。

但苏城易却是不愿再听她为沐云流辩解，冷声道："好了，此事爹不追究了，杏儿累了便早些回房休息，爹还要出去一趟。"说罢，便转身离开。

"爹！爹！"苏杏儿一直追出正厅，却哪里追得上懂武功的苏城易，很快苏城易就消失在她眼前。

苏杏儿头疼地一抚额，这下子坏了，不知道爹打算怎么跟流王殿下作对，爹的

脾气……一向只为她而发。

不行,她也得去找灵飞,说说她爹的事情,但愿灵飞能在流王殿下面前替她爹说几句好话,万一爹真的犯了糊涂和流王殿下作对,便让流王殿下对她爹手下留情。

想到此,苏杏儿立刻前去流王府。

在苏杏儿前往流王府找灵飞替她爹说情的时候,她爹苏城易已经转眼间到了东宫,面见东宫太子沐云柘。

"丞相大人!"沐云柘得知苏城易来访,立刻出迎,脸上挂着十分高兴的笑容。

苏城易脸色还残留一丝难看及怒意,但见沐云柘翩翩君子,神色不禁好转了几分,上前作揖行礼:"老臣参见太子殿下。"

"丞相大人快快免礼。"沐云柘伸手虚扶一把,笑道,"本宫听闻丞相大人要来,还以为是太监胡言乱语,想不到真是丞相大人,快请进。"

"多谢太子殿下。"苏城易得此热情款待,心里不免得到了几分安慰。

两个人随后进入东宫正殿,俨如朋友而非君臣。

"丞相大人下朝后忽然折返,可是有事找本宫?"沐云柘一眼看出苏城易似乎情绪不佳,坐下后便试探着问道。

苏城易此刻已经喝下了半杯茶,听沐云柘这般一问,神色便沉了几分。他放下手中茶盏,长长地叹了口气:"不瞒太子殿下,老臣下朝之后,本已回到了相府。怎知却听相府下人说……流王殿下今日到相府之中,见过小女了。"

"哦?"沐云柘一脸笑容,说道,"三弟很少前往相府,今日突然去见苏小姐,想必二人有了进展?"

苏城易顿时就"哼"了一声,语气冷了几分:"若是这样,老臣便也安心了!"

沐云柘诧异道:"难道不是?"

苏城易眸色深沉,半晌才缓缓说道:"老臣得此消息,急匆匆去见小女,便见小女一副受了委屈的模样,却强忍着不哭。小女外柔内刚,若不是流王殿下口出恶言,她绝不会有这般神情出现!"

"这……"沐云柘一脸为难,迟疑半晌才问道,"丞相大人为此事来找本宫?"

苏城易见沐云柘面露为难之色,这才稍微缓了神情,淡笑道:"太子殿下不必为难,老臣来找太子殿下,并非是要让太子殿下替小女出头。"

沐云柘闻言忙道:"丞相大人言重了,实在是本宫拿这三弟也无可奈何,不然,本宫倒愿帮苏小姐训斥三弟几句。"

第二十章 诛妖阵

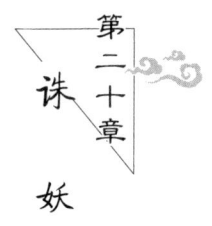

苏城易笑了两声，拱手："太子殿下有心了，老臣先行谢过。"接着，苏城易才说明来意："其实这次老臣来见太子殿下，是有一事相告。"

"丞相大人尽管直言。"沐云柘心头一跳，脸上维持淡定浅笑。

沐云柘有理由相信，苏城易已经对沐云流产生了芥蒂，甚至想给沐云流一点儿颜色看看，以替苏杏儿出气。所以这次苏城易前来找他，一定是带给他一些有利的消息。但不知，是什么有利的消息。

"太子殿下应该知道，前些日子流王殿下离京祭母，回京之时带回来一只小狐狸。"苏城易缓缓说道。

"此事……本宫是有所耳闻，后来去流王府时也亲眼所见。但现在那只狐狸已经不在流王府，不知去向了。"沐云柘点了点头，眼里闪过一抹幽光。

苏城易冷冷一笑："不，它还在流王府里！"

"莫非丞相大人知道它在何处？"沐云柘心头略有一抹疑惑，怎么苏城易揪着一只狐狸不放？难不成对付这只狐狸，就能让沐云流生气吗？可沐云流是什么人，怎么可能为一只畜生生气？

"不错。"苏城易眼里闪过一抹冷意，"老臣接到紫微道长的飞鸽传书，他告诉老臣，道派已经派人确定了，流王府那名叫'灵飞'的绝色女子，就是那狐狸精幻化而成！"

沐云柘当即坐直了身子，飞快掩饰住眼底的狂喜，冷静地问道："此事当真？"

"再真不过了。"苏城易拱手言道。

沐云柘心头的狂喜却突然消失了，他蹙了蹙眉，说道："那紫微道长之前在景曜殿也说那女子是狐狸精，不过后来却已经证实了，她并非狐狸精幻化。现在怎么又说她是狐狸精了？"

"紫微道长信上说，之前在景曜殿没能拆穿她，是因为她曾遇奇缘，妖气尽除，所以一般法宝才对她没有作用。"苏城易解释道。

沐云柘点了点头，又问道："那现在呢？紫微道长是如何确定那女子确为狐狸精幻化的？"

苏城易微微一笑:"前几日流王府曾遭贼,当时动静很大。殊不知,那夜的贼人,是道派拜托一位朋友前去的。只可惜,流王殿下太过聪明,道派那位朋友虽然确定了灵飞的身份,却也惨遭毒手,丢掉了性命。"

沐云柘原先还半信半疑,这下子便是八九分相信了。流王府遭贼的事情他也知道,据暗卫禀报说,当时流王府所有人都中了迷烟,唯独那名叫灵飞的女子,半夜追贼去了。虽然之后的事情谁也不清楚,但可以肯定的是,那女子不怕迷烟,也并非外人看起来那般柔弱。

"本宫相信丞相大人所说,不过,本宫却不能向父皇禀明此事,更不能去找三弟。"沐云柘叹了口气,"因为,本宫没有确凿的证据。"

"很快就会有了。"苏城易淡淡一笑,眼露精光。

沐云柘一愣,随即眯眼看向了苏城易。

莫非……呵呵!

却说苏城易从东宫回到相府时,得知苏杏儿又去了流王府,不禁恼怒异常。他这个宝贝女儿啊,就是太善良太为别人着想,被人欺负到头上也不吭声,他这当爹的不替她做主,还有谁心疼她?

于是,苏城易更坚定自己没有决定错了。是流王殿下欺人太甚,不给他这三朝老臣薄面,不仁在先,便怪不得他不义在后!

而流王府这边,灵飞刚刚将苏杏儿送上马车。待马车远去,她才对沐云流羡慕道:"杏儿有个好爹爹。"

"若灵儿愿意,也会有个好夫君,保证比苏杏儿的好爹爹好一百一千倍。"沐云流轻笑一声,不意外地见到灵飞恼怒地瞪了他一眼。

灵飞不理会沐云流若有似无的暗示,挑眉道:"如果真如杏儿所说,丞相要教训你,你打算怎么办?"

沐云流挺认真地想了一下,邪魅笑容缓缓绽开:"等灵儿救本王。"

噗!灵飞捶了他一记,顺带给了他一个白眼:"没出息!"虽然明知他是在逗她,可她还是忍俊不禁,最终笑了起来。堂堂流王殿下,怎么可能要她救呢?想必,他根本没把苏杏儿的爹放在心上吧?

"本王既不要出息,也不要面子,只要灵儿。"沐云流含笑看着灵飞,无比认真。

灵飞望着沐云流眼底的认真,心头一跳,忙拉着沐云流往府内走:"回去了,别在这儿丢人现眼。"

知道灵飞在逃避,沐云流不但没生气,反而放声大笑。

城府被完美地掩盖在沐云流的温柔表象下,殊不知灵飞早已渐渐明白,这个口口声声要她放弃修仙,陪他一辈子的男人,并非池中之物。她知道,沐云流绝对不会小觑任何一个对手,也不会给敌人留下任何可乘之机。

灵飞唯一担心的是,她会成为沐云流的软肋。现下道派已经出动,京城被阵法所包围,对凡人没有影响,明显是冲着她来的。这种情况下,她不得不多想,认为苏城易一时糊涂,会跟道派的人合作对付她。

苏杏儿那边她虽然已经提点过,相信苏杏儿也会去劝苏城易,只不过苏杏儿到底是姑娘家,只怕很多事苏城易都不会如实告诉苏杏儿。

当天晚上,灵飞迷迷糊糊醒来,却见房门被轻轻推开,之前照顾她的两名丫鬟之一,走了进来。

"呃,灵儿姑娘。"那丫鬟显然没想过灵飞半夜还醒着,一时有些尴尬。

灵飞一边下床点灯,一边打量那站在门口的丫鬟:"找我有事?"

灵飞心头略有些怪异,因为流王府的下人向来懂规矩,绝对不会像这般不叩门便进来,何况还是深更半夜。

"是殿下让奴婢来看看灵儿姑娘是否清醒的。"那丫鬟福身,恭敬说道,眼里已无之前的尴尬微慌。

"噢!"灵飞点亮了灯,清澈眸子朝那丫鬟看去,却见丫鬟低下了头。她想了想,问道:"那殿下他人呢?"

"殿下去了相府。"那丫鬟低头答道。

相府?灵飞略微疑惑地看了那丫鬟一眼,沐云流半夜去相府做什么?难道打算去找苏城易?不过,看着那丫鬟的模样,一丝疑惑,悄然爬上灵飞心头。

灵飞沉吟了一下,眸中闪过一抹冷意,口中却笑了起来:"殿下也真是的,这么晚了还去相府,莫不是要去见杏儿吧?"

"奴婢不知。"那丫鬟低头轻答,却似有遮掩之意。

"反正睡不着,我也去看看。"灵飞当下做了决定,笑对那丫鬟说道,"你替我拿件披风来,然后陪我去相府走一趟。"

"是,灵儿姑娘。"那丫鬟领命退下了。

不一会儿,那丫鬟便拿来了披风,给灵飞披上后,和灵飞一同出了流王府。因那丫鬟说惊动了其他人不好,灵飞也依了她,让她用轻功将自己带出流王府。

只不过,两个人离开流王府后,灵飞便笑着问她了:"我要去的是相府,你怎么把我往反方向带呢?"

那丫鬟眼眸一冷,口中笑道:"是奴婢记错了,殿下去的不是相府,而是城外,奴婢这就带灵儿姑娘去找殿下。"

"是吗?"灵飞淡淡一笑,"我看不用了。"

她话音一落,顿时出手,那丫鬟叫了一声,从空中跌落下来。而灵飞则飘然似

仙,慢悠悠落在那丫鬟面前,眸色清冷地瞅着她。

"你……"那丫鬟微微咬牙,眼露冷光。

灵飞勾唇一笑:"不好意思,其实我压根不会吃醋,刚刚不过是要试探你,是不是想把我引出来罢了。"

那丫鬟见灵飞竟然也有些头脑,不禁冷笑一声,从地上站了起来:"殿下的确不在城外,而被丞相邀约去了相府。不过,相府里也有埋伏,我怕你已经等不到殿下来救你了!"说罢,她倏地扬剑,朝灵飞笔直刺来。

丞相邀沐云流深更半夜去相府?灵飞挑了挑眉,这很奇怪啊!到底这个丞相在搞什么鬼?灵飞一边想,一边随意地出手,以法术弄晕了那丫鬟,便头也不回地走了。

考虑到那丫鬟说的未必是真的,灵飞很谨慎地先隐去了身形,停在相府外驻足,用法术探了探沐云流的具体位置。当确定沐云流真的在相府之中后,她才快速闪身进入相府。

沐云流白日便收到了苏城易的邀约,于辰时来相府面谈要事。此刻他正与苏城易坐在凉亭之中,下棋对弈,厮杀激烈。

"丞相引本王来此,是否腾出了手来对付灵儿?"沐云流淡淡笑着,眸色温和,不露寒光。那高深莫测的语气,却让人心头忍不住发寒。

灵飞很快找准了沐云流的位置,闪身躲藏在一棵大树之上,偷看凉亭中的沐云流和苏城易。

只听苏城易笑了两声,拱手道:"老臣全都是为流王殿下着想,还请流王殿下不要泥足深陷。"

"丞相跟道派联手了?"沐云流眯起了眼眸,若非苏杏儿来跟灵儿求情,灵儿又让他千万不要伤了这个顽固老头儿的性命,此刻他早已出手!如此,才不至于留下后患。

"啪"的一声,苏城易落下一棋,封死了沐云流的后路。他淡淡一笑:"除妖乃是替天行道,更是为了稳固我朝江山。如今妖孽作祟,道派高人不得不出山降妖。"

"哦?"沐云流唇角勾起,抬手一枚棋子落下去,只见苏城易脸色迅速变了变!

棋局已分胜负,沐云流抬眸淡笑:"这么多年了,丞相应该知道,本王若想,这江山,早已入本王囊中!丞相此举,是在逼本王造反?"

苏城易脸色微微一变,沉声道:"流王殿下纵使篡位,也不叫反,皇上早就有心将帝位传给流王殿下,是流王殿下不肯接受。"言下之意,就算沐云流要篡位,他们这些大臣乃至凌帝,都勉强可以接受,但沐云流身边留着一只狐狸精,他们却怎么都接受不了!

"丞相的确忠君体国。"沐云流笑了一笑,手掌一翻,悄无声息地震在了棋盘上。不过眨眼工夫，只见棋盘连带着棋子，迅速化成一堆粉末。

苏城易忍不住吞咽了一下口水，暗暗心惊沐云流的武功真的是深不可测。

"可惜，本王只爱美人，不爱江山。"沐云流哈哈一笑，冲大树这边招了招手，"灵儿，还不过来见过丞相？"

灵飞躲在树上正听得起劲儿，忽见沐云流朝她招手，顿时不情愿地飞身下树，直达凉亭内。

"你怎么知道我在那里？"灵飞戳了戳沐云流的肩膀，不满地问道。

沐云流温柔一笑："你是本王的宝，本王焉能辨别不出你身上的气息？"

灵飞蹙了蹙眉，他这算是狗鼻子吗？比她这狐狸鼻子还灵呢！

见一对小儿女旁若无人地你侬我侬，苏城易想到自己的女儿，一股无名火顿时升腾起来："既然这只狐狸精已经到了，那么老臣也就不客气了！"

"啪啪啪"！苏城易拍了三下手掌，便见相府四周诡异地出现了几名道人，个个手拿拂尘，仙风道骨，面色深沉。

沐云流淡淡扫视过去，只见他们站的方位很是古怪，俊眉便微微一蹙，薄唇一掀，沉声道："诛妖阵？"

几名道人眼中一抹诧异一闪而过，异口同声道："你居然知道诛妖阵？"

"诛妖阵，一种普通的收妖阵法，被困于阵中的妖不会魂飞魄散，但会显露原形。看来，你们并不想伤灵儿性命。"事已至此，沐云流不再遮掩灵飞为狐妖的事实，语气淡然却冷冽刺骨。

"她既为狐妖，不在狐山安分守己，却跑到人间来作乱，更危及朝纲，贫道等人不能坐视不理。"领头的道人义正词严地说道。

"呵呵……"沐云流嘴角漾起一抹漫不经心的笑，"是本王要她来人间的，而本王将她当一只宠物来养，她又何错之有？"

当宠物来养……几名道人看到两个人举止亲密，嘴角微抽：流王殿下还真是说话不怕闪了舌头，这像是当宠物来养？

灵飞悄然掐了沐云流一把，小嘴微噘，对沐云流当众说把她当宠物表示不满。

"乖灵儿，他们想把你捉回道派折磨呢！你说，本王要怎么让他们付出代价才好？"沐云流依旧是漫不经心的笑容，周身却透出孤冷绝世的锋芒，浑然天成的王者霸气，令人几乎为之呼吸停滞。

灵飞看了看几名道士，心里隐约有些不妙的感觉。

诛妖阵她也听二师哥说起过，虽然是极为普通的捉妖阵法，却因施阵的人法力高低而杀伤力不同。这几名道士似乎是道派中法力高强的一批，所以他们所布的诛妖阵也一定相当厉害。若真被他们捉去，她纵然不会魂飞魄散，也会落个道行全毁，成为初生小灵狐的状态，前事全忘的结果。

"我们回府好不好？"灵飞叹气，拉了拉沐云流的袖子。

道派太厉害，天生是他们妖的克星，就算今天沐云流能够杀了这些道士，也只会激怒道派，使他们更加疯狂地来对付她。除了躲避，别无他法。

灵飞心里也觉得窝囊，但她更不想沐云流惹上麻烦，若道派真的丧心病狂惹来妖魔，只怕整个国家都会沦陷，民不聊生。那，便是她灵飞的罪孽，她也无法带着这样的罪孽飞升成仙。

"灵儿不怕，有本王在，谁都欺负不了灵儿。"沐云流温柔地将灵飞素手握紧，忽然一下子便带着灵飞掠向后院。

"想跑？"几名道人脸色一冷，瞬间启动阵法。相府四周狂风大作，无数乌黑藤蔓从阵法中生出，从四面八方朝灵飞涌去。

灵飞回眸一看，心跳都几乎停止——竟然是缚妖神藤！

"那个很厉害！"灵飞整个人缩进沐云流怀里，美丽的大眼中流露出一股不自觉的恐惧，"我逃不掉它的控制。"当年，她的父母便是被这玩意儿捆得动弹不得，眼睁睁地等着道士将自己打得魂飞魄散，尸骨无存的。

"灵儿，你要学会相信本王。"沐云流将灵飞保护得密不透风，脚下如踩了祥云一般，竟一直处在诛妖阵的边缘。因此，诛妖阵一直未能将两个人困住。

沐云流的声音带着一股稳定人心的力量，灵飞眼中的恐惧渐渐褪去，她不再出声分沐云流的神，安静下来，被沐云流保护着。

只见沐云流身形灵活地在相府走廊四处穿梭，几名道人则不停施法，诛妖阵不断朝沐云流和灵飞逼近。不过，沐云流身法极快，几名道人也不敢伤沐云流性命，顿时稍稍落了下风。

此时灵飞惊讶地发现，沐云流竟然带着她来到了苏杏儿的闺房内！

房门刚刚关上，只听"砰"的一声，诛妖阵内的缚妖神藤便争先恐后朝房间里涌来，却未能破门而入，只是重重地撞击在了房门、窗户甚至墙壁上。

灵飞蓦地睁大眼睛："你做了什么？"

原来，沐云流带着灵飞进入苏杏儿房间内后，立刻掏出一颗珠子，狠狠砸向紧闭的房门。那颗珠子砸到房门上后瞬间化为乌有，但整个房间多了一股淡淡白华，而房间外的缚妖神藤无论怎么猛烈撞击，始终不能破门而入。

"如何？现在可愿意相信本王确有能力保护灵儿了？"沐云流到了此刻，仍旧挂着漫不经心的笑，仿佛方才的惊心动魄不曾存在一般。

"灵儿若是嫁给本王，定是全天下最幸福的小狐妖。"沐云流笑得好不邪魅。

灵飞脸颊微微一红，头一次没有反驳什么，只道："你快告诉我，刚刚那个珠子是什么？"

"四方珠。"沐云流满足了灵飞的小好奇心，淡笑说道，"它长在灵山之巅，集结天地日月光华，珠身碎裂时会释放出它所吸取的这股光华，将四周覆盖，一个时辰之内不会被任何力量摧毁。"

灵飞美眸微瞠："你……早就有所准备了？"要拿到这东西，绝不是一天两天的事情，他到底有什么样的实力？怎么会有这么多的宝物？

灵飞深深地震惊，也迷惑了。

"事关灵儿安危，本王怎会不早做准备？"沐云流浅笑一声，牵着灵飞走向内室，"不过，现在不是说这个的时候。"

灵飞顺从地跟着沐云流走进内室，只见苏杏儿香甜地睡在床上，衣衫完好，连一双绣花鞋都不曾脱去。

"她被下了迷药。"灵飞一眼看出端倪，但不知沐云流怎么会带她躲进苏杏儿的闺房之内。不过，她已经渐渐信任这个男人，她想他一定有他自己的道理。

果然，沐云流冲她扬眉一笑："灵儿让她醒过来，本王有事交代她去做。"

"好。"灵飞不假思索地点头，手一挥，便将苏杏儿体内迷药给清除了。

苏杏儿缓缓睁眼，一下子就看见沐云流和灵飞相携站在她床边，连忙坐了起来。她先扫了一眼自己的穿着，见没什么不妥，方才下床："流王殿下，姐姐，你们怎么会在这里？"

"你爹给你用了迷药。"沐云流凤眸微微眯了眯，"今晚的相府，全是法力高强的道士。现在，本王要你做一件事，保护灵儿，你可愿意？"

苏杏儿目光震惊，她爹真的动手了？这……真是糊涂啊！

"流王殿下请说，只要我帮得上忙。"苏杏儿没有多做犹豫便点了点头，事情是她爹挑起来的，针对的又是沐云流和灵飞，于情于理她都应该帮忙化解这场恩怨。

"很好。"沐云流薄唇优美上扬，眸色染上些许满意。他将灵飞往身前一带，淡淡道，"本王要你和灵儿互换身份，从这房间走出去，引开外面的道士。"

苏杏儿一怔，眉眼间浮现一丝犹豫。虽然她很乐意帮忙化解这场恩怨，但这不代表她可以豁出性命，外面的声音这么大，令人心惊肉跳，一定危险非常。

"这怎么行？"灵飞拉住沐云流的手，蹙眉反对，"我不愿意跟杏儿换身份。"那样，杏儿会受伤害的。

沐云流眼睛一眨不眨地看着苏杏儿，没有回答灵飞的话。

苏杏儿蹙眉，垂眸："抱歉，这个忙我帮不上。我也是我爹含辛茹苦养大的，流王殿下不能因为要救姐姐，便牺牲我。"此次她爹本来就是为她抱不平，如果她不爱惜自己，怎么对得起爹的养育之恩。

"沐云流……"灵飞继续摇晃沐云流的胳膊。

沐云流这时候才眼眸一眨,勾唇一笑:"本王不过是试探她罢了。"

试探?两个姑娘对视一眼,狐疑地望向俊美无双的男子。

"虽然你们也算姐妹情深,但绝没有到为对方豁出性命的地步,若她毫不犹豫便答应了,本王倒要怀疑她是想出卖灵儿了。"沐云流对灵飞笑着解释道,眉眼间流淌着一股淡淡的温柔。

灵飞这才恍然大悟,原来如此。

苏杏儿一时间有些哭笑不得,半晌才深吸一口气,无奈问道:"流王殿下还是说说,到底要我怎么帮姐姐吧。"

沐云流扫了一眼苏杏儿,慢条斯理地从袖中拿出一个东西来。

两个姑娘定睛一看,只见沐云流手里拿着一个小塔,塔身全由黄金打造,金光闪闪,十分贵气。小塔是中空的,造型栩栩如生,仿佛某处宝塔的缩小版。

"本王要你三滴血。"沐云流的表情,深邃而莫测,语气平缓有力。

三滴血?苏杏儿愣了一下,随后伸手指了指沐云流手中的小塔:"是要将我的血滴在塔身之上吗?"

沐云流点头,目露赞赏:"不错。"

"好。"苏杏儿没有多问原因,当即从柜子里找出针线,拿着那针便在左手中指上刺了一下。然后,她将流血的中指横在小塔之上,挤压出鲜血来。

一滴、两滴、三滴……待三滴血没入塔身内之后,只见那小塔突然变成了一座大塔——当然,也没有大到很恐怖的地步,约莫半人高而已。

"灵儿,你变回狐身,进入这宝塔之内。"沐云流一脸淡定地吩咐道,并轻轻将那宝塔放在了桌上。刚好,那宝塔便与沐云流差不多高了。

"这又是什么宝贝?"灵飞倏地一下变回原形,纵身一跃就跃进了宝塔之内,她从宝塔内探出半个脑袋,睁着狐狸眼望着沐云流,好奇地问道。

苏杏儿微微抽了一口凉气,连手指上的伤口都忘了压住,任那鲜血一滴滴落在地上。虽然已经知道灵飞是狐狸精了,但亲眼看见一个活脱脱的人变成狐狸……还是挺惊人的。

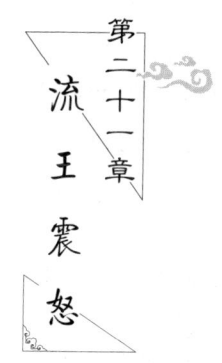

第二十一章 流王震怒

"这是天界仙物,混元宝塔。"沐云流含笑解说,"它能护你周全,即便外力再强大,只要你待在塔身之内,都不会受到丝毫伤害。"

"那为什么需要杏儿的血呢?"灵飞瞥向已经醒悟过来的苏杏儿,不解地问道。

沐云流淡淡一笑:"是本王一位朋友所说,必须要她的血才能唤醒这混元宝塔的威力。至于原因,本王并不知情。"

苏杏儿眼中闪过一抹诧异,为什么这混元宝塔要她的血才能唤醒威力?太不可思议了!她只是一个平凡的凡间女子啊!

灵飞也感到很不可思议,但这时候沐云流没再给两个姑娘诧异的时间,很快便托起混元宝塔,走到了房门之后。

"外面的道士给本王听着:本王现在走出来,可不要浪费了你们的法力!"沐云流冷冷一个勾唇,伸手缓缓拉着门闩。

外面的动静已经停了,因为那几名道士已经发现房间由四方珠庇护着,便舍不得浪费他们的法力了。他们的如意算盘是等一个时辰之后再进攻,那时候四方珠的庇护作用消失,他们的法力也可以恢复许多。只不过他们没有想到,沐云流会这么快就出来,根本不给他们喘息的时间。

四方珠的屏障,只能从内部破开,从外面是无论如何也破不开的。当门闩"咔嗒"一声被拉开后,四方珠的力量顿时消失于无形。

沐云流手托宝塔,如天神降临般,稳步从房间内走出,宝塔的金光洒在他周身,整个人顿时流露出高贵的傲气。

"本王出来了,你们还不动手?"沐云流将宝塔放在地上,瞥了一眼宝塔内的雪白小灵狐,粉色薄唇淡淡上扬,带着浓浓的嚣张傲慢。

"混元宝塔!"一名道士显然道行高深,见到沐云流手中宝物不禁脸色大变,"流王殿下怎么会有此物?"

"本王财大气粗,而钱能通神,你不会不明白这个道理吧?"沐云流傲慢地斜睨那道士,冷眸含着讥讽。

道士们都变了脸色,面面相觑之后,一时竟没了主张。

混元宝塔是天界宝物,现在居然落在一个凡间王爷手上,而且被用来保护一只狐狸精,这……说出去不免令人难以置信。不过最重要的是,他们现在拿那只狐狸精没有办法了。

明白这一点后,道士们的脸色不禁都很难看,铁青无比。

灵飞神气地站在宝塔内,看见道士们这般模样,心情顿时好得不得了。从来都只有她被道士追着跑的份儿,哪有她在道士面前耀武扬威的时候。想不到沐云流给她弄来这等好东西,以后遇见道士她都不用怕啦!变回原形往宝塔里一跳就对了!

就在双方僵持,似乎谁也拿不定主意这场捉妖记该继续还是结束时,一道淡然若从天际传来的声音响起。

"流王殿下身为龙子,尊贵无比,怎么自甘堕落,与妖为伍呢?实在令世人叹惋,可惜!"

道士们瞬间露出肃然起敬的神情,全朝那声音传来的方向,整齐站列,低头躬身:"弟子参见祖师爷!"

沐云流凤眸微微眯了一眯,想不到,灵儿面子如此之大,连堂堂道派师尊都给惊动了。听说这道派师尊已经有上百年时间不曾下过无涯山,这次道派师尊亲自下山,恐怕事情没那么容易解决了。

灵飞蹙起眉头,缩回宝塔之内,看着那仙风道骨的道派师尊踏云而来,不禁心弦一紧。连道派师尊都出来了,难道只为收她一只小小的狐妖吗?她才八十年道行,何必这么步步紧逼?她不禁郁闷到了极点。

"道长乃是方外之人,理应不理红尘俗事,如今却破百年规矩,前来京城,是否有些小题大做?"沐云流不着痕迹地往前一步,挡在了宝塔前。道派师尊不比其他道士,虽说混元宝塔不会出差错,但沐云流仍然顾忌道派师尊会出其不意,伤了灵飞。

"流王殿下,此言差矣。"道派师尊信步上前,深深看进沐云流一双冷漠凤眸之中,面庞含笑,语气平和,"但凡是妖,便妖性难驯。道行浅薄还好,一旦它们拥有无上法力,便会逆天而行,为祸苍生。"

"本王听闻,狐族也曾有狐飞升成仙,不知道长如何看待这件事?"沐云流气势丝毫不输道派师尊,深邃眼眸笑意不达眼底。

道派师尊含笑点头:"不错,三界之中的确曾出现过一位狐仙。但流王殿下可知,这狐仙已经因逆天道灰飞烟灭了?所以贫道才会说,妖性难驯,这是它们的本性。"

沐云流寒眸冰冷,他难道是在暗示灵儿就算成仙也是妖吗?

"本王没兴趣跟你讲禅道。"沐云流冷冷开口,"本王必然会保灵儿安全无虞,如果道长一定要与本王为敌,本王也无所畏惧!"

道派师尊身后几名道士听见沐云流这般嚣张,面色不禁难看到了极点。

"祖师爷,出手收了那只狐妖吧!他已经被狐狸精迷得不清醒了!"一名道士咬牙道。

"没错!是人都怕妖,没见过明知是狐妖还如此迷恋的,怕是中了妖术!"另一名道士也出声附和。

"狐妖本该在山中修炼,既然这只狐妖入世,显然就是不安分,留着它将来一定后患无穷!"

几名道士在那聒噪,沐云流一身冷气已经飕飕往外冒,让人如同置身冰窖之中。道派师尊淡淡摆手,示意几名弟子住口,瞬间四周就安静了。

"今日贫道前来,只为这小狐妖。既然流王殿下不肯听贫道相劝,将小狐妖交给贫道调教,贫道也只能冒犯了。"道派师尊拂尘微微一扬,一卷画出现在他手中。

那是……灵飞睁大眼睛,下意识地就往后退去。

"道长怎会有本王的画?"沐云流暗咒一声该死,俊美的五官微微扭曲。

道派师尊微微行礼,似有歉意:"非常情况,贫道不得不借助于流王殿下这幅画,来替天行道,还望流王殿下见谅。收服这只小狐妖后,贫道自会将画还给流王殿下。"

言下之意,这幅画是他从流王府"借"出来的。道派师尊丝毫不以为这是"偷",若沐云流不弄来混元宝塔,他也不至于只能靠这幅画来灭了狐妖。因此,道派师尊脸上毫无心虚之色。

"道长真是让本王对'无耻'二字有了新的认知。"沐云流冷笑一声,猝然伸手便朝道派师尊袭去!

道派师尊踏云退后,身影突然变幻出十来道,让人分不清哪个是真,哪个是假。趁着沐云流寻找自己真身之际,道派师尊手一抖,那幅画便这么展开了。

"沐云流!"灵飞这回真是吓坏了,小小身子缩成了一团。修仙没成,这下子要魂飞魄散了。

这一刻,灵飞脑海里最后出现的,竟然是沐云流那张总是含着温柔笑意的俊美脸庞。而她这一声"沐云流",可怜到让沐云流整颗心都揪成了一团。

"灵儿!"沐云流想也不想,纵身朝混元宝塔扑过去!

却有一道身影比他更提前动了——便是早已站在混元宝塔之侧的苏杏儿。苏杏儿身形往混元宝塔前一挡,灵飞顿时就躲在了她身后,爪子紧紧抓住了她的手指。

那手指太嫩,被灵飞这一抓,竟又流出一滴血来。

"嗖"的一声,道派师尊手里的画竟脱离了道派师尊的掌控,笔直地朝苏杏儿及灵飞盖来!

苏杏儿挡在混元宝塔之前,脸上全无惧色。她笃定道派师尊不敢伤她,毕竟她是相府小姐,再说灵飞是狐妖她却不是,怎么可能被那幅画的力量所伤。

事情是她爹引起的,如果灵飞真的有损伤,她整个相府也承受不起流王殿下的滔天怒火。因此,她想也不想便挡在了灵飞所在的混元宝塔之前。

沐云流那幅画本在道派师尊手中,已被道派师尊展开,画中景观骤然变得栩栩如生,一股力量似乎即将喷薄而出。但就在苏杏儿挡在混元宝塔前的那一刻,那股仿佛要立刻冲出的力量,忽然静止了。

所有人都是一愣,心里不约而同冒出一个念头:难道道派师尊"借"出来的这幅画,也是假的?

当然,除了沐云流之外。沐云流早在道派师尊拿出那幅画的时候,就一眼认出这是真画了,否则他也不会那般焦急。但眼下,那幅画真的没有像上次那般以画中巨大力量,袭击灵飞。

怎么回事?沐云流凤眸中也浮现一抹淡淡的疑惑,莫非是灵飞已经是狐身,画中力量不会伤她?

这个解释很苍白,而道派师尊手中的画出现奇妙异境,也很快证实了沐云流这猜测不对。

"祖师爷,您、您手上的画⋯⋯"一名道士目露惊诧,结结巴巴地指着那幅画,提醒道派师尊。

道派师尊心里"咯噔"一声,立刻看向手中那幅画。只见,那幅画正以不可思议的速度自焚,而那红彤彤的火苗,道派师尊一眼就看出是天火!天火十分霸道,饶是法力高强的道派师尊,若被天火烧着,也会成为一具焦尸。

道派师尊脸色一变,急忙松手,那幅画便自行飘在了空中,火势迅速蔓延,烧着了整幅画。

"不要!"灵飞惊呆了,脱口大叫。那幅画可关系着沐云流的身家性命啊!

"该死!"沐云流双拳倏地一握,上前纵身一跃,伸手捉向那幅画,但那幅画仿佛根本不存在一般,被沐云流的大掌穿透而过,沐云流甚至没有任何感觉。

沐云流不死心地又试了一次,结果仍然一样。那幅画飘在空中,自顾自燃烧着,完全不受周围一切的影响。

"沐云流⋯⋯"灵飞心里很是难受,低喃出声。如果不是因为她,沐云流的画就不会被道派师尊偷走,也就不会突然烧毁。

这一刻,灵飞忽然萌生一种想法:若沐云流真因为这幅画而在两个月后魂飞魄散,那她也随他而去!

就在这时候,苏杏儿忽然尖叫了一声:"啊!"

所有人都被吓了一跳，待循声朝苏杏儿望去时，他们也都惊呆了！

只见苏杏儿紧紧用右手握着自己的左手手腕，而她的左手中指上，一道明显的血光缓缓飞出，如同一座刚搭好的桥一样，向前延伸。

这奇景震惊了在场的所有人，连道派师尊都在一瞬间瞪圆了眼睛，紧紧盯着那道血光，谁也不知道那血光会延伸到哪里。

不过，众人很快就知道答案了——那道血光，飞向了在半空中已经差不多燃烧殆尽的那幅画。苏杏儿手指上蔓延出来的血光，刚刚碰触到那幅画，那幅画就发出清脆的一声响动，天火霎时间消失！

下一刻，半空中出现了一幅流光溢彩的画，栩栩如生，如同天上仙境。一道光芒骤然射出，席卷整个混元宝塔！

"啊——"

"沐云流！"

两道惊慌的女子声音响起，转眼间半空中的仙境美画便消失了。随着半空中的仙境美画一起消失的，还有混元宝塔、混元宝塔前的苏杏儿，及混元宝塔里的灵飞。

"灵儿！"沐云流大惊，一跃而上，双手抓出，却是什么也没能抓住。

看着空空如也的双手，沐云流心头仿佛被剜去了一块，血流不止。灵儿……

忽然，沐云流缓缓转身，一双凤眸冰冷而残酷，脸上没有对灵飞时一贯的温柔，取而代之的是厚厚冰霜，目光犹如一头狂躁的狮子，嗜血寒戾。

"你，该死！"沐云流死死盯着道派师尊，一句冰冷无情的话出口，心脏最深处的那一阵绞痛，令他几乎失去理智，骤然使出杀招，攻向道派师尊。

"祖师爷小心！"几名道派弟子立刻上前，挡住沐云流的攻击。

然而，沐云流武功绝高，道派弟子又不敢以法术伤他，顿时落于下风，节节败退。何况沐云流此刻怒气正盛，道派弟子简直就是他欲杀之而后快的猎物，根本不会手下留情。

只听"啊"的一声惨叫，一名道派弟子被沐云流一掌击中心脉，如断线的风筝般猛飞了几丈远，撞到院墙方才落地。

道派师尊眼神一凛，立刻拂尘出手，用一道温厚的法力将沐云流困在方寸之间，令沐云流不得再伤他门下弟子。

"你最好今日杀了本王。"沐云流被困，不怒反笑，只是那笑意不达眼底，反而残忍嗜血，令人心头发怵，"否则，有朝一日，本王必定灭你整个道派！"

道派师尊皱了皱眉："流王殿下性情如此乖戾，真是天下之祸。"

沐云流面无表情，只一双阴鸷的冷眸死死盯住道派师尊。

"贫道困住流王殿下，不过是想告诉流王殿下，那幅画另有乾坤，那狐妖与相府小姐虽然被吸入画中，但绝不会有事，所以流王殿下根本无须动怒，滥杀无辜。"道派师尊叹了口气，用冷静的语气说道。

沐云流心里一跳，虽然他不待见这个老道，不过这个老道说的却很有道理。之前他的画险些让灵飞魂飞魄散，采取的是直接的方式，而这一次画并没有用那可怕的力量伤灵飞，说不定……果真另有原因。

再一想到那幅画自焚后，吸入的是苏杏儿的血，方才将苏杏儿和灵飞一同吸了进去，沐云流眸光更是一闪。

"撤了你的道法，本王可以考虑。"沐云流冷冷说道，心里虽有所动，脸色却没有缓和分毫。即便灵儿没事，这个道派师尊也一样该死！

道派师尊自然不想和沐云流为敌，道派势力虽广，弟子遍布天下，可这天下到底是沐家的，而沐云流在沐家是个极为特殊的存在。所以，道派师尊淡淡行礼之后，拂尘一甩，解了沐云流的禁锢。

沐云流踏出两步，忽然回头，高深莫测地看了道派师尊一眼，然后才纵身一跃离开相府，银白色身影消失在夜色之中。

这一眼冰寒刺骨，意味深长，饶是仙风道骨的道派师尊，心中也不禁为之一凛。

那一刻，道派师尊蹙了眉。他知道，流王殿下最是护短记仇，而他这一次对灵飞出手，显然已经触怒了这位流王殿下，想必以后会纠缠不休。

"祖师爷，那只狐妖……"一旁，道派弟子小心翼翼地问道。狐妖被吸入那幅诡异的画里，也不知会发生什么，今日参战的道派弟子都有些心有余悸，怕留下后患，以后遭到报复反噬。

道派师尊一眼瞥过去，淡淡道："小狐妖一事，怕是另有内情，你们暂且跟贫道回无涯山，待贫道请示天界上仙之后再做定夺。"

"是，祖师爷。"道派弟子们一听这话，心里更加惴惴不安了。

听说狐山曾经有狐狸成功修仙过，虽然现在那只狐仙因违反天条而下落不明，可难保他们今晚对付的这一只没有仙缘啊！这若是得罪了去，将来定没有好果子吃。

道派弟子们越想，不禁越愁。

很快，道派中人从相府撤离，而等苏城易得到消息说他女儿下落不明，顿时到后园大哭了一场。

苏城易这回真是明白，什么叫作搬起石头砸自己的脚了！如果他不想着去跟流王殿下作对，他女儿怎么会随那狐妖一起消失呢？

不过，苏城易爱女如命，很快便振作起来，马不停蹄地赶往流王府，去找流王殿下想办法了。今晚之事他已经知道得一清二楚，那流王殿下手段非常，似乎有许多门道，若想知道他女儿的下落，只能求流王殿下了！

流王府里,这会儿可谓高朋满座。

正厅之内,一眼望去竟有二十人之多,有长相怪异的,有英俊潇洒的,有白胡子老头儿,也有矮小侏儒。上座的,俨然是流王府主人,尊贵的流王殿下。

只听沐云流沉声说道:"今晚的事情,本王已经详细告知诸位,还望诸位鼎力相助,为本王一解心中疑惑!"

原来,这些全是流王府的门客,是沐云流这些年在天下搜寻的奇人异士,本领各有不同,而且见多识广。甚至于,他们之中的很多人,对三界之事都有所了解,也知世上有妖有仙。

沐云流将今晚发生的事情告诉众多门客之后,其中几位门客脸上浮现了若有所思的表情,似乎对今晚一事已有看法。

不过,没等沐云流开口发问,便见朱林从厅外走进,躬身向沐云流禀道:"启禀殿下,丞相在外求见。"

沐云流眼眸一寒,广袖一挥,语气果断冷冽:"不见!"如果不是苏杏儿之前求了灵飞,灵飞又让他看在苏杏儿的面子上不要跟丞相计较,而今晚苏杏儿又挺身保护灵飞,更是与灵飞一同被吸入画中,他早就在相府一掌拍死苏城易了!

"殿下,丞相他……"朱林面露为难,"他跪在流王府门口,已经惊动了一些百姓围观。"想来,京城很快便会为之轰动,堂堂丞相大人怎会跪在流王府门口?一定是不小心得罪了流王殿下,即将大祸临头,所以才跪着请罪的。

沐云流冷冷一笑:"惹下祸事再下跪,便可以一了百了?你去问他,本王杀了他女儿再给他下跪,他是否可以原谅本王!"

沐云流心中怒火一直压抑着,说到此处想到他捧在手心疼爱的灵儿如今下落不明,吉凶未知,不禁一掌拍向厅门!只听"轰隆"一声,整块厅门顿时四分五裂。

沐云流的武功,在人间已算是登峰造极,除了法术一类尚可与他一搏之外,无人能在他手下逃命。众多门人一见流王殿下发怒,纷纷噤声,绞尽脑汁想着今晚之事,到底原因何在。

"殿下息怒,老奴这就去回绝丞相。"朱林也不敢再劝,慌忙退下。他可不想为了一个丞相,丢了他自己的老命。

朱林退下之后,沐云流视线缓缓扫过在场门客,心里大概有些了然,便点名道:"无涯子,百视通,奇门道人,你们三个——给本王道来。"

被点名的三个人交换了一下眼色,便由无涯子起身,拱手道:"殿下莫急,此事的确另有玄机,而我猜想,那幅画中定然有另一个世界,如今灵飞姑娘与苏小姐便身在这个画中世界,她们不会有性命之危。"

沐云流眸色一松,他原本也做此猜想,只是不敢抱有侥幸心理。

"方才听殿下的描述,那幅画所蕴含的巨大力量本来欲喷薄而出,却突然间引了天火自焚。"百视通也起身,捋须淡道,"而之后那苏小姐的血入画,灭了天火,所以我敢肯定,苏小姐是破解画中秘密的关键之人!"

所有这些流王府门客,投靠了流王殿下之后,最重要的事情无非就是破解那幅画的秘密,而他们现在才明白,原来是机缘未到,所以画的秘密才难解。现在终于机缘到了,那幅画出现了异状,很显然画里的秘密,也很快就要浮出水面了。

"灵飞姑娘也被吸入画中,莫非灵飞姑娘也是破解画中秘密的关键?"奇门道人含笑问道。

"很有可能。"百视通点头,"否则,灵飞姑娘与混元宝塔便不会也被吸入画中。"

"不,还有另外一个可能。你们别忘了混元宝塔!"无涯子忽然大笑了两声,神色间十分得意。

所有人都看向了无涯子,因为混元宝塔正是这个无涯子献给流王殿下的,很显然混元宝塔的事情,没人比无涯子更加清楚。

"什么可能?"百视通和奇门道人异口同声地问道。

只见无涯子又是哈哈一笑:"那苏家小姐,很可能与混元宝塔前主人有关联。所以说,灵飞姑娘与此次事件无关,倒是那苏家小姐的身份……大有可疑。"

在座的都是聪明人,一下子听出了端倪。

前次流王殿下的那幅画,险些让小狐妖魂飞魄散,所以小狐妖不见得就是破解画中秘密的关键人物。而这一次,苏杏儿的血让那幅画引天火自焚,开启画中世界,吸走了苏杏儿和灵飞……还有混元宝塔!

所以很可能,苏杏儿才是破解画中秘密的关键,也和混元宝塔有着莫大的关系!而小狐妖也被吸入画中,不过是因为她身在混元宝塔之中罢了。

沐云流此刻却不在乎什么画中秘密,他只沉声道:"本王如何才能进入画中世界?"如今在沐云流心中,灵飞的安危才是最重要的,而他绝不愿把灵飞一个人丢在一边不闻不问。

只有守在灵飞身边,他才能时时刻刻保护她。所以,他第一个念头就是要进入画中世界,守着灵飞不让她受任何伤害。况且对于苏杏儿,沐云流还未完全信任,让苏杏儿和灵飞单独待在一起,他就更加不放心了。

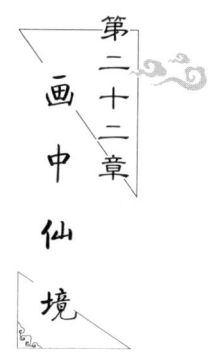

第二十二章 画中仙境

"这个……殿下,怕是有些困难。"无涯子摇了摇头,"那画中世界是自行打开的,至于内中乾坤,除了现在已经进去的苏家小姐与灵飞姑娘,恐怕谁也不知道。"

"也就是说,本王现在什么都不能做,只能等?"沐云流眸色一下子阴鸷了,幽深凤眸危险地眯起,面色阴冷无比。

无涯子吞了一下口水,讪讪道:"殿下,是我等无能……"

百视通和奇门道人对视一眼,均露出无奈的神色——他们和无涯子关系极好,也是因为无涯子才来为流王殿下效力的,但他们实在不知道,为何无涯子会这般臣服甚至惧怕流王殿下。

沐云流虽然心中焦躁,担忧灵飞安危,但他终究没有迁怒于流王府门客,只冷声道:"本王会等,不过在此期间你们也不能给本王闲着,务必想出办法,让本王早些确定灵儿是否安全!"

无涯子顿时松了口气,正色拱手道:"殿下放心,我一定尽力!"

得到无涯子的保证,沐云流面色稍霁,随后却似乎想到了谁一样,脸上露出一抹阴冷嗜血的笑容。下一刻,沐云流起身,大步流星离开正厅,转眼间便消失在门外。

无涯子等人当然不会以为,流王殿下是去见外面那位丞相大人的,他们联想到前几日发生的事,头皮微微发麻。但愿,流王殿下不要惹出什么大事来才好。

东宫。

一身淡黄色太子袍的东宫之主沐云柘,端坐于书案前,眸色微微有些不定,而他面前跪着一个暗卫,正在不停地禀报着什么。

待到那暗卫禀报完毕,太子沐云柘脸色一时间变得很是难看:"连道派师尊都出动了,却没收服那只狐妖?"

"是的。"暗卫点头,"据相府的眼线回禀,说是中途出现异象,那只狐妖与相府嫡女同时消失,目前下落不明。"

沐云柘脸色更加难看了,如果只是那狐妖失踪还好说,现在连相府嫡女都失踪了,难保丞相苏城易不会理智全失迁怒于他,将他抖出来!

"另外……"暗卫吞了一下口水,再度禀道,"丞相大人痛失爱女,似乎是想求助于流王殿下,目前已经在流王府门口跪了快一个时辰了,许多百姓在流王府门口围观。"

"什么?"沐云柘脸色大变,一下子就站了起来,手撑在书案上,心里怒意滔天。这个该死的苏城易!

沐云柘想都不必想便知道,万一苏城易和沐云流见了面,苏城易一定会说出和他联手,设计沐云流以及灵飞之事。到时候……沐云流那个疯子,可是什么都做得出来的!

还没等沐云柘想出好的对策,一道银白色的颀长身影便落于东宫正殿门前,随着那邪魅冷冽之声缓缓响起,沐云柘的心沉到了谷底。

"沐云柘,你胆子越来越大了啊!"

沐云柘心弦瞬间"啪嗒"一声,断了,脸庞血色微失,唇瓣颤抖看向来人。当沐云流那张覆上寒霜、冰冷残酷的脸庞映入沐云柘眼帘时,他感到一股冷汗从脊背淌下。

"三……三弟,你怎么来了?"沐云柘挤出一抹笑容,语气尽量保持温润。

沐云流冷酷地一勾唇角:"沐云柘,你当真以为本王不知道你的那些小动作?"

沐云柘冷汗淌得更快了,因为他从沐云流冰冷的眼中看到了一闪而过的杀意!一直以来沐云柘就依仗自己是沐云流的兄长,但现在他发现沐云流竟然也有可能弑兄,顿时有些怕了。

"三弟,你……这话何意?"沐云柘不确定沐云流知道多少,强撑着勇气,故作不解地问道。

沐云流骨节分明的手指,突然交握,传来清脆的"咔咔"声,令沐云柘吓了一跳,不自觉后退了两步。瞧见沐云柘眸底的微微惧意,沐云流深眸闪过一抹浓浓的讽刺。

"你买通杀手,在灵儿与相府嫡女前往相国寺的路上想取相府嫡女的性命,无非是坐山观虎斗,想看本王与丞相撕破脸皮。"沐云流冷冷一笑,"不过,你似乎太抬举丞相了,本王从未将他放在眼中!"

沐云柘脸上血色骤然全失,竟然连这件事,沐云流都知道?

"今晚,你故技重施,再派杀手入相府,欲杀死中了迷药的相府嫡女。只可惜本王早就料到你会有此一举,派人暗中保护相府嫡女,你便又功亏一篑。"沐云流一件一件,揭穿沐云柘的阴谋。

沐云柘退后了两步,嘴唇开始哆嗦。那批杀手,本来是他和苏城易商量好,用来抵挡沐云流营救狐妖的,苏城易却不知,他打的是这个如意算盘。

只要苏杏儿一死,苏城易和沐云流的矛盾就永远无法化解,这便是他的真正目的！至于什么狐妖……他根本不在乎。他还巴不得看见沐云流被狐妖迷得团团转，不理朝事呢！

可沐云柘怎么也没想到，他所做的一切，竟然全都暴露在沐云流的眼皮子底下。这不仅让他感到恐惧，也感到前所未有的挫败——好像只有他一个人对这东宫太子之位在乎得紧，沐云流却不屑一顾，殊不知正是沐云流的这种态度，让他愤怒到无法言喻的地步！

"你、你想怎么样？"沐云柘声音颤抖，双拳紧握。事已至此，沐云流根本就是对他的举动一清二楚，所以他再辩解也没有用处，因为沐云流压根就不是听得进去别人辩解的人。

"本王真的很想杀了你。"沐云流忽然出手，一把扼住了沐云柘的脖子，在那双内敛的眸子里，不意外地看见了深深的恐惧。

"不，本宫……是你……兄长……"沐云柘被扼得脸色铁青，呼吸不畅，说话都断断续续的。

沐云流玩味地一眯凤眸，杀意凛冽："你认为本王在乎这些？"

沐云柘瞳孔微微放大，他这一刻突然好后悔，他不该跟沐云流作对的。明明，沐云流根本不在乎皇位，也没有跟他争，不是吗？

就算他怕父皇把位置直接传给沐云流，希望沐云流不在人世，也不该用这么蠢的方法去对付沐云流啊！有一只狐妖不是吗？沐云流被狐妖缠上了，早晚会出事，他何必多此一举？

沐云柘好后悔，然而此刻他已经两眼翻白，呼吸困难，一个字都没法蹦出来了。

就在沐云柘以为自己必死无疑的时候，沐云流忽然松了手。

沐云柘双手捂着自己的脖子，猛烈地咳嗽，劫后余生的他甚至不敢多看沐云流一眼！怕沐云流改变主意，将他当场斩杀！

"紫薇那贼道说你是真命天子，本王便留着你这条贱命。"沐云流嫌脏似的拿出洁白的手帕擦了下手，冷笑道，"本王倒要看看，你这真命天子最后下场如何！"

说罢，沐云流冷然转身，大步流星地离开了东宫。

"呼……"沐云柘全身虚脱，一下子瘫倒在地，完全顾不上东宫太子的形象。

等到沐云柘回过神来，顿时就起身，一脚踹向那暗卫，骂道："没用的东西！竟然眼看着本宫差点儿被流王给掐死！"

暗卫闷哼一声，被踹翻在地后连忙爬起，跪在地上苦笑道："主子，属下有出手的，只是流王殿下武功太出神入化，属下刚出手就动弹不得了。"当时，流王殿下浑身迸射出一股深厚内劲，完全让他无法靠近。

"滚！"沐云柘狠狠瞪了一眼暗卫，气不打一处来。然而他也知道，现在责怪暗卫已经于事无补了，至于面子……他也想杀了这个暗卫，保住他东宫太子的面子。

可现在是用人之际，不能随心所欲呢？他又不像那该死的沐云流，随手一招便是一大堆武功高强的死士！一想到这些，沐云柘眼神更加阴冷狠戾了。

由于丞相大人长跪流王府门口不起，而流王殿下却始终拒绝出门见丞相大人，一时间京城里传得沸沸扬扬。

虽然各种版本的流言都存在，但世上没有不透风的墙，百姓们很快就知道流王府那位美若天仙的灵飞姑娘，以及相府嫡女苏杏儿小姐，在丞相大人跪在流王府门口的那个晚上，下落不明。

两个人到底去了哪儿呢？谁也不知道。

可随后，从道派传出一个令人震惊的消息，那便是——流王府那位美若天仙的灵飞姑娘，实际上是狐妖所幻化！

百姓们惊骇啊……谁能想到，流王殿下竟然宠爱一只狐狸精，还为此迁怒丞相大人呢？有关流王府的谣言四起，连朝廷都为之震动，凌帝几次传召流王爷，派出去传召的公公却连流王府大门都没能进去。

沐云流不管谣言如何四起，他只一心等着他的灵儿从画中世界归来，同时也严令流王府门客尤其是无涯子等人，抓紧时间替他找出进入画中世界的方法。

而谣言中的灵飞和苏杏儿，现在到底是不是在画中世界呢？

答案……自然是肯定的。

"姐姐，我们这是在哪儿？"置身一片美得只应天上有的仙境中，苏杏儿却有说不出的惶恐，紧紧抓着灵飞的手，寸步不离灵飞身边。

她只是一介凡人，没有法力，面对未知的危险，她当然更加寄希望于身为狐妖的灵飞了。至少，灵飞还有点儿法力，也比她懂得多！

"我也不知道。"灵飞和苏杏儿被那幅画吸进来之后，走了许久，却是除了绝美如仙境的青山绿水花草树木之外，一无所获。

"姐姐也不知道？"苏杏儿感到一种未知的害怕，不禁更向灵飞靠拢了些。这里美则美矣，可俗话说越美的东西越有毒呢！

"嗯，我从来没见过这样的地方。"灵飞想了想，拉着苏杏儿继续朝前走，"不过我觉得，这里应该是天界上某一处仙境。"

苏杏儿蓦地睁大眼："姐姐的意思是说，我们到了天界？"不会吧？她一介凡人，居然也能上天？

"我是妖，你是人，我们是不可能到达天界的。"灵飞摇摇头，"我的意思是，这里应该是天界的某一处仙境，但并非真实的。"

苏杏儿也算聪明，立刻听明白了灵飞的意思："姐姐是说，这里并非真实的天界仙境，而是那幅画里的天界仙境？"

"嗯！"灵飞点了点头，望着四周，一脸若有所思。

没有见到一个上仙，肯定是画中仙境无疑，但为什么她和苏杏儿会被吸入这幅画里呢？凡事但求一个缘字，难不成她和苏杏儿跟这幅画有缘？还是……不是她和这幅画有缘，而是苏杏儿和这幅画有缘？毕竟，她曾差点儿丧命于这幅画的神力之下，若有缘的话，早就有缘了不是？

灵飞正暗自思忖着，忽然，苏杏儿握着她的手一紧。

"姐姐，你看……"苏杏儿压低声音，却带着一丝不自觉的颤抖。

灵飞抬眸望去，一时间美眸也微微睁大，眸底浮上几丝讶异。

此刻，绝美妖娆的画中仙境里，除了灵飞和苏杏儿两个人之外，竟出现了另外两个人！他们是一男一女，身影缱绻。那男子白衣翩翩，俊美五官如天公亲手雕刻，一头乌黑长发飘逸，明亮如黑曜石般的凤眸深邃而温情，却掩饰不住那强势的绝世锋芒。

片片琼花落于他肩头，慵懒而闲适，在那股浑然天成的王者霸气之外，平添一层和煦温柔，将高贵霸气发挥到了极致。而男子执手一名同样身穿纯白长裙的女子，那女子衣袂飘飘，神情梦幻似仙，明眸皓齿，纯净脸上不施粉黛，却仍然遮掩不住她天生的绝色容颜。

她临风而立，侧眸含笑看着身旁男子，蝶翼般扑闪的睫毛微微翘起，一双美眸迷蒙泛雾，那般宁静美好，带着一丝浅浅但坚定的情意。若说她是不食人间烟火的仙子，一点儿也不为过，甚至所有书本词汇都难以形容她的绝色。

"好美……"苏杏儿忍不住轻叹，怔怔地看着前方那有着惊人绝色的女子。

灵飞感到有些不可思议，呆怔片刻后，拉着苏杏儿朝那对男女走去。

"姐姐。"苏杏儿有些害怕，虽然那对男女看起来如此高贵缱绻，但不知到底是什么身份，又会不会对她们不利呢？

"别怕，我们去问问他们，看这里到底是什么地方。"灵飞十分镇定，她觉得那个绝色女子看起来很温和，应该不会有害人之心。她身为狐族，一向在这方面有最敏锐的直觉。

苏杏儿一想也是，总不能被一直困在这里吧？再美也是画中世界啊！于是，她紧握灵飞的手，顺从地跟着灵飞朝那对缱绻男女走去。

然而，两个人很快就发现了不对劲。

似乎无论她们怎么努力朝那对男女靠近，也无法成功——那对男女所在的地方，仿佛根本不是这画中世界一般，离她们看似很近，实则很远！

终于，在约莫半个时辰之后，灵飞放弃了。她在一块石头上坐了下来，微微喘气："不行，他们看不到我们，我们也接近不了他们。"

苏杏儿也已经确定了这一点，也坐下来休息，眉间染上一抹忧愁："怎么办？我爹一定很担心。"

灵飞心里一动，沐云流应该也很担心她吧？

"姐姐，你觉得这混元宝塔能不能派上用场？"苏杏儿拿出进入画中世界时就藏在袖中的混元宝塔，望着灵飞，问道。

混元宝塔入画中世界后，便缩回了原本大小，灵飞也被赶了出来，而苏杏儿记着混元宝塔是流王殿下的宝物，便不假思索地将混元宝塔收了起来，以免遗失。

灵飞接过混元宝塔，看了看后摇头："它只能保护我们不受伤害，怕是对我们离开这里没有用处。"如果这仙境里面有妖魔要伤害她们，她们倒是可以进混元宝塔里躲一躲，但要出去的话，混元宝塔就无能为力了，它毕竟不是什么通灵之物。

苏杏儿闻言有些失望，视线不由得又朝对近在眼前却远在天边的缱绻男女看去。这一看，苏杏儿又叫了起来："姐姐，他们不见了！"

灵飞正擦着额上的汗，一听，连忙朝原先的地方看去，果然已经不见了那一对璧人的身影。

"真是奇怪呢！"灵飞蹙了蹙眉，喃喃自语。那对男女到底是什么人？和苏杏儿又有什么关系呢？

就在灵飞和苏杏儿四下张望时，突然见到半空中一道粉色身影出现，是一名女子。她面容清冷，朱唇开启，语气冷冽："你们以为躲在这里，我就找不到你们吗？"

灵飞和苏杏儿吓了一跳，忙站了起来。

"我们是误闯此地，并非……"灵飞一句话没说完，便又见先前那对男女出现在了半空中。

只见那男子视线冷厉地朝粉衣女子喝道："我已经放弃一切，你若再缠着我不放，休怪我不念旧情！"

"哈哈哈……"粉衣女子仰头大笑，笑完后，神色怨恨地说道，"你什么时候念过旧情了？"

画面倏地一转，三个人不再言语，竟然缠斗起来。战况激烈，而粉衣女子一直杀气凛凛地攻向男子身边的白衣女子，所使的竟是法术！男子却将身边白衣女子保护得滴水不漏，沉着俊美的脸庞上透着一丝杀气。

只见天地为之变色，四周浪潮滚滚，电闪雷鸣，无数缚妖神藤被那粉衣女子召来，尽数蔓延向白衣女子。不过很快，粉衣女子就受了伤，只因那男子法力很是强大，让人心生惊惧。

"我不会放过你们的！"粉衣女子咬牙，转身消失在半空中。

灵飞和苏杏儿看得目瞪口呆，半晌回不了神。直到那对男女也再次消失，苏杏儿才碰了碰灵飞的胳膊，哑声道："姐姐，刚刚那个粉衣女子……"

灵飞倏地转眸，瞪着苏杏儿："她和你有七分相似！"

不错，灵飞和苏杏儿方才目瞪口呆的原因，并非是震惊于战况有多激烈，或是法术有多强大，而是——那粉衣女子，竟然和苏杏儿长得相似！虽不至于像孪生姐妹一般，但随便看其中一个人，便能联想到另一个人。

"她、她会是谁？"苏杏儿语气有些颤抖，"我呢？我又是谁？"

苏杏儿心里一阵恐慌，一种未知的可能揪紧了她的心脏。难道说……她和那个粉衣女子有什么关系吗？

"现在还不清楚。"灵飞没来由地想到沐云流，却又从这几个人身上一点儿找不到和沐云流有关的事情，只好安慰苏杏儿道，"我们既然进了这个世界，一定有原因，我们慢慢看下去，应该会找到答案的。"

苏杏儿定了定神，点头："嗯，姐姐说的有理。"既然进来了，又看见这些奇怪的人，一定是冥冥之中有天意。

之后，那三个人没有再出现，灵飞和苏杏儿饿了，便四处找了点儿果子来吃。

"想不到那三个人虽然好像都是幻觉，但这些果子却是真的。"苏杏儿一边咬着果子，一边笑道。

"是啊，不然我们可要饿死在这儿了。"灵飞也笑道。

她在摘果子时就已经吃饱了，此刻看着苏杏儿，脑子里不断闪过很多可能。会不会……方才那名粉衣女子，就是以前的苏杏儿呢？

灵飞看着苏杏儿出神，苏杏儿察觉到了，忐忑问道："姐姐，你是不是想到什么了？"

那名粉衣女子，着实让苏杏儿心中惶恐，也不知道她和那名粉衣女子有什么联系，而她的血被画所吸，又被卷入这画中世界，到底有着什么样的玄机。

灵飞思忖了一下，淡笑道："你现在知道这世上有妖有仙，应该相信凡人也可以成仙吧？"

"嗯，我相信。"苏杏儿点点头，信任地看着灵飞。

看见苏杏儿眼底的信赖，灵飞粉唇顿时微微一弯："所以，我方才在想，那名粉衣女子会不会就是以前成过仙的你。"

"以前成过仙的我？"苏杏儿睁大眼，诧异极了。

"没错。"灵飞点头，"她使用的是天界仙法，而非妖法，所以我敢肯定她是天界中的一位上仙。"

而且，绝对不是一般的上仙，听说天界上仙分等级，她肯定方才那名粉衣女子在天界是相当厉害的等级。雷公电母那点儿法力，跟这个粉衣女子比起来，简直太弱了！

"怎么可能？我现在只是一个凡人，连武功都不会啊！"苏杏儿有些不敢置信，而且成仙了不就永远是仙吗？怎么她又变成凡人了？

灵飞笑了笑，解释道："其实，很多上仙都是凡人修炼而来，天界不反对凡人修仙，只对我们妖族存在极大的偏见。所以，凡人是可以修仙的。"

"那为什么我现在又是相府小姐了呢？"苏杏儿将心头疑惑问出，"你一心修仙，不就是为了摆脱妖的身份吗？"

灵飞眸色微微一黯，叹息道："成仙了也不能为所欲为的，如果违反天条，那就有可能被打下凡间，贬为凡人，一切从头再来。"

苏杏儿恍然大悟，眉头微蹙："那姐姐的意思是说，我本为上界之仙，可犯了错误之后，被贬为凡人，所以现在才会是相府小姐？"

"现在我还不能完全确定，只是猜测罢了。"灵飞望向碧蓝天空，心里不由得又开始牵挂沐云流。也不知道，她和苏杏儿被卷入画中世界之后，沐云流做了些什么。他会不会急得发疯，拿苏杏儿的爹出气呢？

苏杏儿被灵飞说得心神不定，思绪翻飞。如果那个粉衣女子真的是以前的她，那她以前为何犯错呢？那对男女，她为何仇视他们，恨不得杀之而后快呢？

灵飞忽然站了起来，轻"咦"了一声："杏儿，我听见前面有水流声，我们去前面看看。"

"好。"苏杏儿完全听灵飞的，当即握住灵飞的手，两个人朝前面走去。

灵飞和苏杏儿在画中世界挣扎，寻找着真相，以及出去的可能，流王府里沐云流也没闲着。无涯子等人已经在沐云流的严令下，研究出了营救方案，只是还差时间——三日之后的子夜阴时。

"殿下，三日后的子夜，有一个时辰为阴时，我们三个人可以用七星揽月阵，在相府打开画中世界。不过，殿下只有半个时辰去找灵飞姑娘和苏小姐，如果半个时辰不能离开画中世界，那么画中世界就会永远消失。"无涯子语气十分凝重，似乎是想让沐云流明白事情的严重性。

七星揽月阵一旦开启，便是外力干扰虚幻世界，待七星揽月阵关闭之后，虚幻世界就会分崩离析，再也不存在了。

"画中世界消失，意味着什么？"沐云流隐约有所猜测，却要得个明白答案。

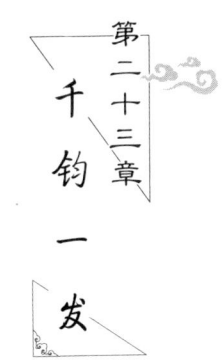

第二十三章 千钧一发

无涯子苦笑一下:"画中世界本是虚拟,而非真实。如果画中世界消失,那么其中的任何事物——包括人,都会消失!"

也就是说,如果沐云流不在半个时辰之内找到灵飞和苏杏儿,并将她们带回,那么七星揽月阵一旦关闭,他们三个人会连带画中世界全部从天地之间消失!

沐云流薄唇微微一抿,凤眸中泛起一抹潋滟流光,他淡淡一笑:"本王记住了。"

"那么,就请殿下早做准备,三日之后我们要在灵飞姑娘和苏小姐消失的地方摆阵。"无涯子轻咳一声,提醒道。

流王府门口,丞相苏城易已经跪了两天了,年纪颇大也不容易,可惜流王殿下一直没有接见苏城易。此事在京城闹得沸沸扬扬,连凌帝都出面干预,但流王殿下丝毫不为所动,凌帝现在都气得不想理流王殿下了。

"哼!他是活该!"沐云流顿时冷哼了一声,对苏城易此次的愚蠢行为不能谅解。若不是苏城易和沐云柘勾结,而沐云柘又联手道派,灵儿怎么会离开他这么久?天知道这几日他根本不曾合眼!没杀苏城易,已经是给苏杏儿天大的面子了。

不过,沐云流虽是这般想,却还是慢腾腾地踏出了流王府大门,在众多围观的百姓眼皮子底下,冲着苏城易袍袖一挥:"想救你女儿,就回相府等着!三日之后,本王会带人登门摆阵。"

苏城易完全是凭着救女的信念支撑,此刻听沐云流一说,顿时眼露异彩,干涩嘴唇一开合,便拉扯出鲜血来:"谢流王殿下……"说完这句话,苏城易想要站起,却往前一栽,昏了过去。

沐云流面无表情地一抬手,强大内劲将昏迷过去的苏城易托起,冷冷道:"来人,送丞相回府!"

"是!"立刻便有流王府侍卫上前,小心翼翼地架起了苏城易,又很快将苏城易扶上马车,朝相府方向奔去。

围观百姓中有个人低声道:"流王殿下要作法了,难道是要救那只狐妖吗?"

"不也是要救苏家小姐?苏家小姐也一同失踪了呢!"另外有人反驳道。

"说不定苏家小姐已经被狐妖吃了……"又有人胡乱猜测道。

沐云流冷厉的眼神射过去，百姓们忽感六月天冷到极致，朝前一看，顿时作鸟兽散！

无知百姓！沐云流心下冷哼了一声，狐妖才不吃女人呢！她们只吃男人的心！而他的心，就被某只小狐妖吃了，至今找不回来。不过，他绝不会放过那只小狐妖的。

画中世界，光阴如梭，一晃三日便过了，但灵飞和苏杏儿依旧没有找到离开画中世界的方法。仿佛这是一个大牢笼，根本没有出口一样。

不过，灵飞之前听见有水流声，和苏杏儿前去寻找，倒是找到了水源。那是一条一望无际的宽阔大河，河水清澈，反射着日光，银光阵阵，如凡人在夜间仰望星空所见到的银河一般。

苏杏儿不知道灵飞为何在找到这条河之后，就一直显得神情恍惚，又不肯离开这条河附近。她问了灵飞，得到的答案却是——不知道。

然而此刻，灵飞却忽然美眸一亮，低叫了一声："我知道了！"

"姐姐，你知道怎么出去了？"苏杏儿以为灵飞找到了出去的方法，连忙问道。

"不是。"灵飞摇头，笑道，"我是说，我知道这里是什么地方了。"

苏杏儿闻言微微失望，但也有一丝好奇，她眨了眨眼："什么地方？"

"天河！"灵飞眸色肯定地说道。

"天河？"苏杏儿不解。

灵飞走到清澈透明的河边，望着延伸至天际的银色河面，淡声解释道："天界仙境，大都相同，山水交错，仙石嶙峋，鸟语花香，美不胜收。如同我们现在所处的地方一样，不过，有一样景物却是天界独有的。"

苏杏儿也走到河边，望着波光粼粼的水面，脑中灵光一闪，脱口道："姐姐是说这条河？"

"不错！"灵飞点头，"虽然我没有亲眼见过，但我听狐族老一辈提到过，天界有一条天河，宽广绵长，就是上仙也很难飞到天河尽头。至于天河的尽头……便是天池。"

"天池有什么不同寻常的吗？"苏杏儿很敏锐地问道。

灵飞眸色微闪，侧身看着苏杏儿，叹道："不知道，但我听说现在已经没有人可以进入天池。因为不知道从何时起，天池已经被天界给封了，任何人不得入内。"

"天池被封？"苏杏儿微微蹙眉，那一定是发生了什么不得了的事吧？不然怎么会无缘无故封住一个地方？很显然，灵飞想的和苏杏儿一样。

灵飞微微眯起美眸，淡淡道："关于天池被封，有很多种说法。有说关着一只大妖的，也有说天池里有天脉的，还有很多荒诞的猜测，但没有任何人可以证实天池被封的真正原因。"

苏杏儿只觉得诧异极了，向面前的天河尽头望去，虽然看不见灵飞所说的天池，她心里却有一种很奇怪的感觉。

"姐姐，你说这画中世界，为什么偏偏就有这条天河呢？"苏杏儿心中微动，"会不会是天意让我们来寻找天池被封的秘密呢？"

灵飞心里也是微微一动，她看了苏杏儿一眼，苦笑道："如果真是这样就好了，可惜我们到不了天池啊！"别说步行了，就算是用法术飞行，以她的法力也不可能飞到天池。据说，只有上仙中法力最强的仙，才可以到达天池而不使法力枯竭。

"天池很远吗？"苏杏儿不解地问道。

"嗯。"灵飞没有解释更多，只是点了点头。

就在两个姑娘一筹莫展时，面前如仙似梦的世界，忽然整个颤动起来！

"姐姐！"苏杏儿感到天旋地转，急忙一把抱住灵飞的胳膊。

灵飞在开始一阵慌乱后，按住了苏杏儿的手，松了口气："没事，是假的，我们脚下的地面并没有震动。"

苏杏儿愣了一下，低眸朝地面望去，果然见到地面平静如常，面前的天河水也是平静一片。她疑惑地抬头看了看震颤的四周："难道那几个人又要出现了吗？"

灵飞还没来得及答话，四周果然出现了之前消失的三个人，依旧是那一男二女，其中一个正是和苏杏儿有七分相似的粉衣女子。

"你知道这是什么吗？"粉衣女子这次没有动手，只是勾着唇，露出一抹刺眼的笑容。而她所指的东西，在她手上一个金灿灿的盒子里。

"没兴趣知道。"男子强势搂住身旁的白衣女子，俊美如神祇般的脸庞，覆上一层轻蔑与寒霜，气势是绝对的不可一世。

粉衣女子眼中闪过一抹受伤，咬牙道："你们所生的孽种，不是被寄养到大罗金仙那里了吗？我刚巧路过，取了他一样东西！"

那白衣女子浑身一震，如天籁般的声音微颤起来："你做了什么？"

"很想知道？"粉衣女子眼中闪过一抹憎恨，忽然就将手中金灿灿的盒子，一掌拍向天河尽头，"有能耐就去天池自己找答案吧！"

男子眼神一厉，流云广袖忽然变长，以不可思议的速度卷向如流星快速划过的盒子。然而，粉衣女子冷冷一笑，纵身上前，双掌齐发，一股强大的力量袭向两个人，口中语气冷漠："休想这般容易！"

男子俊美容颜染上一层暴怒，瞬间又与粉衣女子缠斗在一起。

灵飞和苏杏儿看得眼睛睁大，却还未看到二人分出胜负，眼前幻象就又消失了。

"怎么又没了？"苏杏儿急了，追出去四下张望，却见周围已经平静如初。

灵飞若有所思了片刻，蹙眉道："很可能，这画中世界只保留了一些片段，无法还原整件事情的真相。"

在天界，一定发生过什么，而这幅画刚好记录下来了。只可惜，没有完整的画面，她们甚至连那几个人的身份也不知道。如果知道那几个人叫什么，是什么身份，想必很多谜团就能迎刃而解了。

"姐姐，如果那个粉衣女子真是以前的我，我当不是曾经对一个婴儿下过毒手？"苏杏儿浑身有些发冷，她曾是这么恶毒的人……不，仙吗？仙也有坏的吗？还能残忍到对一个孩子出手？

灵飞见苏杏儿纠结难受的表情，上前拍拍她的肩膀，安慰道："那只是我的猜测，未必是真的，你不要太过担心了。"

苏杏儿幽幽地看着灵飞，浅浅叹了口气："姐姐，我好想离开这里……"越待下去，她就越害怕那些真相。

苏杏儿害怕，是因为她心地善良，不想自己以前竟是一个对婴儿都能下手的毒妇，灵飞却不想立刻离开，她反倒想把画中世界所有的片段都看个清楚，还原整件事情的真相。

只因为……沐云流的两月之限！

"杏儿，我们现在还不能离开。"灵飞望着平静的四周，正色道，"因为这幅画里的秘密，关系着沐云流的性命。"

"姐姐，你说什么？"苏杏儿瞪大双眼，什么叫作……这幅画里的秘密，关系着流王殿下的性命？

灵飞为了使苏杏儿产生勇气，便如实说道："这幅画是沐云流的母妃临终前回光返照时所画，她还告诉了沐云流一句话——如果他二十岁之前还不能破解画中秘密，那么他将魂飞魄散！"

苏杏儿脸色倏地一变，魂飞魄散？何等严重的后果！

忽然，苏杏儿大惊失色："流王殿下二十岁生辰，就在下月啊！"那岂不是说，只有月余的时间可以破解这幅画的秘密了？

"是的。"灵飞点点头，"所以我们不能慌，现在既然我们有缘进入这幅画的世界里，我们就要想办法弄清楚，这幅画里到底藏着什么秘密。"

苏杏儿神情渐渐地坚定起来，她忽然便不那么害怕了，紧握灵飞的手道："好，为了流王殿下，我们一起努力！"

灵飞哑然失笑，看了苏杏儿片刻后，笑道："杏儿，你真的很喜欢流王殿下呢！"

苏杏儿脸一红，讷讷道："我也不知道为什么，从很小的时候见到流王殿下，就好想跟在他身边，不过……流王殿下总是不理我。"哪怕她费尽心思百般忍耐跟璃月公主搞好了关系，也没能更加接近流王殿下一步。

"他呀，是身在福中不知福。"灵飞想到沐云流对外一副慑人的冰山脸孔，不禁摇了摇头。

苏杏儿的条件极好，堪称女子中的翘楚，也不知那沐云流是怎么回事，竟这么多年不肯看苏杏儿一眼。却在见到她之后……各种温柔，毫不在意人妖殊途，真是个怪人。

"虽然我一度也很难过，但输给姐姐这样的女子，我心服口服。"苏杏儿认真地看着灵飞，真挚地笑道。

爹说她天生就欠了流王殿下，现在想来，或许真是如此。一般女子都会因爱生恨，可她却怎么也恨不起流王殿下，甚至灵飞她也是恨不起来的。

"嗯！我和他……"灵飞正打算解释她和沐云流不可能是那种关系，忽然就真切地感到脚下一阵震动，而这次不是幻觉！

"杏儿，我们进混元宝塔！"灵飞怕出现什么意外，立刻对苏杏儿说道。

苏杏儿不假思索地点头："好。"她立刻拿出混元宝塔，正要咬破手指滴入鲜血，却见混元宝塔竟自己大了起来！

"这……"苏杏儿还来不及诧异，便被灵飞一把拽入了混元宝塔之内。

两个姑娘紧张地躲在混元宝塔之内，眼睛警惕地注意着四周景象。

而此刻，画中世界之外的相府内，无涯子等人正催动着七星揽月阵，摆阵的位置正是日前灵飞和苏杏儿消失的地方。

沐云流站在七星揽月阵之中，负手而立，身形颀长，眸中透着冰冷威严的寒芒。他白袍飘飘，那张俊美无双的容颜上，妖邪而冷冽，高深莫测得让人心惊。这样的气势，这样的决绝，仿佛从未害怕过不能从画中世界安然无恙地归来。

于是无涯子等人瞬间了解，流王殿下是铁了心要与那只狐妖在一起，只怕是同生死共患难的信念。

"阵已开启！"无涯子额头渗出点点汗滴，他沉声道："殿下很快会进入画中世界，而从现在开始算起，殿下只有半个时辰的时间离开，殿下，一定不能超过这半个时辰！"

沐云流视线淡淡扫了无涯子等人几眼，缓缓点头："本王记住了。"

除了无涯子等人守着七星揽月阵之外，流王府所有的暗卫都出动了，以防有人趁机作乱，让流王殿下遭遇不测。此刻，只见相府里守卫森严，阵仗骇人，几乎连一只苍蝇都无法飞进去。

"送殿下进去！"无涯子喝了一声，随即和奇门道人等人将沐云流送进了画中世界。

和灵飞及苏杏儿一样,沐云流瞬间便消失在众人面前。

苏城易远远地观望,见沐云流果然进入了那个不可知的世界,老眼中顿时有泪花闪动。流王殿下,若你真能救出杏儿,老臣愿为你当牛做马,此生不再有二心!

却说画中世界在不断地颤动过后,渐渐地平静下来。灵飞和苏杏儿在混元宝塔中面面相觑,不明白方才那阵震动到底是怎么回事。不过两个人为防万一,也没有立刻出去,而是安静地在混元宝塔里又等了许久,果真不见危险来临,这才慢慢离开混元宝塔。

"姐姐有法术,能不能探知这里有没有其他人呢?"苏杏儿轻声问道。

方才那阵震动,她觉得不像是天然的,而像是人为。何况画中世界本来是不真实的,都是一些保存的以前的景象,怎么会自己动起来呢?除非,是有其他人在。

灵飞不知为何想到了沐云流,神情一恍惚:她和苏杏儿没办法靠自己出去,那沐云流呢?他好像无所不能……是不是也能进来救她和苏杏儿呢?

"姐姐,你在想什么?"苏杏儿等了半天不见灵飞回答,伸手在灵飞面前晃了晃。

灵飞这才回过神来,想起苏杏儿方才的问话,便摇头道:"不行,我法力不高,而这画中世界很广,我没办法用法力探到每个角落。"

苏杏儿一想也是,之前灵飞用法力带她飞了好久,也没能把这画中世界走遍呢!后来到了天河边上,却连天池的影子都没见着。

"我们试着往前走走看,说不定还有其他地方留有幻象。"灵飞心中微微一动,说道。

"嗯。"苏杏儿自然听灵飞的,便和灵飞往前继续探索。

可怜沐云流进入画中世界后,却是在灵飞她们最开始进来的地方,而灵飞和苏杏儿,则离他越来越远……

灵飞和苏杏儿继续朝前走,时不时用法力飞行一段距离,累了便停下,休息一会儿。不过,两个人走了很久,也没再见着什么幻象出现,不禁都在心里感到失望。

苏杏儿原本还对未知的真相感到害怕,但现在她知道画中世界的真相关系着沐云流的性命,顿时将害怕抛到了九霄云外。现在的她,恨不能多看见几次幻象,让她和灵飞可以找到画中的秘密!

这时候,灵飞没有预警地停了下来,苏杏儿险些摔倒在地,她不禁侧眸看向灵飞:"姐姐,怎么了?"

灵飞清澈的眸子开始转动,扫过每一寸土地。从那阵颤动之后,她和苏杏儿差不多走了快一炷香的时间了,而她现在才发现,离之前的地方越远,越觉得画中世界变得模糊起来。

"杏儿,你有没有觉得这里的景象有些模糊?"灵飞秀眉微蹙,看着四周某些不甚清晰的景象，问道。

苏杏儿本没有灵飞那般敏锐心细，并未注意很多细节，此刻经灵飞一提醒，才发觉有一些树木、青草，边缘处确实很模糊，就算她定睛去看，也觉得很模糊。

"有。"苏杏儿点头，微微困惑，"怎么会这样？"

灵飞心里有种说不出来的危机感，这是身为狐族所必备的直觉——每当危险降临时，动物总有种比人类预先感知危机的本能。

"我们不能再往前走了。"灵飞当机立断，转身，"回去！"

"回去？"苏杏儿望了望天河尽头，心里异想天开地觉得能到达天池，一解心中疑惑，"可是我们好像快到天池了。"现在回去，岂不是可惜了？

灵飞侧眸望了望天河尽头，淡淡一笑："不可能，我们根本走不到天池。走吧，相信我，我们回去。"

苏杏儿心里虽然感到惋惜，但她毕竟是凡人，此时此刻她更加相信灵飞的决定。于是，她点了点头："好，我听姐姐的。"

灵飞深深看了苏杏儿一眼，她真的觉得，这个和她没有血缘关系的妹妹，很乖很听话。而这个时候，灵飞发现四周景象都在渐渐变得模糊。虽然不知道发生了什么，可狐族的本能让她觉得危险离她越来越近了。

"我们要快点儿。"灵飞不再犹疑，将苏杏儿肩头一抓，立刻运用法力快速飞向来时的方向。

两个姑娘如箭矢般，穿梭在半空中。但很快，灵飞的法力便快耗尽了，速度也越来越慢，只是因为周围景象还在不断变得模糊，她便不敢停下，强撑着往来时的方向奔去。

"姐姐，你快停下！"苏杏儿终于发现了灵飞脸色苍白，抓着她肩头的手在颤抖，顿时失色喊道。

灵飞咬牙："现在不能停！"她不知道即将到来的危险是什么，但她就是有种直觉——绝对不能朝更远的地方去，而要回到最开始进来的地方！

"姐姐……"苏杏儿急得眼眶都红了，她已经看出灵飞的法力所剩无几了。

终于，灵飞在强撑过一段距离后，骤然朝下方坠落而去。落地之前，灵飞用最后一丝力气，将苏杏儿稳稳护住，两个人安全落地。然而，灵飞却连说话的力气都没有了，直接变回原形，全身无力。

"姐姐！"苏杏儿咬唇，伸手将灵飞抱起，紧紧地抱在怀里。

灵飞虚弱地道："能走……就多走几步，现在……很危险……"说完这句话，灵飞晕了过去。

"姐姐！"苏杏儿这下子真急哭了，她毫无武功和法力，只是一个弱小的凡人，

现在连灵飞都晕过去了,她该怎么办?

周围景象愈加模糊,苏杏儿看着周遭的一切,用力眨了眨眼,却还是无法看清。

开始的手足无措之后,苏杏儿终于想起灵飞晕过去之前所说的话,忙振作精神,抱着灵飞往来时的方向跑去。

但区区凡人的步伐怎么及得上飞行?苏杏儿很快就汗流浃背,气喘吁吁,甚至几次跌倒,摔得狼狈不堪。不过,她并没有气馁,因为周遭不断变得模糊的景象让她不敢停下,于是拼着最后的力气也要朝来时的方向奔跑。

就在周遭事物已经开始看不清,苏杏儿内心渐渐被绝望所掩埋时,一道犹如天籁的声音,在远处模糊地响起。

"灵儿!灵儿你在哪儿?灵儿——"

苏杏儿眼眸一下子睁大了,是流王殿下!是流王殿下的声音!

"流王殿下!我们在这儿!流王殿下!"苏杏儿脸上露出狂喜神色,她抱着灵飞拼尽全力朝声音来源处奔去,口中不停地大喊。

不远处已经找疯了的沐云流听见苏杏儿的声音,立马施展轻功快速朝苏杏儿这边奔来。

"流王殿下!"苏杏儿看见那一抹衣袂飘飘,全身的力气骤然消失,以最狼狈的姿势跌倒在地。

可她脸上却是喜悦的泪水,望着沐云流朝她飞来。

"灵儿!"沐云流一眼看见苏杏儿怀中昏迷的灵飞,心弦顿时一紧,落地后便将苏杏儿一把拽起,夺走了灵飞抱在怀中。

"流王殿下,你、你放心……姐姐只是太过虚弱,晕、晕过去而已……"苏杏儿很努力地想表达灵飞没有受伤的事实。

沐云流看了她一眼,神色不似往日那般冷冽,他一手抱着灵飞,一手将苏杏儿拦腰一抱:"走!"

苏杏儿低头看向沐云流抱着自己的大手,心中一阵激动。原来,她也可以靠流王殿下这么近……

苏杏儿用一种崇拜的眼神,仰脸看着俊美无双的沐云流,心里有种幸福的声音在叫嚣。她比任何人都清楚,她有多么崇拜喜欢流王殿下。

而他值得她喜欢崇拜,因为他竟能进入这个画中世界,救出她和灵飞!他是她的神!

第二十四章 天界仙骨

相府里,七星揽月阵的光芒已经在渐渐消失。

"糟了!时间快到了!"无涯子脸色慌得不行,"殿下怎么还没出来?难道殿下还没找到她们吗?"

同样焦急的,还有流王府的其他人,个个都是脸色慌乱,眼睛一眨不眨地盯着七星揽月阵里的光芒。所有人都在心里呐喊着:流王殿下啊!今晚没有贼人来捣乱破坏,流王殿下可一定要争点儿气,别自个儿出不来了让贼人笑话啊!

此刻,只见七星揽月阵的光芒一点点黯淡下去。

"不行!我们要给殿下争取时间!"无涯子猛然镇定下来,他霍地拿出匕首,划破了自己的手腕,将鲜血滴到七星揽月阵的七颗绝世夜明珠上,只见七颗绝世夜明珠迅速地死灰复燃,光芒明亮了一些。

这情景,令众人大喜过望。而百视通则猛地抬头,目光灼灼地看着无涯子,他情不自禁地问道:"无涯子,你到底是什么身份?"

七星揽月阵是仙派阵法,但会布七星揽月阵并不奇怪,因为道派是可以通天界的,七星揽月阵早就流传到凡间来了。可若要延长七星揽月阵的时间,却是凡人万万办不到的!难不成……这个无涯子竟是仙派中人吗?

"好好作法吧!殿下需要我们。"无涯子很显然不会回答百视通这个问题,他一脸凝肃地说道。

百视通也知道这是关键时刻,便收了心,心无旁骛地稳住七星揽月阵内的光芒。

有了无涯子的血维持夜明珠的功效,七星揽月阵内的光芒始终不减不灭,直到无涯子再一次准备割腕滴血的时候,一道光芒从七星揽月阵中央破空而出!

"殿下!"所有人都欣喜至极地喊出了声,有些甚至激动得眼眶都湿润了。

沐云流一手抱着化为狐身的灵飞,一手抱着狼狈不堪的苏杏儿,如天神般从天而降,稳稳落在七星揽月阵之内。

"殿下,您总算出来了!"无涯子深深地松了口气,将匕首丢落一旁,他可以节省点儿血了。

就在这时候,"砰"的一声爆响,七星揽月阵内光芒彻底熄灭,而半空中传来

一道如同琉璃破碎的声音。转瞬,归于寂静。

无涯子和奇门道人对视了一眼,心知是那画中世界已经随着七星揽月阵失效而消失了。

沐云流毫不在意画中世界是否消失,而他所追查的秘密又是否能真相大白,只将苏杏儿放开后,淡淡道:"本王先行回府,你们随后来见本王。"说罢,身形一晃,便消失在众人面前。

众人心中一片雪亮,都知道他们尊敬的流王殿下是急着回府救治那只小狐妖。

"杏儿!"一直等候在回廊处的苏城易老泪纵横,跌跌撞撞地朝苏杏儿跑过去。

"爹!"苏杏儿也有种劫后余生的激动,拔腿朝她爹跑过去,父女俩抱头痛哭。

流王府。

沐云流飞速将灵飞带回房间,立刻让朱林传御医来为灵飞诊治。不过,朱林苦着脸跪在门口,弱弱道:"殿下,宫中御医不会来给灵儿姑娘诊治的。"

"哦?"沐云流眼中杀气一闪而过,"他们想造反?"

朱林苦哈哈道:"殿下,现在灵儿姑娘的身份大白于天下,文武百官已经纷纷上奏,要皇上秉公处理。这种情况下,宫中御医是绝对不会来流王府的。"

"朱林,你是在对本王阳奉阴违吗?"沐云流忽然一记冷眼瞥过去,神情不怒反笑,眸中高深莫测。从一开始,沐云流便知道朱林不喜欢他身边的灵飞,此刻便不得不怀疑朱林是故意为之。

朱林心中一凛,立马磕了几个响头:"殿下!老奴承认一开始是不喜欢灵儿姑娘,因为老奴怕殿下有任何闪失,怕殿下被狐狸精所害!但后来老奴发现灵儿姑娘心地善良,也并未存着害殿下之心后,老奴已经没有二心了,殿下明鉴!"

朱林这次可真够冤枉的。自从灵飞是狐妖一事流传出去之后,沐云流是不理会天下事,一心只想着如何把灵飞从画中世界救出,但外面早已天翻地覆。

正如朱林所说,文武百官弹劾流王殿下的折子像雪片一样多,凌帝都快压不住了,而百姓们也纷纷认定流王殿下已经被狐妖迷去了心智。如今,流王府已经成为太平王朝的一个异类了。

"我没事,不用请御医……"就在这时候,灵飞及时醒了过来,爪子轻轻挠了一下沐云流,虚弱地说道。

"灵儿不许说话!你给本王好好休息!"沐云流当即不管朱林了,眼睛一眨不眨地看着她。

灵飞此刻即便是狐身,也十分虚弱,沐云流自然心疼,一双狐狸眼一动不动地看着面前的沐云流,将他眼中的心疼全都看在了眼里。

"我只是法力耗尽，并没有受伤。"灵飞再次强调，"只要休息一晚就恢复了。"

"本王让你不要说话！"沐云流懊恼地低吼，随后将虚弱的小狐狸搂入怀中，大掌抚过那毛茸茸的狐狸脑袋时，微微颤抖。

小狐狸隐约感觉到了沐云流心中的一丝恐惧，不禁微微动容。虽然很想开口再安抚他，不过这似乎只能适得其反，于是小狐狸就打消了这个念头，安心地沉沉睡去。

沐云流看着沉沉睡去的小灵狐，心中渐渐安定下来。看见她躺在苏杏儿怀里一动不动，双眸紧闭的时候，他差点儿就崩溃了！原来，他已经爱她如此之深，无法承受任何失去她的可能。

"灵儿，本王绝不会放开你，你不要离开本王，好吗？"沐云流神情虔诚，语气温柔而坚定。他可以失去一切，唯独不能失去她。

灵飞这一睡，便睡到了第二天日上三竿。不过也正如她所说，一觉醒来，她便神采奕奕，直接在沐云流面前变成了人形。

"灵儿别逞强，本王挺喜欢灵儿本来面貌的。"趴在床头打盹儿的沐云流懒洋洋地睁眼，在灵飞动的那一刻他就醒了，只不过有点儿异想天开地认为灵飞会悄悄打量他帅气的容颜才故意装睡的。结果证明……他真的是奢求了。

"我没逞强呢！"灵飞舒服地伸展了一下四肢，"我本来就没受伤，只是法力耗光了而已。"她一再强调过这一点，只是他倔强地不肯相信。

"灵儿。"沐云流轻唤，带着一股深深的落寞与孤寂，瞬间揪紧了灵飞的心。他温柔而坚定地看着她的眼睛，轻叹，"灵儿，知道本王这几日是怎么过的吗？"

灵飞心里悸动不已，迟疑了片刻，摇头。她必须得承认，几日不见她心里也很想他，只是，似乎没有他这么深刻浓烈。

"好似整个世界塌下来了……"沐云流视线在灵飞精致的眉眼间来回移动，眸中却闪过一抹沉痛，"本王想着，为何要让灵儿知道画中的秘密呢？又为何不能为灵儿抛弃身份，陪灵儿去深山修炼呢？如果……灵儿真的就此离开，本王也会随灵儿一同离开，知道吗？"

沐云流的话让灵飞一阵心惊。这个……似乎已经超过了迷恋的界限。狐族，不少女子都因为爱上凡人，最终伤透了心，她曾见过她们的眼泪，难道沐云流现在对她所阐述的浓烈感情，就是这样的……爱吗？

"不能……"灵飞闭上眼睛，拒绝那种怦然心动的感觉。他的话听着很好听，暖人心扉，却含有剧毒，她不愿去沾。一旦沾上，害人害己。

沐云流听到灵飞弱弱的拒绝，知道灵飞心中其实是有他的，而那张小脸上的挣扎抗拒，他全都了然于心。

"既然灵儿还没准备好，本王也不逼灵儿了。"沐云流那一双纯净幽暗的黑眸

如同大海之中最深的漩涡。随即他轻咳一声,转移了灵飞的注意力:"灵儿说说看,那画中世界是否有奇怪之处?"

"嗯,画中世界很是奇怪。"灵飞点头。

"说说看,灵儿都遇到了些什么。"沐云流把玩着手中的琉璃夜光杯,眸色璀璨。画中秘密和灵飞的安危比起来,似乎已经不算得什么,只不过既然灵飞进入过画中世界,说不定秘密已经被破解。

"我和杏儿进入画中世界后才发现,我们在画中世界看到的一切景象都是假的,是幻象。当时我们……"灵飞一五一十地开始诉说在画中世界所见的一切。

沐云流静静地听着,眸中不时泛起微微波澜,神情显得高深莫测。

待到一盏茶工夫之后,灵飞终于将所见所闻说完,便看着沐云流俊美的脸庞,问道:"你说,那三个人会是谁呢?"

沐云流轻笑反问道:"那么灵儿觉得,那名男子,和本王长得可有几分像?"

一男二女,明显是感情纠葛。那粉衣女子长相与苏杏儿相似,那么那名男子呢?

那个画中世界的男子?灵飞狭长狐狸眼一眯,眸色略有几分怔然。仔细回想一番后,她摇头:"若论五官,你和他一点儿都不像,但说到气势,倒是一样可怕。"

可怕?沐云流有些哭笑不得,他佯怒道:"本王很可怕?怎不见灵儿怕本王?"

灵飞想也不想,理所当然道:"因为你在我面前一点儿都不可怕啊!"但是,她见过他对别人,那种冷到骨子里的感觉,真的是让人觉得很可怕呢!

"是吗?"沐云流旋即笑了,说道,"灵儿知道本王待灵儿与别人不同,本王便高兴了。"

"我自然知道的。"灵飞望了他一眼,下一句话没说出口——我宁可你不要待我与别人不同。

不过,灵飞很快就说起了正事:"其实那三个人的身份,我一点儿都不感兴趣,我感兴趣的是另一件事情。"

"何事?"沐云流心中暗暗猜测,这小东西会不会和他想到一块儿去了。

"我刚刚跟你说过,在离开画中世界之前,我和杏儿最后见到的景象,是那粉衣女子将一个金灿灿的盒子扔到了天池方向。"灵飞认真地看着沐云流,说道。

"嗯,本王记得。"沐云流微微点头。

"我怀疑,画中的秘密就跟这个东西有关。"灵飞摇身一变,变成狐身,两只前爪托腮,可爱地眯起了狐狸眼,"因为之后画中世界再也没有其他景象出现。"

"灵儿的意思是……只要知道被扔到天池里的东西是什么,画中秘密就能被破解?"沐云流勾唇而笑,小东西果然和他想到一块去了。听完她的叙述之后,他的确想过,天池里的东西是重点。

"嗯！"灵飞点点头，"我有种预感，那个盒子里的东西，是那对男女所生孩子身上的一部分。因为当时那个粉衣女子眼神很是恶毒。"

粉衣女子当时不但眼神恶毒，表情也十分痛快。想必盒子里的东西，是从那个婴儿身上拿下的非常重要的东西，可以让她所憎恨的那对男女痛彻心扉。但是，到底会是什么呢？

沐云流若有所思地摸着灵飞身上柔软的白毛，眸色淡淡漾起一抹异芒："如果灵儿的猜测为真，那么那对男女的孩子，是否身上缺了一样东西？"也就是说，那对男女的孩子如果还在三界之内，就必定是个残疾人。

"这个可就未必了。"灵飞眨了眨眼，摇头道："画中世界留存的景象不知是多少年前的，现在哪里找得到他？而且就算当时粉衣女子让他成了残疾，他现在也会重新拥有一副完整的躯壳。"

沐云流沉默了，灵飞的话有道理，难道他追查的方向错了，他的身世跟这幅画根本没有关联？

正在沐云流微微失望时，灵飞却突然跳了起来："不！还有一种可能！"

"嗯？"沐云流好笑地看着灵飞一脸严肃的表情，薄唇微微上扬。

灵飞十分认真地说道："那对男女包括粉衣女子，明明都会仙法，所以他们当是天界上仙！那么，那对男女所生的孩子，应当不会是凡人体质。"说着，她在软榻上走来走去，似是发现新大陆一样十分兴奋。

"你知道吗？沐云流，如果那个孩子有仙人体质的话，那么粉衣女子取自他身上的那样东西，很有可能就是他从娘胎里便自带的仙骨！"灵飞越来越觉得自己聪明绝顶了，这样的大秘密，竟然都能被她发现！那个孩子如果是天生仙骨，简直就是天界有史以来万中挑一的强者啊！

"仙骨？"沐云流绝美的凤眸中浮现淡淡疑惑，对于这种凡人无法理解的事情，他自然还是没有灵飞了解得多。

"你不知道仙骨是什么对不对？"灵飞萌萌地坐了下来，上身呈直立状态，她望着沐云流，认真解释，"只有仙与仙才能生下天生仙骨的孩子，而且必须得是男孩。但因为天界有规定，除了天帝之外，仙派众仙不能妄动凡心，而天帝与天后感情不好，一直没有孩子，所以天界从来没有天生仙骨的孩子。"

沐云流心里微微一跳："灵儿，照你这么说，这个孩子应当是两仙结合所生，而且为天道所不容？"

"那当然！"灵飞重重点头，"按照画中世界的景象来看，那个孩子不在那对男女身边，因为粉衣女子说那个孩子被他们寄养在一位大罗金仙处，所以那个孩子必定是不为天道所容的。"

沐云流薄唇轻抿，说："何为天道？天帝所规定？那么天帝又为何可以娶妻？"

灵飞望了他一眼，摇头："不是，你不知道这种天生仙骨的孩子有多可怕，如果天界纵容众仙动凡心，那么三界会大乱的。"

这个规定，灵飞觉得并无可诟病之处，谁让天生仙骨的孩子长大之后，实力强大，连天帝都未必是其对手呢？所以，为了使三界保持平衡，位列仙班的上仙才被禁止妄动凡心。

沐云流一声轻笑，很快转移灵飞的注意力，"本王觉得灵儿十分聪明，分析得头头是道，所以本王决定……"

嗯？他决定什么？灵飞相当认真地听着，他接下来会去查那个孩子呢，还是查那位大罗金仙呢？此刻灵飞已经不觉得沐云流有什么办不到的了，他连画中世界都可以想办法进去，反正比她厉害多了！

"决定封你为三界第一美狐仙！"沐云流哈哈大笑。

灵飞杏眼圆睁："这么说，你一开始把我带回流王府，只是因为我长得美咯？"

沐云流邪肆一笑："不错，本王承认一开始是因为灵儿很美，但让本王决定带灵儿回府的真正原因，是灵儿的身份。"

灵飞眨了眨眼，一脸困惑："你是说，因为你看见我变身，知道我是狐狸精之后才决定带我回流王府的？"

"嗯。"沐云流揉了揉灵飞的小脑袋，轻笑道，"本王性格乖张，行事惊世骇俗，所以若灵儿不是狐狸精，本王当时便当看见了个美人，然后便离开了。"

灵飞心下微微一动，既然他并不曾对她一见钟情，只觉得她狐狸精的身份好玩，那他是什么时候开始产生想娶她的念头的呢？

仿佛看出灵飞的疑惑，沐云流解释："因为灵儿单纯又美好，可爱又憨萌啊！"

原本只是出于对这小东西的喜爱，闲来无事逗弄一番，当是一番奇缘。不料，日渐相处，一开始的逗弄竟成了习惯，挥之不去。她的一切一切都那么美好，让他无法再放手，眼睁睁看她去修什么仙。所以，不惜一切手段，他都要留下她，打开她的心门，硬生生将自己放进那个最深的位置，让她永世不忘！

"我可爱？"灵飞受惊吓般看着眼前神色颇为认真的男人，无法理解他的思维逻辑，"我憨萌？"

天哪！在狐族生长了八十年，幼年被不少同族欺辱，总骂她看起来一副讨厌鬼的模样，他竟然觉得她可爱？

至于憨萌……二师哥一直说她性子太冷静，平素也少言寡语，和其他活泼灵动的狐狸一点儿都不同，他竟然会觉得她憨萌憨萌的？这男人的脑子到底是什么做的？确定没有问题吗？

"因为我可爱憨萌，所以你才想留下我？"灵飞再次确认。

"嗯哼！"沐云流挑了挑眉。

灵飞呆呆地望着沐云流的眸子，心道她若是不再可爱憨萌，是不是他就不想留下她了呢？这么一想，竟有几分难过。可又觉得，是对彼此最好的结局。

灵飞想着想着，竟睡着了，果然是法力消耗过度身子虚弱还没有彻底恢复，偏偏不当一回事要逞强。

沐云流一直瞅着她，将她心事满满的模样瞧在眼里，却不戳破，等她自己来问。结果，却见她最后什么也没问，反而沉沉睡去，不禁有些哭笑不得。

"真是个小笨蛋呢……"沐云流叹了口气，将她轻轻放在榻上，然后解下自己的外袍，温柔地盖在了那小小一团白绒毛上。随后，沐云流轻手轻脚地离开了房间，告诫外边那名剩下的丫鬟不得随意入房打扰灵飞。

沐云流来到书房，朱林随后跟进。

"殿下，可是要请无涯子他们几个过来议事？"朱林是人精儿，又跟随沐云流多年，早就对沐云流的行为举止有着无与伦比的了解了。

殿下抛下那只小狐妖来到书房，显然是要商谈正事了。不知，那只小狐妖和相府嫡女进入画中世界后，遇到了什么奇怪的事。

"嗯，只请他们三个人便可。"沐云流淡淡颔首，眸色沉肃。

"是，老奴立刻去请。"朱林领命，随后退下。

沐云流手指有节奏地叩着桌面，一边漫不经心地回想灵飞带给他的所有信息，一边等待无涯子等人的到来。

流王殿下有请，众人自然不敢拖延，不一会儿，无涯子、百视通、奇门道人三个人便一同来到了书房。

"参见殿下。"三个人恭敬行礼。

朱林守在门外，并不进入书房，并将书房大门关紧，看着四周不许任何人靠近。

"免礼，都坐。"沐云流淡淡出声，视线扫过三个人，让三个人心里一阵打鼓。

"谢殿下。"三个人交换了个眼神，约莫猜到这次流王殿下请他们来所为何事了，便都坐了下来，认真等着流王殿下开口。

"今日，灵儿已经告诉了本王，关于画中世界的所有事情。"沐云流慵懒地靠向椅背，面色却是沉静如水，藏着一股淡淡的煞气。

无涯子算是三个人之首，闻言便拱手道："不知那狐……呃，不知灵儿姑娘遇到了些什么事情？"话到中途，流王殿下一记杀气腾腾的冷眼瞥过来，无涯子聪明地立刻改了称呼。

第二十五章 误解其意

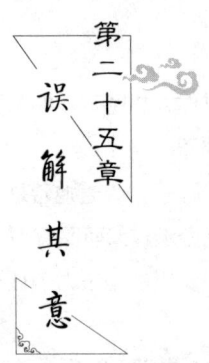

沐云流哼了一声,将煞气敛了,冷声道:"那画中世界本是静止不动的,却会出现三个幻象,那幻象,似乎是画中世界记录下来的往事。这三个画面分别是……"

沐云流的嗓音在书房回荡许久,无涯子三个人也终于知道了灵飞和苏杏儿进入画中世界之后的故事。

"你们认为,这三个幻象代表着什么?"沐云流并不急着说出灵飞的判断,而是将问题抛给了无涯子三个人去烦恼。集思广益,才能最大限度地还原真相。

三个人面面相觑了片刻,百视通和奇门道人都保持缄默,对此不发表任何意见。他们不过是凡夫俗子,就算会点儿奇门阵法,这画中世界的三个幻象也已经超出了他们对三界的认知。

此刻,无涯子便不得不开口了:"殿下,天界曾有传闻,两仙结合所生的孩子……天生仙骨。"

沐云流眸色微微一深,果然和灵飞所说的一样!不过,沐云流却不动声色地淡淡问道:"何为天生仙骨?"

"殿下,这便要从第一任天帝与天后开始说起了。"无涯子笑了笑,解释道,"在天地间最开始有了成仙者之后,第一对结为夫妻的上仙,诞下了一个麟儿……"

这个婴儿,天生仙骨,打从娘胎里就有了仙根,后来出生之后,短短一年时间,仙法便以惊人的速度增长。不过一个一岁的孩子,却拥有比其上仙父母强百倍的仙法,这结果惊呆了那对上仙夫妻。

于是,靠着这个天赋惊人的孩子,这对上仙夫妻成了第一任天帝与天后。天界被他们统治,而这对上仙夫妻在生下一个女儿之后,却发现这个女儿并没有仙骨。他们恍然大悟:必定是两仙结合,且生下的是男婴,才能是天生仙骨。于是,从这之后,天帝天后定了一个规定——但凡成仙者,禁止妄动凡心,不许婚配!

为了维护三界秩序,万年来天界只有天帝才能婚配,而且只允许生一个皇子。因此天界公主众多,皇子却只有一位。这便是为了防止天生仙骨的人太多,造成三界大乱。

待到无涯子将"天生仙骨"的历史说清,沐云流便冷冷一笑,提出质疑:"照你这么说，两仙结合所生的孩子为天生仙骨，并非天界不传之秘，而芸芸众生皆有私心，何以无人敢私自生下麟儿，反抗天帝天后？"

无涯子呵呵一笑："殿下有所不知，第一任天帝为了约束众仙，便在每位飞升的上仙身上打下一道禁咒，只有天帝可解此咒。一旦有仙破禁，天帝便会立刻知晓。"

沐云流凤眸微微一眯，倒是个城府极深的帝王！凡人飞升之时异象大动，位列仙班天界也必有记载，而天帝亲手打下这道禁咒，便会无一遗漏地掌控所有上仙了。

不过……

沐云流微一挑眉，又问道："那位天生仙骨的皇子就没想过篡位？"当皇子太久，不觊觎天下是不可能的，除非像他一样离经叛道对天下没有兴趣。

无涯子室了室，半晌才讪讪道："那位皇子，已是如今的天帝了。"

"哦？"沐云流这下子感兴趣了，微微坐直，斜睨着无涯子，"他果真篡位了？"

"那倒不是。"无涯子尴尬一笑，"只是当年妖族猖獗时，第一任天帝战死，所以他才成了天帝。"长生，不代表不会死，被敌人杀死就是生命的结束，还会魂飞魄散，永远消失于天地之间。

"坐收渔翁之利。"沐云流显然认定了如今的天帝，是故意坐视不理，等着继承大位的。

不过，无涯子却似乎有些欲言又止，片刻后又沉默了下去，并未反驳沐云流的话。

沐云流眼神何等锐利，他当即冷眼瞥向无涯子："你想说什么？"

无涯子神色微微僵了僵，这也被察觉了？明白流王殿下并不是个好糊弄的人，无涯子只好无奈地说道："我只是听一些老人说起过此事，说当初发生了一些事情，才使得天帝没有救下自己的父亲。"

"发生了一些事情？"沐云流微微眯眼，那是多严重的事情？竟然会导致堂堂仙法第一的皇子，没能及时去救下自己的父亲？

"我也不能肯定，因为那些说起此事的人，并不知当年的真相。"无涯子似乎有些惋惜，"天界中已经无人再提起此事，就连很多金仙也不清楚当年发生了什么。"

沐云流凤眸眯了眯，发觉话题有些扯远了。天帝的事情，与他何干？

"你突然提到天生仙骨的孩子，是何用意？"沐云流又靠回了椅背，神色淡然，提醒无涯子今日讨论的重点所在。

无涯子这才回过神来，忙道："殿下，我是认为，画中世界的幻象所提到的那个孩子，很可能是一个天生仙骨但不容于世的孩子。"

沐云流饶有兴致地一挑眉："但你说过，天帝会知道一切，何以这个孩子直到出世，天帝都没有发现那对夫妻已经诞下了孩子？"

"这个……"无涯子一时语塞，他确实想不到这其中的奥妙所在。

沐云流高深莫测地一笑，语气慵懒闲适："让本王来告诉你吧——既然孩子可以出世，那就说明天帝根本就知道这件事！"

无涯子闻言大惊："这、这怎么可能？"以天帝的铁石心肠，以及天条的约束，怎么可能自毁天规，纵容两仙结合，生下天生仙骨的孩子？

"法理不外乎人情，你怎么能保证天帝就没有想纵容的人？"沐云流勾唇一笑，语气笃定如亲眼所见。

无涯子彻底无言以对了，虽然他不认为这就是事实的真相，但他也没有驳斥流王殿下的依据。也许……这不是事实，但接近于真相。

这时候，百视通忽然插了一句嘴："殿下，那最后一个幻象中，天池中不是被丢入了一个盒子吗？我想，如果能够找到天池里的盒子，知道盒子里到底是什么东西，也许真相就会被揭开。"

无涯子哼了一声："你以为天池是那么容易进入的地方？"

"天界上仙常年生活在仙境，难道也不能进入天池？"百视通奇道。

无涯子又冷哼了一声："当今天界，恐怕除了天帝与天后，谁也不能进入天池！"

"天池这么厉害？"百视通一愣，确实有些没料到，不是走完天河就行了吗？

"天池乃天河尽头，天河到底有多长除了天帝与天后之外谁也不知道，何况很久很久之前天池便已经被封，设有仙阵守护，任何人不得入内，其他上仙就算有宝物可助，也无法进入天池了。"无涯子淡淡解释道。

无涯子这番话，让沐云流眸色更加高深莫测起来。莫非他所要寻的画中真相……竟与那两个三界中身份最高贵的存在有关？若是，那可就真有些棘手了。

沐云流所想到的，无涯子等三个人也想到了，一时间各人神色都有些凝重。他们就算有些本事，却也不能通天，何况是要从三界中最尊贵的天帝天后身上找答案。

书房内沉默气氛蔓延，让人有几分窒息。就在这时候，奇门道人忽然开口说道："殿下，或许我们无法到达天池，找到那盒子，但我们可以从另外一个人身上着手。"

奇门道人一句话，使得书房内几人眸色都是一凛。不错！除了天帝天后知道真相之外，还有那名藏匿婴儿的大罗金仙知道真相啊！

"你说的，是藏匿婴儿的大罗金仙。"沐云流眉眼一挑。

"是的。"奇门道人笑道，"无涯子似乎和天界有些渊源，如果能够找到这位大罗金仙，想必就又能查到许多不为人知的内幕了。"

沐云流微微颔首，这的确是除了天帝天后之外的唯一一个突破口了。

"无涯子，你如何说？"沐云流淡淡瞥向无涯子，却见无涯子脸色有几分涨红。

无涯子憋了半天才道："殿下，天界分门派，大罗金仙据说有几十人，要确定是哪位上仙收养了那个婴儿，真是难如登天的。"

无涯子并非推托，这件事要查起来确实有难度。

一则，收养了婴儿的大罗金仙，形同触犯天条之人的帮凶，追究起来肯定要定罪，所以时隔这么多年谁还愿意承认？二则，大罗金仙那么多，地位在天界又仅次于天帝，无涯子找谁去一个个问那些大罗金仙，谁当年收养了一个天生仙骨的婴儿？

而最重要的是，就算无涯子能通天界，找得到人帮忙，那些大罗金仙又是不是愿意抽出时间见客呢？除非是同等级别的上仙，否则还真没有这么大的面子。

沐云流看着无涯子憋屈的神色，稍稍明白了无涯子的为难，不过，一个疑问却让他不得不问："你效力本王，所为何来？"

所有流王府门客之中，无涯子跟着流王殿下的时间最久——已经超过十年的时间了。而其他流王府门客，至少一半是冲着无涯子的面子才来的。譬如百视通和奇门道人，这两个怪才便是跟着无涯子来投奔的。

"这个……"无涯子略有些犹豫。

"本王以前不知你上通天界，如今既然知道，你若不说出个让本王信服的理由来，恐怕流王府你也再待不下去。"沐云流的嘴角缓缓勾出一抹冷冽弧度。

无涯子看着流王殿下的神情，心里一凛，只好如实说道："其实，我是奉了师命来流王府的。"

师命？沐云流凤眸微微一眯，颔首："继续说下去。"

无涯子苦笑道："我得一仙缘，拜了天界一位玄仙为师，从此潜心修炼，一心向仙。而在十年前，玄仙师父突然让我投奔流王府，还说我必能得我所想。师命不敢违，于是我便投奔了殿下。"

没想到，这一待，就是十年过去了。虽然他至今什么也没有得到，可在知道殿下有那样一幅画之后，他便信心百倍了——只要破解那幅画的秘密，他便能如他玄仙师父所说，得他所想！

沐云流想不到会得这样一个答案，眸中微微闪过一抹意外。他随即问道："玄仙在天界算什么级别？"

"天界上仙不但分门派，还分等级，初始飞升为仙的为散仙，经过修炼后逐步提升为真仙、玄仙、金仙，然后经过数万年的修炼，才能成为仙法强大的大罗金仙，而上仙之中最为厉害的，便是混元大罗金仙，至今天界也不过寥寥几个人而已。"无涯子简单解释了一遍，随后叹气，"我师父虽为玄仙，但也是见不着大罗金仙的。"

原来如此。百视通和奇门道人对视了一眼，恍然大悟：难怪无涯子一直不肯说，他为何要投奔流王殿下，原来事关他师父的身份！

"如你所说,那天帝又是何级别？"沐云流将无涯子所说一一记下,又淡淡问道。

无涯子神色顿时肃然起敬："万万年的修炼，让天生仙骨的天帝早已超出这等

级范围,因他仙法太过强大,所以天界中称他的境界为仙圣,他的法力……"

仙圣,三界之中唯有这么一个人。所以,天帝是号令天界的神明,见识过天帝出手的上仙,从来不敢妄想推翻天帝的统治,无条件服从着。

至于妖界……妖界大魔曾让天帝的父亲魂飞魄散,所以天帝对妖是深恶痛绝。这也是天界数万年来仇视妖界,也极力反对妖精修仙的原因。

听得无涯子这一说,沐云流便冷笑了一声:"你说天界不许妖精修仙,但又为何如本王听说,许久之前,曾有一位狐仙娘娘出现?"

无涯子先是有些惊讶,随后想到了灵飞,便恍悟流王殿下为何知道此事了。他便苦笑了一下:"对于这位狐仙娘娘,天界不知为何是讳莫如深的,哪怕是我那玄仙师父,恐怕也对这位狐仙娘娘的事迹不了解。所以殿下问我这位狐仙娘娘的事,我真的是一点儿都不知情。"

沐云流若有所思地盯着无涯子看了一会儿,确定无涯子没有撒谎,这才淡淡道:"灵儿很是崇拜这位狐仙娘娘,而你说天界对这位狐仙娘娘的事讳莫如深,那么这位狐仙娘娘的事,恐怕有所蹊跷。"

说着,沐云流站了起来,下令:"你若真效忠本王,便替本王去查这位狐仙娘娘的事,本王不管你用什么方法——本王只要答案!"

那一抹翩然白影负手而立,身形伟岸颀长,眼底冰冷寒冽,举手投足间霸气十足,脸上是全然无法遮掩的绝世锋芒。他的五官,明明是如此雅致绝美,浑身却透出让人心惊的王者之气,仿若天地间高贵神明,遥不可仰。

无涯子心底狠狠一震!半晌,他情不自禁地拱手领命:"殿下放心,我一定竭尽全力,完成殿下的任务!"

沐云流眉眼淡淡一挑,神色间流露出几分满意:"很好。"然后,他便扬长而去。

无涯子侧眸,看着那抹颀长身影,心头震动依旧未消。他感到——流王殿下并未说出心底真正所想……

其实无涯子猜得一点儿都不错,沐云流的确没有说出他让无涯子去查狐仙娘娘事的真正原因。结合灵飞所述画中世界的幻象,再加上无涯子所说的天界往事,沐云流很轻易地将画中世界那名白衣女子,与狐仙娘娘联想到了一块儿。

何以天界会对这位狐仙娘娘的事迹讳莫如深?一定是当年发生过什么重大的变故,导致天界无仙敢谈及这位狐仙娘娘!所以,沐云流有八成把握,只要查出这位狐仙娘娘的事,以及她的下落,定然能破解至少一半的画中秘密!

"灵儿醒了?"回到房间外,沐云流听见里面没有动静,便问守在门口的丫鬟。

丫鬟跪地回道:"回殿下,灵儿姑娘一直未醒。"

沐云流便忍不住勾唇失笑,这贪睡的小东西,看来画中世界一行,真是让她累坏了。那一抹笑容，清浅而妖娆，勾人心魂，高贵的脸上宛若谪仙纯净。

跪地的丫鬟偷瞄一眼，顿时怔住了。殿下真的好……美啊！她觉得，这世上不会再有比殿下更美的男子了。

"来人。"沐云流忽然一声冰冷沉喝，犀利的视线直直盯着面前丫鬟，令那丫鬟心中一惊，冷汗直冒。

暗卫立刻现身，跪地："殿下。"

"赶出去。"沐云流看了一眼脸色苍白的丫鬟，随后推开房门走了进去。

"是，殿下。"暗卫一看那丫鬟的神色，就知道她又犯了殿下的大忌了，顿时伸手一拎，便将那丫鬟拎在手中，如箭矢一般射了出去，直接丢到了流王府外。

沐云流一脸冰霜地走进房间，却见灵飞已经醒了，睁着一双狭长的狐狸眼望着他，有几分刚醒的憨态可掬。流王殿下的脸部表情顿时硬生生地转为温柔，由于转得太快还看着有几分僵硬。

"本王吵醒灵儿了？"沐云流低笑问道。

灵飞很诚实地点头："你推门好大声。"接着，她又问了句："谁惹你生气了？"

沐云流顿时笑出声来，这小东西，倒是越来越了解他了。

"一个不长眼的下人。"沐云流依旧笑着，只是眼眸中冷意一闪而过。

灵飞毫不知情，在她进流王府之前，流王府是根本没有姑娘出现的，所以她才那么理所当然地被所有人当成了流王殿下的宠妾。

"噢……"灵飞一听是个下人惹恼了沐云流，顿时知道以沐云流的脾气，肯定已经把那个下人给罚了，便也不再说什么。

"灵儿还在生本王的气？"沐云流忽地神色一阵哀怨。

"为什么这么问？"灵飞不解地看着他。

沐云流哀怨无比地说到："因为灵儿不肯变回人形。"

灵飞眸色闪了闪，支支吾吾道："这个……"她能说，方才她醒来，看见沐云流朝她走过来，她就在想这回事吗？

"在本王面前，灵儿无须伪装，做最真实的自己便好。"沐云流笑着鼓励道，"所以灵儿想说什么，便说吧。"小东西单纯得很，他有一百种方法让她不再生气。

"我想问你，真的是因为我可爱，你才会留下我的吗？"灵飞眨了眨眼，问道。

沐云流瞅了她一会儿，给了个模棱两可的答案："也不尽然。"

灵飞蹙了蹙眉："不尽然的意思是……即便我不可爱，不萌，你也想留下我？"

"嗯！"沐云流挑了挑眉，灵儿还是很聪明的嘛！

灵儿眉头蹙得更紧了，想了半天又问道："那要怎样，你才不想留下我呢？"

"不管怎样，本王都想灵儿留下来。"沐云流失笑，仿佛要给她吃定心丸一样。

灵飞看了沐云流一会儿，仍旧不死心地问道："我是说如果，我变成什么样你才不会再让我留下来了呢？"

沐云流见灵飞颇为认真的模样，一时也起了逗弄之意，随口道："如果一定要找一个本王不会再让灵儿留下来的原因，那可能是因为灵儿是男人吧！"

沐云流虽是随口一答，但却也有几分真实。不管灵飞再怎么可爱，若当初流王殿下见到的是一只公狐狸，是一个绝美的男子，想必流王殿下怎么也不会大发善心，将性别为男的灵飞带回流王府吧？

这样啊……灵飞若有所思地瞅着面前俊美无双的男子，心里恍悟了。原来，只要她不是女子，是男子，他就不会想留下她了啊！

"灵儿在想什么呢？"沐云流浑然不知他一句腹黑逗弄之语，已经将灵飞带到沟里去了。

"在想那个孩子现在到底在哪里啊！"灵飞没有说谎，她趴下来之后，的确在想之前和沐云流的讨论。讨论还没结束她就睡着了，现在又睡了一觉，精神好了许多，她便自然而然想到了之前还未讨论完的事情。到底，怎样才能找出画里的秘密？到底，那三个人是谁，那个孩子如今又在哪儿呢？

沐云流闻言，心中一暖。小东西定是还记着两月之限，所以才如此煞费苦心地想要将画中秘密破解，这都是为了他啊！

"灵儿说过，画中除了那与苏杏儿长得很像的粉衣女子之外，还有一名白衣女子。那么灵儿可否试着联想一下，灵儿幼年时遇到的那名白衣仙人，与这画中的白衣女子是同一个人呢？"沐云流摸着灵飞软软的狐狸毛，轻声但认真地说道。

灵飞一下子抬高脑袋，一双狐狸眼瞪得老大。她幼年时遇到的那位白衣仙人，和画中世界的白衣女子是同一个人？

灵飞起初震惊到不行，但随着理智渐渐沉淀，她开始认真回忆起来——也许，沐云流的假设也并不是不可能的呢！她记得她当时太累了，迷迷糊糊地睡着了，后来那个白色身影出现时，她努力地想要睁大眼睛看清楚，却还是只看到一个白色身影，没看清对方的长相。不过……那个白色身影很纤瘦，略高挑，身上弥漫着仙气。

灵飞又仔细回想画中世界的那名白衣女子，虽然当时那名白衣女子一直被那名男子护着，可若说身形的话……竟有七八分相似！对了，还有声音！幼年虽在迷糊之中，可对那白衣仙人的声音是有记忆的，现在再一对比画中世界女子的声音，虽然后者语气略微高昂惊慌，但那是有原因的。

当时白衣女子惊慌，语气不稳，是因为粉衣女子提到了她的孩子！若细细比较声线，竟然也似乎对得上！

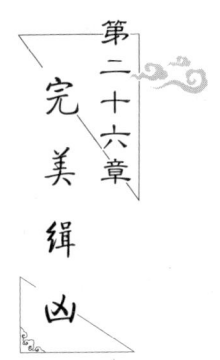

第二十六章 完美缉凶

"沐云流，我觉得，你说的有可能是真的……"灵飞凑上前，爪子搭上沐云流的手臂，晶亮的狭长狐狸眼望着上方的男人，"那个画中世界的白衣女子，就是帮我除掉身上妖气的仙人！"

沐云流丝毫不怀疑灵飞的记性，他已经领教过多次了。于是，他又轻笑问道："那么灵儿可曾想过，这个帮你除掉妖气的仙人，其实就是你一直崇拜的狐仙娘娘？"

"什么？"灵飞骤然睁圆了眼睛，不敢置信地惊呼，"这怎么可能？"狐仙娘娘只存在于传说中啊！

好像很久以前，狐仙娘娘就下落不明了，连狐族现如今最老最老的长辈，都不知道狐族这位唯一的狐仙娘娘到底去了哪里。所以怎么可能，她幼年遇到的恩人，会是传说中的狐仙娘娘呢？而且如果狐仙娘娘没有失踪，为什么要躲起来呢？

"有可能。"沐云流轻轻点头，眸色柔和地看着震惊的灵飞，勾唇分析道，"你想想看，天界是不是一直都反感妖界，还不许妖精修炼成仙？"

"是！"灵飞提到这个就一脸不爽，凭什么要歧视妖精？妖精也有好的呀！有些凡人，比妖精还要坏上一百倍呢！

"那么，既然那些上仙如此讨厌妖精，又怎么会贸然出手帮你一只小灵狐呢？"沐云流一针见血地指出症结所在。

灵飞一下子呆住了。

是啊……如果幼年遇到的那位仙人不是狐仙娘娘，而是其他上仙，怎么可能出手帮她呢？她当时不过是一只幼狐罢了，毫无法力，上仙见到她这只妖精不出手杀了她已经是天大的仁慈，又怎么会帮她除掉身上的妖气？

难道……

"依本王看，只有和你是同样出身的狐仙娘娘，才有这份仁慈来帮你躲开道士的追杀，还帮你除掉身上的妖气。"沐云流语气笃定地说道。

灵飞眼中浮现一抹淡淡困惑："可是，如果她真的是狐仙娘娘，为什么要眼睁睁看着我爹娘被道士杀死呢？"狐仙娘娘不应该出来庇护本族后裔吗？

"灵儿说过，当时灵儿躲进了一个洞里，之后才被洞里的灵气吸下去。若本王所猜不错，这位狐仙娘娘一定是被困住了，所以无法出手相助。"沐云流继续分析。

"可是她却救了我……"灵飞百思不得其解，"难道真是机缘巧合吗？"事后她曾去找过那个洞，可却怎么也找不着了，明明是一样的路。

"无论如何，其中必有内情，否则一只好不容易成仙的狐狸，怎会在成仙之后躲起来？"沐云流清楚灵飞修仙的决心，而他仿若也从灵飞身上，看到了那位狐仙娘娘的影子。

灵飞此刻也脑洞大开，望着沐云流轻声道："你说……会不会她触犯了天条，所以被关起来了？"

"恐怕真相还不止如此。"沐云流淡淡一笑，眸色坚定，"因为，天界众仙对她的事情讳莫如深，且知道她下落的仙人更是寥寥无几。"

"你怎么知道？"灵飞眸色讶然，连她都不知道呢！

沐云流神秘莫测地一笑："本王厉害吧？所以，灵儿要乖乖听本王的话，不然本王就欺负灵儿，让灵儿生生世世逃不出本王的手掌心！"

吓！灵飞退后几步，看怪物似的看着沐云流，心道生生世世……那她还要不要成仙了？

"小灵儿真不禁吓，笨蛋……"沐云流见灵飞眼中那一抹异色，顿时轻笑出了声，使劲儿揉了揉灵飞的脑袋。

灵飞不禁在心里抱怨，这男人，一天不逗她就不舒服呢！转念想到狐仙娘娘下落不明，而狐仙娘娘很可能就是自己幼年时的恩人，灵飞不禁有些哀怨："如果我可以早日成仙就好了，那我一定会知道狐仙娘娘到底怎么了。"

"傻瓜，你就算能立马飞升成仙，也不过是个小小散仙，怎么可能知道连那些大罗金仙都不知道的事情？"沐云流好笑地看着灵飞，语气着实有几分欠扁。

"散仙？大罗金仙？"灵飞蒙了，傻傻地看着沐云流，模样十分憨态可掬。

这回轮到沐云流讶异了："难道灵儿不知天界众仙有等级之分？"

"我不知道啊！"灵飞立马求知若渴，萌萌的双眼睁大，问道，"你刚刚说什么散仙，大罗金仙？"

大罗金仙她倒是听过，画中世界那粉衣女子曾提到过，那个婴儿就被寄养在一个大罗金仙那里。散仙，她却听都没听过。除了雷公电母之外……她唯一见过的仙人，就是幼年那不真切的白影了。

沐云流一见灵飞求知若渴，顿时凤眸一眯，邪邪笑道："好，灵儿若恢复人形，本王便将本王所知道的，一五一十地告诉灵儿，如何？"

灵飞顿时皱了皱小狐狸鼻子，这男人可真懂得要挟她啊！不过……算了，反正她已经想好办法对付他了，现在就暂且让他得逞好了。

于是,灵飞骤然一变,变成少女靠在软榻的扶手上,笑脸盈盈。

什么叫差异?差异便是眼前本是一只萌萌的小灵狐,只让人心头觉得可爱,可转眼便变成了一位绝美仙子,让人心动,情愫满溢。

灵飞却浑然不知沐云流此刻心中所想,摇晃他手臂催促道:"快说,天界众仙分哪些等级!"

唉,真是遇狐不淑啊……沐云流摇了摇头,这才收敛心神,详细叙说道:"本王听说,初始飞升成仙后,只能是散仙,而经过漫长的修炼才能逐步提升为真仙、玄仙、金仙……"

"那大罗金仙呢?"灵飞迫不及待地问道。

"别急,听本王慢慢说完。"沐云流笑着拍拍她的手背,又往下说道,"而仙法强大的大罗金仙,需要经过数万年的修炼,至于上仙之中最为厉害的,便是混元大罗金仙,听说天界如今也不过寥寥几人而已。"

沐云流几乎是全文背诵无涯子的话,灵飞听了却崇拜不已。这个男人,真的是什么都知道呢!比她二师哥都厉害!

看着灵飞崇拜的小眼神,沐云流眸中满满的都是笑意,又道:"不过,混元大罗金仙再厉害,也比不过那天帝,因他天生仙骨,仙法强大到令人仰视的地步,所以众仙将他的级别奉为仙圣。"

灵飞惊呼:"原来天帝天生仙骨?"她只因好奇问过狐族中老人,为何天界禁止仙人妄动凡心,才知两仙结合会生下天生仙骨的孩子。然而她却并不知道,天帝便是天界唯一一个天生仙骨的仙。

天生仙骨,难怪可以成为天帝。

"嗯。"沐云流眼中有淡淡流光闪过,莹润唇角微微一勾,道,"而每一个仙人到达天界、位列仙班之初,体内禁咒便是天帝亲手所施。"

"禁咒?"灵飞不明所以地望着沐云流,何为禁咒?

沐云流解释道:"这是天帝用来掌控天界众仙是否妄动凡心,有了这道禁咒,任何仙人行了不该行之事,天帝都会知道。"

"啊……"灵飞低讶了一声,多年的疑惑终于解开——她知道天界禁止仙人妄动凡心之后,便一直在奇怪那么多仙人,天界是如何有效约束他们的。

初始的讶异之后,灵飞却猛然想到一个问题,秀眉顿时高高挑起:"既然每个仙人体内都有天帝亲手所施的这道禁咒,怎么画中世界里那对仙人没有被发现呢?"他们不但违反了,还有了一个天生仙骨的孩子!

沐云流笑了起来:"本王认为呢……天帝是早知此事的。"

"什么?"灵飞眸子倏地瞪得圆滚滚,瞳孔一瞬间放大,"怎么可能?天帝是

三界帝王，他怎么可能允许天生仙骨的孩子出世？"除非……除非……

"孩子既然能够生下来，必然是天帝纵容，否则天帝早就下令将二仙贬为凡人。"沐云流淡淡说道，对自己这个推测毫不质疑。

灵飞有些心神不定，仿佛没听到沐云流说话似的，呆呆望着沐云流衣袍上的龙爪图案，神色恍惚。

"灵儿，怎么了？"沐云流发现了灵飞的异样，伸手轻拍她脸颊。

灵飞神色依旧异样，但却抬眸看了沐云流一眼，摇头："没什么，只是太震惊于天帝会纵容那对仙人了。"

沐云流眉峰顿时微微一蹙，凭多日来对这小东西的了解，他敢肯定她方才心中想的不是这件事。但，有什么是她不想说，甚至对他也不愿说出来的事呢？

就在沐云流想着如何将灵飞的心事套出来时，房门外突然传来了朱林的声音："殿下，流王府外围了大批百姓，眼下已是水泄不通！百姓们叫嚣着要流王府交出……"

交出什么，朱林不敢说。不过，沐云流和灵飞对视一眼，均是知道百姓们围攻流王府，所为何来——必然是为了灵飞这只小狐妖！

"查出是何人鼓动了？"虽然觉得朱林有时候太过迂腐，但沐云流并不怀疑朱林的办事能力。

"是东宫太子。"朱林冷静回答，语气有一丝不屑。堂堂东宫太子，在朱林心里屁都不是，他唯一效忠的人只有他家流王殿下而已。

沐云流唇角冷冽一勾：他这位兄长忍耐了这么久，到底是忍不住出手了。以为是什么奇招，想不到，依旧如此下三烂，真是愚蠢得不可救药！难怪父皇不想将江山托付给他。

"本王稍后出来，你先去门口等候。"沐云流淡淡出声，语气冷冽冰寒，带着一股暴风雨前的平静。

"是，殿下。"朱林心中颤了颤，感觉今日流王府门口又将血光四溅，不禁摇了摇头。这位东宫太子也真是的，屡屡针对他家殿下，殊不知他家殿下若真对江山有意，早就抢过来了好吗？毕竟，凌帝求之不得呢！

将朱林赶走之后，沐云流牵过灵飞的手轻轻拍了拍，勾唇笑道："灵儿在房里休息，本王出去应付应付便回来。"

灵飞知道那些百姓是东宫太子派人煽动来流王府的，不免有几分担忧："你行吗？要不，我陪你一起？"

"放心，区区一个沐云柏，还不是本王的对手。"沐云流浅笑着淡淡起身，"本王去去便回。"

沐云流转身便离开了房间，大步流星走向流王府门口。一出门便换了张生人勿近的冰冷面孔，鹰隼般倨傲的眸子透着浓浓的嗜血妖娆，令人生寒。

"参见殿下！"沐云流一出现在流王府门口，所有冷冽持刀的侍卫们便纷纷跪下，齐齐向沐云流参拜。

沐云流大手一挥，侍卫们顿时齐声叩谢，起身后继续虎视眈眈地看着将流王府围得水泄不通的百姓们。

"想造反？"沐云流薄唇紧抿，眸光冰冷地扫视了一圈，语气异常寒冽。只消一眼，流王殿下便看出百姓中有几人是乔装打扮，应是太子沐云柘的人。

眼神——流王殿下身经百战，自然分辨得出长年摸刀剑之人的眼神有何不同。而他料定，这几人稍后必然会发难，鼓动百姓。

"流王殿下"四个字，顿时让本在吵闹不休的百姓们安静下来，全都用敬畏的眼神看着如天神般负手立于流王府门口的流王殿下。

流王殿下，在太平王朝代表着绝对权威！敢在他面前嚣张的人，放眼当世没有几个。

过了好一会儿，才有一个微颤的声音在人群中响起："流王爷英明神武，如今却被狐妖所惑，危及朝纲，草民等是为流王爷着想，希望流王爷交出那只狐妖，让道士作法灭了她！"

那个人藏得极深，因身材矮小的关系，一眼望去也不知是谁开的口，总而言之前面黑压压的人群，将那个人完全遮住了。闹事者，总是差一个领头的人，此刻既有人领了头，百姓们顿时纷纷壮胆，举着拳头闹了起来。

"对！狐妖不灭，朝纲难平！"

"流王殿下是我们的国之栋梁，我们绝不能看着流王殿下被狐妖所惑！"

"交出狐妖！交出狐妖！"

"狐妖惑人乱世，理当处死！"

面对百姓们的愤怒，流王殿下只是缓缓勾出一抹淡漠的笑容，带了几丝嚣张傲慢之意。只听他嗓音低沉邪魅地说道："将那穿灰布衣裳，身高四尺八，一脸正气的家伙，给本王拎出来！"

朱林迅速往人群中一扫，由于身在流王府门口，处于高处，很快便找到了他家殿下所描述的那个人。而那个人，见机不妙似乎想转身离开。

"是！"朱林冷冷一笑，大声一应之后疾射而出！

朱林一把抓住那欲逃跑的矮小男子，一个掠身返回流王府门口，将那矮小男子重重地摔在了地上。矮小男子发出一声痛呼，狼狈不堪地跪在了地上："流王爷饶命，草民只是路过，只是路过啊……"发声之际，却似乎有意扬高了自己的声音。

流王殿下勾唇一笑,高高在上地俯视跪在台阶下的人,语气凉薄:"本王不但过目不忘,而且过耳不忘——说吧,是谁派你来流王府捣乱的?"

朱林毫不怀疑他家殿下的眼力及耳力,顿时一脚踹了过去,厉喝道:"快说!否则你今日会死得很难看!"

矮小男子脸色一阵苍白,豆大的汗珠往下滴落,支支吾吾道:"草民……草民真的是路过。"

朱林眸色一寒,顿时伸手,快速在矮小男子身上动作了一番。紧接着,百姓们就听到一阵凄厉的惨叫声响起!

"啊——"矮小男子痛得满地打滚,原本就苍白的脸色此刻更是一丝血色都没有。

有知情者,偷偷告诉周边人群:"那是分筋错骨手,很是厉害,简直比凌迟还让人痛苦一百倍,关键是怎么都不会死。"

百姓们顿时大骇,原以为是法不责众,谁知道流王殿下竟能那么容易便找出开口发难的人呢?他们若再说话,难保下一个不是自己。

一瞬间,百姓们全部低头噤声不语了。

就在此刻,一个年轻人挺身而出,声色俱厉:"流王殿下身为王爷,本该爱民如子,想不到如今被狐妖所迷,竟是如此残忍暴戾!看来,流王殿下已经中妖术太深,无可救药了!"

流王殿下淡淡抬眸,眯眼看着这挺身而出的年轻人,视线阴寒而高深莫测。

围观百姓们纷纷退后一步,表示跟这挺身而出的家伙没有半点儿关系。但出乎人们意料的是,流王殿下只是有些好笑地一扬袖,淡淡下令:"将这个迂腐文人给本王丢出京城,三年内不许他上京赶考。"

那挺身而出的年轻人一怔,顿时脸上失了血色。他才刚刚进京而已,三个月之后就是大考,他好不容易……而眼见侍卫逼近自己,文人的骨气使得他愣是没有开口求饶,只是神色有些淡淡的绝望。

侍卫们将那年轻人轻易拎起,正要离开之际,只听流王殿下又淡淡一扬手:"倒是有些骨气,放了他!"

侍卫们怔了一下之后才松开手,全部退回流王殿下身后。

"你以下犯上,触怒本王,本该罚你三年不得进京赶考,不过念在你涉世未深,本王就网开一面,你速速退下,本王既往不咎。"流王殿下神色深不可测,"有些事,并非表面看来那般简单。"

那年轻人从地狱到天堂,一时竟回不了神。半晌,他才指着那名还在哀号打滚的矮小男子,疑惑不解道:"为何流王爷放过小生,却不肯放过他?"

流王殿下扬起一抹凉薄笑容："因为他，罪有应得！"

此刻，那矮小男子竟硬生生地还挨着疼痛，死都不肯松口，只一直大叫他冤枉。

朱林见百姓们都露出了惊恐的表情，思忖片刻后，上前压制住那矮小男子，冷笑低声道："虽说祸不及妻儿，但你若冥顽不灵，流王府不会对你家人手下留情。你要相信，流王府绝对能够查出你的身份，谁也保不住你！"

那矮小男子顿时扭曲了五官，却不是疼痛所致。

朱林见那矮小男子神色，知道他已经动摇，立刻伸手快速将他筋骨复原。然后，他冷冷对身边一名流王府侍卫喝道："立刻查此人身份，查出之后，诛灭九族！"

"是！管家！"那侍卫当即拱手领命，准备去办差。

尽管沐云流就在流王府门口，玉树临风犹如天神，神色冷冽令人心惊，但流王府侍卫对于朱林的话，却是毫无犹豫。

围观者顿时明白，这朱林在流王府身份地位真是高到了极致，以至于有些事情他可以自行做主而不必请示流王殿下。很显然，这是流王殿下的放纵。

而此刻，矮小男子猛然扑上前，抱住了那侍卫的大腿，咬牙道："不！一人做事一人当，我……我愿意说出幕后主使！"简单的四个字——诛灭九族，却足以使任何人脸色大变。

"说！"朱林上前一步，厉声沉喝。

"是……"矮小男子刚说出一个字，一道凌厉箭矢突然划破长空，朝他咽喉处杀气腾腾地射来！

朱林发现异响，立刻回身一掌拍出！但那箭矢射出的力道竟然十分强大而奇特，朱林一掌将箭矢震为两支，一支射向流王殿下，一支则仍旧沿着原来的方向，笔直射向矮小男子咽喉！

"殿下！"朱林和其他侍卫都是大骇，急忙纷纷扑向沐云流。

惊魂时刻，沐云流却唇角慵懒地一勾，身形一跃直迎向朝他飞来的箭矢。

"殿下！"流王府众人都吓坏了，尽管知道他们殿下武功高强，却见此险情仍是忍不住出了一身冷汗。

只见沐云流身形犹如一只轻盈的鹰隼，在半空中长袖一卷，卷走了即将射穿矮小男子咽喉的箭矢，而且同时一掌将朝他射来的箭矢震了个粉碎！几乎是同一时间，沐云流眼神一厉，长袖一抛，一股强大无形的内劲，顿时将卷起的箭矢凌厉地朝一个方向射出！

"扑通"一声，从流王府斜对面一个巷弄的墙上，重重跌下来一个人。

流王府侍卫不消谁吩咐，立刻冲向巷弄，不过转瞬间便奔回流王府门口，将身上插着一支箭矢的人丢在了地上。

沐云流完美地回到原位，姿态优雅得仿佛从不曾离开过一样，脸上依旧是凉薄慵懒的神色，让人看着却尤为高深莫测。

流王殿下实在太厉害了！所有围观百姓都在心里发出暗叹，这样的神人，谁和他作对都是死路一条啊！顿时，先前涌起的那股正义感，不知不觉就因为惧怕和敬畏而烟消云散了。

"你、你竟然想杀我？"矮小男子本就因疼痛和惧怕而扭曲了五官，但他看清中了一箭的人时，五官更是扭曲到狰狞。

中箭的人是胸口中箭，只有出的气，几乎没有进的气了，此刻根本不能回答矮小男子的话。

矮小男子却一瞬间明白了所有的事，顿时咬牙，狰狞道："太子殿下不仁，也就别怪我无义了！"说着，他挣扎着起身，"扑通"一声朝沐云流跪下："流王爷，我全说！是太子殿下派我来煽动百姓，到流王府闹事的！"

沐云流依旧一脸高深莫测，却似乎并不打算接话。

朱林便冷笑一声，问道："太子殿下这么做，有什么好处？"

"太子殿下说，以流王爷的个性，定不会将狐妖交出，而如此一来，全天下的人都知道流王爷被狐妖所惑，流王爷就会失了民心。而且，流王爷很有可能大开杀戒，到时候连皇上也保不住流王爷！"

那矮小男子到了这个关头，什么也不顾，便全说了。只要不诛灭九族，就算他一人受死，也是不幸中的万幸。

百姓们瞬间哗然！原来，所谓的伸张正义、为民除害只是个幌子，真正的目的是扳倒流王殿下！而幕后指使者，竟然是平日看似温和的东宫太子！

"太过分了！竟然利用我们！"

"就是，太子要真想灭了那狐妖，自己去请道士来捉妖啊！"

"这真是太子做的吗？会不会是有人诬陷？"

"是啊，平时太子温和谦恭，怎么看都不像是会做出这种事的人啊……"

一时之间，百姓议论纷纷，有的愤慨，有的半信半疑，也有的彻底怀疑。

在一片哄闹之中，沐云流抬了抬手，衣袖飘飘，若神似仙。顿时，所有百姓都安静了下来，全部目不转睛地看着流王府门口的流王殿下——流王殿下，会怎么做呢？

在众目睽睽之下，尊贵的流王殿下，忽然开始宽衣解带。

第二十七章 神秘信函

"嘶"！众人倒抽一口凉气，这是什么情况？

饶是伺候流王殿下多年的朱林朱管家，这会儿也不明所以了，忍不住上前一步弱弱道："殿下……"

流王殿下却恍若未闻，当众脱下了外层蟒袍——那件象征着王爷身份的蟒袍。

"这宵小之辈，说本王的兄长意欲陷害本王，本王一个字都不信！"沐云流神色中有说不出的阴魅，深不可测，看着却又是那样认真。说着，他话锋一转："不过，今日你们这一闹，本王倒是自觉惭愧——既然如此，本王便为灵儿放弃王爷身份，当一个庶民吧！"

百姓们全都惊呆了，流王府一干人等也惊呆了！什么？流王殿下竟然要自贬身份，当一个庶民？不不不，就算流王殿下成了庶民，那也一定是最高贵的庶民，绝不会很低等。可是，为了一只狐妖放弃王爷身份？这未免太不可思议了！

趴在墙头的那抹雪白身影狠狠一震，心头涌上说不出的复杂异样的感受。眼见沐云流即将转身回府，雪白身影迅速溜下了墙头，摇身一变成了少女，疾步走出流王府，一把拉住了沐云流！

"你不能这么做！"灵飞急切地看着沐云流坚定的眼神，但那眼神越是坚定，她越心惊。

灵飞几乎不出流王府一步，除了那日进京时有些人看过她的样貌，京城中人大部分不知她到底有多美。此刻她一出现，不少人顿时倒吸一口气。原来那只狐妖这么美！难怪流王殿下愿意为了她放弃王位！

只见她身形纤瘦匀称，小脸上脂粉未施，却依旧清丽出尘，似没有沾染上一丝丝红尘的俗气，仿佛不食人间烟火的仙子。那一双迷蒙着水雾的清眸，如此娴静安然，令人一望不可自拔。

沐云流深深看进灵飞眼底，认真地说道："本王决定的事，没有人可以更改。"

灵飞心头狠狠一震！她心中虽激荡，神色却是满满的无措。灵飞退后了一步，一双纯净的眼睛微微惶然。不，不该是这样的。他是她的救命恩人，她也想知恩图报，可她并不想跟他有其他的关系。

因为……不能。

"不能,我是妖……不能,绝对不能!"灵飞摇头,一直退后,退到无路可退了,她忽然一个转身,纤影拔地而起,飞快地跃向半空。很快,消失在众人眼前,只留下那一抹翩然清丽的白影,令人回味无穷。

沐云流眼眸微微深了深,看清灵飞去往的方向是相府,薄唇抿了一下后,转身回府内换便衣。然后,沐云流才施展轻功,朝相府奔去。要得知灵儿的真正想法,他只能少安毋躁,偷听壁角。为了灵儿,梁上君子他也不惜去做。

至于流王府门口,众人早就目瞪口呆——他们毕竟是头一次见着真正的狐妖,也莫怪他们回不了神。

朱林自然负责善后,不过对于东宫太子沐云柘,他却无法插手,心想着等殿下忙完灵飞的事,自然会去处理的。

却说灵飞满心惶然地飞进相府后,不费吹灰之力就找到了在房间绣花的苏杏儿。

"杏儿!"灵飞从窗口跃入房中,一把抓住了苏杏儿。

苏杏儿吓了一跳,一见是灵飞才定下神来:"姐姐这是怎么了?"

从画中世界回来之后,苏杏儿便在相府里陪父亲苏城易,几乎大门不出二门不迈,对外界事情完全不知。苏城易经过险些失去爱女的惊吓后,也对灵飞一事不再关心,更不会在爱女面前提起灵飞。

"我该怎么办?"灵飞有些六神无主,"我该怎么办?沐云流他要为我放弃王爷的身份!"

苏杏儿一怔,半晌才反应过来。果然,她猜得一点儿都没错,流王殿下对灵飞真的是不打算放手呢!

"姐姐,先过来坐下,喝杯水。"苏杏儿看出灵飞此刻心绪慌乱,便拉着灵飞到桌前坐下,给灵飞倒了一杯水。

灵飞接过一口喝尽,看着苏杏儿,问道:"杏儿,我该怎么办?我是不能和他在一起的啊!"

苏杏儿当然知道灵飞和沐云流在一起会不容于世,不过,她更舍不得流王殿下因不能得到而痛苦。

"我看姐姐对流王殿下并非无意,对吗?"苏杏儿提醒灵飞要面对自己的内心。

灵飞却摇了摇头:"他只是我的恩人。"

苏杏儿明白,灵飞立志修仙,所以绝对不会有其他想法。

"姐姐就不能为流王殿下放弃修仙?"苏杏儿叹了口气,"位列仙班,真的有那么好吗?"如果是她,她宁可折寿,也要选流王殿下。

灵飞震惊地看着苏杏儿:"那怎么可以?如果不修仙,我就终身是妖啊!"

"是妖又如何？"苏杏儿淡淡一笑，"只要流王殿下不介意你是妖，全天下的人介意又有何妨？"

灵飞怔怔地看了苏杏儿一会儿，忽然重重叹了口气："看来，杏儿你并不明白，妖至凡间，有多么不容于天道。"

"不容于天道？"苏杏儿敏锐地感觉灵飞话中有话。

只见灵飞淡淡起身，站在窗前看着外面迎风摇曳的花儿，语气苦涩："你力劝我放弃修仙，无非是不想让沐云流为我痛苦，但你不知，如果我真的为了他放弃修仙，那才是真的害了他。"

苏杏儿也起身，走到灵飞身旁，看着她苦涩的侧脸，略有些紧张地问道："如果姐姐为流王殿下放弃修仙，会怎么样？"

"天界绝不会容许我这么做！"灵飞语气肯定，"天界会派上仙捉我这只妖精。而以他的个性，很可能和天界作对，你想看到这种结果吗？"

"这……"苏杏儿非常震惊，一时间也没辙了，想不出什么好的解决办法。

灵飞看着苏杏儿，像是在做什么决定一般，微微咬牙道："杏儿，我有一件事想让你帮我。"

苏杏儿点头："姐姐请说。"只要不是帮她逃出京城，都可以商量。不过……现在画中秘密未解开，想必她也不会逃跑才对。

"我想让你替我去一趟狐山，给狐族族长送一封信。"灵飞眸光殷切地看着苏杏儿。现在京城内外全是道派设下的阵法，她无法离京自己回狐山，所以，只能拜托苏杏儿了。

苏杏儿听了，思考了片刻，点头："好，我可以帮姐姐跑一趟。"

"如果可以的话，还是让相爷陪你一起吧！"灵飞想到上次苏杏儿遇袭一事，叮嘱道。

苏杏儿笑了笑："也好。"上次的事情，和这次相府的事情，都已经证实是东宫太子沐云柘所为，目的就是让相府和流王府闹翻。她自然会多个心眼儿，哪怕爹爹不陪她一同去狐山，她也会多带几个高手同行。

不过……现在太子恐怕没精力来对付她才是，灵飞的身份大白，太子应该集中精力对付流王殿下。当然，她丝毫不认为，以太子的那点儿智商，能斗得过她心目中的神。

灵飞立刻运用法术，变出文房四宝，然后提笔在纸上"唰唰"写了起来。片刻后，她朝纸上吹了一口气，尚未干涸的墨迹顿时消失无踪。

灵飞将那封信折了起来，递给苏杏儿："喏，这是我要交给族长的信，你一定要亲手交到族长手里。"

苏杏儿接过信，也没有打开来看，只困惑道："我怎么辨认谁是狐族族长呢？"

"这个简单。"灵飞笑了笑，纤纤手指在空中一划，顿时，苏杏儿面前出现了幻象，幻象之中正是那狐族族长。

"看见没？我们族长浑身都是金色的，但脖子下方有一撮小白毛，平时在狐族里我们都是原形，所以你绝对不会认错的。"灵飞耐心地解释道。

苏杏儿仔细一看，果然见那只金色狐狸脖子下方有一撮小白毛，顿时牢记在心："好，我记住了。"

"嗯，那这件事就拜托你了，来回十多日，我在流王府等你好消息。"灵飞此刻才真正露出笑容，仿佛之前的烦心事都一扫而光了。

看灵飞起身要走的样子，苏杏儿也起身相送："我送姐姐出去。"

"不用了。"灵飞连忙拦住她，"我现在身份大白，被人看到我和你见面对你不好，我自己走就行了。"说完，灵飞纵身一晃便从窗口离开了。

苏杏儿望着窗口，唇角淡淡一勾。虽然她认的这个姐姐是狐妖，却比很多凡人对她都用心，连这一点都替她想到了。

就在这时，房门突然被推开，一道深沉的声音响起："那封信，给本王看看。"

苏杏儿一惊，待看清来人是流王殿下后，这才松了口气。

"这……姐姐刚走，是不是不太好？"苏杏儿想着受人之托忠人之事，犹豫该不该把灵飞给她的信交给流王殿下看。

沐云流走进房内，长袖随意一挥，房门便轻轻合上。

他听得苏杏儿的话，唇角淡然一勾："灵儿可曾说过，这封信不能给本王看？"

苏杏儿无言，半晌摇头："这倒没有。"

"如此，你便不算违背信义，本王看看也无妨。"流王殿下的理由果然令人信服，虽然往深了想便是有些牵强。

"好吧。"苏杏儿无奈地将信交出，她知道她不交出来也是不可能的，反正她手无缚鸡之力，流王殿下有一千种办法拿到她手上的信，而他肯跟她说这么多话，无非是看在她和灵飞有些交情的分儿上。

沐云流接过信，展开来一看，好看的眉毛顿时蹙了起来。因为，信上一个字也没有。他稍微一想，便知灵飞定然是在信上施了法术，便将信一折，塞入怀中。

"流王殿下……"苏杏儿见状一惊，该不会流王殿下不让她去狐山送这封信吧？可那样的话，她要如何跟灵飞交代？

沐云流看出苏杏儿的担忧，淡淡一笑："放心，本王稍后便给你送来。"说完，也不再多做解释，转身离开了房间。

"这……"苏杏儿追出去几步，无奈地叹了口气，流王殿下还真是随性而为，完全自我啊！

不过，苏杏儿却是已经猜想得到，流王殿下定然是去找人破译信上内容去了。既然流王殿下拿得到混元宝塔那样的宝物，自然也有办法破解信上玄机。

这么一想，苏杏儿倒是有几分担心，也不知灵飞在信上到底写了些什么，又会不会触怒流王殿下。更重要的是，万一灵飞是有什么计划，流王殿下又会不会从中破坏。

越想心绪越无法平静，苏杏儿索性就坐在房里等着流王殿下把信给她送回来。

而沐云流拿了灵飞给苏杏儿的信，很快到了无涯子的住处。

"给本王看看，这封信上写了什么。"沐云流将怀中的信拿出，放在无涯子面前。

此时无涯子正在书房参详古籍，翻阅一些关于沐云流母妃的事迹，此刻见沐云流前来，慌忙将古籍盖上。

"是，殿下。"无涯子故作镇定地答道，接过信来一看，微微一怔。

"是灵儿拜托相府嫡女送回狐山的信，上面应该被她作了法，其他人看不见内容。"沐云流淡淡出声解释道。

无涯子这才恍悟，随即拿出一道符咒，口中念念有词，然后将符咒贴在信上。不过眨眼的工夫，原本空白一片的信上，出现了几行歪歪扭扭的字。虽然看着清秀，但笔画十分奇特，形状也弯曲不堪，不像是一般的字符。

无涯子顿时无奈了："殿下，灵飞姑娘写的是狐族古老文字，恐怕除了狐狸一族之外，暂时没有人能知道这信上到底写了些什么。"

他师父应该懂，不过要通天界，至少三日的工夫。等到他师父破译之后传到他手里，又要三五日的工夫，还是在他师父没事不会耽搁的情况下。无涯子估计，流王殿下等不了那么久。

沐云流的眉头顿时蹙起，他稍微思忖了片刻，才淡淡道："将这些文字抄下来，尽快破译给本王。"

"是，殿下。"无涯子连忙拿起纸笔，一笔一画将灵飞所写的信抄了下来，然后恭敬地将原件还给流王殿下。

此刻符咒已经从信上拿下，信上再次变得空无一字。

沐云流便将信折好，塞入怀中，又看了看无涯子之前翻看的那本古籍，淡淡道："本王来时，你在查什么？"

无涯子心里一颤，想不到他掩饰得这么好，还是被流王殿下看出来了啊！无奈，无涯子不敢隐瞒，只能实话实说："回殿下，我在翻看本朝古籍，想查一查殿下母妃……生前是否遇到什么奇事。"

沐云流眸色一寒："你敢擅查本王母妃之事？"

无涯子慌忙拱手躬身："殿下恕罪，但我的确查出一些怪异之事了。"所以，他的擅作主张不是没有收获的。

"说！"沐云流冷冷地看着无涯子，一双凤眸冰寒凛冽。

无涯子连忙禀道："据古籍记载，殿下的母妃在怀殿下之时，忽然信起神明来，从怀殿下开始，每月初五就必定以上等瓜果供奉神明，连陛下也不得打扰。"

初五？沐云流凤眸微微一眯，心中震动：那不刚好也是他母妃去世的日子？

"接着说。"沐云流坐了下来，神色冷峻威严。

"古籍上只有这些记载，不过我又去寻访了一些宫里的老人，花重金从他们口中得知，在殿下出生之后，殿下的母妃更加信奉神明，哪怕后来重病之时，都会带殿下一起参拜供奉的神明。"无涯子小心翼翼地说道。

至此，沐云流的眸色才不至于那般冰寒了。无涯子查出的事情，的确有些蹊跷。何以母妃怀上他之后，突然信奉神明？母妃拜的是哪方神明？

"看在你是为了帮本王的分儿上，本王就不追究你冒犯之罪。"沐云流淡淡瞥了一眼无涯子，下令道，"本王准许你继续查下去，尤其要通过宫里老人知道，当年本王母妃供奉的是哪方神明！"

"多谢殿下，我定当全力以赴。"无涯子喜不自胜。因为流王殿下所想，正是他一直所想——只要查出流王殿下母妃当年供奉的神明，就能查到更多内幕了啊！

"嗯。"沐云流点了点头，转身离去。

不一会儿，沐云流便又去了一趟相府，将信交还给了苏杏儿。苏杏儿将信打开来看了一下，依旧是之前那般模样，没有损坏，这才松了一口气。

而沐云流慢悠悠地回到流王府时，却见灵飞一袭浅绿长裙，正站在流王府门口等着他。

"殿下，老奴劝过了，可灵飞姑娘一定要等殿下回来。"朱林站在灵飞身后，一见他家殿下回来，急忙上前澄清。

沐云流看见灵飞眼里闪着一抹深幽，脸上带着淡淡恼意，便一挥手："没你的事了，先行退下。"

"……是，殿下。"朱林感觉气氛不太对劲，顿了一下才领命退下。

沐云流迈过高高的朱红门槛："有什么话，进去再说。"

灵飞看了他一眼，抿了抿唇，一语不发地跟着进了流王府。

第二十八章 误伤小狐妖

回到房间，沐云流莞尔笑道："好了，对本王有什么不满，可以说了。"小东西最近是越来越横了，不过，他高兴。

"你动了我的信！"灵飞甩开沐云流的手，一脸不高兴地看着面前的男人。即便他依旧俊美，依旧眼神温柔，她此刻也一概忽视！

"灵儿怎么知道的？"沐云流淡淡问道，眼里闪过一抹精光。

灵飞冷冷道："信上有我施的法术，任何人打开来看，我都会看见。"虽然她法力低微，可这点儿小事却是不难办到的。可她怎么也没有想到，打开她信来看的不是别人，而是她一直很是信任的沐云流！

这让她有种说不清的恼怒，仿佛沐云流不信任她，时时刻刻盯着她的一举一动，如同对待嫌疑犯的感觉。

"好，本王给灵儿道歉。"沐云流轻咳一声，也知此事是他理亏，便拉住灵飞的手，略低声下气地道歉道。

灵飞却依旧冷冷道："你的眼神告诉我，你不过是哄我罢了，而事实上若有下一次，你还会这么做。"

"那本王已经做了，你要如何才肯原谅本王？"沐云流眼里闪过一抹躁意。

"我绝不原谅你！我再也不会相信你了！"灵飞脾气上来了，一想到沐云流一再逼迫她放弃修仙，如今连她的信都要看，不禁异常愤怒。

看着面前的人不再信赖自己，而是微微地抗拒和疏离自己，沐云流只觉得心里传来一阵深沉的痛意。

"该死的！"他一声低咒，头也不回地离开了房间。

灵飞只怔了一下，随即陷入深深的不知所措中。她该怎么办？

灵飞埋首在双膝之间，尽管心中对沐云流偷看她信的行为十分愤怒，可脑子里纷乱之余，还是忍不住浮现方才沐云流挣扎而痛楚的眸色。

心，终究是乱了……

清王府，清王沐云清正在酣睡，却突然被一道劲风惊醒，而他还没来得及反应，

就被来人一把拉起,疾奔出清王府。

"喂喂喂!三哥你好歹让我穿件外袍啊!"沐云清不消多想就知道敢这么对他的只有他三哥了,顿时哭笑不得。

沐云流却深沉着一张脸,一语不发,直接拉着沐云清奔进了东宫。

咦?东宫?沐云清暗暗心惊,三哥不是想……

"叫你们太子给本王滚出来!"沐云流放开沐云清,如阎罗索命般站在东宫正殿门口,不可一世地朝上前来的侍卫冷冷喝道。

侍卫们一见是流王殿下,顿时一个头变成两个大。立刻有侍卫飞奔进殿去禀报太子殿下沐云柘,一部分则留在原处,紧张地看着沐云流和沐云清。

"三哥,你这是要干吗?"沐云清弱弱地问道,他感觉三哥心情很是不好啊!

听说三哥今日当众脱了蟒袍,说不当流王爷了,父皇差点儿没气得胡子翘起来。不过,碍于那只狐狸精,他愣是这么久没敢往流王府跑。

"本王心情不好,要找人练练。"沐云流说得轻描淡写,但冷冽冰寒的表情,却完全不是那么回事。

沐云清听得头皮发麻,找人练练……找到东宫来?这不摆明了要和太子打架吗?至于胜负……呃,用脚指头都想得到,就算东宫所有人加起来,那也不可能是他三哥的对手啊!

此刻,沐云柘匆匆走出,脸色极为难看,腰间带子还有些没系好。当然了,不系好也没关系,反正最后都是一样狼狈。

"三弟,你……"沐云柘一句话还没说完整,沐云流就大步流星向前,双掌震出一道强大内劲。

所有侍卫全都被震开了,倒退了十几步才稳住身形,接着正待上前,却被流王殿下一句话给震慑得不敢动。

"本王今日和太子切磋切磋,不相干者谁敢上前,别怪本王不留情面!"

沐云柘脸色大变,这不是在威胁旁人不得出手帮他吗?可论单枪匹马,谁能是沐云流的对手?那可是自少年起就在战场上杀人如麻的冷酷阎罗啊!

"太子,本王让你十招。"沐云流神色阴戾深沉,语气寒漠如冰。

沐云柘一阵头皮发麻:十招?就算让一百招,他也打不过沐云流!

"三弟,有什么话不能好好说,非要……"沐云柘心中实则在骂:你不是不当流王了吗?怎么还一口一个"本王"?

"本王的耐心有限。"沐云流慢条斯理地卷起两只袖子,露出精壮结实的手臂,冷笑道:"本王数三下,太子不出手,本王就先发制人了!"

沐云柘瞳孔微微一缩,这是来真格的啊……

"一！"

沐云流开始数了。

"二！"

沐云柘咬牙，该死的沐云流，竟把他逼到这个份儿上……

"三！"

沐云柘不再犹豫，直接就朝沐云流下盘攻去！反正他不出手，沐云流一样能一招将他制伏，还不如他先下手为强，好歹输得不那么难看。沐云柘已经有所打算——十招之后，他就认输，这样沐云流总不能还不放过他吧？

"不过如此。"沐云流冷冽一个勾唇，眼中寒芒微闪，身形微微一晃，便来到了沐云柘身后。

沐云柘一招落空，咬牙又上第二招。

沐云流一直周旋闪躲，一片衣角都没让沐云柘碰上，旁边沐云清看得无奈极了——太子怎么可能是他三哥的对手嘛！要是他，他连打都懒得打，直接把屁股撅起来让三哥打个够。

十招很快过去了。

"该本王反击了。"沐云流眉梢冷冽挑起，如画的眉目却好似淬着剧毒。话音一落，他狠狠朝沐云柘手腕打去，竟连一丝内力都没有使出。

沐云柘躲闪不急，求饶声还没出口，顿时一声痛苦的号叫："啊——"他的手腕，竟硬生生被折断了！

"太子殿下！"侍卫们大惊失色，当下顾不得自身危险，全部朝沐云柘的方向掠去！反正，太子有事，他们一样都保不住脑袋。

沐云流眸光一寒，双掌震出一股强大内力，顿时将涌上来的侍卫全部震出十几米之外，个个口吐鲜血，倒地不起。

"三哥，够了吧……"沐云清有些怕了，今日三哥好反常，不要闹出大事来啊！

沐云流恍若未闻，一步步走到扶着手臂的沐云柘面前，语气冷漠残酷："本王一再容忍你，你却一再挑衅本王。若不是你，本王跟灵儿也不会走到今天！"想到灵飞，沐云流心口一阵阵抽痛。

"本王今日绝饶不了你！"沐云流发泄般，一拳又一拳落在沐云柘身上。

沐云柘简直痛不欲生，他哪里想到沐云流竟然为了一只狐妖来打他，而不是因为他屡屡对付流王府呢？

沐云清见势不妙，急忙掉头就跑。现在看来，只有那狐妖救得了他太子兄长啦！

沐云清一口气掠到流王府，抓住朱林便让朱林带路去灵飞房间，等到了灵飞房间后，却发现房里空无一人。

"快找到她！不然太子就没命了！"沐云清急得像热锅上的蚂蚁。

朱林也急啊，但很快他就灵机一动："说不定在花园里！"前些日子殿下去了相国寺，灵飞半夜偶尔醒来，便会去花园的秋千上看着月亮发呆，说不定这次也在。

"那快走！"沐云清催促道。

两个人很快施展轻功飞向花园，果然见到清凉夜色中一抹倩影，坐在那架秋千上晃晃悠悠。

"我的祖宗！你快跟我去东宫，太子都快被三哥打死了！"沐云清一个箭步冲上前，抓住灵飞的手腕就跑。

灵飞起初想挣扎，但听到沐云清的话后，呆了呆，沐云流竟然打了太子，太子快死了？灵飞怎么也不敢想，这是沐云流那样温柔的男人做得出来的事。想到这，她便不再反抗，让沐云清将她带往东宫了。

沐云清以最快的速度把灵飞带到东宫，两个人赶到之际太子沐云柘已经被揍得鼻青脸肿，奄奄一息。

沐云清心下大骇，顿时来不及细想，抓着灵飞就朝沐云柘砸过去，口中大喊："三哥！灵飞姑娘朝你飞过去啦！"三哥反常都是因为这只狐狸精，就算在盛怒之时，应该也不会伤到她吧？再说了，她可是狐狸精啊！就算三哥来不及收手，她也不可能受伤才对。

沐云清猜中了前半截，没有猜中后半截——灵飞的确有法力，但此刻变故来得太快，她根本没来得及反应！而且，看到沐云流那张充满煞气而不再温柔的脸，灵飞早就蒙了，哪里还记得要躲？

至于沐云流，只以为沐云清是骗他的，灵儿现在躲他都来不及，怎么可能到这里来找他？于是，灵飞很悲惨地被扔向沐云流，而沐云流也没有收手，一掌直接拍上了灵飞的背。

"噗"！灵飞一口鲜血喷了出来，五脏六腑传来火辣辣的痛。

若不是沐云流并未存心置沐云柘于死地，而灵飞又不是脆弱到不堪一击，这会儿就不仅仅是吐口血这么简单了。

"灵儿！"沐云流蒙了，脱口而出的是颤抖的声音，从未有过的惊慌揪紧了他的整颗心脏。

灵飞忍着痛从沐云柘身上爬起来，小手覆上沐云流微颤的大掌，有些虚弱地道："不要再打了……"仅仅一眼，灵飞就知道沐云柘被打成什么样子了。

"灵儿，对不起，本王……本王……"沐云流眸色慌乱，语气颤抖，生怕碰疼了灵飞似的，不敢过于用力扶住她。

怎么会？他怎么会伤了自己捧在手心的宝贝？就算恼她的不解风情，恼她一心想要修仙，但他绝无伤她一丝一毫之心啊！

此刻沐云流全都乱了，他甚至忘了沐云清这个罪魁祸首。

而沐云清，早就石化了。呜呜呜，他死定了……他害三哥把那小狐狸精给伤着了，他一定会死得很惨的啦！

"那个，突然想起来本王在边境有点儿事情没处理，先走了！"沐云清步步后退，一溜烟儿就不见人影了。他要回清王府，打点行装立刻上路！躲得越远越好！

"我想回流王府……"灵飞第一次看见这样的沐云流，心弦微微被扯动了一下。

虽然这一掌不会让她怎么着，但疼痛一番在所难免。她其实可以用法术消除疼痛感，不过，为了劝架，她还是待会儿再弄好了。

"好，本王、本王带灵儿回府……"沐云流小心翼翼地伸手，却是不敢过于用力，"这样……可以吗？疼吗？"那惴惴内疚的语气，完全不似平日的流王殿下，如同一个迷路的孩子一样无助。

灵飞第一次发现那样强悍的沐云流，原来也有这般脆弱无助的时候，竟然还是为了她，顿时心里柔软成了一片。

"不疼。"灵飞展颜一笑，笑容甜美，仿佛要安抚沐云流似的。然而，沐云流却身体瞬间僵硬，瞳孔微微一缩，低声压抑道："别这样！会疼。"

"回流王府就不疼了。"灵飞五脏六腑火辣辣地痛，让她不想再多说话。

"好，我们马上回去！"沐云流不再迟疑，也根本不看地上犹如一摊烂泥的沐云柘一眼，抱着灵飞施展轻功，转眼便消失在东宫上方。

直到沐云流离开，东宫侍卫们才敢上前，将太子沐云柘抬回床上，同时去请御医替太子诊治。而此刻凌帝也风风火火赶到，却只见到一片狼藉的东宫，并不见罪魁祸首沐云流。

"这个流王，真的是越来越胆大包天了！"凌帝震怒了，不禁咬牙切齿，到底眼里还有没有自己这个父皇？叫他当太子他不当，现在却又为了一只狐妖殴打太子，行事乖张到令人无法再忍！

凌帝走进东宫，看见太子沐云柘被打得鼻青脸肿，心里更是一阵怒火中烧。此事若他再纵容流王，将来如何服众？就算他不罚，文武百官也一定会借此事弹劾流王，还不如他自己先办了！

这般一想，凌帝顿时神色冷峻地下旨："传朕旨意：削去流王封号，贬为庶人！还有，命他立刻给朕搬出流王府！"

"……是，皇上。"伺候凌帝的管事太监一听，身躯一抖，心想这次皇上是真的怒了啊！不过，流王殿下也真的是忒不像话了一点儿。亏得皇上一直这般保他，他却骄纵不可一世，越发放纵那乖张暴戾的性子了。

等到管事太监去流王府传旨时，却连流王殿下的面都没见着，接待他的是流王府管家朱林。管事太监也不敢太过坚持要见流王殿下，毕竟流王殿下那暴脾气……太子都被当众殴打了，他一个公公算哪根葱啊？

于是，当即就跟朱林传了凌帝的圣旨。

朱林听了，只是淡淡点头："好，我会转告殿下，公公可以回去复命了。"

管事太监在心里直摇头，果然是有什么样的主子就有什么样的奴才啊！

而管事太监走后，朱林压根就没去汇报，他怎会如此不长眼？殿下今日误伤了那小狐妖，此刻正无比自责，他去禀报凌帝派人传圣旨的事情无疑是找虐。所以，还是等等再禀报吧！

至于什么封号……朱林淡淡一笑：他家殿下，恐怕压根就不将那封号放在眼里，否则也不会当众脱去蟒袍了。估计殿下当初带回那只小狐妖，其实多半就是想再乖张一回，趁机摆脱流王这个身份吧？只是却阴差阳错地跟那只小狐妖……唉！也是孽缘一段。

知主子，莫若朱林也！

此刻，沐云流正半跪在床前，灵飞坐在床上，一双素手被他握得紧紧的。

"我真的没事了。"灵飞擦了擦嘴角血迹，眨眨眼，"我用法术消除疼痛了，现在真的一点儿都不疼。"

也不想想他是凡人而她是妖啊！他怎么可能把她伤得很严重呢？那会儿，只是她一时大意，才没有用法术护体，不然他也不会失手伤了她。

"不，是本王不好！"沐云流紧紧握住那纤细素手，俊颜上满是内疚自责，语气甚至带了一丝哽咽，"如果本王再出手重一些，灵儿可能就……"

一想到那可能，沐云流的心脏犹如被利刃狠狠划过，鲜血淋漓。他不能失去她！

忽然，沐云流松开灵飞一只手，扬起来就给了自己狠狠一巴掌！他力道大得吓人，顿时嘴角就溢出了血迹。

"沐云流！"灵飞吓坏了，失声叫道。见沐云流还想扇自己第二巴掌，灵飞不假思索地扑了上去。

"不许打自己！"灵飞的心都揪了起来，大声命令。他怎么能这样惩罚自己呢？他只是误伤她，又不是存心的，何况她并没有什么大碍啊！

灵飞哪里知道，沐云流简直把她当成心头至宝来疼，别人尚且不许伤她一根头发，何况是他自己呢？

"灵儿，对不起……"沐云流脸上上闪过一抹伤痛。若是他下手再重一些，她有个什么三长两短，他一定陪她共赴黄泉，还要选最惨烈的那种死法！

"我说了，我一点儿都不……"灵飞刚开了个头，又猛地止住话语。也许，她越说不怪他，他心里反而越自责。

聪明的灵飞当即改口："沐云流，我原谅你了，真的。"

"灵儿原谅本王了？"沐云流放开灵飞，脸上仍旧是浓浓的自责之色。

"嗯。"灵飞肯定地点头，眼珠子又一转，"而且，如果你答应我一件事，我就把今天的事情忘掉！"

沐云流眼里闪过一抹亮光，毫不犹豫地便点头："即便灵儿让本王去死，本王也不皱一下眉头！"

灵飞啼笑皆非："你是我的恩人，我怎么可能让你去死？"以怨报德的事情她可做不出来。虽然她是妖，但既然立志修仙，就不能做任何无法位列仙班的坏事。

"本王不想做灵儿的恩人。"沐云流蹙了蹙眉，对这个头衔很是不满意。

灵飞快速跳过这个话题，笑道："我要你答应我的事情就是……从今天开始半个月内，你不能靠近我三步之内。"

"……"沐云流沉默了。

"你不答应，那我就永远记着。"灵飞胸有成竹地扬眉，算准了沐云流此刻一定会答应她任何要求。

沐云流无奈了，心底又闪过一抹疼痛，只好点了点头："好，本王答应灵儿。"谁让他做错了事呢？被罚也是应该的。

灵飞顿时露出满意而甜美的笑容，伸手抚上沐云流红肿的脸颊，用法力慢慢给他消除疼痛。接着，她推搡了沐云流一下："你去跟外边的人说，让他们拿个鸡蛋来，我给你消消肿。"

沐云流轻咳一声，尴尬道："好。"

"你怎么了？这副表情？"灵飞担忧地看着沐云流。

"没什么，本王去让她们拿鸡蛋。"沐云流松开灵飞的手，起身去了房外。

沐云流亲自吩咐，外边新来的丫鬟自然飞奔去拿鸡蛋。鉴于上一个丫鬟是怎么被丢出流王府的，这次新来的丫鬟连抬头都不敢，更不敢看流王殿下的脸了。

沐云流拿了鸡蛋回到房内，递给灵飞："喏，鸡蛋。"

灵飞便将沐云流一拉："我给你敷脸。"

"好。"沐云流心里一暖，小东西还是很关心他的，虽然离他所要的远远不够。

沐云流从未如此听过谁的话，此刻却心甘情愿被灵飞摆弄。灵飞运用法术将那鸡蛋去壳，又弄得冰冰凉凉的，便开始在沐云流红肿的脸颊上滚来滚去。她动作轻柔，神色认真，在她下方的沐云流看得心中柔软得一塌糊涂，眸色都染上了熠熠光芒。

第二十九章 殿下无野心

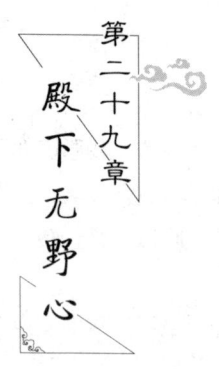

"我的法术只能帮你止疼,不能消肿,所以这样你会很快好的。"灵飞轻笑着解释道。

"灵儿还给谁这么做过?"沐云流忽然想到这个可能,凤眸不悦地眯了起来。

"就给你啊!"灵飞还不知沐云流是在吃醋,理所当然地说道。

沐云流瞬间失笑:"除了本王之外呢?"

灵飞一边滚着鸡蛋,一边摇头:"没有了,这方法我第一次试,但听狐族有个姐妹说,她跟了一个凡人后被那凡人的正室打脸,就是用这方法消肿的。"

沐云流眼里闪过一抹恍悟,原来她是听狐族其他狐妖说的。于是,流王殿下心里舒坦了,享受着心爱姑娘难得的温柔。

"沐云流,你说当初你捡到我的时候,要是我是个男人,你还会不会把我带回流王府呢?"灵飞笑着问道。

男人?沐云流认真想了一下,点头:"会。"毕竟,一只道行这般浅的狐狸精,带回流王府对他是有好处的。哪怕是只公狐狸,也足够用来在京城兴风作浪了。

"可你说过,要我是男人,你就不会想娶我了啊!"灵飞眨了眨眼。

"不想娶你,跟带你回流王府,并不冲突,不是吗?"沐云流好笑地反问。

灵飞语塞了一下,想想倒也是,但这就说明他带她回流王府之初,是另有打算的。

"你带一只公狐狸回流王府,能有什么用?"灵飞好奇沐云流当初的心态,又将鸡蛋弄冰凉了些,继续在沐云流脸上滚着。

沐云流舒服地眯了眯眼,轻笑道:"父皇一直逼本王当太子,本王不乐意,所以经常做些让文武百官无法忍受的事情,不料父皇却铁了心要本王继承大位……"

"啊!我懂了!"灵飞立马接过话茬,"你是想带回一只狐狸精,让文武百官对你更加不满,觉得你行事荒诞不羁,反对你当太子对不对?"

"灵儿真聪明。"沐云流笑了起来,一双凤眸如同天边最亮的星辰,泛着璀璨的流光。

灵飞怔怔地看了沐云流一会儿,觉得这凡人真是好看,比她二师哥变成人形都要好看三分,不禁心脏快速跳动起来。

"那……"灵飞垂眸不再看沐云流，想了想后哑声问道，"那你为何不想当太子呢？你不想君临天下吗？"

到凡间之后她看过太多凡间的书籍，知道无情最是帝王家，很多皇子都为了那个位置斗得你死我活。为何他却不眷恋那个至尊无上的位置呢？

"本王冥冥之中有种预感，那个位置，绝不是本王应该坐的。"沐云流淡淡一笑，明明是轻描淡写的语气，却犹如神祇降临，霸气得过分。

灵飞一呆："你不想坐这个位置，那你还想坐什么位置？"以为他没有野心，想不到竟然野心勃勃，连人间帝王都不放在眼里！该说他志向远大，还是愚昧可笑呢？

"不知道。"沐云流勾唇一笑，"灵儿的志向倒是明确，不过似乎要花费上万年的时间才能修成正果。"而且，不一定能够成功。

"……我、我……"灵飞有些结巴，随后眼眸黯然了几分。她也知道她的志向听起来很是可笑，至今为止唯一没有打击过她的，就是沐云流了。

她只有八十年道行，稍有法力的道士就能将她打得魂飞魄散，而她却竟然异想天开要修仙……是不是她真的太过异想天开了呢？修仙，那可是上万年都未必能够达到的目标啊！

整个妖界，也不过出了一个狐仙娘娘而已，还是借助神器避过天雷才修成正果的。而现在，那些能避天雷的神器，也全都下落不明了。

看着灵飞黯然的小脸，沐云流捉住她的皓白手腕，坐了起来，温柔道："其实，灵儿有没有想过，修仙未必要遵从天道，也许有其他的捷径可以走呢？"

"捷径？"灵飞抬眸，不解地看着他。

"嗯。"沐云流轻声一笑，"说不定灵儿违反天道和本王在一起，也能修成正果呢？"

灵飞眨了眨眼，待她明白过来这个"在一起"是何意之后，顿时就退后了一步，离沐云流远远的。

"你休想骗我！"灵飞冷哼一声，转身便去擦手了。

沐云流眼中闪过一抹懊恼，挫败道："灵儿，本王是认真的……"天道，天帝所规定的便为天道，可若天道改写呢？他就不信，天道是不可推翻的！

灵飞却不理他，径自坐在一旁，翻看起书籍来。信他？她才不上他的当呢！

终于，小狐狸开始变得聪明了，也对沐云流这只大灰狼有了防范之心，流王殿下表示很心塞。

"呃，灵儿，你往狐山送的信上，写了些什么？"沐云流见灵飞不理他，只好走到灵飞身边，主动找话题。

一点儿小事引起争吵，害他误伤了她，使他决定不再那般逼迫她，再多拿出一点儿耐心。反正，他与她的时间，绝对比她修仙所用的时间要短好多好多好多……

沐云流提到这个，灵飞顿时就嘟了嘴："哼，你还敢提呢！"就是因为他私自拆她信笺，她才生气，才和他吵架，最后才惹出这么多事来的。

"好好好，都是本王错了，本王意气用事，灵儿原谅本王这一次好不好？"堂堂流王殿下，对上一只倔强认死理的小狐狸，顿时也没辙，只有放下身段，祈求她一点点的用心。

灵飞看着沐云流低声下气的模样，又心疼了，便笑道："好。"接着她便说道，"那封信，我是写给狐族族长的，我找他要了一样东西。"

"什么东西？"沐云流穷追不舍。

灵飞张了张口，突然摇头："现在不能说，等我拿到了就告诉你，反正，不会对你有害的。"对他，对她，都会很好很好。

"告诉本王嘛……"沐云流顿时神色哀怨地看着灵飞。

灵飞一脸无语，她想不到沐云流也有耍赖的时候。

"你不要这样子。"灵飞把沐云流推开了一点儿，顾左右而言他道："你今天把太子打成那样，会不会有麻烦？"

小狐狸已经逐渐懂了凡间规矩，知道朝中等级森严，以下犯上是要治罪的。而依身份来看，东宫太子显然比流王殿下等级高上那么一等。

"有麻烦也不怕。"沐云流毫不在意，神色间带了点儿邪魅妖娆，"正好跟灵儿隐居，从此不问世事。"

"……"灵飞无语了，这男人是抓准机会就要迷惑她啊！

就在此时，房间外面响起了朱林的声音："殿下，皇上来了。"

朱林语气有一丝丝无奈，他本不想来打扰他家殿下，但谁想到皇上竟然会亲自来流王府呢？看样子，殿下这次殴打太子的行为，也着实将皇上气着了。

灵飞一副"你看吧"的样子，望着沐云流，秀眉微微蹙起。果然麻烦来了呢！想都不必想，凌帝肯定是来问罪的。

"没事，别担心。"沐云流漫不经心地笑道，"本王出去，很快便回。"

"不，我和你一起去！"灵飞知道自己才是罪魁祸首，而且殴打太子罪名不轻，她不放心，一定要去看着才行。万一凌帝要对沐云流如何，她可以帮忙挡挡。

灵飞眸色坚定，暖了沐云流那颗孤寂已久的心。

"傻瓜。"沐云流低低地说了一句，却是没再抗拒。他绝对有信心，在凌帝面前保护好灵飞，不让她受半点儿伤害！

凌帝早已在正厅坐了多时，旁边朱林等人奉上的茶水点心，他一概没动过。也是，发生了王爷殴打太子的事情，还是弟弟痛殴兄长，这当父亲的哪里还吃得下、喝得下。

待到沐云流牵着灵飞的手，镇定自若地走进正厅，原本风华绝代的气度，却因右脸及唇角那一抹红肿减少了几分，凌帝的眼神顿时变得冷厉！

"你的脸是怎么伤的？"凌帝绝不会认为这伤是太子打的，因为太子根本就不可能有机会伤得了沐云流！

"儿臣自己弄的。"沐云流看了一眼灵飞，眼中愧疚与心疼不言而明。

凌帝顿时大力一拍桌："你自己弄的？你还好意思说是你自己弄的？就因为误伤了一只狐狸精，你就这般作践自己？"

是的，作践。凌帝除了这个词，真想不出还有什么别的词可以形容这个儿子的这种行径了。迷恋一只狐狸精，他尚且可以想得通，毕竟这狐狸精容貌似仙，作为男人过不了美人关也是很正常的。但是，他绝不容许自己的儿子，竟然迷恋一个女人到自残的地步！

"灵儿是儿臣心爱的女子，父皇请注意措词。"沐云流脸色冷了下来，视线开始咄咄逼人。

凌帝顿时气得脸色铁青。听听！竟然为了一只狐狸精来教训他这个父皇？

"你好好跟你父皇说，别顶撞他。"灵飞不安地扯了扯沐云流的衣袖，蹙眉道。她看得出来，凌帝是真的很疼沐云流这个儿子。

灵飞的规劝，让沐云流神色稍微和缓了一些。他拍拍灵飞的手背，示意她安心，然后才看着凌帝淡淡道："父皇一开始就应该清楚，儿臣对那个位子没什么兴趣。"

提到这件事，凌帝更是郁结在胸："朕就不明白了，人人都争破脑袋想要的位置，怎么你这逆子就偏偏不要？"

沐云流眸色冷然，唇角略微一勾："儿臣只是觉得，儿臣不属于这里。"从母妃留给他那幅画开始，他就在冥冥之中有种强烈的感觉——他不属于太平王朝！但他属于哪里，又该做些什么，却又因那幅画的秘密未被破解而无从得知。

"你……要离开？"凌帝一震，坐直了身子，有种即将失去这个优秀儿子的感觉。

沐云流抿了抿唇，淡淡道："暂时不会。"因为，没有目标。

凌帝懂了沐云流的意思，暂时不会，但将来有可能会。一思及此，凌帝不免有几分黯然。

"你出生时便天带异象，你母妃又……唉，朕知道，你定是大有前途。"半晌，凌帝幽幽叹了口气。

灵飞一听，十分诧异："什么异象？"

凌帝不悦地看了灵飞一眼，很不高兴父子谈话被灵飞打断，但忽然间又心中一

动——没准儿这小狐妖知道那异象是何意。

于是，凌帝便耐心解释道："云流的母妃生云流时，东边燃起天火，却没有伤及本朝子民性命，反倒烧死了当时进犯本朝的五万敌军。这场天火一直持续了三天三夜，云流的母妃也因此受了三天三夜的苦，才将云流生下来。"

若非如此，他最爱的贵妃，又怎会因此而身体受损，后来不足五年便香消玉殒了呢？凌帝神色微微黯然。

"天火？"灵飞眸色一闪，自言自语道，"倒真是异象。"那天火一般不会无缘无故燃起，除非是预示着某种天机。而恰巧又烧死了进犯的五万敌军，这不是有些暗指沐云流身份不寻常吗？

"你可知这异象出现，是何缘故？"凌帝盯着一脸若有所思的灵飞，心里希冀灵飞能给他一些答案。

"应该和沐云流有关。"灵飞笃定地说道，"天火不会无缘无故燃起。虽然我不知道沐云流身上到底有什么秘密，但有一位高人曾对我说过，沐云流的魂魄，不是凡人。"

"不是凡人？"凌帝愕然。

这么多年了，带给太平王朝盛世安泰的儿子已经长大成人，可一切谜底似乎都没有揭开。难不成……儿子和这只小狐妖的相遇，便是谜底渐渐揭开的契机？

"是的。"灵飞点头，"如果沐云流真的不是凡人，那就必定为天界某位上仙！"仙？凌帝更加愕然了，一脸不可思议的表情。他的儿子，真身竟然是天界上仙？

如果是从前，凌帝绝不信这些胡言乱语，但在确定灵飞这水灵灵的小姑娘真是狐妖之后，也由不得他不信世上有仙和妖了。

"呃，我是猜的啦！"灵飞见凌帝表情那般震惊，不好意思地挠了挠头，"皇上别见笑。"事实上，灵飞有一个更大胆的猜测，但她不愿意告诉任何人，包括沐云流。

沐云流此刻也是若有所思，待灵飞不再开口后，他才问凌帝道："方才父皇提起母妃，不知母妃当年是否也有不同寻常之处？"

凌帝渐渐缓过神来，微微点了点头："你的母妃，是朕最宠爱的贵妃，她怀上你之前，对朕说她常做一个仙梦，所以要供奉梦里那位神明。"

"供奉梦里的神明？"沐云流心头狠狠一跳！无涯子查到的消息，也是他母妃生前每月初五都会以上等瓜果供奉神明，连他父皇也不得在那一日打扰。现在，父皇证实了这件事！

"是的，在她供奉这位神明后不久，便怀上了你。"凌帝想起当年之事，神色微微有些恍惚。

叹了口气，凌帝接着说道："再后来，你母妃把全部精力都放在了你身上，可惜她生你之时难产，被折磨了三天三夜，身体日渐吃不消，在你不满五岁之时，便撒手人寰了。"

不可一世的沐云流，此刻却垂下了眸子，掩去眼中一片哀恸。幼年记忆还在，他时常记得母妃是如何温柔教导他的。只可惜……在母妃去世之后，他性情不如母妃所教导的那般收敛，反而暴戾乖张。若是母妃还在世，恐怕会对他有些失望吧？

"沐云流……"灵飞善解人意地看向沐云流，眼神里是温柔的鼓励，与无声的安慰。

沐云流抬眸，望向灵飞时，温柔一笑，摇头："本王没事，灵儿不用担心。"

凌帝看着眼前一对堪称绝配的璧人，忽然间有些不确定，这是否是天定的姻缘了。一对小儿女看起来如此般配，似乎也郎有情妾有意，唯一的阻碍便是二人身份……但二人身份，真的没有转机吗？

"云流，不管你的真实身份是什么，你都是朕最引以为傲的儿子！"凌帝加重语气，郑重地对沐云流说道。

沐云流幽深的黑眸透着浓烈感情，却在一瞬间压抑了下来，他同样凝重地点头："无论儿臣走到哪里，父皇有需要，儿臣都会回来相助！"

沐云流已经隐隐有预感，在不久的将来，他一定会和灵飞离开太平王朝！至于到底会去哪里，他想，随着画的秘密逐步解开，他的目标就明确了。

灵飞原本以为凌帝是来兴师问罪的，想不到父子谈话如此和睦，顿时松了口气。不过她现在才知道，原来凌帝早对沐云流的身份有所了解，而沐云流出生时还带给太平王朝那样大的战功，也难怪这么多年凌帝一直容忍沐云流乖张的行事作风了。

灵飞的心神又飞向更远的地方，恍惚想着：她那个大胆的猜测，会是真的吗？如果是真的……她是不是应该留在沐云流身边呢？

凌帝来流王府和沐云流谈过一次之后，竟真的让沐云流卸去了一身重担，很快朝中格局有所变动。太子沐云柏虽然挨了一顿打，但很多文武大臣都觉得他这顿打挨得值——龙颜大怒之后，流王殿下被废了，不是吗？

眼下，太子最大的劲敌已经铲除，而导火线竟然是一只狐妖！想想，也真是够令人嗟叹的。据说，流王殿下已经带着那只小狐妖，离开了京城，到郊外一个地方去避世隐居了。

也是，一只狐妖，继续留在京城，怎么想怎么让人觉得硌硬，早点儿走了眼不见为净。

不过，被流王殿下殴打了一顿的太子爷，却觉得这一次他堂堂太子颜面尽失，差点儿被人活活打死，还是在东宫，因而无比恼怒！

不但那批保护不力的侍卫们全部被拖出去问斩，连当日不在场的东宫太监及一干宫女，也全都被处死了。手段之狠厉，文武百官得知后也有些嗟叹——没了流王殿下在朝中，太子似乎开始有些肆无忌惮了！

倒是有人上书弹劾太子沐云柘，但凌帝看了几眼奏折后，便批示让此等奏折不得再上。理由嘛……堂堂太子被打了，底下侍卫也的确保护不力，该罚。

于是乎，凌帝的护短情结，再一次被文武百官所熟悉，顿时对太子重罚东宫一干人等之事不了了之了。

如果太子仅是这样发泄一通，倒也罢了，偏偏他一想起沐云流徒手暴打他的情景，心里就犹如毒蚁在钻噬，寝食难安。

沐云柘唤来一名暗卫，冷冷道："替本宫去办一件事！"

当日值班的暗卫全都被杀了，现在保护在沐云柘身边的是侥幸那日休假的暗卫，但他们心里已经有了阴影，被太子一唤就心惊肉跳，生怕看见或听见什么不该看见和听见的，遭到杀人灭口。

"太子请吩咐。"尽管心惊肉跳，暗卫却也别无选择，只能效忠太子。不忠，一样只有死路一条。

"替本宫去一趟道派，告诉他们沐云流和那只狐妖的落脚点，让他们给本宫除掉那只狐妖，本宫重重有赏！"沐云柘眼里，闪过浓浓的阴狠。

沐云流，你不是很迷恋那只狐妖，为了她连王爷之位都抛弃了吗？本宫就让你痛失所爱，让你一辈子活在痛苦之中！

暗卫惊呆了！什么？太子还要和流王殿下斗法？流王殿下都已经放弃王位，和那只狐妖隐居避世了啊！不是该不该顾念手足之情的问题，而是……全天下的人都知道，太子是斗不过流王殿下的啊！

"本宫的话，你没听到？"沐云柘狠狠一拍桌，目光阴戾，语气低沉暴躁，"你是在藐视本宫吗？"被沐云流打了一顿之后的沐云柘，看谁都在藐视他——俗称心理阴影。

"属下不敢！"暗卫猛地回神，立刻拱手，"属下这就去道派传达太子的口谕！"

沐云柘这才脸色稍霁，哼，不长眼的狗奴才！

若是毒舌的流王殿下在此，定然要风华绝代地一笑，凉薄道："的确是狗奴才——狗的奴才。"

却说这暗卫领了太子沐云柘的命令，飞一般离开东宫，前往道派方向。不过，他刚出京城，就被两个人拦住了去路。

"太子派你去什么地方？办什么事？"其中一个人冷冷问道，语气冰寒犹如来自地狱。

东宫暗卫一惊，警戒地做出战斗状态："你们是什么人？既然知道我是东宫的人，还敢拦住我去路？"

"哼！少拿东宫来压我们！若不是流王殿下不屑什么东宫，哪里还轮得到你们嚣张？"那个人冷笑一声，冷冷一甩袖，"快说！不然让你尝尝分筋错骨手的滋味！"

东宫暗卫一听，心都凉了。原来是流王殿下的人……

这东宫暗卫实在也没什么忠肝义胆，反正怎么都是死，他还是宁可活得稍微久一些。于是，他很快做出了选择——如实交代，倒戈流王殿下。

"太子让我去道派找那些道士，把流王殿下的落脚点告诉那些道士，让他们前去捉妖。"东宫暗卫老老实实说道。

两名流王府暗卫对视一眼，均是微微点了一下头。

"算你识相。"之前开口那个人冷冷一笑，忽然扬手，往东宫暗卫嘴里塞进一粒药丸，逼他吞下。而后，他冷冷道："你去道派之后，改口告诉那些道士，当今圣上已经承认灵飞姑娘是他儿媳，如果道派再与她作对，便是藐视皇权！"

东宫暗卫愣了愣，无奈形势逼人，只好点头："我知道了。"

"回东宫之后，你禀明太子，就说你去道派的时候，看见流王殿下和道派师尊偷偷会面，似乎已经达成某种共识，所以你就没有将太子的意思传达给道派。"流王府暗卫又说道。

东宫暗卫顿时只有傻眼的份儿："……是。"

流王府里不但流王殿下英明神武，连这些暗卫也是牛气哄哄啊！这么短的时间内，竟然可以想出这样两全其美的策略——不但确保了那只狐妖不会被道派惦记，还让太子误以为道派和流王殿下有勾结，对道派恨之入骨！简直就是"鹬蚌相争，渔翁得利"的计策啊！

很快，东宫暗卫就去了道派，一点儿没有犹豫地将他家东宫主子给出卖了。

第三十章 道派危难

若不是沐云柏被揍之后杀了那么多人……恐怕堂堂东宫暗卫,也不至于如此轻易就倒戈。

当然了,东宫暗卫的说法很巧妙:"如今皇上已经承认那只狐妖是流王妃,流王殿下虽无实名却仍在皇上心中地位极高,不知祖师爷有什么妙计可以让太子殿下心想事成?"

以道派师尊的身份,原本是不轻易见客的,但他生平捉妖无数,却栽在了一只只有八十年微薄道行的小狐妖身上,因此才见了东宫暗卫。

听得东宫暗卫这话,道派师尊沉吟片刻后,摇头:"既然皇上都承认了这只狐妖,贫道也不好再强行插手。何况那只小狐妖冥冥之中有天佑,贫道等人也不好逆天之意。"

东宫暗卫一听,暗暗心喜:这下子可以交差了!

待东宫暗卫离去之后,道派师尊才微微叹了口气,又连连摇头。想不到不但那流王殿下执迷不悟,连当今皇上也……唉!真不知是不是祸患的开端。

"师父,那只狐妖怎会身上没有妖气?"紫微道长从门外走了进来,见道派师尊一脸怅然,便上前问道。

那狐妖曾替他求过情,他虽当时有所感激,以为是自己误判人为妖,谁料竟是那狐妖身上没有妖气!

至于求情……难保不是那狐妖根本就是假意仁慈,毕竟那小狐妖不敢惹上强大的道派。不得不说,紫微道长虽然有时做事莽撞,却也还是有些头脑的。

"这只小狐妖曾有过一段奇遇。"道派师尊淡淡一笑,"为师看见她时,也觉得颇为诧异,不知她遇到了哪位上仙。"

遇见过上仙,所以没了妖气?

紫微道长心里惊了一下,不敢置信道:"弟子听说,上仙之中能徒手除掉妖精身上妖气的,只有金仙级别以上的才能做到啊!"

"不错,所以这便是为师不想太过咄咄逼人的原因。"道派师尊淡淡转身,踱步到门外,看着一览众山小的景色,心中嗟叹。

道派素来以除妖为己任，可这只小狐妖太与众不同了，令他不得不想到很多天界秘闻，若贸然出手，只怕……后患无穷。

"既然师父都这么说了，看来是这只小狐妖造化不一般。"紫微道长心里有一丝丝不安，但见他师父似乎不想再着手对付那只小狐妖，便压了下来。

紫微道长之所以不安，是怕那小狐妖假意仁慈，在法术还不够强大时饶了他性命，只是因为不想跟道派为敌。而等到她将来造化够了……恐怕就要为她的同伴报仇了。

紫微道长不会忘记，他亲手用天界灵符，毁掉了那只千年雪狐的千年道行。而狐族，最为护短及记仇。

却说那东宫暗卫回到了东宫，依照流王府暗卫的话给太子沐云柘复述了一遍之后，沐云柘顿时就勃然大怒了！

"混账！全都是混账！"沐云柘眼睛通红，狠狠地将书桌上所有书籍全都砸到了地上，发泄出气。

竟然一个个地全都倒戈向了沐云流！和他沐云柘作对！这朝中上下，有哪一个是真正将他这个太子放在眼里的？

沐云柘这边气疯了，却完全不知他眼皮子底下就有一个不将他放在眼里还倒戈了的人——东宫暗卫。

"好，好，本宫暂时动不得沐云流，还动不了你一个区区道派吗？"沐云柘忽然不发疯了，他冷静下来，眼里闪着一股快意的复仇火焰。既然道派不肯听他的话，那他就发兵道派，让道派鸡犬不宁！

东宫暗卫一听，大惊失色："太子……"

"传本宫命令：集结东宫所有势力，给本宫发兵道派，连夜剿灭他们！"沐云柘狠狠一掌击桌，发出"砰"的一声闷响。

东宫暗卫"扑通"一声跪下了："太子，这万万使不得啊！道派在本朝有举足轻重的地位，连皇上都对他们礼让三分，流王殿下也对他们一忍再忍，太子……"

"闭嘴！"沐云柘目光阴狠，一脚踢翻了东宫暗卫，不让他继续说下去，"沐云流不敢动的人，本宫就不敢动吗？"

东宫暗卫强忍一口鲜血，跪在地上不敢作声了。他倒不是对这位太子有多忠心，只是这样一来，整个朝廷都会震动，惹上道派的后果不是那么好玩的。他毕竟是本朝子民，就算不忠于太子，也不能不忠于国家。可他也知道，太子是听不进去他这些忠言的。

"再说了，你以为本宫会那么傻，让道派的人知道是本宫派兵剿灭他们的？"沐云柘冷冷一笑，"本宫的人，必然会扮成流王府的暗卫，让道派的人将这笔账算

到沐云流头上去，哈哈哈……"

沐云柘仰天大笑，越想越是得意。沐云流，你加诸在我身上的羞辱，我会通通给你还回去！

听着那刺耳的大笑声，东宫暗卫只觉得这位太子真的是疯了，因为正常人做不出这么疯狂的事来。

沐云柘此刻却是已经不再指望别人，他随后亲自将人马召集，亲自部署。

东宫暗卫看在眼里，急在心里，却又人微言轻力量单薄，阻止不了沐云柘，于是他便在心里希冀流王殿下的人会得到消息，早点儿来阻止太子的疯狂举动。

而此刻，沐云流派来盯住东宫的两名暗卫的确已经狂奔出京，去寻找他们的流王殿下了。

这么大的事情，两个暗卫当然阻止不了，东宫旗下兵力何止一万？所以，他们只能尽快去禀明他们的流王殿下，让流王殿下来决定如何应付太子的疯狂行为。

不过，好巧不巧地，沐云流带着灵飞本来是要沿山路走的，却由于沐云流心疼灵飞不愿她受颠簸，因此改走宽敞官道。于是乎，两名暗卫就和沐云流碰不到面了。

京城内外专门用来困住灵飞的阵法，已经被无涯子所破，之前沐云流就知道无涯子可破道派阵法，但他也防着灵飞擅自离开他，所以便没有让无涯子破了阵法。

现在他亲自带着灵飞离开，自然要让无涯子将阵法破掉，以免伤着灵飞。

"怎么样？累不累？"沐云流怀抱着一只雪白小灵狐，抚摸着她的柔软毛发，笑吟吟问道。

灵飞翻了个大大的白眼："你一直抱着我，我怎么会累？你告诉我我哪儿累了？"有时候真心觉得这男人好啰唆！

沐云流看出灵飞的嫌弃之意，一阵无语。想他堂堂流王殿下，好不容易学会关心一个人……不，一只狐狸，居然还被她各种嫌弃？定是他以前造孽太多，现在上天便派了这么一只狐狸来惩罚他。

"说起来，你累不？"灵飞打量沐云流两眼，心想他一直这么坐着，好像都一两天了吧？他不累吗？

沐云流那点儿小伤心立刻消失无踪，笑吟吟道："不累！抱着灵儿怎会累？"

灵飞顿时笑了起来，有时候这男人也挺可爱的，而且，超容易满足。

"你真的派人留在相府，等杏儿回来？没骗我吧？"灵飞一路上记挂的，却是这件事。

"我怎么会骗灵儿？"沐云流语气温柔缱绻。

灵飞觉得这样听着很顺耳，不过鉴于沐云流有前科，她还是多留了个心眼儿——她没告诉沐云流，她在相府门口设了法咒。只要苏杏儿一回来，她立刻就能得到消息的。

她倒要看看,沐云流这次还会不会骗她。

"我们现在要去哪儿?"灵飞餍足地将爪子放在沐云流手背上,神态自怡。

沐云流反掌将那柔软爪子握在手中,好笑道:"灵儿的记忆只有一瞬吗?我不是说了,要带灵儿到一处山庄隐居?"

倒是想带着她四处游山玩水,但考虑到她的身份,他还是打消了这个念头。因为道派弟子遍布天下,撞见了又是一番麻烦。

"我是问那山庄在哪里啦!"灵飞郑重澄清,她记性好得很,包括他对她做的那些事,哼!

沐云流被她抗议的样子逗乐,笑了好一会儿才说道:"离京城约二十里地的郊外,是我以前花重金建造的一座私人山庄,我们就去那里。"

终于,一行人抵达沐云流的私人山庄。虽说山庄里平时没有人居住,但依旧有侍卫恪尽职守地守着山庄,打扫事宜也是做得相当到位。

灵飞一眼便喜欢上了这个地方,只是略微嫌清冷了些,便道:"沐云流,你让他们种点儿花嘛,一眼望去绿油油的好单调。"

原本是按照沐云流的喜好布置的,自然少了奇花异草的点缀,全是名贵古树,虽然不失奢华雅致,却少了几分灵动活气。

"好,我马上让他们去办。"沐云流对灵飞,自然是有求必应,当即冷眼一扫身后的朱林,"还不去办?"

"是,殿下。"朱林无可奈何地转身去办差,心想这待遇可真是一个天一个地啊!心酸!

"以后我们就一直住这里了?"灵飞拽着沐云流的胳膊,清澈的双眼中有些憧憬。

下了马车她便化为人形了,她也不想吓着流王府那些侍卫。

"只要灵儿喜欢,我们便一直住在这里。"沐云流纵容宠溺地看着身旁的绝色少女,笑吟吟回道。

灵飞点了点头:"这里很清静,如果一直在这里修炼也不错。"

忽然,灵飞一指群树中的一棵树,挑眉道:"它成精了!"

灵飞此话一出,山庄里的侍卫们顿时吓了一跳!

所有人都朝那棵看起来似乎真有上百年历史的古树看去,一时间心里有些毛毛的。敢情他们走来走去,在山庄这么多年,身边就有一个树精一直盯着他们呢?好……好瘆得慌。

"不过，它只听得懂我们说话，还没办法开口。"灵飞又笑了起来，"我的法力也不够，不能和它进行灵魂交流。"

侍卫们这才松了口气，那倒还好，平时他们也没少偷懒，万一这个树精跟殿下告状，他们可就吃不了兜着走了。

沐云流听到这儿倒是有些奇怪："这棵树看上去应该有上百年历史，怎么法力还没有灵儿厉害？"据他所知，灵飞才不过八十年道行，却可以幻化人形，以及拥有一些法术了。

灵飞忽然有些不好意思起来，粉唇微微抿了一下，才悄声解释道："因为人家是灵狐……"

"于是？"沐云流挑眉，小姑娘怎么突然不好意思起来了？难不成灵狐和普通狐狸还有什么区别不成？

"狐族里，灵狐为王，雪狐乃贵族。"灵飞眨眼，小声解释，"灵狐极其稀少，而且生下来便通灵，一般五十岁便能修炼法术，化为人形，所以我们现任狐族族长也是灵狐哦！"

原来如此……沐云流眼里闪过一抹恍悟，随即又笑了起来："身为狐中王族，灵儿该骄傲才对，怎么如此不好意思？"

灵飞脸蛋红红，声音依旧小小弱弱的："因为……因为我修炼的速度是王族里最慢的……"说着，眸色有几分懊恼地低下了头。

狐族里灵狐本就不多，偏生她修炼速度又这般慢，也不知什么时候才能够像狐仙娘娘一样，位列仙班。

"哈哈哈……"沐云流再也忍不住了，哈哈大笑起来。

灵飞先是愕然，随即重重踩了沐云流一脚，眸色愠怒："你笑话我！"别人笑她，她只当耳边风。可沐云流这会儿这般笑话她，她心里竟十分难受，有种想落泪的冲动。

沐云流笑了好几声，发现灵飞眼眶竟有些红，一脸委屈，这才知她误会，忙认真地说道："我不是笑灵儿修炼速度慢，而是笑灵儿竟为此事觉得不好意思，灵儿可不许哭鼻子。"

"真的？"灵飞觉得心里好受了些，但还是委屈地望着沐云流。

"再真不过了。"沐云流唇角含笑，"这本不是什么丢脸的事情，灵儿却为此不好意思，我只是觉得灵儿忸怩的模样太可爱，才大笑出声的。"

灵飞被哄得再次不好意思起来。

"我要去挑一个我喜欢的房间！"灵飞一个侧身，犹如一只蝴蝶一样翩然飘走，纤细背影却怎么看怎么像慌不择路地逃走。

沐云流再次笑出了声，灵儿又害羞了。不过……她会那么在意他的想法，说明她心中是有他的，而且分量绝对不轻。

嗯，继续努力！

一行人很快在山庄里安顿了下来，而几日后，沐云流看着空荡荡的山庄门口，若有所思地决定给山庄取一个响当当的名字：灵云庄！

流王殿下的手下人自然不是普通人，匾额半天时间便打好了，立马挂了上去。

等灵飞被拉到山庄门口一看，顿时眉眼笑弯了："我喜欢灵云庄这个名字！"

"那就好。"沐云流笑意盎然道，"这几个字，是我亲手写的。"灵飞闻言更是感动！

"谢谢。"她真诚地看着他，这一刻他让她觉得她也有家了。虽然她是妖，但她也不再无处容身。狐山虽大，可自从她变成人之后，终究觉得狐山不能称之为"家"，那应该只能算是……她的老巢。

"你我之间，何须言谢？真是个傻瓜。"沐云流笑着摇头，与灵飞一同走了进去。

沐云流和灵飞这几日神仙般逍遥自在，远离尘嚣，殊不知太平王朝却发生了足以动摇国本的大事！

"殿下！"眼见沐云流背着灵飞回来，被留在东宫盯梢的暗卫一个箭步冲上前，"扑通"一声跪下了，"东宫集结兵力，欲攻打道派！"

沐云流脸色一凝，原先的惬意顿时消失无踪，他止住脚步，低声厉喝道："何时的事？"

"属下得到消息时，是三天前……属下一路前来报信，却没有找到殿下踪迹，后来才得知殿下提前来了山庄，这才一路赶来，属下罪该万死！"暗卫愧疚低头，都怪他办事不力。

沐云流当然知道是他临时改变路线，才导致暗卫的消息延迟的，之前留守京城的人都以为他会游山玩水一段时间，行踪不定。所以他对众人的吩咐是，三日后在山庄碰面。

"此事不怪你。"沐云流眸色淡淡，看了看渐黑的天色，微微蹙眉，"三日前的消息，此时怎么也都到无涯山了。"

暗卫心里自然也这般想，所以才有些失态。

无涯山被围攻，东宫旗下兵马一定是展开了屠杀，而道派中人反倒不宜伤人性命，想必会吃亏不少。可之后呢？道派不可能一夜之间悉数被灭的，所以之后太平王朝面临的肯定是疯狂的报复！

沐云流何尝不知这一点，此前哪怕道派中人一再打灵飞的主意，尽管隐忍不是他的作风，他都忍了，一来为了灵飞的安全，二来为了朝廷的安全。

诚如之前那千年雪狐所说,道派自己不动手,却可以借力于妖魔,到时候凡间妖魔横行,一定是民不聊生的局面!想不到,这种局面竟然是因为东宫太子太蠢!

沐云流将背上的灵飞放了下来,看她揉着惺忪睡眼不知道发生了什么事,便道:"灵儿,现在不能睡了,我们要立刻赶回京城。"

"为什么?"灵飞一听要立刻回京,睡意顿时消了大半。她很喜欢灵云庄,不喜欢京城。

"因为,京城有变。"沐云流简单解释了下,随后转眸对暗卫下令,"通知所有人,立刻连夜回京!"

"是,殿下!"暗卫立刻起身,飞奔去传达沐云流的命令去了。

灵飞看着暗卫远去的背影,微微蹙眉:"沐云流,京城发生什么事了吗?"

沐云流点了下头:"沐云柘那个蠢货,发兵攻打了无涯山。"

灵飞瞬间倒抽一口凉气!无涯山?那不是道派的圣地吗?也就是说,沐云柘派兵攻打了道派?

"他是疯了吗?"

灵飞一脸不敢置信,这样的人,到底是怎么当上一朝太子的?

沐云流神色凝重,和灵飞在门口等着。现在一切似乎都已经来不及了,只能先回京城,尽快准备善后事宜,至于具体怎么安抚……便要等他和父皇见面后才能决定了。

天下大乱,灵飞决定与沐云流携手解决这场危机,事情却因灵飞的"青梅竹马"突然出现而节外生枝。面对灵飞的犹豫不决,沐云流受高人点拨,决定放手一搏……

随着事情发展,沐云流的身世谜团会有怎样意想不到的转折?面临断情绝爱的仙界天条,灵飞与沐云流又将何去何从?

精彩内容,尽在《倾世萌狐》第二册!

"意林幻青春"系列

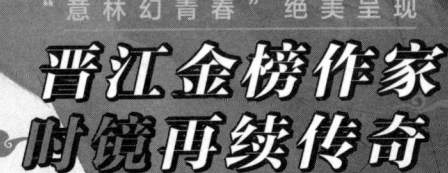

"意林幻青春"绝美呈现

晋江金榜作家
时镜再续传奇

来者皆吾敌,一力战之!

晋江文学城积分突破14亿
2016年度古言十大佳作之一

触发酣畅淋漓的幻想体验,
书写女性修仙小说全新传奇!

我不成仙 时镜 著

超魔幻的校园生活／超欢脱的冒险历程／超暖心的青春故事!

百万读者《意林》杂志火爆连载

凤之守望者 阿江 著

超逗趣 魔幻校园
不可错过的 爆笑青春

如何成为一个良好的被负责人?
会做饭还会洗衣服就把最强黑服负责人拿下。

随书附赠 "我是你的守护星"主题笔记本

意林精品图书推荐

意林幻青春系列

《我不成仙 一 断尘绝念》
简介：不想成仙却毅然修仙，她见愁只想有朝一日亲口对那人说："纵你成仙，亦不可逃！"
定价：28.80 元

《我不成仙 二 杀红小界》
简介：闯杀红小界，斗神秘三关。血衣作战袍，刻骨为利刃。她的通天坦途，便是他的穷途末路！
定价：28.80 元

《风之守望者①》
简介：如何成为一个良好的被负责人？会做饭还会洗衣服就把最强黑服负责人拿下！
定价：24.80 元

《风之守望者②》
简介：拯救学长大作战，开始！学长，我们要毁灭世界吗？
定价：24.80 元

意林幻青春系列

《符神传说①斩焰少年行》
简介：接通元灵符界，交易、对战、派单……现实与虚拟之间，体味什么叫酣畅淋漓！
定价：28.80 元

《符神传说②东川起风云》
简介：逆转鬼煞岭、人鱼荒探迷城，跨越空间界限，酷玩符阵妙法，开启异度奇幻热血征程！
定价：28.80 元

《禁域①墓地神婴》
简介：盖世皇者重现世间，只为触底反击，再创传奇！踏破乾坤纵横时空，禁域绝密即将揭晓。
定价：28.80 元

《禁域②宗门斗者》
简介：扶桑谷内迷雾重重，神秘世界、时间长河、神秘女子……时空彼端，究竟有着怎样的秘密？
定价：28.80 元

新书推荐

《我的人生无须证明给你看》
简介：ONE·一个《读者》《意林》《花火》人气作者马飏2017年全新作品。
定价：32.8 元

《那个神秘的宣愉小姐》
简介：青春、古风双料大神苏缠绵首部青春心理治愈小说，初次尝试驾驭双重人格的人物设定，一场治愈并守护爱情的计划……
定价：32.8 元

《这一杯,我敬的是年少无知》
简介：悬疑推理小说作家何慕，出道六年，首部都市情感类短篇小说集。
定价：32.8 元

《光年未至，盛夏已满》
简介：意林彩绘英文系列精选《绘英语》杂志中最受读者欢迎的内容，让中学生轻而易举让英语变强！
定价：29.80

告白的书系列

《我不愿让你一个人走过青春的荒芜》
简介：95 后模特级作者谢宁远写给你最深情的告白书。十五篇故事，是告白，亦是陪伴。
定价：29.80 元

《对方正在输入中》
简介：那些爱与被爱的故事。年少时的懵懂酸涩，成熟后的感人至深；是心头的一枚朱砂痣。
定价：29.80 元

《你是年少的欢喜,喜欢的少年是你》
简介：古风天后吾玉，初涉现代爱情，打造都市轻风之作。
定价：29.80 元

《从此晚安我自己》
简介：95 后男神作者何家豪首部青春成人礼童话，将这 16 个故事，说给长成大人的你！
定价：29.80 元

意林精品图书推荐

《别来无恙，我的小初恋》
简介：销量超百万作家沈嘉柯暖心力作，陪你一起挥别青春，再出发。
定价：29.80 元

《喜欢你这句话，我憋住了整个青春》
简介：数十篇青春伤感故事，带你领略成长、青春、爱恋的阴晴圆缺。
定价：29.80 元

《遇见你，就是最对的时候》
简介：青罗扇子、周德东等作家用文字演绎纸上电影。时光远去，我们永远青春。
定价：29.80 元

《我记得你说过的每句美好》
简介：独木舟、夏七夕、七微等名家用真挚的笔触探究青春的色彩。
定价：29.80 元

"多味之恋"系列

《这世间所有的纸短情长》
简介：织梦人张芸欣在深夜为你点一炉青莲之香，寻找渐渐远去的青春与年少。
定价：29.80 元

《世界那么大，命中注定遇见你》
简介：每个人都会接触形形色色的人，又和一些人聚聚散散，马叔说：这些相遇都是命中注定。
定价：29.80 元

《我不怀念你，我只怀念有你的往昔》
简介：继《左耳》之后深入骨髓的疼痛青春，每个人都可以在她的故事中找到最原始的自己。
定价：29.80 元

《花与巡夜人》
简介：国内一本填色减压故事书，抚触你的心灵，治愈现代人的都市病症。
定价：36.90 元

"深夜暖心"系列

《少年从不等风来》
简介：关于年轻人的追梦故事，他们用自己的特立独行，创造属于自己的天地。
定价：29.80 元

《你的人生不需要别人点赞》
简介：大人物从这里起步，成就了丰盈的人生。数百篇故事告诉你成功者的秘密。
定价：29.80 元

《逆光飞翔，微芒盛放》
简介：名人的磨难被晾晒成坚强，带给你十八而志的青春励志的正能量。
定价：29.80 元

《像明星一样去战斗》
简介：数十位明星的奋斗史。逆袭背后，都是平凡生活中的伟大梦想。
定价：29.80 元

"十八而志"系列

《脑洞君，请收下我的膝盖》
简介：理科的严谨与文科的情怀，二者你都能拥有。
定价：28.90 元

《我心有猛虎，而你只要一枝蔷薇》
简介：量身为中学生打造的心灵读本！
定价：28.90 元

《一生心事只得一人来解》
简介：与名家碰触思想上的火花，快乐成为阅读的领跑学霸。
定价：28.90 元

《好男孩上天堂 坏男孩走四方》
简介：毕业于剑桥大学的才女陈叠邀您围观世界名校男神。
定价：29.80 元

"大阅读"系列

《把你所有的不安都交给我来暖》
简介：讲给你听，117 个如同心灵拥抱的故事。
定价：29.80 元

《所有人的坚强，都是柔软生的茧》
简介：玻璃心的朋友们，看这里！讲给你听，125 个含泪奔跑的人生故事。
定价：29.80 元

《生命中除了爱，其他都是行李》
简介：讲给你听，召唤小确幸的 111 个故事。
定价：29.80 元

《都道初心不可负，而初心是何物》
简介：133 个初心故事，既有明星大家，又有平凡人物，从故事里闪耀初心的光芒。
定价：29.80 元

"初心讲义"系列